EL MISTERIOSO CASO DEL IMPOSTOR DEL *TITANIC*

CARMEN POSADAS

EL MISTERIOSO CASO DEL IMPOSTOR DEL *TITANIC*

ESPASA

Obra editada en colaboración con Editorial Planeta – España

Por las imágenes de las guardas, © Collection Philippe Clement / Arterra Pinture Library / Alamy / ACI; © NPL-ACI; © The Stapleton Collection / Bridgeman Images / ACI; © Retro Ad Archives / Alamy / ACI

Primera edición impresa en España: septiembre de 2024
ISBN: 978-84-670-7269-3

Primera edición impresa en México: octubre de 2024
ISBN: 978-607-39-2162-6

Impreso en los talleres de Litográfica Ingramex, S.A. de C.V.
Centeno núm. 162-1, colonia Granjas Esmeralda, Ciudad de México
Impreso en México - *Printed in Mexico*

Para mi nieto, Jaime Abarca Ruiz del Cueto,
a quien debo la mayoría de las curiosidades sobre el Titanic
que aparecen en este libro. Un crack *mi niño.*

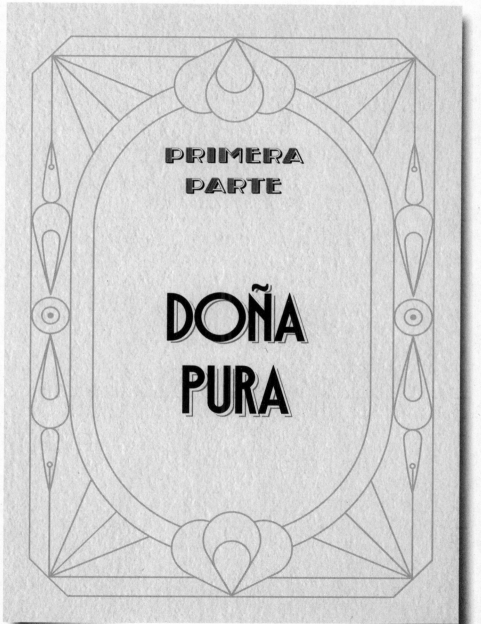

PRIMERA PARTE

DOÑA PURA

1

EL MOSCARDÓN

15 de abril de 1912

En lo que a limpieza y pulcritud del hogar se refiere, doña Purificación Castellana de Peñasco era inmisericorde y, sin embargo, ¡un moscardón en su plato de sopa! ¿De dónde habría salido el intruso? ¿Cómo diablos acababa de naufragar en su crema senegalesa? Ni la época del año, ni las normas higiénicas que regían en la mansión de la viuda de Peñasco propiciaban tales amerizajes. Pero ahí estaba. Grande, peludo, inmundo, con sus patitas en alto flotando entre unas lascas de almendra.

—¡A Victorito le ha ocurrido algo! —exclamó la dama, llevándose la diestra al robusto pecho—. ¡Algo en alta mar! —precisó sin poder despegar la vista del insecto.

De nada serviría que, primero Remigio, que llevaba en la casa más de cuarenta años y la conocía de mocita, y minutos más tarde Gertrudis, que era para ella más una madre que una empleada y acompañante, intentaran tranquilizarla.

—Descuide la señora, es absolutamente imposible. El niño —Gertrudis siempre lo había llamado así y no pensaba cambiarle el apelativo por mucho que ahora Victorito peinara patillas y acabara de pasar por la vicaría—... el niño nos lo prometió cuando la señora tuvo aquel sueño tan tonto: nada de viajes en barco, nada de agua. Cierto es que una luna de miel que ha de durar más de

11

un año da para mucho trajín, pero una promesa es una promesa, y él jamás faltaría a su palabra. Además —abundó Gertrudis con convicción—, ahora mismito con el correo ha llegado tarjeta postal suya. Mírela aquí. ¡No pasan ni tres días sin que nos mande una!

Doña Purificación se apresuró a leerla.

> *Querida mamá:*
> *Ni te imaginas lo que es «París en primavera». Ayer almorzamos en el Bois de Boulogne que huele a muguet que da gloria, y esta noche Pepita quiere repetir cena en Maxim's. Y no, no te preocupes. No está tan lleno de* cocottes *como cuentan por ahí. Pepita opina...*

Doña Pura pensó entonces en su nuera. Menudo revuelo se había levantado con la boda. Lógico y normal. No todos los días se unen dos de las mayores fortunas del país. Ella, una Pérez de Soto (pelín melindrosa para los recios gustos de doña Pura, pero guapísima, de eso no cabía duda). Y él, amén de sus caudales, emparentado con Pepe Canalejas, presidente del Consejo de Ministros, el hombre más respetado del momento. «Entre ella y Victorito tienen manteca para tirar al techo», había sido el veredicto de Gertrudis el día del casorio mientras daba los últimos toques a la mantilla de madrina de la señora poco antes de salir para los Jerónimos. Al rato, y para redondear el comentario, argumentaría que, además y para mayor ventura, la pareja se adoraba, algo no precisamente habitual en aquella clase de uniones tan encopetadas. «Nuestro niño muere por ella», suspiró Gertrudis al tiempo que con las puntillas de su mejor pañuelo enjugaba un lagrimón.

* * *

Este último comentario hizo que doña Pura se persignara por dos veces porque, a pesar de ser frase hecha, la expresión nunca había sido de su gusto: «Calla, mujer, ¿qué necesidad hay de morir por alguien? Mejor vivir juntos y felices para siempre. Anda, pásame el abanico y en marcha, o llegaremos tarde a la iglesia».

—La señora es demasiado sensible, por no decir tiquismiquis —dijo Gertrudis al observar en doña Pura la misma aprensión supersticiosa que el día del feliz enlace—. Olvide ya congojas, que esta tarde vendrán sus amigas de los lunes a tomar el té y jugar al *bridge*. Verdaderamente, no me explico cómo ha podido ponerse de moda semejante engendro con lo entretenido que es el julepe. ¿Viene también la condesa de Pardo Bazán? No me gusta nada esa señora, demasiado metomentodo para mi gusto...

2

POSTALES DESDE EL MÁS ALLÁ

Tras el sobresalto del moscardón, la calma regresó a casa de la viuda de Peñasco. A ella contribuiría la llegada, a la mañana siguiente, de una nueva postal de los recién casados, esta vez desde Montecarlo. Una en la que relataban que habían coincidido con La Bella Otero en el Hotel de París, «algo entradita en carnes pero aún muy bella», era el comentario de Víctor antes de explicar que la noche anterior la celebérrima *cocotte* se había dejado una fortuna en la mesa de bacarrá.

Aun así, doña Pura no lograba olvidar al amerizado insecto. Y menos aun cuando leyó en el *ABC* que el 14 de abril, es decir, el día en que se lo había encontrado flotando entre unas lascas de almendra, en aguas del Atlántico Norte había tenido lugar un atroz accidente marino. De momento, las noticias eran confusas. En primera instancia se llegó a informar de que el barco más grande y lujoso del mundo, el *RMS Titanic*, comenzaba a hundirse de proa, y el capitán «por mera precaución» había ordenado embarcar a mujeres y niños en los botes salvavidas. Pocas horas más tarde, en cambio, en su edición vespertina del día 15 de abril, *The New York Times* aseguraba ya que la nave se había hundido dos horas y media después de chocar contra un iceberg y que, a pesar de que se estimaba que al menos mil doscientas cincuenta personas habían perecido, setecientas once, en su mayoría de primera clase, consiguieron ser rescatadas por el buque *Carpathia*.

Este último (y bastante clasista) dato sirvió al menos para tranquilizar a doña Pura porque para entonces —y porfiaran lo que porfiaran Remigio y Gertrudis— convencida estaba de que Víctor y Pepita se encontraban a bordo de tan fatídica nave.

A medida que pasaban los días, comenzaron a conocerse nuevos detalles del siniestro. Como, por ejemplo, el número de muertos y desaparecidos (que crecía de hora en hora), también la paradoja de que, al ser el primer barco dotado de compartimientos estancos, los constructores del *Titanic*, que lo consideraban insumergible, no vieron la necesidad de «afear» la cubierta de primera clase con más de una veintena de botes salvavidas. Botes que, en medio de la confusión y el sálvese quien pueda, en muchos casos llegaron al agua con menos de la mitad de pasajeros de los que podían alojar.

El 17 de abril, doña Pura leyó en la prensa que el antes mencionado *Carpathia*, acudió a toda máquina a las llamadas de socorro. Había logrado arribar al lugar del siniestro dos horas después de que el *Titanic* se fuera a pique y se dirigía en esos momentos a Nueva York con unos setecientos supervivientes a bordo. Aquel mismo día, y pese a haber recibido una tercera postal de su hijo (esta vez hablando de las maravillas de Versalles), la dama decidió tomar cartas en el asunto y recurrir a su pariente y amigo Pepe Canalejas, presidente del Consejo de Ministros, para que la ayudara a obtener información lo más fiable posible, así como una lista de muertos y desaparecidos. Gracias a esta mediación, la embajada británica se la facilitó rápidamente y doña Pura pudo comprobar, alabado sea el Señor, que en ella no figuraban ni Víctor ni Pepita. Aunque sí, un tal Víctor Renango Castellano... ¿Podía tratarse de una transcripción errónea de los apellidos Peñasco Castellana, o en efecto viajaba a bordo un desventurado de tal nombre?

Seis días después de la tragedia, el *Carpathia* atracaba al fin en Nueva York, donde fue recibido con vítores por más de treinta mil personas, entre ellas no pocas ansiosas por averiguar si se encontraban a bordo sus seres queridos.

* * *

A pesar de sus peores presentimientos, doña Pura se negaba a perder del todo la esperanza cuando, de pronto, una conferencia telefónica de Eulogio, el ayuda de cámara de su hijo, desde París, sirvió al menos para despejar otra de las incomprensibles incógnitas de tan desdichada historia: el misterio de las tarjetas postales.

—... *Aló*, ¿*aló*? ¿Se ha *cortao*? Oiga, *mamausel silvuplé*, ¿... Seguro que funciona este cacharro?

Eulogio, poco acostumbrado a ese nuevo artilugio al que llamaban teléfono, se desgañitaba al otro lado del hilo atronando a la operadora y, de paso, también a doña Pura.

—¿... Se me oye ahora? ¿Sí?... Bueno, menos mal. ¡Ay, señora, señora, cuánto lo siento, qué gran fatalidad! ¿Pero quién podía imaginar que ocurriría algo semejante? Le aseguro a usted que fue solo un ardid inocente para no preocupar a una madre...

Eulogio relató entonces que, semanas atrás, Víctor había decidido sorprender a Pepita con un nuevo y espléndido regalo de recién casados. Embarcarse en el viaje inaugural de la maravilla flotante de la que todos hablaban. —«¿Qué te parece, cielo, no te gustaría conocer Nueva York?», aseguró Eulogio que le dijo Víctor a Pepita tras una de sus repetidas cenas en Maxim's.

—Ella le recordó entonces la promesa que le habían hecho a usted, señora, de no montarse en un barco, pero, ya sabe cómo era su hijo, a ingenio no le ganaba nadie y a todo encontraba solución. —«... Déjamelo a mí, cielo. Mamá no tiene por qué enterarse, esto lo arreglo yo con Eulogio». Eso argumentó y eso mismo hizo: «Eulogio, viejo compañero de tantas cosas —comenzó diciéndome al día siguiente—. Te necesito para una trampilla sin importancia. ¿Ves este montón de postales ya escritas y con su sello correspondiente? Lo único que tienes que hacer es quedarte aquí, en París, a cuerpo de rey y, cada dos o tres días, vas y pones una al correo para que mi madre se quede tranquila. Así, mientras ella piensa que estamos en Versalles, en Chantilly o en Montecarlo, Pepita y yo andaremos de garbeo por la Quinta Avenida o desayunando en el Plaza. ¿Qué te parece mi idea? ¿Es o no sencillamente perfecta? Siento dejarte sin viaje en el *Titanic*, pero si es un barco tan sensacional como dicen, repetiremos pronto, de modo que no me mires así, tan mohíno».

Tras estas palabras de Eulogio, se oyó un ahogo al otro lado del hilo y se cortó la comunicación. Doña Pura nunca llegaría a saber si fue por impericia del comunicante o por emocionada congoja, pero más parecía lo segundo. Al fin y al cabo, gracias a la treta de su hijo, Eulogio había salvado la vida.

—¿Te das cuenta? —le comentaría tristemente minutos después a su amiga Emilia Pardo Bazán que, como todas las tardes, la daba un golpe de teléfono para hacerse presente y brindarle su apoyo—. Qué crueles bromas gasta la vida. He pensado que... —añadió, pero no pudo acabar la frase porque la operadora irrumpió en la línea para advertir a la atribulada madre que desde el Hotel Plaza de Nueva York una dama consternada solicitaba hablar con ella a la mayor brevedad.

*　*　*

Doña Pura imaginó que sería su nuera, pero resultó ser Fermina, la modista y acompañante que Pepita había llevado con ella en el *Titanic*, puesto que se sentía incapaz de hablar de lo ocurrido. Después de darle la dolorosa noticia de que Víctor continuaba desaparecido, Fermina relató que, a pesar de que los pasajeros de primera clase tenían prioridad en los botes salvavidas:

17

—Ni por un momento su hijo de usted contempló la posibilidad de saltarse la orden de mujeres y niños primero. ¡Ay, señora, debería haberle visto allá en cubierta! Tan gallardo y sereno, con solo un abrigo ligero sobre su traje de etiqueta y ayudando a las damas a embarcar en las lanchas, tal como había ordenado el capitán. La nuestra, la número ocho, sería una de las primeras en arriarse y lo haría con menos de una treintena de pasajeras de primera clase acompañadas de cuatro tripulantes. Había lugar para lo menos veinte personas más, pero de nada servirían las súplicas y lágrimas de doña Pepita, porque don Víctor se negó a subir. «... Descuida, cielo, ya verás como todo queda en un susto y en una emocionante aventura que contar a los amigos a nuestro regreso», eso le dijo. Otro caballero uruguayo muy distinguido él que, según pude saber más tarde, había sido compañero de mesa de ambos horas antes en la cena de gala, era de su misma opinión. Y eso que él ya había vivido otro naufragio años atrás. «... Usted que sabe de esto, dígaselo a mi mujer, ¿verdad, Artagaveytia, que no hay nada que temer?». El caballero entonces nos tranquilizó diciendo que la situación no se parecía en nada a la que había vivido con anterioridad, que en aquella ocasión el barco fue rápidamente devorado por las llamas y que él salvó el pellejo lanzándose al agua. «... El *Titanic*, en cambio, tiene los medios contra incendios más modernos que existen y está dotado de compartimientos estancos. ¿Cómo se va a hundir? Si quieren saber mi opinión, el mayor peligro que veo —sonrió el señor Artagaveytia— es que ustedes, señoras, pesquen una pulmonía triple con el frío glacial que hace. Yo, por mi parte, tengo demasiados años como para meterme en esa cáscara de nuez y pasarme una hora o más a merced de las olas y rodeado de témpanos solo por un exceso de celo del capitán». A continuación, y dirigiéndose a su hijo de usted, añadió: «¿Qué le parece, amigo Peñasco, si nos tomamos un coñac en la sala de fumadores mientras esperamos el regreso de las señoras?».

18

»No fue el único en bromear con la situación —continuó explicando Fermina—. La cubierta, como se puede usted imaginar, estaba llena de cachos de hielo que saltaron a bordo cuando chocamos con aquel maldito témpano. Bien, pues vi por ahí a no pocos jóvenes atolondrados que jugaban a tirárselos como si fueran bolas de nieve, a algunos incluso se les ocurrió echar trozos de iceberg en sus vasos de *whisky* y brindar tan contentos. Ahora, cuando lo pienso, me estremezco, pero en aquel momento nadie imaginaba lo que estaba por llegar. Figúrese que incluso la orquesta subió a cubierta para amenizarnos y comenzó a tocar alegres valses como si nada... Yo, por mi parte, no sabía qué hacer, si montarme con mi señora en aquella barquichuela que se me antojaba harto insegura, o quedarme en cubierta con los caballeros. Al fin y al cabo, si don Víctor decía que no había cuidado, ¿qué caso tenía pillar la pulmonía que nos auguraba el anciano señor Artagaveytia? Y de pronto... en medio de tanto desconcierto el barco, con un movimiento seco y una sacudida brutal, se venció hacia delante. Los oficiales redoblaron entonces la orden de arriar los botes, y el número ocho, columpiándose de un modo que solo de mirarlo daba pavor, inició su descenso hacia la mar helada. ¡Se marchaban sin mí! Para subir a él tenía que dar tremendo salto y ninguno de aquellos marineros, tan afanados con las damas elegantes, parecía dispuesto a ayudarme. Grité, ay, señora, ni se imagina los chillidos que pegué pidiendo auxilio, y fue su hijo de usted, Dios lo bendiga, quien, en el último momento, me arrojó dentro del bote igualito que si fuera un saco de patatas. «¡Víctor, Víctor!», se desesperó entonces doña Pepita intentando ponerse de pie, pero solo consiguió que el bote penduleara aún más sobre el abismo. Fue en ese instante cuando su hijo, asomado a la barandilla y aún sonriente, pronunció aquel: «Que seas muy feliz, Pepita», que a las dos nos heló el alma.

Doña Pura, al otro lado del hilo telefónico, los ojos secos y la esperanza aún no perdida del todo, trata de imaginar qué pudo hacer Víctor a continuación. Y se lo figura allí, en la sala de fumadores del barco más bello del mundo, junto a otros hombres que, como él, habían elegido morir como caballeros. A buen seguro menudearían las bromas porque el humor es el mejor disolvente del miedo; tampoco faltarían las copas de coñac, quizá vodka, o *curaçao*, o mejor aún, una mezcolanza de todo eso y más, acompañada del humo de puros habanos. Fermina había mencionado que, arriba, en cubierta, la orquesta del *Titanic* tocaba alegres tonadas para que no decayera el ánimo y, conociendo a su hijo, seguro que Víctor decidió emularla. En la sala de fumadores habría un piano, y doña Pura se lo imagina interpretando unas cuantas piezas hasta que el agua comenzara a anegarlo todo. Quizá entonces —y solo entonces— cuando ya los botes habían sido arriados y visto que la situación iba de mal en peor, pensando en Pepita y también en ella, su madre, Víctor habría intentado ponerse a salvo. ¿Pero cómo? ¿Qué posibilidades tenía un hombre, por joven y fuerte que fuese, equipado apenas con un chaleco salvavidas, de sobrevivir a temperaturas árticas?

—Quién sabe, señora —dice ahora Fermina al otro lado del hilo telefónico y como si hubiese tenido acceso a sus pensamientos—. He oído comentar que quedan aún unos cuantos malheridos por identificar, puede que don Víctor esté entre ellos, quiera Dios que así sea.

3

UNA DECISIÓN HEROICA

Cuando el ayuda de cámara regresó a Madrid dos días más tarde reiterando disculpas y pesares, doña Pura ni se tomó la molestia de afearle la conducta: tenía asuntos más urgentes de los que ocuparse. Para entonces había vuelto a hablar un par de veces con Pepita por teléfono. O para ser exactos, con Fermina, porque su nuera no salía de su postración. Pasaba, según explicó la costurera, las noches en blanco, cuando no de pesadilla en pesadilla llamando en sueños y del modo más lastimero a su marido. Al ver su estado y la imposibilidad de ambas mujeres de entenderse en inglés, el director del Hotel Plaza había puesto a su disposición a uno de sus empleados, el español Isidoro Urrizola, para que les hiciera de intérprete. Un gesto muy de agradecer, explicaría Fermina, «sobre todo cuando nos enteramos de que se avecinaba un trance imposible de esquivar: desplazarnos hasta Halifax, que es donde el llamado "barco de la muerte", el *CS Mackay-Bennet*, acaba de atracar por última vez con su lúgubre carga de cadáveres recuperados del mar, y, entre aquellos cientos de cuerpos maltrechos y congelados, identificar el de don Víctor».

Por aquellas mismas fechas, los periódicos, y en especial *The New York Times*, empezaban ya a dar a conocer algunas historias de heroísmo y abnegación vividas durante el naufragio. Historias que la siempre bien informada Emilia Pardo Bazán, que cada tarde visitaba a doña Pura junto a otras amigas, no tardó en relatarle. Como el papel jugado en aquel drama por la condesa de Rothes, compañera de Pepita y Fermina en el bote salvavidas número ocho. Se decía, por ejemplo, que la Rothes —al comprobar la indolencia de varios miembros de la tripulación asignados para acompañar a las veinticuatro damas de a bordo— no solo había ayudado al suboficial Thomas Jones a hacer frente a la anarquía y desesperación reinantes, sino que, gracias a sus conocimientos marineros, pudo ponerse al timón de la barquichuela. Al ver su arrojo, al menos otras dos señoras americanas, vigorosas y miembros de elegantes clubs náuticos, unieron fuerzas con Jones para remar sin descanso, y luego a ellas se sumaría una pasajera más y otra, y otra... A pesar del miedo. A pesar del frío. A pesar de que el bote número ocho embarcaba un agua oscura y viscosa que les llegaba por las rodillas helándoles hasta las entendederas. Pero no había tiempo para lamentos. Según les explicó Jones, urgía alejarse cuanto antes del *Titanic* para no ser succionados por el remolino que formaría al irse a pique... También era perentorio seguir las instrucciones recibidas poco antes de abandonar la nave. El propio capitán Smith les había ordenado poner proa a un punto de luz difuso que se entreveía en el horizonte. «Con seguridad se trata de uno de los barcos que vienen ya en nuestro auxilio, de modo que no hay nada que temer», añadiría Smith con convicción, pero más pálido que un espectro.

—... Y mirad lo que cuenta un poco más abajo este mismo periódico —relató también Emilia Pardo Bazán, que tenía hilo directo con el *ABC* y sabía qué se publicaba al otro lado del océano—: Según parece, la condesa de Rothes también despertó admiración por cómo se esforzó en dar ánimo a todo el pasaje del bote número ocho —y leyó—: «... y en especial a la pasajera española que no paraba de llamar a su marido», especifica el texto. Más tarde, y una vez que el *Titanic* desapareció bajo las aguas, la dama insistiría en que debían regresar al lugar del siniestro para auxiliar a los supervivientes. Imaginaos la escena: «A la luz de las bengalas de socorro que desde los distintos botes rasgaban la noche, un dantesco espectáculo se ofrecía a sus ocupantes. Cientos y cientos de puntos blancos que no tardaron en reconocer como pasajeros, quienes al producirse la colisión habían apostado por permanecer a bordo del *Titanic*, creyéndose más seguros, pero que más tarde, en vista de la muerte cierta que les esperaba, se lanzaron a la mar pertrechados solo con sus blancos chalecos salvavidas. Agarrados unos a otros o a cualquier objeto que flotara, sus gritos de desesperación partían el alma. Al principio atroces, desgarradores. Poco a poco, más débiles hasta enmudecer».

Enmudecieron también las damas al oír esta parte del relato de boca de doña Emilia. Todas, menos doña Pura, que le pidió que continuara con su transcripción de lo que decía *The New York Times*.

—Hasta el final, querida, necesito conocer todos los datos. —Ese fue su razonamiento.

—Solo dos botes —continuó relatando doña Emilia, admirada por la entereza de su amiga—, solo dos botes de un total de dieciséis acudieron en ayuda de los agonizantes. El número ocho no fue uno de ellos. A pesar de los ruegos de Rothes y de Jones, el resto del pasaje, y en especial los hombres, se opusieron, alegando que los náufragos en su desesperación volcarían la barca. Tal vez por eso —comentó doña Emilia con un nudo en la garganta—, por no haber sido capaz de convencer a sus compañeros de acudir al rescate de los moribundos, una vez a bordo del *Carpathia*, la condesa de Rothes no se permitió un minuto de descanso. Había demasiados heridos y agonizantes a los que atender, eso por no mencionar a un buen número de niños aterrorizados y ahora solos en el mundo.

* * *

Por el momento, y a pesar de ser tan edificantes, ninguna de estas historias de abnegación y coraje recogidas por *The New York Times* y más tarde replicadas por toda la prensa mundial, interesaron a doña Pura. Tampoco averiguar si Pepita se encontraba entre aquellos que se negaron a volver al rescate de los moribundos (aunque esperaba que no). Práctica como era, y según les explicó a sus amigas aquella tarde, lo primordial llegado este punto era intentar averiguar si quedaban heridos por identificar. ¿Cabía la posibilidad de que existiese al menos un mínimo resquicio de esperanza de encontrar con vida a Víctor? ¿Qué estaba ocurriendo en Halifax?

Por eso, una vez que sus amigas se marcharon, aquella misma noche y una vez más, volvió a llamar a su nuera, y por Fermina pudo enterarse de que Pepita, debido a su postración, había declinado viajar a Canadá disponiendo que fuese Fermina quien, con ayuda del intérprete del Hotel Plaza, llegado el caso y Dios no lo quisiese, identificara el cadáver de su marido. Por eso, fue a través de la costurera que doña Pura se enteraría de lo ocurrido en el puerto de Halifax. «Sea lo que sea —se había dicho la dama tragándose las lágrimas—, mejor estar al tanto de lo que pasa. Es la única manera de poder ser útil».

Fermina resultó ser una informante precisa de esas que, tal como prefería doña Pura, no se van por las ramas ni se recrean en melindres. Aun así, al hablar de lo que se encontró en el Club Mayflower de Curling, en Halifax, cualquiera pensaría que la modista relataba lo visto en el noveno círculo del infierno.

—Imagínese, señora, un hangar descomunal en el que la gente de allá practica no sé qué deporte al que llaman *culín* o algo así y que se juega con unos bolos raros y unas escobillas. Bien, pues resulta que fue allí, sobre esa inmensa pista de hielo, ideal para preservar cadáv... en fin, usted ya me entiende, donde depositaron los cuerpos rescatados del mar.

Fermina explicó que, a lo largo de todo el perímetro de tan improvisada y helada morgue, las autoridades canadienses habían hecho instalar unos sesenta y tantos cubículos separados entre sí por lonas y con capacidad para tres cadáveres cada uno que ofrecían, al menos, una cierta privacidad al doloroso trance de la identificación.

—... A todos y cada uno de los cientos de muertos que allí había pasé yo revista, señora, buscando reconocer entre aquel cúmulo de espectros las facciones de don Víctor. ¡Ni se imagina en qué estado se encontraban! Hinchados como globos, tumefactos, festoneados de cortes y magulladuras. A más de uno vi con una mano o un pie cortados de cuajo. Según nos explicó uno de los forenses, muchos de los que se lanzaron al agua desde la cubierta del *Titanic* intentaron luego y a la desesperada subirse a los botes salvavidas, pero los de a bordo se lo impedían a hachazos, a balazos, o con lo que tuvieran a mano. Ay, señora, no sé por qué quiere que le cuente todo esto, es demasiado atroz. Entre aquel desfile de despojos que parecía no acabar nunca, había jóvenes, viejos, niños y rorros. Unos vestidos, otros semidesnudos, pero todos con el horror pintado en la cara. Aunque, no se crea, también encontré alguno en actitud serena e incluso con una sonrisa en los labios como si, después del horror, diera la bienvenida a la muerte. Entre ellos logré reconocer, por ejemplo, a un camarero italiano muy amable que nos había servido la cena la última noche y a un par de personas más, pero, aunque miré y remiré, ni rastro de don Víctor.

—¿Está usted bien segura? —la apremió doña Pura, temiendo que, a partir de ese momento, al dolor de la pérdida de un hijo viniera a sumarse una nueva y aún más cruel puñalada: la de tener que convivir hasta el fin de sus días con los malditos «Y si»: «¿Y si no está muerto y yo renuncié a buscarlo?». «¿Y si se encuentra en alguna parte, enfermo, desorientado, tullido...?». Las posibilidades de sobrevivir en aguas a aquellas temperaturas eran prácticamente nulas, pero nada lograba conjurar a los inmisericordes «y si».

«La muerte —se dijo entonces doña Pura— es brutal, pero al menos es una certeza y cierra capítulos. Una desaparición, en cambio, es una puerta abierta por siempre al dolor, al autoengaño, a las falsas esperanzas...». Y luego estaban los mil trastornos burocráticos y complicaciones de toda índole que surgen cuando no hay un cadáver que acredite una defunción... Pero en eso no quiere pensar ahora doña Pura. «Quién sabe —intenta convencerse—, quizá quede algún cuerpo más por recuperar de las aguas». Uno al que ella pudiese llorar y llevar flores, aunque fuera tan lejos como una tumba en Halifax. «¿... Y si se salvó milagrosamente», «¿... Y si, pasados unos años, un bendito día, descubrimos que...?».

Todo esto se dice ahora redoblando tan cruel letanía. Pero no. Doña Pura es demasiado realista como para permitirse deslizar por la pendiente de las esperanzas vanas. Porque, al fin y a la postre, ¿de qué le iban a servir?

—¿Está usted ahí, señora? ¿Oiga? ¿Oiga?

Tanto silencio al otro lado del hilo ha hecho que Fermina piense que se ha cortado la llamada. Da dos o tres golpecitos al elegante teléfono blanco del Hotel Plaza, a ver si consigue restablecer la comunicación. Y, en efecto, sí. He aquí de nuevo la voz de doña Pura que, serena y muy compuesta, le da las gracias por toda su ayuda.

—Lamento no haber podido ser más útil —apostilla Fermina—. Le aseguro que, no importa cuántos años viva, jamás olvidaré la última imagen que tengo de don Víctor. Allá arriba, en cubierta, tan valiente y generoso, negándose a ocupar un puesto en el bote número ocho y deseando a doña Pepita felicidad con una sonrisa. Pocas personas son capaces de comportarse así, señora. Siempre lo he sabido, pero más ahora que la vida me ha proporcionado el dudoso privilegio de asomarme a las puertas del infierno.

*   *   *

Fueron las penúltimas palabras de Fermina las que le dieron la idea. Sí, estaba decidido. Ahora ya sabía lo que correspondía: cumplir con el deseo de su hijo y hacer realidad sus últimas palabras. Posiblemente muchos la criticarían y seguro que la decisión que acababa de tomar no tardaría en convertirse en comidilla de caballeros en el Casino de Madrid y de damas en esas mesas de *bridge* que tan poco gustaban a Gertrudis. Pero doña Pura, que tenía parientes en la Marina, sabía lo que ocurre cuando alguien desaparece en la mar. Amén de otros contratiempos legales, su esposa se convierte a partir de ese día en una paria. No solo no podría heredar los bienes del desaparecido, sino que durante dos décadas tampoco podría volver a casarse. El primero de los problemas no lo era tanto. Al fin y al cabo, Pepita pertenecía a una de las familias más acaudaladas del país. Pero ¿y la segunda? En veinte años su nuera sería una cuarentona ni casada ni viuda ni soltera y, por supuesto, condenada a no tener hijos. Doña Pura tenía poco en común con Pepita. En decisión y en actitud ante la vida se sentía más próxima a la condesa de Rothes, aunque no había cogido un timón en su vida y se mareaba hasta en las barcas del Retiro. Pero no podía condenar a su nuera, después de haber pasado por el infierno del *Titanic*, a vivir por siempre en el limbo, o peor aún, en el purgatorio. No estaba en su mano devolver a su hijo a la vida, pero, por extraño que pudiera sonar, sí a la muerte. Y doña Pura sabía exactamente cómo.

—Operadora —dice ahora descolgando de nuevo el teléfono y teniendo buen cuidado de no gritar por su bocina tal como hacía todo el mundo en aquel entonces—, comuníqueme, por favor, con el embajador de Gran Bretaña. Sí, sí, espero, gracias, muy amable.

SEGUNDA PARTE

DOÑA EMILIA

4

UN COCIDO EN LHARDY

1 de febrero de 1921

—Perdone que se lo diga con tanta franqueza, ya sabe el afecto
que le tengo, mi querida amiga, pero más vale que se prepare: la
van a poner a usted de hoja de perejil si publica esto que me acaba de dar a leer. Ni a sus amigas del *bridge* y menos aún a doña
Pura les va a gustar ni pizca «El moscardón».

Doña Emilia miró a su interlocutor. Había que ver lo guapo
que estaba Selvita aquella mañana con su traje de *tweed* de Savile
Road, su chaleco amarillo, pomada en el pelo y un clavel reven-
tón en el ojal. Este último detalle chirriaba un tanto con los gustos europeos de doña Emilia Pardo Bazán; pero muy *xeitoso* que
lucía, sí, señor, no en vano era gallego como ella. ¿Desde cuándo
eran amigos? Lo menos tres o cuatro años; Selvita debía de andar
por los veintisiete o veintiocho cuando ella decidió convertirlo en
protagonista de su primera novela policiaca. Le había gustado su
nombre, Ignacio Selva, y se lo pidió prestado para bautizar con él
al protagonista de *La gota de sangre*. Una novela al estilo de las de
Edgar Allan Poe, Gaston Leroux o Arthur Conan Doyle, en la
que Selva, su recién creado detective, gracias a su simpar intuición y olfato, resolvía un misterioso caso: la muerte de un rico
comerciante andaluz a manos de Chulita Fernandina, descarria-
da hija del duque de Tolvanera, convertida, de un tiempo a esta

parte y para consternación de sus padres, en la más famosa y desfachatada daifa de la capital. La novela había dado mucho de que hablar, y su protagonista —que lejos de ser detective era aspirante a escritor y plumilla, y poeta a ratos— estaba encantado con su recientemente adquirida personalidad literaria.

«... Aunque yo en realidad me veo más como Arsenio Lupin, ladrón de guante blanco, que como ese antipático y estirado de Sherlock Holmes», le gustaba bromear a Selva jugando al equívoco y casi olvidando que «Ignacio Selva, detective privado» existía solo en las páginas de una novela de éxito. Pero bueno, sea como fuere y de seguir así las cosas, cualquier día de estos la ficción acabaría fundiéndose con la realidad, porque lo cierto era que Selvita (como gustaba llamarle doña Emilia) de un tiempo a esta parte, y cada vez con más frecuencia, recibía cartas de admiradores —y sobre todo admiradoras— solicitando su ayuda para resolver tal o cual misterio doméstico: «¿Puedo concertar una cita profesional con usted, don Ignacio? Tengo un vecino raro con una barba demasiado frondosa. Temo que pueda tratarse de un agente provocador, un terrible anarquista de esos que acaban poniendo una bomba en el Real». O bien: «... Necesito urgentemente su ayuda, señor Selva. Me han desaparecido unas joyas valiosísimas, regalo de mi marido, que guardaba bajo la cama. Mucho me malicio que mi suegra, que me detesta, las ha escondido para ponerme en un brete...».

A todas estas peticiones respondía Ignacio Selva amablemente a vuelta de correo pretextando que en ese momento se encontraba inmerso en un asunto de trascendencia internacional, por lo que no podía ocuparse de su caso y, a continuación, les facilitaba la dirección del exinspector Elías Corralero, amigo suyo y reputado sabueso.

*   *   *

Selvita y doña Emilia se habían dado cita aquella mañana en Lhardy, en el salón japonés. El mismo reservado que años atrás fuera la *chambre d'amour* favorita de Isabel II a la hora de citarse con sus «muchachos». Doña Emilia jamás había tenido un encuentro de esas características con Selvita, pero le encantaba la privacidad que ofrecía tan oriental recinto. Además —y esto no se lo confesaría ni a su sombra—, también le gustaba la idea de que la vieran emerger de tan notorio cuartito en compañía de un guapo treintañero. A doña Emilia le faltaba poco para cumplir los setenta y su cintura no era la de una Friné (tampoco sus brazos, ni sus caderas, ni siquiera lo eran sus clavículas de las que en otros tiempos estuvo tan orgullosa), pero la fama es la fama, y la suya, modestia aparte, era la de una coleccionista de romances. Con hombres guapísimos, dicho sea de paso, y bastante más jóvenes que ella.

Aun así, lo suyo con Selvita poco y nada tenía que ver con pasados ardores. Era una relación, ¿cómo decirlo?, entre crepuscular y literaria. Gustaba de citarse con él cada tanto, contarle sus proyectos, darle a leer sus últimos escritos. No porque Selva fuese un gran intelectual, apenas comenzaba en estas lides, y, hasta un par de meses atrás, se le veía con más frecuencia en las pistas de tenis o en fiestas del Casino que en tertulias literarias o en redacciones de periódicos. Pero a ella le agradaba su compañía. Le encantaba, por ejemplo, esa mezcla deliciosa entre diletante hombre de mundo y aspirante a escritor que en él se daba; también, por qué no decirlo, la admiración literaria que por ella sentía. Una que manifestaba, por ejemplo, en su modo de ladear levemente la cabeza hacia la izquierda al leer alguno de sus textos, actitud que él acompañaba siempre de una sonrisa de aprobación.

Ni delicioso ladeo de testa ni menos aún sonrisa aprobadora habían acompañado esta vez la lectura de «El moscardón»: seis o siete folios mecanografiados en su Yost número 10, modernísima máquina de escribir en la que doña Emilia tecleaba con dos dedos y a velocidad prodigiosa. Al contrario. Una vez acabada la lectura, Ignacio Selva había extraído de su pitillera un purito habano que encendió con parsimonia y, después de expeler dos o tres irritantes aritos de humo, le soltó aquello de que la iban a poner de hoja de perejil y que cómo se le había ocurrido escribir «El moscardón».

—¿Y se puede saber a qué viene ese comentario? —se molestó la dama—. ¿Acaso no es cierto todo lo que aquí cuento? ¿No es verdad, por ejemplo, que tras encontrarse un moscardón en la sopa, doña Pura Castellana de Peñasco tuvo la premonición de que su hijo y nuera, quebrando su promesa, se habían embarcado en el *Titanic*? ¿Miento acaso cuando digo que, durante varios días, continuó recibiendo tarjetas postales del ya difunto Victorito enviadas desde París por Eulogio, su ayuda de cámara? ¿Y cuando afirmo que, al saber que su hijo figuraba entre los desaparecidos, poco después —porque en este tipo de situaciones es imposible dilatar mucho una decisión—, mi amiga tomó la valiente y generosa determinación de...?

—... de comprar un cuerpo de los muchos que no se llegaron a identificar tras el naufragio y hacerlo pasar por Víctor —completó la frase Ignacio Selva—. ¿No es así como pensaba acabar su narración? Ustedes los novelistas —continuó Selva—, de vez en cuando se comportan como elefante en cacharrería. No cabe duda de que la decisión de doña Pura fue, si bien moralmente reprochable, pragmática y cabal. Requiere altura de miras, a pesar del inmenso dolor de perder un hijo, hacerle a su nuera, tan distinta a ella en todo, el impagable favor de evitar que tuviese que esperar veinte años para recomponer su vida. Todo eso es cierto, y también muy generoso por su parte, pero hay verdades (e incluso heroicidades) que es mejor que no se sepan nunca. ¿O es que le gustaría que una amiga suya (porque doña Pura y usted son uña y carne, ¿no es así?)... que una gran amiga, digo, ponga negro sobre blanco que ha comprado... un cadáver?

Doña Emilia clavó la vista en su plato de sopa. El cocido de Lhardy era —y aún es— tan reputado que existen escasas, por no decir nulas, posibilidades de encontrar un moscardón amerizado entre sus fideos. Y, sin embargo, a ella ahora se le antoja ver la sombra de uno, patitas en alto y con sus inmundas alas desmayadas entre dos garbanzos. Qué desagradable espejismo. Uno que por fortuna dura apenas unos segundos, pero, aun así, los suficientes como para que se imagine el dolor que pudo sentir su amiga Pura aquel lejano 15 de abril de infausta memoria.

Casi diez largos años habían pasado desde el hundimiento del *Titanic*, pero la fascinación que concitó desde el primer día la tragedia, lejos de disminuir, no había hecho más que aumentar. Ahora se conocían multitud de anécdotas, datos inéditos, historias increíbles, actos de generosidad extraordinarios, también otros de infinita abyección ocurridos en torno a ella. Porque —al igual que en una obra de Shakespeare, o que en una de las novelas de ese joven autor francés tan interesante, Marcel Proust, que doña Emilia acababa de leer—, lo ocurrido durante los escasos cinco días que el barco se mantuvo a flote y lo sucedido más tarde en los botes salvavidas configuraban un calidoscopio de todas las pasiones humanas imaginables.

Por eso, a doña Emilia Pardo Bazán se le había ocurrido la idea de recrear alguna de aquellas historias y publicarlas por entregas en el *ABC*. En un principio pensó hacer una semblanza de diversos y escogidos pasajeros glosando sus peripecias. Pero narraciones similares se repetían con cansina asiduidad tanto en la prensa extranjera como en la nacional, de modo que desechó la idea. Fue por fin su vieja amistad con doña Pura la que le regaló otro enfoque del asunto: a bordo del *Titanic* viajaban diez españoles de los que sobrevivieron siete, cinco mujeres y dos hombres. ¿Por qué no rastrear qué había sido de ellos y contar ahora, con la distancia que da el tiempo, no solo su experiencia en el *Titanic*, sino también —o, mejor dicho, sobre todo— sus vidas en la actualidad? Podía ser muy interesante desde el punto de vista humano responder, por ejemplo, a este tipo de preguntas: ¿cómo se sobrevive a una tragedia tan terrible y a la vez tan notoria? ¿Cambia la personalidad de un hombre o de una mujer después de —y como decía Fermina— «asomarse a la puerta del infierno»?

Sí. Ese bien podía ser un enfoque diferente a asunto tan trillado. Diferente y muy actual, porque enlazaba con otro tema tanto o incluso de más interés para doña Emilia que el naufragio del *Titanic*: las modernas teorías del doctor Sigmund Freud sobre la psique humana.

Un par de meses atrás, ella había tenido oportunidad de leer en su traducción francesa los revolucionarios estudios de aquel médico vienés del que todos hablaban y conocer sus teorías sobre cómo afectaban a la vida de las personas las experiencias traumáticas. Siguiendo esta idea, sería curioso, por tanto, rastrear a los siete supervivientes españoles y averiguar si el hecho de haber pasado por trance tan extremo los había anulado o, por el contrario, dotado de fuerzas como para comerse el mundo.

De momento, doña Emilia conocía la respuesta a estas preguntas en al menos un caso, el de Pepita Pérez de Soto y Vallejo. Sabía, por ejemplo, que seis años después de sobrevivir en una barquichuela a temperaturas árticas rodeada de témpanos y de cadáveres, la nuera de doña Pura se había vuelto a casar. Ahora era baronesa, madre de familia y, a decir verdad, su vida actual no se diferenciaba en nada de la de otras mujeres de su edad y condición. De no ser porque la palabra «*Titanic*» estaba proscrita de su vocabulario; y también por el hecho de que, según doña Pura, Pepita guardaba en su mesilla de noche (no a la vista, ese lugar correspondía a su nuevo marido, pero sí en el primer cajón y junto a su libro de oraciones) una foto de Víctor Peñasco, el resto de su existencia difícilmente interesaría al doctor Freud. Más bien le produciría un enorme bostezo.

Aun así, y para ensayar cómo podía ser el primer capítulo de su serie sobre los siete supervivientes españoles del *Titanic*, doña Emilia había decidido foguearse escribiendo el caso de la nuera de doña Pura con pelos y señales, incluida la compra de un cadáver. Y sí. No había más remedio que reconocer que Selvita tenía razón. A su amiga Pura —y no digamos a Pepita y a su nuevo e influyente marido— iba a gustarle poco y nada su recreación de lo ocurrido. Vaya contratiempo, se dijo. Ella detestaba tirar a la basura el producto de varios días de trabajo, pero *noblesse oblige*, posiblemente no le quedaría más remedio que hacerlo.

—Vale, pero con una condición —dijo entonces en voz alta y tal como si Selvita hubiese tenido acceso a su mental razonamiento—. Mira, esto es lo que pienso hacer: guardaré «El moscardón» provisionalmente en una gaveta, pero solo si tú me ayudas a averiguar qué ha sido de los otros supervivientes españoles. Que la vida actual de Pepita sea aburrida e incluso mortalmente convencional no quiere decir que la del resto lo sea también. Seguro que encuentro material suficiente para escribir una serie de artículos sobre sus vidas dándole un enfoque psicológico al estilo del doctor Freud.

—¿Froid? —preguntó sin demasiado interés Selvita—. ¿Le sirvo un poco más de patatas y de zanahoria, tocineta o morcillo quizá?

Doña Emilia dudó entre resignarse a pedir solo verdura o entregarse a los placeres de la carne. Bah, al diablo con la dieta, la diabetes es una gaita y la gota también, pero un día es un día, se dijo. En cuanto a su cintura, nunca fue la de una Friné ni siquiera cuando tenía veinte años, de modo que:

—Adelante —reclamó, señalando el tocino y otros cuerpos del delito—. En cuanto a Freud —añadió a continuación y sin perder comba—, alguien como tú, Selvita, que no solo aspira a escribir en prensa, sino también novelas, haría bien en memorizar su nombre. Deslumbrantes son sus teorías sobre diversos aspectos de la conducta humana. Aquí en España aún no es muy conocido, y me he visto obligada a leerlo en francés. Pero mi buen amigo López Ballesteros, con el que coincidí el otro día en el café Pombo, me dijo que está ultimando la traducción del primer volumen de sus obras. Ya verás lo mucho que va a dar que hablar de aquí a nada. Para que te hagas una idea, su obra *La interpretación de los sueños*, por ejemplo, se ha convertido en la biblia de los pupilos más estrafalarios de la Residencia de Estudiantes. ¿Cómo se llama ese muchacho de ojos estrábicos al que tú saludaste el otro día en el Ateneo? Pregúntale y verás.

—Se llama Luis Buñuel, pero no sé qué tienen que ver él o el doctor Freud con los artículos que quiere usted escribir sobre los supervivientes del *Titanic*.

—Tu amigo Buñuel, nada, al menos de momento; Freud, en cambio, todo. En otro de sus estudios llamado *Neurosis traumática* ha investigado cómo las experiencias extremas y aterradoras de supervivientes de la guerra del catorce condicionaron su conducta posterior. Exactamente el mismo ejercicio quiero hacer yo con mis españoles del *Titanic*. Y para eso necesito tu ayuda.

—¿En concreto para qué? —preguntó cautamente Ignacio Selva que, por experiencias anteriores, sabía que doña Emilia era muy dada a meterle en berenjenales.

—Para algo sencillísimo, ya lo verás. Tú sigues en contacto con Cordelero, ¿no es cierto? Sí, hombre, ese inspector de policía que conocimos cuando yo estaba documentándome para escribir *La gota de sangre* y al que convertí en personaje de mi novela llamándole Corralero en vez de Cordelero. Un tipo sagaz y de fino olfato, seguro que nos soluciona en un pispás la papeleta.

—¿Qué papeleta?

—Ya te lo he dicho, *ruliño*. La de rastrear al resto de los pasajeros españoles del *Titanic* y averiguar qué ha sido de ellos. Según me ha contado mi amiga Pura, y yo he podido completar información consultando la hemeroteca, además de Pepita y de Fermina, su acompañante, sobrevivieron otras cinco personas. Según parece, la mayoría de ellas no vive en España, pero seguro que eso es *peccata minuta* para Corralero; siempre ha sido un hombre de recursos. Dile que haga las pesquisas que sean necesarias para localizarlos y que no repare en gastos.

—Puedo intentarlo, pero desde ya le advierto que Corralero está a mil cosas. Después de la publicación de *La gota de sangre* se retiró de la policía y ha montado su propia agencia de detectives. La última vez que hablé con él me dijo que no da abasto con tantos casos como tiene entre manos. ¿Para cuándo necesitaría la información?

—Mira que eres plomazo, Selvita, cualquiera diría que no me conoces. Cuando se me mete una idea entre ceja y ceja, no hay quién me pare. Además, me he comprometido con el *ABC*, de modo que la quiero para *ya*. O mejor aún, y como dice en una de sus novelas mi nunca olvidado Pérez Galdós: ¡la quiero para ayer!

5

UNA VISITA AL EXINSPECTOR CORRALERO

Selvita ha tomado el tranvía y está furioso consigo mismo. Para colmo, caen chuzos de punta y, en estos vagones abiertos que ahora se estilan, el agua se cuela por todas partes, maldita sea. ¿Por qué rayos no le habría dado una larga cambiada a doña Emilia, precisamente él, que era experto en esquivar embolados? Treinta y tantos años de elegida soltería le habían enseñado latín a la hora de lidiar con damas exigentes: un aire entre compungido y cautivador... un mucho repetir «Me encantaría, nada me haría tan feliz, pero...», y —cuando el asunto se complicaba más de la cuenta— un poner pies en polvorosa, esa era su táctica. Pero con doña Emilia no había caso. Si él era maestro en latines de seducción y en esquivar compromisos, ella sabía sánscrito, de modo que allí estaba él dando diente con diente, con las canillas anegadas y camino de entrevistarse con Corralero.

Habían continuado en contacto después de que doña Emilia los inmortalizara como los equivalentes patrios de Sherlock Holmes y el inspector Lestrade de Scotland Yard en su primera novela policíaca. Pero hacía meses que no se veían. ¿Qué diría cuando le contase que Emilia Pardo Bazán necesitaba «para ayer» información sobre cinco pasajeros del *Titanic* que posiblemente ni vivieran en España? ¿Qué podía saber de estas personas un antiguo jefe de Policía que, con toda probabilidad, jamás había salido de Madrid capital? Cierto que ahora existían el telégrafo, el teletipo y el teléfono, y que las noticias volaban a velocidad de vértigo, pero, por muy buen sabueso que fuese Corralero y por muchos contactos que llegase a tener, tardaría meses en rastrear a aquellos cinco individuos.

«Hay que ver lo dura que es la vida del aspirante a intelectual —suspira Ignacio Selva—. Con lo bien que estaría yo ahora mismo en el Nuevo Club tomándome un anís del Mono. O si no, en casa pidiéndole a Evarista un *porto flip*, un ponche de huevo, coñac y oporto rubí, perfecto para este tipo de tardes glaciales». Y, en cambio, aquí estaba él. Apeándose del tranvía, sin paraguas y con un ligero gabán, muy a la moda, sí, pero del todo inútil cuando llueve a mares. «En fin, al mal tiempo, buena cara», añade recurriendo al topicazo justo antes de extraer de su gabán el papelito en el que había garabateado la dirección de Corralero. Está hecho una sopa y lo único que alcanza a leer es: «Calle Alcalá», pero no así el número. «*¡Carallo!* —exclama, contradiciendo el aire de distinguido y bohemio intelectual británico a lo Percy Shelley que lleva meses construyendo con admirable perseverancia; y luego, ya en román paladino, añade un—: «¡Joodeeer!», porque la lluvia no da tregua y Alcalá es una de las calles más largas de toda la Villa y Corte. Mira a la derecha. Mira a la izquierda. Ni un alma. Es un clásico, se dice, en cuanto caen cuatro gotas los madrileños buscan refugio como si se avecinase el fin del mundo. De portal en portal va Ignacio Selva esperando ver por allí algún vecino o, en su defecto, una placa que rece algo así como: «Elías Corralero, investigador privado». ¿Dónde rayos quedará el despacho de su amigo? Había intentado telefonearle desde Lhardy, pero la operadora, tras un par de intentos fallidos, decretó que debía de haber algún problema con el aparato, por lo que no tuvo más remedio que ir en su busca, y sin previo aviso, además. Si al menos hubiera por allí una tienda de ultramarinos, una vaquería o cualquier otro comercio donde informarse, pero el único ser humano que alcanzó a ver fue un mancebo de botica tan ensopado como él, que se apresuraba a entregar un pedido y que, de malas pulgas, afirmó no conocer a ningún Corralero. «Probaré en estos tres o cuatro portales que faltan hasta llegar a la esquina y después me rindo», se promete Selva justo cuando, de pronto, por la acera de los pares y desafiando a los elementos, ve avanzar un hermoso sombrero panamá de esos que, a este lado del Atlántico, solo gastan los indianos, acompañado además de un aún más improbable traje de dril. «Pero quien será el *chalao* que viste así con la que está cayendo», se maravilla Selva, antes de percatarse de que, albricias, Dios es grande, se trata del mismísimo Elías Corralero.

—¡Amigo Selva! —se sorprende entonces el antiguo jefe de Policía y luego, añade, señalando hacia dos portales más allá—: Pero si está usted más *mojao* que un pollo. Venga conmigo, a tres pasos de aquí tengo mi despacho. ¿Se puede saber qué hace bajo el diluvio?

—Eso mismo le digo yo —responde Selva—. Con la pinta que luce cualquiera diría que acaba de llegar del Caribe.

—Y así es, en efecto —retruca Corralero, sacudiendo su panamá que quedó, si no milagrosamente seco, sí armado y primoroso—. Regresé la semana pasada. Allá en Cuba los chaparrones son el pan suyo de cada día y no por eso se para el mundo como ocurre aquí.

—Sí, ya, aunque con esta manta de agua, no me dirá usted que... —comienza a argumentar Ignacio Selva justo antes de que Corralero ataje:

—... Ande, ande, verdaderamente no sé de qué se extraña. Estamos casi en primavera. ¿Si no llueve ahora, cuándo va a llover? Mire, ya hemos llegado, aquí tiene usted su casa, o su oficina, sería más propio decir. ¿Le preparo un café? ¿Qué tal si para entrar en calor le añado un buen chorretón de ron Bacardí, que allá en la isla llaman «del murciélago»? No catará usted nada parecido en toda Europa, se lo aseguro.

*　*　*

Ante sendas tazas de tan humeante brebaje, Corralero explicaría entonces que uno de sus últimos casos como detective privado —la fuga de una adinerada heredera salmantina con su profesor de solfeo— lo había llevado hasta la capital de Cuba.

—La ciudad más bella del mundo, amigo Selva, sofisticación europea con alegría caribeña, ¿qué puede haber mejor? Allá todo el mundo está contento, nadie tiene prisa y las mujeres caminan como si bailaran. Ni se imagina qué paraíso, poco faltó para que me quedara ya para siempre.

Corralero se explayó contando las maravillas de la que llaman la Perla del Caribe, sus gentes, su música, y luego abundó en cómo se las había arreglado para traer de regreso a la rica heredera salmantina deshecha en lágrimas después de que le demostrara que su profesor de solfeo era un caradura de tomo y lomo al que no le dolieron prendas en aceptar la sustancial cantidad de dinero que le ofreció a cambio de su imperecedero amor.

—Es el tipo de investigaciones que más me gusta, amigo mío. Aquí, en Madrid, los casos son siempre los mismos: que si un collar de perlas que desaparece, que si una burguesa y muy aburrida infidelidad conyugal...

—Siendo así, seguro que le interesará la investigación que vengo a proponerle —interrumpió Ignacio Selva, contento de constatar que, contra todo pronóstico, los tentáculos profesionales del antiguo jefe de Policía se extendían hasta el otro lado del Atlántico ¿Se acuerda usted de la tragedia del *Titanic*?

Sabedor de que con solo mentar tan fatídica nave ya había ganado la atención de Corralero, Selva explicó entonces la intención de doña Emilia Pardo Bazán de escribir para el *ABC* un serial en el que contaría cómo era ahora la vida de los siete supervivientes españoles del *Titanic*.

—Por lo visto, todo esto es para emular a un médico vienés del que media Europa habla de un tiempo a esta parte. No logré que me explicara con demasiado detalle sus teorías, pero, por lo que colijo, lo que a ella le interesa es constatar si una vivencia así de traumática modifica para siempre a una persona, de modo que, o bien la impele a comerse el mundo, o bien la anula. A mí, qué quiere que le diga, amigo Corralero, me parece de elemental sentido común que una desgracia en ocasiones fortalece y en otras acaba convirtiendo al superviviente de una tragedia en un pobre diablo y ni falta hace que lo afirme ningún doctor vienés. Pero ya sabe cómo es doña Emilia. Empeñada está en escribir sobre el tema y no hay quien la mueva de su propósito. La vida de al menos dos de esos siete supervivientes la tiene muy a mano. Una de ellas, porque se trata de la nuera de una amiga suya. En cuanto a la segunda persona, Fermina, tal es su nombre, era por lo visto la modista y acompañante de esta señora cuando sobrevino el naufragio y, aunque ahora no continúa a su servicio, no será difícil dar con ella y comprobar si ha prosperado o no. El enigma son los cinco restantes; en la hemeroteca nada se dice de ellos en la actualidad y, para rastrear su pista y saber qué ha sido de sus vidas, quiere contratarle a usted. Por cierto: me recalcó mucho que le dijera que, al tratarse de un trabajo periodístico, la celeridad es fundamental, de ahí que necesite la información «para ayer», esa fue la expresión que usó.

—Pues como si la necesita para antier —sonrió Corralero—, porque, desde aquí, sin moverme de esta habitación, puedo decirle el nombre de cuatro de ellos.

—¡Cómo! ¿Los conoce usted? —se maravilló Ignacio Selva, que para entonces iba por la segunda taza de café con Bacardí y le estaba sentando tan divinamente que por un momento se figuró que carajillo tan caribeño le hacía «oír» visiones.

—Personalmente no, pero en La Habana todo el mundo sabe quiénes son los supervivientes cubanos de *Titanic*. Figúrese que como allá a todos le ponen música, incluso hay una canción que cuenta sus peripecias. Más de una farra me he corrido yo bailando al compás de cierta guaracha cuyo estribillo repite musicalmente sus nombres: ¡Emilio y Asunción y Florentina y Julián! —canturreó (y nada mal por cierto) Elías Corralero.

—Qué lástima, en tal caso no nos sirven —se lamentó su interlocutor—. Doña Emilia quiere hablar solo de supervivientes españoles.

—¡Pero si son tan españoles como usted o yo, amigo Selva! De la tierra catalana para ser exactos. Este dato también se menciona en la guaracha de marras. Por lo visto, Florentina y Julián eran novios y los otros dos simples amigos. Siempre según la letra de esta canción, embarcaron un mal día en el *Titanic* con el sueño de llegar a Cuba y hacerse millonarios.

—¿Y lo consiguieron?

—Eso ya no lo sé, pero no será difícil averiguarlo. Tengo buenos contactos allá en La Habana. Sin ir más lejos, el inspector Edelmiro Gatto es mi *compay*.

—¿Su qué?

—Mi amigo, *miambia*, mi compadre, según la parla de la isla: hay que tener contactos hasta en el infierno, sobre todo si uno se dedica a este oficio. ¿No le parece?

—Sí, y seguro que a doña Emilia le encantará saberlo. También ella es de las que tiene amigos en el averno. ¿Puede usted hacerle llegar un teletipo a su *compay* hoy mismo a ver qué nos responde? Ya tenemos identificados a cuatro, pero ¿qué hay de la quinta pasajera?

—¿Hubo otra superviviente más?

—Las crónicas hablan de dos hombres y cinco mujeres en total, de modo que nos falta una. ¿Qué sabe de ella?

—Ni una palabra. A Cuba seguro que no fue, porque, si no, sería tan conocida como los otros cuatro. Pero le puedo preguntar a Gatto. Guarda todo lo que se publica sobre el naufragio.

—¿Al gato dice usted?

—Sí hombre, se lo acabo de mentar, mi *compay* Edelmiro Gatto, y muy felinamente que se mueve, se lo aseguro. Dígame: ¿qué más quiere que le pregunte?

*   *   *

Corralero tomaba notas aplicadamente en una libretita de tapas de hule indagando sobre este y aquel pormenor para entender bien qué se esperaba de él. Ignacio Selva, por su parte, flotaba entre los efluvios de su tercer carajillo caribeño, y hete aquí que, de pronto, aquellos vapores le regalaron una idea que se le antojó espléndida. Él siempre había deseado conocer Cuba. Su abuela, que había nacido allá, desde niño le había hablado de la isla, de sus plantaciones de tabaco y caña, de sus playas, de sus canciones. ¿No había dicho doña Emilia que le urgía encontrar información? Los transatlánticos actuales eran mucho más veloces y seguros que el barco de infausta memoria, de modo que en un santiamén podía plantarse en La Habana, y averiguar todo lo que doña Emilia necesitase sobre los cinco del *Titanic*. Además, mientras hacía de Sherlock Holmes —o de Arsenio Lupin— también podía aprovechar para escribir un reportaje para *El Imparcial*, por ejemplo, sobre lo que estaba pasando ahora mismo en la isla. Un trabajo muy bien documentado con cifras y datos, pero, al mismo tiempo, muy literario, un poco al estilo Julio Camba. Sí, ¿por qué no? Tal era el modo en que los aspirantes a escritor como él tradicionalmente comenzaban a darse a conocer en el mundo del periodismo. Solo había un pequeño —o no tan pequeño— inconveniente. Desde que expresó su deseo de abandonar la notaría familiar para probar suerte en el mundo de las letras, su padre había puesto el grito en el cielo: «Un bohemio, un diletante, un poetucho sin oficio ni beneficio», eso le había augurado que sería antes de añadir que no contara con él para nada. Desde entonces, sus finanzas estaban bajo mínimos. Tenía, eso sí, un piso de soltero muy agradable, regalo de su madrina, e iba tirando merced a un dinerín herencia de su madre que él hacía milagros por estirar hasta que Erató, la musa de la poesía, o Melpómene, la del teatro, o cualquier otra de ellas lo tocaran con sus alas, pero de momento se hacían de rogar las muy esquivas. Vaya contrariedad.

De pronto, un nuevo sorbo de caribeño carajillo le regaló un distinto enfoque del asunto. Si él andaba en estrecheras, para doña Emilia, por el contrario, el dinero jamás había sido un problema. No estaría por tanto nada mal proponerle un plan: dejar atrás las brumas y las lluvias de aquella primavera madrileña especialmente desapacible y embarcarse juntos en busca de la información. Podían hacer un trato, ella adelantaba el dinero y él se lo iba pagando en razonables plazos. A nadie le amarga un viaje al Caribe de modo que ¿por qué no?

6

SABUESOS CHASQUEADOS

—... Pues porque no, Selvita —Eso dijo la dama cuando la telefoneó para plantearle la idea—. No estamos yo, ni tampoco mis muchos achaques, como para irnos ahora a la otra punta del mundo. Además, ¿no acabas de decirme que Corralero tiene ya localizados a cuatro de los cinco supervivientes? Te diré lo que vamos a hacer: mientras esperamos a que ese tal inspector Gatto amigo de Corralero allá en La Habana nos dé noticias, yo iré adelantando tarea. Pienso citarme cuanto antes con Fermina Oliva, la acompañante de Pepita. Según me ha dicho doña Pura, tras el naufragio, decidió retomar sus quehaceres de modista y vive ahora en la calle Regueros, de modo que al menos esta parte de la averiguación será coser y cantar. Anda, *ruliño*, alegra esa cara, ya habrá más ocasiones e incluso más interesantes de visitar Cuba. De momento y sin movernos de casa verás cómo descubrimos, en la vida de esos siete supervivientes del *Titanic*, facetas inéditas de la psique humana que dejarían turulato al doctor Sigmund Freud.

* * *

Pero no fue así. A pesar de que el diligente Corralero tardó apenas unos días en averiguar qué había sido de «los cuatro de La Habana», el resultado de sus pesquisas no fue tan psicológicamente interesante como doña Emilia esperaba. Dos de los supervivientes, Julián Padró y su esposa, Florentina Durán, en efecto habían conseguido amasar una nada desdeñable fortuna y vivían ahora en uno de los barrios más selectos de la ciudad. Pero Cuba era tierra de promisión. Miles de emigrantes habían logrado prosperar tanto o más que ellos sin necesidad de pasar por el mal trago de naufragar y luego sobrevivir en una barquichuela a la deriva en un mar festoneado de cadáveres helados. Como único dato relevante a los efectos de lo que esperaba encontrar doña Emilia, el inspector jefe Gatto informó de que Julián y Florentina jamás, bajo ningún concepto, mencionaban la palabra *Titanic*.

En cuanto a la segunda pareja, Asunción Durán y Emilio Pallás, y siempre según las averiguaciones de Gatto, su vida actual solo se podía describir con una palabra: gris. Al llegar a La Habana tras el naufragio, estuvieron alojados un par de semanas a costa de la alcaldía de la ciudad en el lujoso Hotel La Perla. Periodistas del mundo entero pidieron entrevistarles e incluso un equipo de rodaje de Hollywood les ofreció un dineral por contar su historia. Pero ni Emilio ni Asunción aceptaron. Recordar, decían, dolía demasiado. Tampoco parecieron adaptarse a su nuevo país. Apenas un mes más tarde, y pese a lo padecido a bordo del *Titanic*, embarcaron de nuevo rumbo a España. Hasta tres vapores distintos hubieron de tomar, tentando de nuevo a la suerte antes de avistar las costas de su Cataluña natal.

—Y una vez allí —explicó Corralero, leyendo para doña Emilia el prolijo informe que desde La Habana le ha hecho llegar Edelmiro Gatto—, Emilio Pallás y Asunción Durán se separaron. Él montó un negocio, un horno de leña que tenía como clienta habitual a Raquel Meyer. Eso es lo único medianamente llamativo que Gatto ha logrado descubrir sobre Emilio Pallás —puntualizó—. En cuanto a Asunción, se sabe que murió poco después, muy sola y evitando siempre hablar del *Titanic*.

—Diríase que eso —apostilló doña Emilia— es lo único que tienen en común todos ellos: silencio total sobre lo vivido. ¿Y de la quinta pasajera qué noticias hay?

—Las suficientes como para decir que su vida parece más aventurera antes del naufragio que después. Esto es lo que ha conseguido averiguar Gatto a través de sus diversos contactos. Natural de Marbella, tras la muerte de su marido y de uno de sus hijos, allá por el año 1910, más o menos, Encarna Reynaldo, que tal era su nombre, dejó a otros dos vástagos de corta edad al cuidado de su madre y decidió cambiar de vida. Encontró trabajo en Gibraltar como empleada doméstica, y no mucho después sus empleadores se mudaron a Londres. Encarna marchó con ellos, pero, pasado cierto tiempo y coincidiendo más o menos con su treinta cumpleaños, invirtió parte de sus ahorros en comprar un pasaje de segunda clase en el *Titanic*. Su intención era visitar a una hermana que vivía en Nueva York y, como hablaba inglés, ver la posibilidad de quedarse a vivir allí. Por cierto: su conocimiento del idioma fue providencial a la hora de asegurarse un lugar en los botes salvavidas. Según ahora se sabe, la pérdida de vidas humanas entre los pasajeros de segunda y tercera clase fue terrible, no solo porque los estrictos protocolos del barco impidieron, hasta que la situación se hizo desesperada, el acceso a las cubiertas reservadas a los pasajeros de primera en las que estaban los botes salvavidas. También lo fue porque gran parte de los emigrantes —escandinavos, italianos, centroeuropeos y, por supuesto, nuestros amigos españoles— no entendía una palabra de lo que estaba ocurriendo ni podía leer los carteles indicadores, lo que les hubiera ayudado a llegar hasta la cubierta superior. Encarna, en cambio, no tuvo problema, logró embarcar y salvarse sin un rasguño.

—¿Y qué fue de ella después?

—Se quedó con su hermana en Nueva York, y al año siguiente ya había contraído nuevas nupcias olvidando por completo su vida anterior.

—¿Y los dos hijos que dejó en Marbella?

—No ha vuelto a verlos. Tuvo otros tres con su segundo marido, y se ve que, después de la tragedia, decidió pasar página.

—¿Y olvidar a la sangre de su sangre? —se escandalizó Ignacio Selva, y Corralero asintió antes de dirigirse de nuevo a doña Emilia y concluir:

—Así que ya ve, señora. Siento desilusionarla, pero no parece que haya entre estas cinco personas un patrón de conducta similar. Unos, como el matrimonio formado por Julián y Florentina, se han hecho multimillonarios; otros, como Emilio Pallás y Asunción Durán, tuvieron una vida sin sobresaltos. En cuanto a Encarnación Reynaldo, tampoco parece que su ordalía haya modificado sustancialmente su carácter. Si antes del naufragio era aventurera, tenía ganas de viajar y de conocer mundo, después del *Titanic* siguió con su deseo de no volver a su país y se olvidó de todo, incluso de dos de sus hijos. ¿Y cómo le ha ido a usted con sus averiguaciones? Tengo entendido que iba a entrevistarse con Fermina Oliva, la señorita de compañía que viajaba en primera clase junto a doña Pepita. ¿En el caso de estas dos señoras, qué ha ocurrido? ¿Hay en sus vidas algo que haga pensar que el *Titanic* cambió su personalidad, su carácter o su forma de ser anterior?

A Emilia Pardo Bazán le encantaría poder decir que sí, que tanto a Pepita como a Fermina su trauma, tal como lo llamaba el doctor Freud, las había trasformado. Pero hubiese sido faltar a la verdad, de modo que contestó, sencillamente, que no. Podría haberse extendido en pormenores y explicarle a Corralero, por ejemplo, que Pepita, salvo por el hecho de que jamás hablaba del *Titanic*, tenía las mismas virtudes —y defectos— que antes de embarcarse. En cuanto a Fermina, no había duda de que era una mujer cabal y tranquila, que llegado el momento se asomó con valentía «a las puertas del infierno», como ella misma decía. Sin embargo, una vez que estas volvieron a cerrarse, retomó sus labores y su vida anterior, como si aquel 14 de abril de 1912 no hubiese sido más que un mal sueño. Uno del que, por mucho que doña Emilia había intentado tirarle de la lengua la tarde en la que la visitó en su taller, no consiguió arrancarle más que un par de vaguedades.

—¿Es posible —se dijo entonces la dama— que lo único que tengan en común todos los supervivientes sea el silencio, algo así como una extraña *omertà*? Eso y nada más, porque estaba claro que aquel que antes de embarcarse en el *Titanic* era echado para adelante continuaba siéndolo, el frágil, frágil y el egoísta, egoísta y el simple, más simple aún...

—En fin, parece claro que *Quod natura non dat, Salmantica non praestat** —concluyó doña Emilia en voz alta, aunque más para sí que para Selvita y Corralero.

—¿Mande? —retrucó Corralero, que de latines andaba justo.

—Nada, nada, cosas mías. Que acabo de darme cuenta de que he errado el tiro. La vida actual de estas personas no da para escribir una serie sobre ellas, opine lo que opine el doctor Freud.

—Eso se lo podía haber dicho yo —intervino Ignacio Selva—, que para sabio y conocedor de la naturaleza humana ya está el refranero y no su doctor Freud. Mire, si no, lo que decía mi abuela: «En todos los tiempos y en todas las partes no hay domingos que se vuelvan martes». Más claro, agua, ¿no cree? Y por si quedaba alguna duda, aquí van otros dos retazos de ancestral sabiduría: no hay que pedir peras al olmo y aunque la mona se vista de seda, mona se queda.

---

* «Lo que la naturaleza no da, Salamanca no presta».

—Sí, Selvita, no me duelen prendas en decir que llevas razón —no tuvo más remedio que reconocer la dama—, y también usted, amigo Corralero. Pero, aun así, no sé, no sé... —caviló entonces doña Emilia—. Mi intuición rara vez me falla y sigo creyendo que en la vida de los españoles del *Titanic* hay material como para escribir algo sumamente interesante. Voy a darle otra vuelta. Quién sabe, tal vez sea solo cuestión de encontrar un enfoque desde otro ángulo.

—¿Desecha entonces la idea?

—Digamos que por el momento la echo a dormir. Si Mahoma no va a la montaña, es posible, quién sabe, que cualquier día de estos la montaña venga a Mahoma.

—Creo recordar —bromeó Ignacio Selva— que es Mahoma el que va a la montaña y no la montaña al profeta.

—No siempre, Selvita, no siempre. Y ahora, olvidémonos del asunto. Mira, ya sé: para quitarnos el mal sabor de boca, te invito a cenar. Conozco una tasca en la calle de la Bola que tiene percebes más frescos que los que comerías en Coruña. Ah, ¿cómo...? ¿Que no me crees?... —bromeó también ella—. Espera y verás. Y, por supuesto, cuento con usted, Corralero, así que coja ese panamá tan jacarandoso que gasta y allá que nos vamos. Una pena que no esté aquí su compadre Edelmiro Gatto para convidarle también, ha hecho un trabajo formidable. Le mandaré unas líneas dándole las gracias, es lo menos que puedo hacer. Y ahora: ¡adiós, siete del *Titanic*! No puedo decir que fuese un placer conocer vuestra historia, pero, bueno, nunca se sabe...

—¿Y qué tal si, en vez de decirles adiós a los siete del *Titanic*, no me presta usted la idea? —se le ocurrió decir de pronto a Ignacio Selva—. El material conseguido por el inspector Gatto tal vez no dé para escribir esa serie de varios capítulos que usted quería. Pero se me ocurre que yo, mucho más modestamente, podría redactar un pequeño artículo en el que cuente de modo somero, pero informativo las vidas de estas personas, sus logros, sus fracasos, simples semblanzas humanas de gente normal que ha sobrevivido a una peripecia excepcional. Sí, ya sé que no tendrá la profundidad psicológica que usted quería darle a su serie. Pero, siendo el tema que es, seguro que me lo publican y sería mi debut en estas lides. ¿Qué me dice? ¿Me haría ese gran favor?

Una semana más tarde y bajo el título de «Siete vidas después de la muerte», *La Tribuna* publicaba el primer artículo de Ignacio Selva. Al principio, no pareció causar el menor revuelo, pero poco después...

TERCERA PARTE

AMALIA

7

... Y LA MONTAÑA FUE A MAHOMA

Febrero de 1921

—¿Está usted sentada? En caso de que no, pille el primer asiento que tenga a mano, porque lo que voy a decir va a dejarla patidifusa.

—Claro que estoy sentada, Selvita, no suelo escribir parada en una pata como una grulla. ¿Se puede saber qué quieres, y a esta hora, además?

Ni dos semanas habían pasado desde la publicación de su artículo cuando Ignacio Selva telefoneó a doña Emilia en horario de trabajo. Una temeridad, porque las costumbres de la dama eran tan inflexibles como inviolables.

—Pero, en este caso, le aseguro que la ocasión lo merece. Escuche: ¿se acuerda de mi modesta pieza «Siete vidas después de la muerte»? ¿Y se acuerda también de lo que dijo de Mahoma y la montaña?

Doña Emilia, que estaba en plena redacción de un artículo para el *ABC* sobre la influencia en la literatura europea de la escandalosa escena en la que Emma Bovary da vueltas y vueltas por Ruan en carruaje en compañía de uno de sus amantes, rezongó diciendo que no tenía la menor idea de qué rayos le estaba hablando.

—Pues para mí que las meigas que a usted tanto le gustan andan por ahí haciendo de las suyas, porque el caso es que me han escrito desde Asturias.

Sin esperar al resoplido de impaciencia de su interlocutora y tampoco a su puntualización de que en Asturias no había meigas, Ignacio Selva, después de decir: «Escuche, y dígame si tengo razón o no», procedió, sin más preámbulos, a la lectura de una carta que acababa de recibir.

Estaba fechada en Avilés una semana atrás y rezaba así:

> *Estimado señor Selva:*
>
> *Gracias a la notoriedad que su nombre ha adquirido tras la resolución del enigma de* La gota de sangre, *y gracias también a la lectura de su reciente artículo en* La Tribuna, *me pongo en contacto con usted para solicitar su ayuda profesional. El caso que quiero plantearle me preocupa extraordinariamente porque tiene que ver con mi hermano desaparecido en el naufragio del* Titanic.
>
> *Su artículo versaba sobre los siete supervivientes españoles de la tragedia, pero, como bien sabe usted sin duda, tres, en cambio, perdieron la vida. Además de don Víctor Peñasco, del que habrá oído hablar, pues pertenecía a una familia muy conocida de Madrid, otros dos hombres perecieron en tan heladas aguas. Uno era casi un muchacho. Formaba parte del cuerpo de camareros del* Titanic *y desempeñaba su labor en uno de los restaurantes de primera clase. Su cadáver se recuperó, pero en un estado tan lamentable que, tras la pertinente identificación, y al estimarse que no podía ser embalsamado, fue devuelto al mar.*
>
> *La tercera víctima era Armando Olmedo y Ramírez, mi hermano, a la sazón de treinta y dos años, nacido, como toda nuestra familia, en Asturias. Armando se trasladó a Cuba con apenas quince años para colaborar con nuestro tío Manuel en una de las empresas familiares a uno y otro lado del océano, la Ramírez & Co. dedicada a importación y exporta-*

ción de textiles. Años más tarde, y como quiera que ya se había hecho un nombre en la compañía, comenzó a viajar con regularidad a distintos países en busca de nuevos productos, por lo que, a principios de aquel fatídico año de 1912, embarcó rumbo a Europa.

Doce meses antes, había contraído matrimonio, y su primera intención fue viajar en compañía de su esposa para que yo pudiese conocerla. Eva pertenece a otra acaudalada familia de indianos amiga de la nuestra, y ambos estaban muy enamorados. No obstante, poco antes de la partida, mi cuñada descubrió que estaba encinta y su delicado estado de salud desaconsejó un viaje que habría de durar lo menos seis meses. Por esta razón, Armando partió solo y, tal como era en él costumbre, una vez acabada la parte profesional de su viaje por Francia e Inglaterra, vino a Avilés pasando en casa unos días entrañables.

Fue entonces cuando me contó que su intención era regresar a Cuba vía Nueva York en el vapor del que todos hablaban, el velocísimo e insumergible Titanic, con el resultado que usted ya conoce. Su billete era de primera, de modo que cuando el capitán dio orden de abandonar la nave bien podía haberse salvado, al igual que hicieron otros caballeros que viajaban en su misma clase, incluido, por cierto, el infame Joseph Bruce Ismay, presidente de la empresa propietaria del Titanic, que no dudó en saltar a uno de los botes al percatarse de que el barco se hundía sin remedio. Pero mi hermano no era de esos. Encajaba más en el perfil de señores como Benjamin Guggenheim que, según testigos presenciales, se vistió de gala «para morir como un caballero». O como los muy acaudalados primos Carrau, del Uruguay, que, junto a otro compatriota suyo, don Ramón Artagaveytia, y al antes mencionado Víctor Peñasco, de Madrid, colaboraron activamente en la tarea de poner a salvo a mujeres y niños hasta que fue demasiado tarde para ellos.

Actualmente, señor Selva, poco se sabe de lo que pudo hacer Armando durante las escasas dos horas y media que el Titanic tardó en hundirse tras el impacto. Uno de los supervivientes aseguró haberlo visto en cubierta con su muy reconocible y poblado bigote cubierto de escarcha por el frío glacial que reinaba y colaborando con los marineros en arriar botes. Nadie sabe si, una vez acabada su encomiable tarea, se lanzó al mar o si permaneció en la embarcación yéndose a pique con ella.

Desde que mi hermano desapareció, me he afanado en leer todo lo que se ha escrito y aún se escribe sobre lo sucedido ese día y los siguientes: informes policiales, testimonios de aquellos que lograron sobrevivir, dictámenes forenses, estudios, peritajes... Es, digámoslo así, el modo que encontré de tenerle presente. Siempre estuvimos muy unidos. Nuestros padres murieron hace años y él era mi único hermano. Contarle también, señor Selva, que, en un principio, a Armando se le dio por desaparecido. Sin embargo, una vez que todos los cuerpos rescatados del mar fueron llevados al puerto de Halifax, uno de sus socios que, por encargo de mi cuñada, había viajado hasta allí para la pertinente identificación de cadáveres, certificó que uno de ellos era el de Armando.

Y aquí comienza la parte de esta desdichada historia que me gustaría exponerle. En realidad, no es asunto que pueda explicarse por carta, de modo que, de momento, solo le adelantaré que el cadáver número 189 que ese caballero amigo de la familia identificó como el de mi hermano no llevaba encima ni un documento, ni una carta, ni una joya que sirvieran para atestiguar que era él. En el registro del barco que lo recuperó de las aguas, se describe dicho cuerpo como el de

60

«un varón de unos veinticuatro años con cabello oscuro y vestido con abrigo negro, pantalón de sarga, camisa gris marcada con las iniciales J. R.». Como verá usted por los datos que acabo de facilitarle, ni la edad, ni las iniciales J. R. encajan. A estas particularidades hay que añadir que el cadáver 189 que ahora yace en el cementerio católico de Halifax bajo una lápida con el nombre de mi hermano presentaba en el momento de su identificación un rostro perfectamente afeitado sin rastro del profuso bigote que caracterizaba a Armando. Y esto es todo lo que le puedo decir por el momento: hay particularidades que no se deben poner por escrito y toda prudencia es poca.

Imagino, señor Selva, que tras su éxito en el tan mentado caso de La gota de sangre, sus servicios estarán extremadamente demandados, pero le ruego me permita exponerle mi caso. Uno que solo un investigador privado de su sagacidad puede solucionar, puesto que de nada me ha servido acudir a la policía, ni siquiera tuvieron en cuenta mis razonamientos. Lo que acabo de relatarle en estas escuetas líneas es, se lo aseguro, apenas la punta del iceberg —valga el lúgubre símil— de las incertidumbres y perplejidades que me acuitan, ya que, al cabo de tantos años de la desaparición de mi hermano, algo nuevo y absolutamente inesperado ha tenido lugar, y necesito su ayuda.

Esperando sus gratas noticias, le saluda esperanzada,

Amalia Olmedo

8

ANTE EL ESPEJO

Tras sorprenderse por el curioso contenido de la carta de Amalia Olmedo, Emilia Pardo Bazán no puede evitar que se le escape una sonrisa. Sin embargo, no lo comenta telefónicamente con Selvita, a él solo le pide que venga a verla por la tarde hacia las seis, que es cuando acaba su jornada de escritura, para comentar lo ocurrido. Si sonríe es por otra razón que nada tiene que ver con lo que se relata en la misiva, sino con cierta particularidad que se desprende de su lectura y que la halaga. Semanas atrás, a ella que tanto le gusta leer revistas y diarios extranjeros, le había llamado la atención cierta noticia aparecida en *The Times*. Bajo el título de «Querido señor Holmes, adorada Julieta», el prestigioso rotativo se hacía eco de una curiosa circunstancia. El hecho de que Sherlock Holmes y Julieta Capuleto fueran los dos personajes de ficción que más correspondencia recibían a lo largo del año; el primero en su afamada dirección del 221B de Baker Street, en Londres; las de la segunda dirigidas, simplemente, a las Arenas de Verona. Las misivas a Julieta Capuleto eran, según *The Times*, de índole personal e íntima. Se trataba de cartas románticas en las que hombres y, en algunos casos, mujeres del mundo entero declaraban su amor al inmortal personaje de Shakespeare, y de paso, aprovechaban para confiarle sus quebrantos amorosos. Las dirigidas a Sherlock Holmes, por el contrario, poco tenían de sentimentales. Eran de corte profesional y sus remitentes, tras exponer distintos y muchas veces irresolubles casos, solicitaban la atención y los servicios del más famoso detective de todos los tiempos.

Esta noticia le había parecido a doña Emilia tan fuera de lo común que le dedicó uno de sus artículos publicados por *ABC*, argumentando que, en realidad, el hecho de que dos criaturas que nunca habían existido estuviesen tan solicitadas no era tan sorprendente como en un principio pudiera parecer. «Al fin y al cabo —escribiría ella—, la literatura es hasta tal punto poderosa que consigue no solo que personajes que son pura invención parezcan vivos, sino que logra que lleguen a parecer incluso más reales que los de carne y hueso».

«... Como ahora está ocurriendo con uno de los míos», se dice complacida, y antes de añadir que quién podía imaginar que un personaje como Ignacio Selva, protagonista de una novelita que ella había escrito como mero divertimiento y sin más intención que la de hacer pasar un rato agradable al lector, entraría en el distinguido club de los seres de ficción que cobran vida y reciben cartas.

Doña Emilia se vuelve ahora hacia su máquina de escribir, pero en vez de continuar con la pieza literaria que estaba escribiendo sobre *Madame Bovary*, deja que sus ojos escapen hacia un punto de la habitación al que jamás se permite mirar mientras trabaja: el espacio que hay entre las dos ventanas y en el que reina un gran espejo isabelino. Antes, digamos veinte o treinta años atrás, cuando era joven, no le importaba hacerlo. Incluso propiciaba la pequeña egolatría de verse reflejada allí: el tronco aún grácil inclinado sobre el papel, los hombros erguidos, orgullosos, y algo más arriba su rostro, si no bello, sí vivaz e inteligente. «Tu momento Narciso», así lo llamaba aquel que entonces era su *miquiño*, Benito Pérez Galdós, su amigo, su cómplice, su amante, y el único al que dedicaba tan cariñoso diminutivo. «... No mientas, mi niña —parece oírle decir de pronto—. Antes, después, e incluso al mismo tiempo que yo, ha habido unos cuantos *miquiños*. Que yo sepa: Alcalá Galiano; un príncipe ruso cuyo nombre prefiero olvidar; un conde francés; Blasco Ibáñez y, según las pérfidas lenguas, también un gitano pinturero quince años más joven que tú. Mucho me temo que la fidelidad nunca ha estado entre tus virtudes, tampoco puedo decir que fuese una de las mías...».

Algo más de un año hacía de su muerte, pero hoy, como tantos otros días, Emilia tiene la sensación de que bastaría con levantar el teléfono y pedir a la telefonista que le comunicase con aquellos inolvidables cuatro dígitos 3-4-6-3, para oírle decir: «¿Eres tú, mi niña? ¿Cómo está mi amor esta mañana, nos vemos luego?».

Al recuerdo de los que ya se han ido le gusta disfrazarse de sombras, jugar al escondite entre los pliegues de las cortinas, desleírse en las lunas de los espejos. Por eso ahora, al verse reflejada en aquel que está entre las dos ventanas, Emilia no solo ve a la dama recia de casi setenta años en la que se ha convertido, sino, allá al fondo, otras dos siluetas que conoce bien. La suya y la de Benito allá por el año 1888, cuando decidieron alquilar aquel pisito en la calle de La Palma, para, según le había escrito Emilia en una de las muchas cartas que intercambiaron, «... *hacerle la mamola al mundo necio que prohíbe estas cosas; también a Moisés que las prohibió con igual éxito; a la realidad que nos encadena, y a la vida que huye; y a los angelitos del cielo que se creen los únicos felices porque están en el Empíreo con cara de bobos tocando el violín... cuando para felices, nosotros*».

—¿Qué, *miquiño*? —le dice ahora a la sombra—. ¿Cómo te quedas con lo que acaba de contarme Selvita? Figúrate que, de todos los personajes que he creado: don Pedro o la Sabela, de *Los pazos de Ulloa*; Asís Taboada, de *Insolación*, o el Rogelio, de *Morriña*, al único al que le escriben cartas y lo confunden con una

64

persona real es a Ignacio Selva, quién lo iba a decir... Tú y yo ya habíamos roto cuando escribí *La gota de sangre*, así que te cuento un poco cómo lo creé. Resulta que se me ocurrió tomar como modelo a un muchacho gallego muy bien plantado él (nunca me han gustado los feos, bien lo sabes), al que conocí en el Ateneo. Hasta hace unos meses era diletante y un notorio corredor de farras nocturnas, y resulta que ahora tiene desesperado a su señor padre que ve cómo de pronto su único hijo y heredero no solo ha dejado la notaría familiar —y lo que es aún más asombroso también a sus amigotes de francachelas—, para intentar convertirse en escritor, toda una metamorfosis. Pero, bueno, el caso es que tenía entonces justo la edad y el aire que yo quería para mi detective. Porque verás: mi intención al escribir *La gota de sangre* era enmendarle la plana y enseñarle un par de cosas a sir Arthur Conan Doyle. Sí, no me mires de ese modo, *miquiño*, su archifamoso personaje de Sherlock Holmes será un prodigio de inteligencia y deducción, pero es un misógino de tomo y lomo, y antipatiquísimo, además. Yo, en cambio, quería que mi investigador fuese un soltero de oro, un vividor, un caradura, pero, al mismo tiempo, un tipo sensible con interés por las musas. En resumen: un aparente tarambana y picaflor, pero con sentimientos. También con olfato y astucia, y así nació Selvita. Y resulta que, desde entonces, el nombre ha hecho tal fortuna que ahora medio Madrid y, por supuesto, todos sus amigos, lo llaman así. Después, y para ponerle un contrapunto al estilo del inspector Lestrade o del doctor Watson, le inventé un ayudante, trasunto, más o menos, de Sancho Panza. El modelo de carne y hueso del que está tomado es un inspector de Policía de nombre Cordelero, al que conocí cuando estuve documentándome para escribir la novela, y que me pareció el prototipo ideal. Apenas tuve que cambiar un par de letras de su nombre y ¡presto! Cordelero se convirtió en Corralero. Al igual que el hombre real en el que está inspirado, el ayudante de

Selvita en *La gota de sangre* es cabal, concienzudo y la mismísima encarnación del sentido común. No está tan omnipresente en la historia como el inefable Watson, pero ni falta que hace, porque es mucho más listo que la criatura de Conan Doyle, que, entre tú y yo, para mí que se le fue un poco la mano en eso de intentar que Watson pareciera un zoquete. Por el contrario, mi Corralero no interviene en el día a día de las pesquisas, pero cuando aparece en alguna de las aventuras es para dar una clave importantísima que ayuda a resolver el enigma. En fin, *miquiño*, todo esto es para contarte que, de pronto, un personaje que yo creé sin pretensión alguna resulta que ha cobrado vida y ahora le encargan casos, algunos tan enigmáticos como el de la señorita de Asturias cuya carta acaba de leerme Selvita. Porque lo que parece claro es que esta dama, quienquiera que sea, necesita ayuda urgente y no podemos dejarla a su suerte. ¿No te parece? Sí, ya sé lo que vas a decirme, que todo esto es un disparate, que cómo un señorito vivalavirgen, reconvertido en aspirante a poeta y escritor como es el Ignacio Selva de carne y hueso, va a investigar asunto alguno, y que qué pinto yo en todo este embrollo. Pero, ay, *miquiño*, cualquiera diría que no me conoces. Me *encantan* los embrollos. Y si son literarios, ya ni te cuento.

* * *

La sombra de Benito ya no se esconde entre los visillos, tampoco en los destellos de su espejo isabelino. Se ha ido difuminando hasta diluirse igual que se diluyó el gran amor que los había unido durante veinte años. A partir de principios de siglo, dejaron de encontrarse en el pisito de la calle de La Palma y de viajar juntos. Él ya no volvió a llamarla «mi niña» y ella de escribirle encendidas cartas en las que decir aquello de: «Pánfilo de mi corazón, rabio por echarte encima la vista y los brazos y el cuerpo todo. Te besaré, y después hablaremos de literatura y de la Academia y de mil tonterías...». Pero aun así, nunca dejaron de frecuentarse. Extinguido el incendio de la pasión, quedó el rescoldo del cariño, del respeto. También la mutua admiración intelectual hasta que, en 1920, al morir él, el vacío de su ausencia hizo renacer en Emilia algo así como el espejismo de aquel viejo amor que nunca llegó a morir. Por eso había comenzado a buscarlo por los rincones y en las lunas de los espejos. Y él a aparecer con más frecuencia. «... No será que estás pensando venir en mi busca, ¿verdad, vida mía? La diabetes hace de las suyas, peso más de lo que debería y la escoliosis me maltrata cada vez que me siento ante la máquina de escribir. Pero no tengo la menor intención de abandonar el mundo de los vivos, al menos de momento. Bicho malo nunca muere y, si no me llevó por delante la mal llamada gripe española de hace un par de años que tantos millones de vidas segó, calculo que debe de ser porque me queda cuerda para rato. Además, la ilusión y los proyectos son el mejor seguro de vida que uno pueda contratar, de modo que espérame sentado en una nube, *miquiño* mío. Selvita y yo tenemos ahora que resolver el enigma de la dama del *Titanic*».

9

LA DAMA DEL *TITANIC*

—Siéntese aquí, señorita. ¿Puedo ofrecerle una taza de té? ¿Café quizá? Confío en que el viaje en ferrocarril no haya sido en exceso pesado, hay una tiradita de Avilés a Madrid. ¿Casi quince horas dice usted...? ¡Qué barbaridad, qué barbaridad! Claro que por carretera hubiese sido muchísimo peor, con los baches y eso... Permítame su abrigo... gracias, muchas gracias.

A Ignacio Selva le había dado la incontinencia verbal. No paraba de decir inanidades sociales. Primero, porque la dama que tenía delante, con sus ojos clarísimos y su pelo rubio, rojizo y rizado, recogido bajo un severo sombrerito gris, le había parecido, nada más verla, la mismísima encarnación de la Venus de Botticelli. Y en segundo lugar, porque hay que ver qué caprichosas eran las exigencias que había marcado doña Emilia con respecto a aquella visita. Mira que empeñarse en asistir de tapadillo (esa fue la expresión que usó) al primer encuentro de él con la señorita Olmedo... Pero si incluso se las había arreglado para traer de su casa hasta la de Selva un voluminoso biombo filipino tras el que pensaba escuchar, sin ser vista, la conversación que mantuviese con su clienta.

—Porque, vamos a ver, criatura, ¿no te das cuenta de que, en una cita de estas características, cada palabra que pronuncie la persona que viene a plantear un caso, cada inflexión de su voz, cada gesto cuentan, y puede que a ti se te escape algo? Además, no esperarás que yo le diga a tu futura clienta: mire usted, señorita Olmedo, el detective Ignacio Selva no existe, es un invento mío, este señor que aquí ve es hasta ahora un impenitente corredor de farras metido a escritor al que muy de vez en cuando le publican alguna cosilla en prensa, pero, aun así, cuéntenos eso tan misterioso que la acuita, y, si bien no somos investigadores ni detectives ni nada que se le parezca, nosotros se lo solucionaremos en un periquete.

—Pues sí, precisamente eso es lo que deberíamos decirle, sería lo más honesto.

—¡Qué honestidad ni que gaitas, Selvita! Es evidente que esta dama está angustiada y no sabe a quién recurrir. Según se desprende de su carta, ya ha intentado acudir a la policía, y no le han prestado atención. Por eso, escuchémosla primero, y luego, si su caso es tan serio y delicado como parece, yo misma me ocuparé de irrumpir en el momento adecuado y deshacer el equívoco. ¿Te parece?

A Ignacio Selva no le había hecho gracia alguna la idea de seguir adelante con semejante pantomima. Además, tenía la sospecha de que doña Emilia se divertía estirando lo más posible la inesperada conjunción entre realidad y ficción que se había producido en este caso. Para ella, asistir de tapadillo a su entrevista con la señorita Olmedo debía de ser algo así como presenciar una especie de transustanciación por la que un personaje de su creación dejaba de ser de papel y tinta para convertirse en alguien de carne y hueso.

En fin, el caso es que, mientras él le daba vueltas a las palabras pronunciadas minutos antes por doña Emilia, ahí estaba aquella aparición del Olimpo despojándose de su abrigo, lo que dejó a la vista un austero vestido de terciopelo burdeos algo anticuado, pero que le sentaba como un guante.

Ahora que la mira con más detenimiento, Selvita se da cuenta de que la dama no es tan joven como pensó en un primer momento, cuarenta y tantos años calcula él, a pesar de esa silueta suya tan esbelta y de aquellos andares de diosa. «Está visto —caviló a continuación—, que las Venus de Botticelli lo que pierden en lozanía lo ganan en aura. ¿O tal vez debería decir halo?».

—Tome asiento, señorita, se lo ruego, voy a avivar un poco el fuego, la tarde está desapacible.

Ignacio Selva había citado a Amalia Olmedo en su propia casa. A pesar de que Evarista, su ángel doméstico (que Dios la bendiga, incluso había aceptado permanecer con él ahora que andaba magro de caudales), era un dechado de pulcritud y tenía la casa limpia como un jaspe, resultó que aquella era su tarde libre. «¿Por qué no le habré pedido que me cambie el día?», se reprochó. Seguro que Evarista habría conseguido que el gabinete al que acababa de hacer pasar a la señorita Olmedo tuviese un aire más profesional, digamos, más detectivesco. En cambio, la estancia era el vivo retrato de su contradictorio dueño: revistas literarias y de poesía aquí y allá; una raqueta de tenis en una esquina que nadie se había tomado la molestia de devolver a su prensa, una liga femenina bajo el secreter y sobre una mesita turca un juego de *backgammon* que a Selva apenas le dio tiempo a cerrar a toda prisa antes de dar la bienvenida a su visitante. Aun así, en nada de esto pareció reparar la señorita Olmedo. Desde que tomara asiento, escogiendo entre todas las sillas que había la más incómoda, sus ojos parecieron interesarse, sobre todo, en las escayolas del techo, como si esperase encontrar allá arriba la inspiración necesaria antes de relatar el motivo de su visita.

—Verá usted, señor Selva —comenzó, tras dejar sobre una mesita cercana y sin catar la taza de té que su anfitrión acababa de servirle—, tal como le adelanté por carta, el caso que vengo a plantearle está relacionado con el naufragio del *Titanic* y la desaparición de mi hermano, Armando Olmedo, en alta mar hace de esto casi diez años.

—La acompaño en el sentimiento —creyó decoroso apostillar Selva—. Hay muertes que, no importa cuánto tiempo trascurra, uno no logra aceptar nunca.

—No, señor, se equivoca usted. La muerte de alguien muy querido se acaba aceptando, qué remedio. Para lo que nadie está preparado, en cambio, es para lo que ahora, tantos años más tarde, parece haber ocurrido.

—¿Y qué ha ocurrido?

—Que ha vuelto.

—Perdone, pero no entiendo.

—Y yo menos aún, se lo aseguro. Antes, sin embargo, de que lleguemos a ese punto, pienso que sería útil volver atrás y retomar algunas de las circunstancias que ya le expuse en mi carta. Tal como le relaté en ella, una vez acontecida la tragedia, los cadáveres recuperados del mar se llevaron al puerto de Halifax para que, tras la pertinente identificación, recibieran cristiana sepultura. El cuerpo que yace a día de hoy en el cementerio católico de esta ciudad con el nombre de mi hermano esculpido en mármol es el que, al ser extraído de las aguas, se le asignó el número 189. En la descripción que de él se hace en el documento pertinente, se especifica que se trata de un varón de unos veinticuatro años con cabello oscuro y ataviado con abrigo negro, pantalón de sarga, camisa gris marcada con las iniciales J. R. y sin más señas ni particularidades físicas dignas de mención. Mi hermano, como también le conté en mi carta, acababa de cumplir treinta y dos años, jamás vistió de sarga y, como es obvio, sus iniciales no eran J. R. Es importante señalar también que, como puede observarse en esta fotografía que me he atrevido a traer para que usted la vea, Armando tenía como particularidad física fácilmente reconocible un espeso bigote muy a la moda entonces.

71

Selva observó con interés la instantánea que le tendía la señorita Olmedo. Desde la cartulina y posando de perfil, quizá para disimular un cuerpo recio y una incipiente curva de la felicidad, Armando Olmedo sonreía. O al menos esa era la impresión que propiciaba un grueso e imponente mostacho con las guías vueltas se quedó hacia abajo. «Bigote de morsa», dictaminó Selva, antes de reparar en otros detalles de la fisonomía del difunto como una cabellera negra y abundante peinada con raya en medio y unos ojos oscuros de mirada fija que en nada se parecían a los de su hermana.

—Llegado ese punto —continuó entonces la señorita Olmedo, buscando nuevamente ánimo en las escayolas del techo—, es necesario que sepa usted, que en los días posteriores al naufragio, mi cuñada Eva y yo nos vimos obligadas a tomar una difícil decisión. Al no haberse encontrado el cuerpo de Armando, nuestras opciones eran, o bien darlo por desaparecido con todos los trastornos legales que una muerte sin cadáver entraña... o bien comprar uno de los muchos cuerpos que no fueron identificados ni reclamados por nadie, en este caso, el que figuraba con el número 189, y «reconocerlo» como el de mi infortunado hermano. No fue una decisión fácil, se lo aseguro. Mi cuñada se resistía a hacerlo. Pero yo, señor Selva, soy mujer práctica. ¿Qué objeto tendría esperar cuatro lustros para disponer de los bienes de alguien que es obvio que ha fallecido? Tampoco era cuestión de condenar a su esposa, que además estaba embarazada del hijo póstumo de mi hermano, a no volver a casarse hasta pasados veinte largos años. En honor a ella diré que tal eventualidad era lo que menos le preocupaba. Eva y mi hermano se adoraban, sabe usted, la de ellos fue una extraordinaria historia de amor que la marcó hasta tal punto que desde el principio afirmó que jamás se volvería a casar. Y, en efecto, se mantuvo fiel a su palabra durante todos estos años. Hasta que apareció él...

—Con él —aventuró Selva— imagino se referirá a un nuevo hombre en la vida de su cuñada. Al fin y al cabo, por muy enamorada que estuviera, la vida sigue. Es lógico y normal.

El rostro de la algo madura pero aún bellísima Venus de Botticelli se ensombreció con algo muy parecido al fastidio.

—Me temo, señor Selva, que esta historia tiene poco de normal y menos aún de lógica. No. No es que Eva haya encontrado otro hombre, es que ha reaparecido Armando.

—¿Su hermano de usted? —se maravilló Ignacio Selva, hasta el punto de caer en la redundancia gramatical—. Me temo que esto tendrá que explicármelo con más detenimiento, se lo ruego.

*　*　*

Amalia Olmedo comenzaría entonces por contar que, meses atrás, Eva recibió en su casa de La Habana cierta carta escrita en inglés que, una vez enviada a traducir, resultó ser de un tal doctor Jones, en la que aseguraba haber trabajado durante años en una clínica para enfermos mentales en el noreste de Canadá.

—Pues bien, señor Selva —continuó la señorita—, el caso es que, siempre según el contenido de la misiva que tanto a Eva como a mí, cuando tuve noticia de ella, nos llenó de perplejidad; según su contenido, digo, el doctor Jones aseguraba que, allá por finales de 1912, a dicha institución había llegado solo y desorientado un hombre de unos treinta años de edad en precario estado de salud que presentaba un cuadro severo de amnesia. Hablaba únicamente español, de modo que, al menos al principio, no se le pudo someter a ningún tipo de terapia verbal, conformándose los médicos con atender sus necesidades físicas y suministrarle calmantes. Pero resultó que, transcurrido cierto tiempo, el misterioso desconocido que, a pesar de su estado, era «de vivaz inteligencia», (recuerdo bien que esa fue la expresión que usó el tal Jones para describirle) manejaba ya un inglés más que aceptable, por lo que el doctor decidió ocuparse de su caso. A través de la hipnosis y de la interpretación de sueños, el paciente «S» —que es como comenzaron a llamarle en la clínica a falta de mejor nombre y por haber aparecido en el sanatorio un sábado por la mañana— logró, a partir de aquel momento, reconstruir al menos algunos de sus recuerdos, en concreto, los más próximos a su fecha de internamiento.

Amalia continuó relatando que el misterioso hombre anónimo dijo recordar, por ejemplo, que había sido abandonado a las puertas de la institución por alguien que tocó el timbre y se esfumó sin esperar a que abriesen. Cada vez que evocaba este recuerdo, «S» decía sentir un frío terrible que le roía las extremidades impidiéndole todo movimiento. Comoquiera que este detalle encajaba con el hecho de que, a su llegada al sanatorio, «S» llevase manos y pies vendados y presentase leves signos de congelación, el doctor Jones coligió que las sesiones de hipnosis estaban surtiendo efecto y decidió redoblar esfuerzos. El proceso fue lento y laborioso pero, al cabo de un par de semanas, el paciente «S» pareció recuperar nuevos recuerdos. Dijo verse postrado en la litera de una embarcación no muy grande que olía a sangre y pescado muerto...

—No, no —se corrigió ella a continuación—, a pescado no, más bien a foca, sí, eso es, foca, lobo marino o algo así... No quiero, señor Selva, cansarle con el pormenorizado relato de cómo el doctor Jones consiguió que «S» fuese poco a poco recobrando la memoria. Por lo visto, el proceso duró meses y la reconstrucción se produjo de delante hacia atrás. Es decir, primero el paciente logró recuperar recuerdos recientes y estos a su vez despertaron otros más antiguos. Baste, pues, con decir que, tras descubrir que había estado muy grave y con sus extremidades congeladas en un barco, que por las trazas debía dedicarse a la pesca de focas en el Atlántico Norte, «S» comenzó a sufrir terribles pesadillas y estas, mediante ráfagas de conciencia cada vez más lúcidas, le permitieron reconstruir otros retazos de su vida anterior. Alguno de aquellos recuerdos remitían a su infancia en Asturias, «y más concretamente a una población marítima cuyo nombre empieza por A», esas fueron las palabras exactas del doctor en su carta.

Amalia suspiró, como tomando aire, Selva aprovechó para preguntarle si quería un vaso de agua.

—No se preocupe. Estoy bien. Prefiero continuar —y retomó el discurso—: Las ráfagas de lucidez más recurrentes de aquel hombre eran, parece ser, las que le hicieron revivir, muy poco a poco, una travesía idílica en un gran transatlántico rodeado de personas bien trajeadas que bebían *champagne* y bailaban hasta que, de pronto, un golpe seco, un estruendo fatal, hacía que los bailarines se mirasen aterrados. A partir de ahí, los recuerdos de «S» se diluían y el paciente entraba en un estado de excitación severa sin que el doctor Jones lograse comprender nada de lo que decía. Total, y para no extender demasiado mi relato, señor Selva, en las siguientes páginas de su larga carta, el doctor aseguraba que, tras aquel episodio, el paciente se negó a continuar con la terapia. Con suma dificultad, Jones logró convencerle de que hicieran una última regresión hipnótica, pero fue un fracaso. Las palabras de «S» se habían vuelto erráticas, ininteligibles, se expresaba a gritos y solo en español. De entre tanta palabrería inconexa, el médico logró entender lo que supuso eran dos nombres de pila: por un lado, Eva y, por otro, Armindo, Amado o algo así. Acto seguido, el paciente se sumió en un sepulcral silencio que alternaba con alaridos animales que partían el alma de cualquiera, apenas dormía y su aspecto era cada vez más desquiciado. Lo único que lo calmaba, según parece, era encerrarse horas en su habitación donde, con cola y mondadientes, comenzó a fabricar la maqueta de un gran barco que, sin embargo, y por mucho que trabajase en ella, no lograba completar.

—¡Que historia más extraordinaria! —logró articular Selva, estupefacto.

—Permítame proseguir. Comenzaron a pasar los meses, más tarde los años y la maqueta se tejía y destejía como si «S» fuera Penélope y el transatlántico de palillos el sudario de Laertes. Estaba claro que su contacto con la realidad era nulo y su trastorno severo, pero, siempre que no se le contrariara o se intentara indagar en su pasado, era un loco pacífico. Cumplía con las reglas de la institución y no daba problemas. Aparte de su extraño transatlántico menguante, solo presentaba otra obsesión, una puntualidad exacerbada que le hacía ser siempre el primero en llegar al desayuno, al almuerzo, a la ducha de la tarde, a la cena y, si alguna vez se producía un retraso, por minúsculo que fuera, entraba en pánico y comenzaba a bascular de un pie a otro oscilando como un péndulo. «Mis colegas y yo lo olvidamos —continuaba diciendo Jones en su carta—, había muchos otros pacientes a los que atender». Pero sucedió entonces que, cuando no faltaba mucho para que se cumplieran diez años de su internamiento, una noche, «S» no bajó a cenar. El doctor Jones fue a buscarlo a su habitación. Estaba vacía y habían desaparecido todas sus pertenencias. «Bueno, a decir verdad —explicaba el doctor en su carta—, todas, salvo aquel siempre inacabado trasatlántico de palillos que ahora, posado sobre su mesa de trabajo, lucía completo y en todo su esplendor. Dimos parte de su desaparición a la policía, pero más por rutina que por otra cosa. No parecía que "S" fuese de esos locos que una vez fuera del manicomio se dedican a violar muchachas o a atracar ancianitas».

De nuevo, Amalia hizo un breve inciso como si quisiera coger fuerzas para encarar la recta final de su relato.

—Siempre según su versión, al doctor Jones le dolió que se marchara sin despedirse de él. Después de todo, lo había tratado durante años y, gracias a su informe positivo, los responsables de la institución le habían permitido alojarse allí durante casi una década. Tras su desaparición, Jones revisó los cajones del dormitorio de «S», su armario, su mesilla, su mesa de trabajo. Quizá hubiese dejado alguna nota, pensaba él, un par de líneas al menos, pero nada halló. Tal vez, se dijo entonces, la explicación a su conducta estuviese en aquel barco de palillos. ¿Era, quizá, aquella frágil embarcación algo así como la personificación de su perdida memoria? ¿Cabía la posibilidad de que durante todos aquellos años «S» hubiese tejido y destejido recuerdos hasta por fin completarlos y que, solo entonces, decidiera marcharse?

»Estas preguntas llevaron a Jones a otras para las que tampoco tenía respuesta: ¿qué hacía un español solo y desorientado en aquella costa agreste del norte de Canadá? ¿Cómo había llegado hasta allí? La explicación más sencilla era que se tratase de un marinero, un profesional del mar. ¿Acaso no había hablado durante sus sesiones de hipnosis de focas y de olor a sangre? En efecto, sí, pero luego había mencionado también un barco de mayor tonelaje en el que la gente charlaba y bebía *champagne*. ¿Qué relación había entre un recuerdo y otro? La carta del doctor Jones terminaba con un detalle inquietante, señor Selva. Por lo visto, una vez concluida la inspección del dormitorio del paciente y sin haber encontrado la nota de despedida que esperaba, Jones decidió quedarse con el transatlántico de palillos como recuerdo. Era decorativo, y pensó ponerlo en su despacho junto a los trabajos de otros pacientes. Hizo ademán de cogerlo pero el casco resultó tan endeble que la estructura se desfondó, dejando al descubierto un rectángulo alojado entre las falsas cuadernas de la embarcación.

Se trataba de una cartulina doblada en cuatro que Jones se apresuró a abrir descubriendo el dibujo en tinta roja de un corazón partido en dos dentro de un triángulo equilátero. En los vértices inferiores y escritos con letra tan diminuta que resultaban casi ilegibles figuraban dos nombres: Eva a la derecha y Armando a la izquierda, mientras que en el vértice superior y, en esta ocasión, en letra grande y exhibicionista, campaba solo uno: *Titanic*.

* * *

Al pronunciar esta palabra la señorita Olmedo se detiene. No quiere que su voz se quiebre justo ahora. Bebe algo de té, se ha quedado frío, pero aun así la reconforta y le permite continuar con su relato.

—Siempre según Jones, la alusión al *Titanic* fascinó al médico hasta tal punto que decidió averiguar más. «No soy policía ni detective —explicitó—, pero durante semanas busqué, indagué y por fin me decidí a escribir a la compañía propietaria de la nave con ánimo de que me informaran de si entre los pasajeros de su única e infortunada singladura figuraban personas con aquellos nombres. Debo decir que los responsables de la White Star Company fueron muy colaborativos, porque al cabo de unas semanas, recibí la lista completa del pasaje. Entonces pude comprobar que entre las casi 3.600 personas a bordo, entre pasajeros y tripulación, figuraban una sola Eva y un solo Armando. Lamentablemente, esta primera y alentadora impresión dio paso al desánimo cuando comprobé que la única Eva de a bordo, Hart de apellido, tenía siete años y viajaba con sus padres en segunda clase, mientras que Armando era pasajero de primera y había cumplido ya los treinta y dos. ¿Pudieron conocerse y entablar algún tipo de relación personas tan dispares durante los escasos cinco días que el *Titanic* se mantuvo a flote? No parecía plausible. Desesperaba ya de encontrar alguna conexión entre ambos nombres cuando se me ocurrió indagar un poco más en la vida de Armando y comprendí entonces que había una explicación mucho más simple al enigma: Eva era —y es— el nombre de su esposa, es decir, usted, señora Olmedo —continuaba diciendo Jones en su carta dirigida a mi cuñada y antes de concluir con un—: ... Y por eso le escribo. Hoy nada sé del paciente al que llamaba "S". Ignoro si está vivo o muerto, cuerdo o loco, pero los retazos de recuerdos de su vida pasada que logré que recuperara a través de la hipnosis y de la interpretación de sueños son tan extraños, que creí mi deber escribirle. Sé también, puesto que he procurado informarme sobre este punto, que los restos mortales de su marido yacen en el cementerio católico de Halifax. ¿Pero está usted *bien* segura de que son los de él? ¿Conoce acaso alguna circunstancia que invite a pensar que no? Estas son, señora Olmedo, preguntas que únicamente usted, su familia —y sobre todo su conciencia— pueden contestar. La vida es tan rara y da tantas vueltas. ¿No le parece?».

* * *

Una vez que terminó de relatar el contenido de la misiva del doctor Jones, Amalia Olmedo quedó en silencio. Estaba pálida y le temblaba el labio inferior, pero hizo un esfuerzo por recomponerse antes de decir:

—Como comprenderá, señor Selva, la carta de ese tal Jones me pareció una broma, y de muy mal gusto, además. Que si Armando estaba vivo... que si había sobrevivido al naufragio del *Titanic*, que si sufría amnesia y estuvo internado largos años en un manicomio para luego, al recobrar la memoria, desaparecer tan misteriosamente como había aparecido... Todo aquello sonaba tan folletinesco como falso. Cosas así no pasan en la vida real, así que deseché por disparatada la idea. Pero mi cuñada, no. Amaba tanto a Armando, sabe usted, que la sola eventualidad de que pudiera estar vivo la impelió a escribir a la institución mental de la que hablaba Jones en su carta sin obtener respuesta.

Tanto mi cuñada como yo decidimos, pues, olvidar lo ocurrido y continuar con nuestras vidas. Pero hete aquí que hace unos diez días recibí carta de Eva desde La Habana para decir que tenía una maravillosa noticia que darme: acababa de llegar misiva de Armando escrita, a juzgar por el matasellos, desde Cuba, desde el término de Camagüey para ser más exactos. La letra daba la impresión de estar un poco cambiada, explicó Eva, la caligrafía parecía más reconcentrada, menos suelta, pero, en cambio, la particular forma que siempre tuvo Armando de cruzar el palo de la "q" con una raya horizontal indicaba, según ella, que, en efecto, debía de ser él su autor. En dicha misiva, este individuo relataba una historia que coincidía punto por punto con lo descrito por el doctor Jones en la suya. Y, a renglón seguido, añadía que había recuperado del todo la memoria y que, a pesar de que aún sufría algunas mínimas lagunas, continuaba tan enamorado de ella como antes de embarcarse en el *Titanic*, por lo que solicitaba volver a casa, conocer a su hijo y hacerlo «a la mayor brevedad posible», esas fueron sus palabras, señor Selva...

La señorita Olmedo detuvo una vez más su relato. Pero, en esta ocasión, no porque la emoción la embargase, tampoco porque necesitara buscar inspiración en las escayolas del techo, sino por la sorpresa o mejor dicho el sobresalto que le produjo que, en ese mismo momento, el hermoso biombo filipino que había a su derecha comenzara a agitarse, a temblequear y, al cabo de unos segundos, emergiera de detrás de él una dama recia de ojos vivísimos y con el moño algo descolocado que, entre exclamaciones de: «...pero, mi querida niña, qué historia tan increíble, ¡*pobriña*, *pobriña*!», fue hacia ella y la abrazó con gran sentimiento justo antes de añadir —con algo de atropello y profusión de palabras cariñosas— que no debía preocuparse en absoluto, que estaba en las mejores manos posibles y que ella, Emilia Pardo Bazán, se ocuparía en persona de averiguar toda la verdad sobre su hermano Armando, vaya que sí.

10

DESTINO AVILÉS

No fue hasta dos tazas de té más tarde (una de ellas levemente bautizada con coñac) que la señorita Olmedo logró entender bien quién era la dama del biombo, qué hacía allí, y entonces rio divertida. A su derecha, doña Emilia sorbía ahora un chocolate humeante y espeso, más acorde con sus gustos que el té, y Selva directamente optó por media copa de un Napoleón carísimo que dormía en su alacena, reliquia de pasados esplendores que nunca habrían de volver. Pero, qué *carallo*, la escena del biombo y la historia que acababa de relatar Amalia Olmedo bien que merecían el dispendio, y a ver qué diantres ocurría a partir de ahora.

Y lo que ocurrió fue que, una vez hechas las presentaciones y aclaraciones pertinentes, Amalia Olmedo y doña Emilia congeniaron de inmediato y conversaban ya planeando cómo proceder de ahí en adelante. Se barajaron varias posibles líneas de acción. Visto lo delicado del asunto, doña Emilia era partidaria de que Eva retrasase lo más posible el momento de acusar recibo de la carta de quienquiera que fuese aquel individuo. Eso permitiría que alguien de su confianza fuera hasta Camagüey e hiciese discretas indagaciones sobre el susodicho caballero. Que averiguase, por ejemplo, dónde se alojaba y observase su comportamiento cuando creía que nadie reparaba en él. «... Porque hasta los impostores más consumados, y este tiene toda la pinta de ser uno de ellos —argumentó doña Emilia—, bajan la guardia de vez en cuando. Nadie finge las veinticuatro horas del día, de modo que es solo cuestión de cogerle con el pie cambiado».

Pero Amalia Olmedo explicó que de poco serviría tal medida porque, lamentablemente, el reencuentro entre su cuñada y el que decía ser Armando se había producido ya y con enorme regocijo por parte de ambos.

—Mi cuñada Eva —continuó explicando la señorita Olmedo— sostiene que, en efecto, el físico de Armando ha cambiado y que ahora incluso parece una miaja más alto y menos grueso que antes... «Pero muy distinguido que luce», fue su comentario antes de explicitar que ya no gastaba su característico mostacho espeso de antaño, de lo que se alegraba sobremanera, pues nunca le había gustado, bigotes así ya no se llevaban y estaba mucho más guapo sin él. Añadió también Eva que sus ojos parecían de un marrón algo más claro de lo que ella recordaba, pero que todo aquello era *peccata minuta*, porque, ¿cómo no iba a reconocer a su propio marido? Gustaba de las mismas viandas que Armando, incluso gastaba el mismo número de pie. No había la menor duda de que era él. No quiero, señor Selva —continuó relatando la señorita Olmedo—, extenderme tanto como mi cuñada en su carta. En resumen, y lejos de otras consideraciones, baste con decir que, después de contarme lo felices que eran ahora los dos y la dicha que a la vida de ella y de su hijo ha traído este del todo inusitado reencuentro, Eva añadió que, para festejar el regalo que les ha hecho la vida, Armando y ella estaban ya camino de España para hacerle una visita.

—¿Y cuándo anuncian su llegada? —se interesó doña Emilia.

—Salieron de La Habana hace unos días y no tardarán en llegar.

—Por lo que he entendido de sus palabras, tras la muerte de su padre, usted es la única pariente viva del desaparecido Armando Olmedo, ¿no es así?

—Así es.

—En ese caso, me parece a mí que el hecho de que este caballero haya accedido a viajar a España y reunirse con usted apoya la tesis de que no es un impostor: una vez que su esposa lo ha reconocido, ¿para qué exponerse a que usted lo desenmascare?

—Sí, ya, quizá, pero según me pareció leer entre líneas de lo relatado por Eva en su misiva, él al principio no era partidario de tal visita e incluso intentó disuadirla de viajar con diversas excusas envueltas en mil zalamerías que, si bien no lograron despertar las sospechas de mi cuñada, le aseguro que han avivado las mías.

—Pero, al final, el caso es que sí ha aceptado venir. ¿Cómo consiguió su cuñada que cambiase de opinión?

—No fue por un cambio de opinión; no le quedó más remedio. Parte importante de la fortuna familiar está aquí, en la Península, y existen trámites y diligencias a las que atender. Casos como este son todo menos frecuentes, como comprenderá usted. No basta por tanto con aparecer una buena mañana y decir: hola, soy yo, he regresado del mundo de los muertos... Aunque la familia, o en este caso la esposa, reconozca al reaparecido, es preciso verificar documentos, y cotejar, por ejemplo, su firma con la de mi hermano.

—Cierto, y luego está el asunto de las huellas dactilares —apostilló Ignacio Selva, que procuraba estar al tanto de todo aquello que aparecía en los diarios, también de lo que se comentaba en mentideros y tertulias—. Según leí no hace mucho en *ABC*, hace ya más de diez años que Federico Olóriz introdujo en España este revolucionario e infalible método a la hora de identificar personas.

Amalia Olmedo meneó tristemente la cabeza.

—Así es, señor Selva, pero me he informado, y me temo que este adelanto, que sin duda solucionaría todas nuestras dudas, sirve solo para identificar a malhechores que dejen su impronta en la escena de un crimen. Al menos de momento, a las personas de bien, como es el caso de mi hermano, no se les toman las huellas, no hay, por tanto, modo de cotejar las suyas con las de este individuo.

—¿Tan segura está usted de que es un impostor?

—Seguro no hay nada, salvo la muerte, y a veces, ya ve usted, diríase que ni eso —ironizó la señorita Olmedo—. Qué más quisiera yo que mi hermano, al que siempre he estado tan unida, esté vivo y poder aceptar, sin más, a esta persona que, por lo que se ve, tanta felicidad ha traído a la vida de mi cuñada y mi sobrino. Pero es mucho lo que hay en juego, y el dinero es siempre goloso. Y conste que no hablo solo del nuestro. También, o mejor dicho sobre todo, hablo del de Eva. Primero su madre y más tarde su abuela paterna han muerto, dejándole una inmensa fortuna que su supuesto marido pretenderá sin duda controlar. En resumidas cuentas —continuó Amalia Olmedo—, en pocos días tendré a «S», permítanme que, de momento, me refiera a esta persona con la letra que eligió para él el doctor Jones, en nuestra casa de Avilés. Un trago, como se pueden imaginar. Pero, por otro lado, casi me alegro de que se haya decidido a venir. Conviviendo es como mejor se conoce a las personas, y así podré desenmascararle. Un impostor puede engatusar a una esposa enamorada, pero engañar a una hermana descreída resulta algo más difícil.

—¿Y admite usted huéspedes?

—¿Cómo dice, doña Emilia?

—Digo que, si no le importa, Selvita y yo podríamos caerles de visita justamente por esas fechas. Seis ojos ven más que dos. ¿No le parece? Por supuesto, no es necesario que nos aloje en su casa, seguro que hay en los alrededores un hotel o una de esas espléndidas estaciones termales que tanta fama gastan —añadió doña Emilia, dando un largo sorbo a su chocolate e incluso aprovechó para hincarle diente a un pastelillo—. Sí, sí, cuanto más lo pienso, más me gusta la idea, a mi hígado le vendrá de perlas una cura con las espléndidas y sulfurosas aguas de su tierra.

Amalia Olmedo respondió que sí, pero que no. Que en efecto había una estación termal a poca distancia de Avilés, pero que de ninguna manera podía permitir que doña Emilia Pardo Bazán se alojase en ningún otro lugar que no fuera su casa.

—Y lo mismo usted, señor Selva —añadió con ojos tan chispeantes que Ignacio se preguntó cómo habría sido Amalia Olmedo veinte o veinticinco años atrás. Sin duda, de una belleza fuera de lo común. ¿Cuál era su situación personal? ¿Cuántos años podía tener? Desde luego bastantes más que él, pero había en ella algo atemporal. Se hacía llamar señorita Olmedo. ¿Querría esto decir que no se habría casado? Por falta de pretendientes, no sería.

Ignacio Selva suspira. Hacía años, por no decir milenios, que su corazón de soltero irredento no se alteraba de aquel modo. «Cuidado, viejo —se advierte—, desde aquella otra vez en que perdiste la cabeza por una mujer, y te recuerdo que, como esta, era trece o quince años mayor que tú y te dejó el corazón hecho trizas, te hiciste un juramento. Nada de grandes amores, solo amoríos de esos que alegran mucho y complican poco. En los versos de los poetas todo suena muy bien y es muy romántico, pero seamos prácticos y aprendamos de pasados errores, porque a la hora de la verdad, ¿en qué consiste enamorarse? Sencillamente, en poner tu corazón —y por tanto tu sosiego, tu libertad y, por supuesto, tu felicidad— en manos de otro. De otra, en este caso, y, no hay que ser adivino ni tampoco un lince para darse cuenta de que a esta dama le interesas poco y nada. Además, y para más inri, con el retrato de frívolo tarambana que pintó de ti doña Emilia en *La gota de sangre*, no tienes nada que hacer. Ya lo dice ella siempre: la literatura es tan poderosa que logra convertir en realidad lo que no es más que ficción. Olvídala, pues. Peligro.

Terreno vedado. En esta vida las cosas son como son y no como nos gustaría que fueran».

Todo esto y más se dijo Ignacio Selva antes de darle otro sorbo a su Napoleón y luego añadió que un «frívolo tarambana» como él tenía otros asuntos en qué pensar antes que en un amor de esos que le ponen a uno la vida patas arriba. Cosas como, por ejemplo, ¿qué iban a decir sus hasta ahora compañeros de farra cuando les contase que pensaba perderse el campeonato de tenis de Puerta de Hierro y también varias noches de alegre francachela por acompañar a doña Emilia Pardo Bazán a tomar las aguas a Asturias? Ya había habido bastante cuchufleta cuando les contó que quería probar suerte en el mundo de las letras, y más rechufla aún, cuando descubrieron que almorzaba con la dama periódicamente en el salón japonés de Lhardy. «¿... Qué, Selva, te ha dado ahora por las antigüedades? Pero si podría ser tu madre por no decir tu abuela, y le sobran lo menos veinte kilos. ¿Acaso no sabes lo que de ella dicen en todo Madrid? La Pardo Bazán es como la nueva línea del tranvía: pasa por Lista pero no llega a Hermosilla... Anda, pues, deja ya de jugar a intelectual, que esto de la literatura no te va en absoluto. En Villa Rosa hay un nuevo bombón de nombre la Peinaíta que más que bailar por sevillanas, las dibuja en el aire. Ven a donde está la juerga y déjate de carcamales sabelotodo que aburren a las ovejas».

«Pero qué sabrán ellos —se dice ahora Selva—. Como si la vida consistiese solo en jugar al tenis, almorzar en el Nuevo Club y luego, tras una larga sobremesa de esas que empatan con la noche, cambiar *tweed* por esmoquin, y acabar dando palmas en Villa Rosa o en Los Gabrieles hasta las claras del día». Esa había sido su rutina hasta hace solo un par de meses. Pero había más cosas en la vida. Y no solo la literatura, por las que había decidido abandonar todo lo anterior. También, se dijo, está la posibilidad de que la suerte le sorprenda a uno, en cualquier recodo del camino con un encuentro inesperado. «¿Como topar de pronto con la mirada semitransparente de la señorita Olmedo y su extraña historia? Sí, sí, pero recuerda que, en lo que estás a punto de embarcarte, es *solo* una averiguación detectivesca, *nada más*, de modo que harás bien en emular a Sherlock Holmes, y su *modus operandi* no puede estar más claro: instinto atinado y corazón de hielo. Holmes solo una vez llegó a enamorarse y bien trasquilado que salió, de modo que aplícate el cuento».

Un par de minutos más continuó Ignacio Selva perdido en estas y otras divagaciones hasta volver a la realidad. Y la realidad era que en ese mismo momento Amalia Olmedo se estaba despidiendo de doña Emilia. Acababa de ponerse el abrigo y se acercó al espejo de la chimenea para comprobar si el ladeado de su sombrero era el correcto.

—Con Dios, querida, y cuídate mucho —dijo entonces doña Emilia, que ya había adoptado con Amalia Olmedo el familiar tuteo al que era muy dada y que sus detractores consideran demasiado «moderno»—. Dame un par de días para organizarme y, en menos de un decir *amenjesús* nos tienes a Selvita y a mí en Avilés. Hasta muy pronto, ¡y abrígate bien! Las primaveras de Madrid no suelen ser tan frías como las de Asturias, pero son igual de traicioneras.

CUARTA
PARTE

LAURA

11

VILLALEGRE

—¡Pero mira esto, Selvita! ¿No te parece increíble? ¡Anda que una población de apenas treinta mil almas como Avilés, tenga tamaña estación de ferrocarril que más parece de París...! ¡Qué más quisiéramos en Galicia! ¡Y ahora mira allá, entre aquellos árboles exóticos! Ese debe de ser el barrio de Villalegre donde vive Amalia. Qué casas tan curiosas, una gótica por aquí, una modernista, por allá. ¿Y qué me dices de aquella con un par de torreones medievales que asoma entre un bosque de palmeras...? Tú que querías conocer Cuba, ya ves: ni falta que hace embarcar y arriesgarse a chocar contra un témpano en medio del Atlántico. Aquí mismo tienes La Habana con menos calorina y con más solera. ¿Has traído la Leika que te regalé? Empieza a sacar fotos desde ya, uno nunca sabe qué de todo lo que retrata al vuelo puede ser de utilidad más adelante.

Ignacio Selva, por si acaso, lo inmortalizó todo: la llegada de la locomotora a la estación envuelta en nubes de vapor y hollín; el reencuentro en el andén de doña Emilia con Amalia Olmedo (la primera con un gabán de viaje y falda por encima del tobillo muy a la moda; la segunda luciendo sombrerito de una sola pluma, reliquia de otros tiempos, pero tan otoñalmente deslumbrante como Selva la recordaba...). Él, por su parte, no tardaría en des-

91

cubrir que su flamante Leika era el burladero perfecto tras el que disimular su desasosiego. No solo el que siempre le causaba la presencia de Amalia Olmedo, también el producido por cierto áspero intercambio de pareceres que había mantenido con doña Emilia durante el trayecto. El caso es que se le había ocurrido comentar que sería conveniente que Corralero viajara a Avilés al menos un par de días para ayudarles en sus pesquisas. «... Podría, por ejemplo, indagar, hablar con gentes del lugar, bucear en archivos, cosas así. Al fin y al cabo, usted y yo no somos más que un par de aficionados, y quien realmente sabe de investigaciones detectivescas, es él. Además, ¿no ha dicho usted siempre que Corralero tiene un olfato finísimo y es la encarnación del sentido común?».

Pero a doña Emilia no le había gustado nada su comentario y lo descartó diciendo que el sentido común ya lo ponía ella y el olfato también; que más que de sobra lo había demostrado a lo largo de sus cerca de setenta años y en sus más de ochenta novelas y libros. «... De modo que no se hable más del asunto, Selvita. No necesitamos para nada a Corralero. Tú abre bien los ojos, que yo abriré los míos, y ya verás qué pronto solucionamos este enigma».

—¡Cuidado, señor Selva! Le veo a usted con la cabeza en otra cosa, y estos porteadores de equipaje y sus carromatos van como alma que lleva el diablo. Cualquiera diría que hacen carreras entre ellos.

Tras esta observación —que la señorita Olmedo acompañó de una amical y divertida sonrisa—, la dama enhebró su brazo en el de doña Emilia y allá que se alejaban ya las dos, camino de la puerta de la estación.

Selva se dispuso a seguirlas. Le hubiera gustado detenerse unos minutos más y fotografiar con su Leika, tan moderna, tan ligera, el ambiente bullicioso y muy poco común de la estación de

Avilés. El edificio era macizo y de buena planta, pintado de elegante ocre, pero lo que más llamaba la atención era el público. Los viajeros que por allí se arremolinaban eran de todo tipo y condición. Desde gentes de campo de humilde atavío y cuellos deformados por el bocio, a hombres tocados con vistosos canotieres que vestían trajes claros de dril más bellos y tropicales que los de Corralero. Por aquí, una dama muy a la moda de París con sombrero *cloche*; algo más allá, una familia de clase media que despedía llorosa al *pater familias*; a su espalda, un viajero con pinta de ser un ornitólogo o algo así, seguido de un ama de cría con cofia, pendientes largos y collares que empujaba un cochecito inglés... Y aquí y allá, entre el tumulto, pies descalzos y caras tiznadas, un enjambre de mocosos y pillastres que enredaban prestos a coger las de Villadiego en cuanto se descubrieran sus pequeñas fechorías. «Vaya lugar de contrastes», se dijo Ignacio Selva, porque daba la impresión de que, en Avilés, todo tenía cabida, desde lo rabiosamente actual a lo más arcaico e inamovible. Durante el trayecto hasta allí, que fue largo y dio para mucho palique, doña Emilia había apuntado una posible explicación al entrevero de gentes que ahora tanto sorprendía a Selva. Según le contó, en los últimos treinta años nada menos que cincuenta mil avilesinos, casi un tercio del total de los varones, habían emigrado a América, en especial a la isla de Cuba. Relató también —aunque este detalle Ignacio Selva ya lo conocía por la prensa— que en la Asturias rural, al igual que en Galicia, Cataluña y otras regiones de España, a los niños, desde temprana edad, se les inculcaba la idea de que a los catorce o quince años su destino sería abandonar a sus familias y partir solos al otro lado del mar para «hacer las Américas».

—Un dogma de fe que nadie cuestiona —especificó doña Emilia—. Primero, porque una boca menos que alimentar supone un alivio para una familia de pocos medios. Y segundo, porque emigrar permite a los muchachos librarse de un servicio militar que, dada como está la situación en nuestras colonias de África, llega a durar a veces hasta doce años. Comprenderás, pues, que, con semejante panorama, cualquier padre o madre prefiere un hijo vivo en las Américas que uno muerto por una guerra que ni entiende ni aprueba. Total y para resumir, Selvita, en Avilés, como en otras poblaciones similares, hoy en día, no hay familia que no tenga a uno o más de sus vástagos en América, muchos de los cuales han logrado amasar una fortuna y convertirse en millonarios.

«Como los Olmedo», se dice ahora Selva mientras intenta distinguir, entre el bosque de cabezas que suben, bajan, giran, oscilan y avanzan, la fina pluma verde del sombrero de la señorita Olmedo que tremola señalando el camino. Ah, sí, ahí está, allí van ella y doña Emilia cambiando impresiones y a punto ya de abandonar la estación.

* * *

El cambio de impresiones no se reanudaría hasta varios minutos más tarde cuando, tanto ellas como Ignacio Selva, ocupasen su lugar en el vistoso y muy deportivo Peugeot amarillo que los esperaba a la salida de la estación. «Curiosa elección», se dijo él, porque, a juzgar por los gustos sobrios que hasta entonces había mostrado la señorita Olmedo, la hubiese imaginado más discreta a la hora de comprar vehículo. También le sorprendió que no hubiese aguardándoles un chófer o un «mecánico», que era como solía llamarlo doña Emilia; y más aún que, después de que los porteadores terminaran de trasladar el equipaje al maletero del Peugeot, fuese la propia Amalia Olmedo quien se pusiera al volante.

«¡Carámbanos! —pensó Selva—. Eso para que te fíes de las primeras impresiones, siempre engañan».

—Pasen, pasen, acomódense dónde quieran. ¿Viene usted delante conmigo, doña Emilia? Dejemos que el señor Selva se instale atrás con sus piernas tan largas.

El vehículo arrancó con musical estruendo y la señorita propuso, como primera medida, dar una vuelta por los alrededores.

—... Así podrán hacerse idea de cómo es este rincón del mundo que tantos de nuestros muchachos han abandonado en los últimos años, aunque con el sueño de volver un día y no dejarlo jamás.

A medida que avanzaban, iba mostrándoles los edificios más relevantes de la villa:

—Aquí, el Casino, y vean allí, dos calles más abajo, nuestro teatro, pero antes miren a su izquierda, he aquí una de nuestras muchas escuelas, están consideradas de las más modernas y bien equipadas de todo el país; y ahora voy a llevarles a ver la iglesia de Santo Tomás de Canterbury, al que le tengo especial aprecio, porque es un santo muy dado a la soledad y la introspección... Claro, que también me gustaría que vieran alguna de las industrias de nuestra familia, que ocupan buena parte de mi tiempo y esfuerzo como la Harinera Ceres y la Curtidora Olmedo...

Mientras relataba estos y otros pormenores, la voz de Amalia se fue volviendo cada vez más cadenciosa. En especial, cuando puso de relieve que buena parte de las construcciones, que se habían convertido en el orgullo de Avilés, eran obra de indianos.

—... Es decir, de muchachos, algunos apenas niños que, tragándose las lágrimas, marcharon un día con la ilusión de hacerse ricos. Aunque, para decir toda la verdad, habría que añadir que, contrariamente a lo que les habían contado antes de embarcar, pronto descubrirían que allá en las Américas ni atan los perros con longaniza ni el dinero crece en los árboles.

—Cierto —intervino doña Emilia—, y mucho me temo que tal fantasía sigue vigente. ¿Pero cómo comenzó una emigración tan enorme?

—Como ocurre siempre en esta vida, por diversas causas, pero también por una en concreto —respondió la señorita Olmedo—. La concreta es que, como dicen los ingleses, la pradera al otro lado de la cerca siempre nos parece más verde. Las razones diversas, en cambio, son muchas y dolorosas, y van desde la falta de perspectivas de futuro, hasta la abolición de la esclavitud.

—No entiendo qué tiene que ver. No me dirás que esos muchachos empezaron a ir para allá como... ¿esclavos?

—En teoría, no, pero, en la práctica, apenas había diferencia. Verá usted, doña Emilia...

—Emilia a secas, querida, como también dicen los ingleses, a partir de ahora estamos las dos... o, mejor dicho, los tres —añadió, señalando a Ignacio Selva— en el mismo bote, así que fuera tratamientos.

—Emilia, pues —sonrió Amalia Olmedo retomando su relato—, como te iba diciendo, al abolirse la esclavitud en Cuba, primero de modo formal en 1880 y, por fin y a Dios gracias, a todos los efectos en 1886, los grandes terratenientes de la isla, a los que, muy a su pesar, no les quedó más remedio que liberar a sus esclavos, buscaron el modo de sustituirlos por mano de obra lo más barata posible. El fenómeno del que voy a hablaros existía de antes de esa fecha, pero, a partir de la Abolición, se redobló en España la figura del captador o «gancho». Individuos que van —o mejor dicho iban, porque, por fortuna, ya han desaparecido— de pueblo en pueblo captando incautos. Vestidos de postín —traje caro, sombrero de ala ancha y leontina de oro—, solían sentar sus reales en la taberna del lugar y, tras invitar a una ronda a los presentes, empezaban a relatar su vida al otro lado del océano con profusión de detalles a cual más exótico y deslumbrante. Aseguraban que, después de llegar sin un ochavo a Cuba, habían logrado amasar una enorme fortuna, porque en aquella bendita tierra todos los sueños se hacían realidad.

—¿Y solo así, a base de labia, consiguieron engañar a miles y miles?

—Con labia que solían acompañar de un contrato largo y florido escrito en papel caro, que, obviamente, casi ninguna de aquellas pobres gentes sabía leer. Y, para que todo pareciera perfectamente legal, el «gancho» hacía venir al cura o al maestro del pueblo, que, en efecto, certificaba que aquel era un documento con todas las de la ley en el que un empleador allá en Cuba ofrecía «a muchachos fuertes, sanos y bien dispuestos» un contrato de tres o, en ocasiones, cinco años que incluía: por un lado, el pago a descontar del pasaje de barco y, por otro, alojamiento y manutención gratis, así como un pequeño sueldo, todo ello a cambio «de los servicios que de ellos se esperaban».

—¿Y qué servicios eran esos?

—En apariencia, menesteres similares a los que realizaban aquí en España. Faenar como labradores, sembrar, recoger cultivos... La oferta estaba tan bien adornada y sonaba tan tentadora que decenas de miles de jóvenes empezaron a viajar a Cuba solo para descubrir que, atados por la deuda contraída y también por el contrato leonino que habían firmado, el «paraíso» que les aguardaba consistía en trabajar de sol a sol, tratados como animales, sometidos a latigazos y todo tipo de vejaciones e incluso mutilaciones como castigo, así que su situación se diferenciaba de la esclavitud en un único detalle: su condena no era perpetua, terminaba al cabo del plazo estipulado que, como digo, en ocasiones era de tres y en otras, de cinco largos años.

—Dios mío —comentó doña Emilia—. ¿Cómo es posible que todo esto que afecta, además, a tantísimas personas, se desconozca aquí en España?

—Ya sabe usted cómo son estas cosas; en la vida, lo más doloroso y atroz tiene siempre por cómplice al silencio. Nadie habla. En este caso, los explotadores callaban por razones obvias mientras que los explotados lo hacían porque les ayudaba a mantenerse con vida. Aun así, poco acostumbrados a aquellas temperaturas extremas y víctimas de enfermedades tropicales para las que no tenían defensas, amén de los castigos durísimos a los que se veían sometidos, miles y miles se dejaron la vida en las plantaciones.

—¿Y los que lograron sobrevivir? Al fin y al cabo, hablamos de muchachos jóvenes y fuertes.

—Una vez cumplidos los años de penoso contrato, con la salud quebrantada y sus sueños hechos añicos, algunos optaban por regresar a España, pero solo para descubrir que volver derrotado no despertaba la simpatía de nadie. Ni siquiera la de sus familias, que los veían como una vergüenza, el ejemplo vivo del fracaso.

—Imagino entonces que otros preferirían quedarse.

—Sí, y entre estos sus historias divergen. Los hay que, antes de volver a España y reconocer su equivocación, preferían malvivir en Cuba y acababan mendigando por las calles o, en el mejor de los casos, convertidos en lustrabotas callejeros, poceros o limpiadores de letrinas. Los hay también que, con enorme esfuerzo y sacrificio, consiguieron montar un pequeño negocio, una lavandería tal vez o una bodeguita o tienda de ultramarinos que ellos agrandaban y ennoblecían en las cartas que enviaban —y aún envían— a sus parientes aquí en España. Y están, por fin, los otros, los perpetuadores de la leyenda de que América es Shangri-La, un paraíso sobre la tierra en el que todo deseo se vuelve realidad. Hablo de los que, tras su paso por el infierno, salieron a comerse el mundo. Para estos, su única obsesión era trabajar tan duramente como en sus años de cautividad, solo que ahora en beneficio propio, y así acabaron por amasar una fortuna. A fin de cuentas, el hambre, la penuria y el dolor —siempre que logre uno sobrevivir a ellos— tienen al menos esa contrapartida: son los mejores maestros que pueden existir, porque, como dice ese filósofo alemán Friedrich Nietzsche, al que tú, querida, seguro conoces, «lo que no me mata me hace más fuerte». También yo —añadió entonces Amalia Olmedo— he hecho de esta premisa mi lema de vida.

Al decir esto, el tono de voz de la señorita Olmedo pareció endurecerse, e Ignacio Selva, al observar sus ojos a través del espejo retrovisor, pudo comprobar cómo su mirada, tan límpida siempre, se aceraba. ¿Sería por lo que acababa de decir o solo concentraba su atención en la carretera? Selva hizo por averiguarlo de la manera más diplomática que pudo.

—¡Oh, no es nada, se lo aseguro, señor Selva! O mejor dicho Ignacio, puesto que nos hemos apeado el tratamiento —respondió ella, recuperando su tono más jovial—. Tonterías mías, no me hagas caso. Lo único que intentaba explicaros es que la prosperidad de esta tierra le debe todo a aquellos que se atrevieron a cruzar el océano en busca de un futuro mejor.

—Como tu familia, ¿no es así?

—Sí, pero en nuestro caso el riesgo fue menor. Los primeros en marchar a Cuba, hace de esto más de medio siglo, fueron los hermanos de mi abuela, José Antonio y Francisco, y no lo hicieron ni mucho menos en las terribles condiciones de los aldeanos engañados y sin formación de los que antes hablábamos. Ambos eran hombres cultos y con dotes comerciales, por lo que no tardaron en hacer fortuna. Su llegada a la isla tuvo lugar años antes de la independencia y, casi enseguida, al mayor de los dos lo nombraron alcalde de Cárdenas. También fundó la Ramírez & Co., una próspera compañía de exportación que le permitió más adelante hacerse con uno de los establecimientos de telas y sedas más famosos de La Habana, competencia directa de El Encanto.

Seguro que tú, Emilia, has oído hablar de El Encanto, ¿verdad que sí? Su fama traspasa fronteras, sobre todo ahora que se sabe que muy ilustres empresarios asturianos empezaron su andadura durmiendo bajo los mostradores del establecimiento. Eso de que los multimillonarios pasen de pernoctar bajo los mostradores a los consejos de administración comienza a ser un clásico. De hecho, el caso de mi hermano Armando es bastante similar.

—Sí, recuerdo que en la carta que me enviaste cuando aún no nos conocíamos —intervino Ignacio— mencionabas que Armando llegó a Cuba con quince años.

—En efecto. Para integrarse en la empresa familiar, pero lo pusieron a limpiar los baños. Así se hacían las cosas entonces. Daba igual que fuese el sobrino del jefe, cada uno debía demostrar su valía. A mi hermano, desde luego, nunca le asustaron ni las dificultades ni el trabajo duro. En poco más de diez años se fogueó en todas las habilidades necesarias, aprendió inglés, contabilidad, también algo de leyes, hasta convertirse en la mano derecha de nuestro tío en Ramírez & Co. Cuando este murió, y ya como copropietario de la empresa, comenzaría a viajar todos los años a Europa para adquirir los tejidos más finos y las telas más caras. El resto ya lo sabéis. Con una buena remesa de todo lo mejor, un mal día de abril de 1912 embarcó en...

Tal como ocurría con frecuencia, la palabra «*Titanic*» no llegó a traspasar los labios de la señorita Olmedo. Quedó suspendida en el interior del Peugeot amarillo, flotando como un mal fario. Pero fue solo un instante. Acababan de detenerse frente a una gran verja de hierro forjado detrás de la cual se entreveía un camino bordeado de palmeras y, al fondo, un edificio que Ignacio Selva no alcanzaba a ver al completo, pero que se le antojó inmenso. Amalia hizo sonar el claxon varias veces y, al cabo de un rato que no fue precisamente corto, salió a abrir un hombre joven de aspecto rústico que ni se molestó en retirar la toba que amarilleaba entre sus labios para decir buenos días. Si a doña Emilia le sorprendió tanto como a él indolencia tan desganada, bien que lo disimuló, porque los comentarios que hizo durante el trayecto hasta llegar a la casa iban solo dedicados a ponderar la belleza de la propiedad de Amalia, que desde luego era notable. A cada lado del camino de grava blanca, flanqueado de palmeras, se extendía un jardín algo salvaje en el que crecían jacarandás, tamarindos, palos borrachos y bananeros entreverados con un sinfín de flores raras y multicolores que Ignacio no había visto en su vida. A la derecha, un invernadero de orquídeas; a la izquierda, un macizo de glicinias que trepaban buscando el cielo, y más allá, una estatua de Friné desnuda (que, por cierto, mucho festejó doña Emilia), eso por no mencionar tres o cuatro pavos reales que, muy pausados, mojaban sus colas en un estanque de aguas cuajadas de nenúfares que se extendía en forma de media luna ante la puerta principal.

Ignacio miró hacia arriba. Desde luego, la casa de Amalia Olmedo hacía todo honor a lo que ella acababa de contar de su familia. Si los edificios levantados por indianos tenían fama de extravagantes, aquel se llevaba la palma. ¿Cómo describirlo? Selva no era experto en estilos arquitectónicos, pero tampoco hacía falta ser Gaudí ni John Adams para darse cuenta de que esta mansión era algo así como un cruce entre inspiración neogótica con toques mudéjares. Sí, más o menos eso. Dos torres catedralicias flanqueaban un cuerpo central de tres pisos con ventanas ojivales que convivían en extraña armonía con cúpulas moriscas recubiertas de azulejos, unos azules, otros verdosos. Entre la tercera planta y la segunda se abría una gran galería acristalada, mientras que en la parte inferior, que lucía recubierta de tupida hiedra, sus ramajes descendían amenazando con tragarse una escalinata dividida en dos flancos y al final de cada ramal, recubiertos de musgo, sesteaban un par de leones de piedra. Y allí, entre los leones, con uniforme negro y puños blancos, aguardaba una mujer que a Ignacio Selva se le antojó mayor, pero que no debía de serlo tanto, a juzgar por el aire decidido y la agilidad con la que se movía.

—Ay, niña Amalia, ¿por qué no le has dicho a Plácido que venga a ayudarnos con el equipaje? ¿Dónde anda ese *babayu?* —Al decir esto se detuvo. Fue como si acabara de darse cuenta de que Amalia Olmedo no estaba sola—. Uy, perdone la señorita —pareció excusarse, y luego dirigiéndose a Selva y doña Emilia añadió, acompañando sus palabras de una pequeña reverencia reliquia de otros tiempos—: Y excúsenme ustedes también, señores, se lo ruego. Hace tantos años que nadie viene a vernos, que esta vieja chocha no está acostumbrada a visitas. Mi nombre es Piedad, y está todo preparado para recibirles. Bienvenidos a la Casa de los dos Torreones.

12

LA CASA DE LOS DOS TORREONES

Travesía atroz. Stop. Fantasmas cada ola. Stop. Capitán prevé retraso. Stop. 10 en vez de 8. Stop. Armando, un ángel, está deseando abrazarte.

—Se ve que el arte de escribir cablegramas no es la virtud más destacada de tu cuñada Eva —comentó Emilia divertida cuando Amalia le enseñó el que acababa de recibir—. Pero leyendo entre líneas más o menos se entiende lo que dice: la mala mar de la travesía le ha recordado al *Titanic*; se retrasa dos días la fecha de llegada que estaba prevista para mañana, día 8; ella sigue loca de amor por Armando y él le pide que te diga que está deseando abrazarte.

La señorita Olmedo esbozó una sonrisa, pero, al mismo tiempo, la acompañó de un vaivén de la mano como quien avienta una mosca (o una idea incómoda). Se encontraban en el salón principal de la casa. O en el jardín de invierno, como prefería llamar Amalia a aquella enorme habitación que tanto desentonaba con su personalidad. Sí, porque ahí estaba ella, vestida con su habitual sobriedad y contención, rodeada ahora de aves del paraíso, tucanes, colibríes e incluso de una pantera de ojos verdes y amenazadores, pues estas otras criaturas no menos inverosímiles poblaban la selva tropical que una sabia mano había pintado en las paredes del recinto a modo de trampantojo. En cuanto al mobiliario, Emilia, que era fiel seguidora de revistas de decoración, en especial la de su colega Edith Wharton, le sorprendió ver la osada mezcla de estilos que allí reinaba. Sofás turcos junto a sillones Luis XV, aparadores italianos de mármol, almohadones bereberes, alfombras afganas y sillas Chippendale, todo revuelto en alegre fraternidad y presididos por el solemne (y bastante lúgubre) retrato de un caballero de profuso mostacho y mirada penetrante que resultó ser don Aparicio, el difunto padre de Armando y Amalia Olmedo. Un ancestro que tenía todo el derecho a figurar en lugar tan preferente, pero que, a ojos de doña Emilia, estropeaba el resto de la decoración.

Mención aparte merecían diversos artefactos mecánicos que había repartidos por toda la casa, como el modernísimo (y también carísimo) ascensor de inspiración *art déco* que conectaba el vestíbulo con las dos plantas superiores del edificio; o los teléfonos que podían verse en varias habitaciones, algo muy poco usual entonces. Eso por no hablar de la linterna mágica del cuarto de estar, amén de un sismógrafo (¿para qué rayos serviría aquello?), así como un gramófono que cada tanto y sin previo aviso se ponía en marcha solo, desgranando música clásica o canciones de Mistinguett o Maurice Chevalier.

Porque otra de las particularidades de la Casa de los dos Torreones era que daba la sensación de que allí todo funcionaba como un reloj sin la aparente intervención de nadie. Alguien, sin duda, debía ocuparse de las tareas domésticas, pero la única presencia visible, de momento, era la de Piedad. Según y cuando, en ocasiones podía verse a Plácido, el muchacho que les había abierto la puerta a su llegada. Pero no parecía verosímil que aquel individuo cetrino y dueño de una inquietante belleza rústica que tan poco honor hacía a su nombre fuese la secreta mano encargada de elaborar, por ejemplo, los espectaculares arreglos florales que adornaban cada estancia, ni tampoco el responsable de que los suelos, unos de mármol y otros de caoba colonial, brillasen como un espejo. Todo esto, naturalmente, por no mencionar la no menos artística tarea de preparar la exótica y original cena con la que Amalia les había agasajado la víspera. Emilia había intentado tirarle de la lengua e indagar cuál era el secreto de aquel doméstico milagro, «... para aprender de ti, querida. En mi casa de Madrid tengo cocinera, pinche, un mozo de comedor, amén de tres doncellas, y anda todo manga por hombro comparado con esto». Pero Amalia rio diciendo que era una exagerada y que le agradecía el cumplido, pero que el truco estaba en que madre e hijo (pues tal resultó ser la relación entre Piedad y Plácido) sentían la Casa de los dos Torreones como propia.

—Por las mañanas —explicaría a continuación—, un par de muchachas del pueblo suben a hacer las faenas más duras, y una de ellas, Covadonga, así se llama, ya la conoceréis, está deseando que la contrate como fija. Pero Piedad se niega a que nadie más que el muchacho y ella duerman en la casa. Me tiene preocupada, la verdad, ya no es tan joven. He logrado convencerla de que vaya al médico la semana próxima, pero se niega a que la acompañe, y sigue trabajando como si tuviera veinte años. Por suerte, siempre puedo contar con Plácido.

A Selva le sorprendió aquella explicación, sobre todo por la actitud hosca y poco colaborativa del muchacho, pero tampoco le dio mayor importancia al comentario, particularidades domésticas, qué más daba.

＊　＊　＊

A la mañana siguiente, doña Emilia despertó tempranísimo, debían de ser las seis y media, todo lo más las siete. En cualquier caso, mucho antes de la hora del desayuno que, según les había informado Amalia, se serviría a las nueve. Estuvo remoloneado por ahí, haciendo tiempo, pero ella era de esas personas que no son nadie hasta que asientan al menos un poco el estómago, por lo que decidió bajar a la planta inferior, buscar a Piedad y pedirle eso que los ingleses llaman un *early morning tea*. O lo que es lo mismo, una taza de té tempranera que, en las casas de campo de aquel país, suele tomarse antes del desayuno y ayuda a entrar en calor y a entonar el cuerpo. Como aún no conocía bien la casa, comenzó por probar las diversas puertas que se alineaban alrededor del gran vestíbulo de forma hexagonal y suelo en damero de mármol blanco y negro, pero ninguna parecía conducir a la zona de servicio. La primera estaba claro que era la puerta principal, la segunda resultó ser la de la biblioteca, la tercera descubrió que daba a un pequeño lavabo de visitas y la siguiente ni siquiera la abrió. Recordaba de la víspera que correspondía al tropical jardín de invierno en el que habían tomado café al son de las canciones de Maurice Chevalier. ¿Y la quinta? Tenía que ser la del comedor, y de ser así, se dijo, aquella habitación era su mejor baza porque, en buena lógica, estaría conectada con la cocina o, al menos, con un *office*. Se disponía ya a abrirla cuando el sonido de una voz la detuvo. Alguien, en alguna parte, entonaba al piano una habanera, pero la melodía no daba la impresión de provenir de puerta alguna, sino que emergía de un punto indeterminado de la pared. «Imposible», se dijo, porque, aunque ella creía en las meigas, dudaba muchísimo de que les diera por hacer de las suyas a las siete de la mañana. Se acercó más. Al igual que las paredes del jardín de invierno, los muros del vestíbulo también estaban pintados en trampantojo. Simulaban en este caso un paisaje toscano de altos cipreses y lagos azul turquesa, pero, justo en el punto del que emanaba la música había pintada una falsa ventana adornada con un cortinaje púrpura de un único paño recogido al lado derecho por un grueso cordón, tan falso como todo lo demás. «Te pillé», sonrió Emilia como si acabase de resolver un acertijo, porque, junto a los pliegues de la tan bien imitada cortina, descubrió un picaporte. Uno que, obviamente, delataba una puerta, no de trampantojo, sino real, que ella procedió a abrir con tiento.

Al principio nada vio, porque los recién nacidos rayos de sol que entraban oblicuos por una ventana abierta que había al fondo de aquella habitación incidían justo a la altura de sus ojos. Hizo visera con una mano y entonces pudo comprobar que acababa de acceder a una pequeña sala de música decorada en tonos azules y en la que, en el otro extremo, ante la ventana y de espaldas, se recortaba una figura femenina al piano que, ajena a la intrusión, y con el pelo rojo y suelto sobre la espalda, continuaba desgranando su habanera. «¿Qué rayos hará Amalia tocando el piano de tan buena mañana?», se dijo Emilia, mientras iba hacia ella con un alegre: «¡Buenos días, buenos días, querida!», pero no llegó muy lejos. Un perrazo de considerables dimensiones le cortó el paso y, sin duda se habría abalanzado sobre ella si la pianista no llega a impedírselo con un único pero eficaz gesto de la mano.

—¡Aquí, Athos, aquí, buen chico, buen chico!

La pianista acababa de girarse y la miraba ahora con los mismos ojos aguamarina semitransparentes que la señorita Olmedo, solo que en su caso carecían de expresión, estaban muertos.

* * *

Fue así cómo Emilia conoció a dos nuevos miembros de la familia. A Athos, un mastín plateado ya entrado en años, y a una muchacha a la que presentó como su sobrina Laura.

—... Siento que la hayas conocido de este modo, querida, cualquiera diría que la tenemos escondida. Y nada más lejos de la realidad, solo que Laura es demasiado independiente. A Athos y a ella les gusta ir por libre, pero ahora que Ignacio y tú estáis aquí, harán un esfuerzo por ser sociables, ¿verdad, mi niña?

Laura Olmedo resultó ser una adolescente de unos diecisiete o dieciocho años con un parecido notable con Amalia. Las dos eran altas, espigadas, compartían gestos e incluso utilizaban las mismas muletillas al hablar. Laura tenía el pelo de Venus de Botticelli de su tía, solo que el suyo era más llamativo, pues solía llevarlo suelto o recogido apenas con una fina diadema de carey. Aunque en cuanto a facciones, en cambio, existían notables diferencias. Los rasgos de Laura recordaban más bien a los de Armando que tanto Emilia como Selva habían visto en foto, con pómulos altos y cejas oscuras y marcadas. Los ojos, sin embargo, no cabía duda de que eran los de Amalia. El mismo color; las mismas pestañas largas y espesas, solo que, en el caso de Laura, su mirada, en vez de tener la calidez y la profundidad de la de la señorita Olmedo, carecía de expresión. Por supuesto, ni Emilia ni Ignacio hicieron alusión alguna al hecho de que fuese ciega, porque, tal como Emilia había escrito en una de sus novelas, las particularidades que más intrigan e importan de otras personas, esas que uno está deseando conocer en todos los detalles, de ellas jamás se habla. Incluso hay que hacer como que uno es bobo y no se ha dado cuenta de nada. Dicho esto, habría que añadir que, a menos que uno mirase directamente a los ojos de Laura, no era fácil darse cuenta de su tara, porque sus movimientos eran seguros, precisos; sabía, por ejemplo, cuando tocaba bajar un escalón o abrir una puerta, y conocía la distancia exacta que había entre tal mueble y tal otro. Incluso pronto descubrirían que tenía un arte especial para arreglar con enorme gracia las flores que ella misma se ocupaba de coger en el jardín.

A partir de ese momento, Laura Olmedo y Athos, que formaban un tándem indivisible, comenzaron a estar presentes en todas las ocasiones. Como cuando se suscitó, por ejemplo, esta conversación:

Era la hora del café, de ese mismo día. Covadonga, la muchacha de la que antes les había hablado Amalia, acababa de desaparecer tras dejar silenciosamente sobre una mesita cercana unos bombones, y los cuatro charlaban en el jardín de invierno. A diferencia de Emilia, y pese a su selvático apellido, a Ignacio tanto tucán, tanta ave del paraíso y tanto follaje tropical le abrumaban un poco, por lo que prefirió abstraerse del decorado y estudiar con más detenimiento a Laura. Llamaba la atención cómo hablaba y participaba de las conversaciones, pero, sobre todo, por el sorprendente modo que tenía de hacer olvidar su ceguera. ¿Sería de nacimiento? ¿A causa de alguna enfermedad o accidente? Ignacio Selva recordó, una vez más, aquella reflexión de Emilia de que en sociedad uno nunca habla de lo que más importa, por lo que decidió sacar a colación otro tema que le pareció menos comprometido.

—Me intriga saber —comenzó dirigiéndose a Laura— qué recuerdas de tu tío Armando. Aunque supongo que no mucho, debías de ser muy pequeña cuando desapareció en alta mar.

Laura que, como parecía ser su costumbre, una vez más se había sentado de espaldas a la ventana con Athos dormido a sus pies, sonrió.

—Sí que lo era. Pero recuerdo muchas cosas.

—¿Cómo qué?

—Bueno, ya sabes, todo lo que a uno le llama la atención cuando tiene pocos años, el bigote de tío Armando, por ejemplo.

—¿Y cómo era? —inquirió Ignacio, pensando que aquella era una manera sutil de averiguar si era ciega de nacimiento o no.

—Grueso y sedoso —respondió ella sin despejar la incógnita—. Según me ha dicho tía Amalia, ese tipo de mostacho espeso y con las guías vueltas hacia abajo estaba muy de moda cuando se hundió el T... —Aquí la joven se detuvo. Sus ojos ciegos parecieron buscar los de la señorita Olmedo antes de completar la frase con un—: Bueno, digamos que muchos hombres lo llevaban allá por 1912.

Vino a continuación un silencio incómodo, que Emilia se encargó de disipar.

—Ya sé, querida —comenzó, dirigiéndose ahora a Amalia Olmedo—, que ciertas palabras y temas resultan dolorosos, pero flaco favor le haremos a nuestra intención de conocer la verdad si los evitamos, ¿no crees?

—Son tantos años de omitir palabras, de esquivar recuerdos y pensamientos —respondió la señorita Olmedo—. Uno cree, tontamente, que aquello que no se menciona no existe, o que así dolerá menos. Pero tienes razón, pregunta lo que quieras, tanto a mí como a mi niña.

—Sería interesante saber, por ejemplo, qué recuerda Laura de su tío, los niños captan detalles que los adultos pasamos por alto. Son más, ¿cómo decirlo?, más sensoriales que nosotros, tienen, por tanto, mayor capacidad para recordar un perfume, un sabor, una voz o el tacto de un bigote... Lamentablemente —continuó argumentando doña Emilia—, han pasado muchos años desde la desaparición de tu hermano. Es evidente que la gente cambia, gana o pierde kilos; peinados, cortes de pelo y profusos bigotes pasan de moda; la voz de alguien puede hacerse más grave, más o menos enfática, incluso se puede cambiar de acento si esa persona ha vivido tiempo en otro país. Todo esto es cierto y seguro que es la razón por la que Selvita se ha interesado por los recuerdos de Laura. Pero yo pienso que hay en esta casa alguien cuyas percepciones pueden ser aún más reveladoras que las de Laura a la hora de averiguar si estamos ante un impostor o no. Alguien que, no importa cuántos años hayan transcurrido, podrá descubrirnos la verdad.

—Hablas de mí, supongo, o tal vez de Piedad.

—No, querida. Hablo de alguien mucho más difícil de engañar.

—¿De Plácido? No estaba aquí cuando Armando nos visitó. Piedad lo adoptó cuando su hermana murió de parto y el muchacho se quedó solo en el mundo. Pasó buena parte de su infancia en internados de frailes, hasta que cumplidos los quince empezó a trabajar en casa ocupándose sobre todo del jardín.

—Ya veo —aceptó doña Emilia—, y ahora comprendo un poco mejor su carácter. Demasiado reconcentrado en sí mismo ese muchacho, y no muy sociable precisamente. En todo caso, el testigo al que me refiero es otro. Uno más infalible que una hermana, que una sobrina, o incluso más que Piedad, que, por lo que tengo entendido, lleva una vida entera en la Casa de los dos Torreones.

—¡Athos! —exclamó entonces Ignacio Selva—. Claro, ¿cómo no se me había ocurrido? Desde luego no hay que ser Sherlock Holmes ni Arsenio Lupin ni tampoco Rouletabille para saber que un impostor puede engañar a cualquiera de nosotros, pero jamás a un perro. ¿Athos estaba ya en la familia cuando la visita de Armando? Confío en que sí.

La señorita tardó en responder, y por un momento tanto Selva como Emilia creyeron que la respuesta iba a ser negativa. Pero la demora de Amalia Olmedo tenía otro motivo. Sus ojos se anegaron en lágrimas al contestar que sí, que en efecto Athos tenía dos años cuando Olmedo vino a verlas poco antes de embarcarse en el *Titanic*.

—Fue mi regalo a Laura cuando quedó ciega, y eso ocurrió en 1910, imposible olvidarlo.

Ignacio miró al viejo mastín que a su vez lo reojeaba con ojos sabios y cansados, y se volvió entonces hacia Emilia para decir:

—Por cierto, Athos me recuerda... ¿cómo diablos se llamaba aquel famoso perro de la *Odisea*? Sí, lo tengo en la punta de la lengua. Ya sabe usted a cual me refiero: una vez acabada la guerra de Troya, Ulises emprende el regreso a casa, por el camino vive mil aventuras que retrasan una y otra vez su llegada a Ítaca y, cuando, por fin, al cabo no sé cuántos años, encanecido y agotado, lo consigue, resulta que nadie lo reconoce. Ni sus amigos, ni su padre, ni su nodriza y ni siquiera su mujer, que tanto lo ha llorado guardándole ausencias. En cambio su perro, que es viejo y está medio ciego, al ver a aquel extraño andrajoso, al que todos toman por un mendigo, se aproxima, lo huele y, acto seguido, lleno de alegría comienza a lamerle las manos y menear la cola en señal de reconocimiento.

Fue Amalia Olmedo quien respondió a su pregunta.

—Se llamaba Argos. ¡Argos! —Y de pronto sus ojos brillaban más que nunca. La señorita Olmedo se levantó a continuación de su asiento y con brazos extendidos fue hacia él. Por un momento, Ignacio Selva pensó que iba a abrazarlo, pero hizo algo aún más inesperado. Cogiéndole las manos se las besó mientras repetía—: Argos y Athos... Athos y Argos... ¡pero si hasta los nombres son casi iguales! ¿No te parece un feliz augurio, Ignacio?

13

EXPECTANTES

—Ahora que la palabra *Titanic* ha dejado de ser tabú en esta casa —comenzó diciendo doña Emilia—, dejadme que os cuente una pequeña teoría que he elaborado alrededor de tan mentadísimo naufragio.

Eran las ocho de la tarde y acababan de pasar al comedor. Como siempre, y a imitación de la forma en la que se sirven los desayunos en las grandes mansiones inglesas, Piedad y Covadonga, antes de retirarse, habían dejado sobre el aparador a modo de cena-bufé, un amplio repertorio de platos tanto fríos como calientes para que cada uno se sirviera a conveniencia.

—Excelente idea, querida, todo el mundo merece su descanso, y Piedad más que nadie. Creo que yo también introduciré esta costumbre en mi casa. Al fin y al cabo, los tiempos están cambiando y nada volverá a ser como antes.

Mientras elegía entre unos huevos encapotados y una galantina de ahumados, Emilia Pardo Bazán comenzó a esbozar lo que ella llamaba su «teoría *Titanic*».

—Es una a la que llevo tiempo dándole vueltas, incluso antes de que os conociera —explicó, dirigiéndose tanto a Amalia como a Laura—, pero ahora ya no me cabe la menor duda: aquel naufragio marcó un antes y un después.

—¿En qué? —se interesó Laura, sirviéndose unas codornices en salsa y sin derramar una gota, lo que hizo que Ignacio Selva admirara una vez más la precisión de sus movimientos.

113

—En tantas cosas —respondió Emilia—, que no sabría ni por dónde empezar. Digamos que el 14 de abril de 1912 un mundo se fue a pique y nació otro. Para corroborarlo basta con recordar, por ejemplo, cómo rezaba el ahora célebre titular con el que *The New York Times* informó de la tragedia.

—Me temo que no todos tenemos su buena memoria —intervino Selva, mirando esta vez a Amalia y temiendo que no se sintiese cómoda con la idea de doña Emilia de elaborar teorías sociológicas alrededor de un hecho doloroso para ella. Pero la señorita Olmedo parecía más interesada en evitar que sus huevos Benedict se mezclaran con el pisto manchego que acababa de servirse.

—Lo sintomático del caso —continuó Emilia— es que dicho titular no me chocó cuando en su momento lo leí reproducido aquí por toda la prensa española. En cambio, al releerlo ahora, al cabo de casi diez años, para preparar nuestro caso, chirría más que una puerta vieja.

—¿Y qué decía?

—Se trataba de un titular bastante largo y comenzaba informando de que el *Titanic* se hundió horas después de chocar contra un iceberg, y especificaba que ochocientas sesenta y seis personas fueron rescatadas por el *Carpathia* mientras que probablemente el número de víctimas alcanzase las mil doscientas cincuenta almas.

—No entiendo qué tiene de particular —intervino nuevamente Ignacio Selva.

—No lo entiendes porque, en efecto, no tiene nada de particular, lo interesante viene cuando, a renglón seguido, se añade lo siguiente: «Ismay (que os aclaro, es el presidente de la compañía propietaria del *Titanic*) y la señora Astor han sido rescatados con vida», y luego acababa con esta frase: «Personas muy relevantes, desaparecidas».

—Clasismo vergonzoso —opinó Laura Olmedo—. Poco les faltó para decir que los muertos eran, sobre todo, chusma de tercera clase.

—Bien observado —terció doña Emilia, sorprendida al reparar cómo los ojos sin vida de la muchacha parecieron encenderse de pronto—. Los titulares no lo expresaron con tanta claridad como tú, pero de algún modo lo inferían. Siempre he tenido una memoria desastrosa para las cifras, pero seguro que tú, Selvita, recuerdas cuál fue el número total de víctimas.

—Imposible olvidarlo. De los trescientos veinticuatro pasajeros que viajaban en primera clase sobrevivieron doscientos uno, mientras que de los setecientos nueve pasajeros de tercera solo ciento ochenta y uno salvaron la vida.

—Y milagro fue —intervino de nuevo Laura— que no murieran muchos más. Los oficiales impidieron el acceso a cubierta a los pasajeros de las clases «inferiores» hasta que todos los ricos embarcaran en las lanchas salvavidas, una verdadera vergüenza y una crueldad sin límites. Por si fuera poco, la mayoría de los botes llegaron al agua con apenas un tercio de los pasajeros que podían alojar. Supongo que sería para que sus señorías estuvieran más cómodas.

—No hables así, hija —intervino Amalia Olmedo—. ¿Cómo puedes tú saber si...?

—Sé bastante más de lo que imaginas, tía Amalia. Sé, por ejemplo, que, después de que centenares de desventurados muriesen como ratas yéndose al fondo con el barco porque no había botes para todos, continuaron las diferencias «sociales» —entonó desdeñosamente Laura Olmedo—, porque hasta para morirse hay clases. A los ricos los embalsamaron y los metieron en ataúdes. Para los demás, una triste bolsa de lona, cuando no, el mar por mortaja. Ni siquiera tuvieron compasión de los niños.

—Calla, Laura, te lo ruego.

—¿De qué nos ha servido callar? Lo que no se habla no existe, esa ha sido siempre la consigna de esta casa. Esta maldita casa que hace años parece habernos tragado a todos: a Piedad, a Plácido, a mí y sobre todo a ti, tía Amalia.

Sobrevino un silencio que doña Emilia trató de conjurar retomando su idea de cómo el hundimiento del *Titanic* había marcado el fin de una época.

—Laura tiene razón. Las injusticias que se cometieron entonces fueron tan flagrantes y con consecuencias tan trágicas que muchas cosas cambiarían a partir de aquel momento. No solo los barcos de línea están ahora obligados por ley a llevar botes salvavidas suficientes para todo el pasaje, sean de primera, segunda o tercera. También ha habido un cambio de sensibilidad con respecto a los privilegios sociales. Sobre todo porque, solo dos años más tarde, llegaría la guerra del catorce.

Doña Emilia explicó entonces cómo la Gran Guerra, con sus sesenta millones de muertos —eso por no mencionar los innumerables heridos y mutilados—, había ayudado a suavizar ancestrales resabios de clase.

—Es interesante observar —continuó ella— cómo la convivencia en las trincheras y el tener que afrontar la muerte hombro con hombro propició que las distintas clases sociales, hasta entonces tan estratificadas, forjaran lazos afectivos nunca antes imaginados. Porque la guerra, el dolor y la muerte tienen al menos esta contrapartida, igualan a todos por el mismo rasero. Y luego está otro efecto positivo de aquella gran carnicería que a mí siempre me gusta resaltar: el nuevo papel de la mujer en la sociedad, consecuencia también de tan cruel masacre. Con millones de hombres muertos en el campo de batalla, no quedó más remedio que recurrir a las mujeres como fuerza laboral. Y no solo en fábricas y en trabajos mal remunerados como hasta entonces era común. También —y este es un dato inédito hasta el momento— accedieron a puestos de más responsabilidad y relieve en los que mujeres que se habían quedado viudas y con hijos a su cargo no tardaron en demostrar su valía y dedicación. Esto, como es lógico, produjo un cambio en lo tocante a paternalismos e inveterados prejuicios y convenciones. A propósito de esta circunstancia, que me parece relevante, he escrito varios artículos en los últimos años enfocándola, a veces desde la erudición, otras desde la frivolidad.

—¿Desde la frivolidad? —se sorprendió Amalia Olmedo.

—Sí, querida, con frecuencia lo banal es más sintomático que lo sesudo, fíjate si no en el largo de las faldas.

Esta vez fue Laura la que se asombró, pero doña Emilia, sin dejar de dar cuenta de sus huevos encapotados (que, según ella, merecían un monumento), no tardó en aclararle la relación que existía entre la mujer trabajadora y el largo de las faldas.

—...Una verdadera revolución, porque, como bien sabemos todas, las faldas largas hasta el suelo, además de engorrosas y pesadas, no hacen más que recoger microbios y barrer en la calle desperdicios que luego introducimos en los hogares. Yo llevaba años escribiendo sobre esta circunstancia, pero había sido como predicar en el desierto por todo lo que desde niñas nos han intentado meter en la mollera: que si el decoro, que si la decencia, que si la mujer casada en casa con la pata quebrada... Y, sin embargo, ya veis, fue llegar la Madre Necesidad y lo cambió todo. Trabajar en las fábricas era imposible con vestimenta tan incómoda, así que, para horror de moralistas e inmovilistas, las faldas comenzaran a menguar. Y vaya si menguaron. Inauguramos el siglo xx con ellas barriendo inmundicias del suelo, como ha ocurrido desde tiempos inmemoriales; luego, cuando el *Titanic* se fue a pique, tímidamente empezamos a enseñar el tobillo; con la llegada de la Gran Guerra, se recortaron aún más y, desde entonces, trepando, trepando no han hecho más que menguar hasta incluso más arriba de la rodilla. Como las que gastan, por ejemplo, las *flappers* de Londres que no solo enseñan rodilla, sino que han cambiado el corsé por el *brassier*, fuman y se reúnen en bares después del trabajo a tomar cócteles.

Tal como era de esperar, tanto Laura como Amalia Olmedo dijeron que ya iba siendo hora y que les parecían de perlas estos cambios, mientras que Emilia añadió que aquello no era más que el principio. Que en Estados Unidos las mujeres ya podían ejercer su derecho al voto y otro tanto ocurría en Inglaterra, siempre y cuando tuviesen más de treinta años y propiedades a su nombre.

—... Y ahora habrá que luchar para conseguir el voto también nosotras en España. Y así será, salvo que ocurra alguna desgracia imprevista y muy poco deseada. Porque el mundo ha cambiado y nosotras con él, de modo que ya puedes irte preparando, Selvita.

—A mí no tiene que convencerme —rio él—. Siempre me han atraído las mujeres fuertes —añadió, mirando a Amalia y después a Laura.

Ninguna de las dos vestía como una *flapper* ni fumaba, y, posiblemente, tampoco gastaran *brassier*. Pero estaba claro que eran mujeres resueltas, cada una a su manera. Amalia desde hacía años estaba al frente de los negocios familiares que a todas luces eran muy prósperos. ¿Y Laura? Ignacio volvió a mirar a la muchacha tratando de desentrañar qué pensamientos se ocultaban detrás de aquellos maravillosos ojos semitransparentes que miraban sin ver. Si Amalia era para él una incógnita llena de contradicciones, Laura parecía un enigma aún mayor. ¿Por qué había saltado de aquel modo cuando se habló del *Titanic* y de las diferencias sociales? ¿Cómo se informaba de lo que ocurría en el mundo una muchacha ciega que vivía, además, tan aislada? ¿Por qué había hecho aquel comentario acusando a su tía de que la Casa de los dos Torreones se había tragado tanto a ellas como a Piedad y Plácido? «Lo que no se habla no existe, esa ha sido siempre la consigna de esta casa». Tal era el amargo reproche que acababa de hacerle a su tía.

14

LA TRAMA COMIENZA A ESPESARSE

—Pero bueno, a ver si me aclaro. ¿No había dicho usted que no necesitábamos para nada que Corralero subiese a Avilés? ¿Cómo es que ahora me pide que lo llame con tanta urgencia? ¿En qué quedamos?

—Pues quedamos, Selvita, en que cambiar de opinión es de sabios y donde antes dije digo, ahora digo Corralero. Me parece que, después de nuestra conversación de ayer en el comedor, está claro que tanto Amalia como su sobrina son una pura contradicción. Por un lado, muy modernas y avanzadas: Amalia maneja las empresas familiares y conduce un Peugeot amarillo más propio del *rally* de Montecarlo que de una señorita de provincias, mientras que Laura, a pesar de ser ciega, está informada de todo lo que pasa en el mundo y tiene ideas sociales más avanzadas que las mías. Pero, por otro lado, parecen prisioneras de no sé qué inconfesables secretos familiares que hacen que todo aquello que las rodea sea raro o, en el mejor de los casos, misterioso. Y desde luego, lo que está más claro que el agua es que tú y yo, encerrados aquí, en la Casa de los dos Torreones, no lo tenemos fácil para hacer ciertas averiguaciones sobre la familia que cada vez me parecen más imprescindibles para saber exactamente qué terreno pisamos. Por eso necesitamos a Corralero.

Emilia e Ignacio paseaban por el jardín. La lluvia de la noche anterior había dejado, aquí y allá, charcos de agua color chocolate que doña Emilia, con sus botas de tafilete, muy a la moda pero nada apropiadas para aquel clima, intentaba esquivar, no siempre con éxito.

Desde su llegada a la Casa de los dos Torreones les había costado encontrar un momento a solas para comentar, ponerse al día y cambiar impresiones. La primera y más evidente era que Amalia Olmedo, a pesar de ser amigable y abierta, carecía por completo de vida social. Solo en una ocasión, desde el comienzo de su estadía, los había invitado a tomar una copa al Casino. Pero, si bien era cierto que su anfitriona sonreía a todo el mundo y derrochaba amabilidad con quienes se detenían a intercambiar con ella media docena de palabras, resultaba fácil adivinar que las personas que la saludaban se sorprendían, y no poco, al verla. «... Ay, Amalita, qué cara te vendes —había sido el comentario de un caballero de buen porte e inmejorables modales que les salió al encuentro en el Casino—. Va para tres años que no nos dabas la alegría de verte por aquí».

Ella había respondido que sí, que, en efecto, que lo sentía muchísimo, que verdaderamente le *encantaba* el Casino y que *qué más* quisiera ella que prodigarse, pero que el tener que ocuparse de tantos asuntos familiares, consumía todo su tiempo. «Ah, Amalita, si tú quisieras...», había comenzado el caballero con aire soñador, pero la señorita Olmedo atajó sus nostalgias colgándose encantadoramente de su brazo al tiempo que se dirigía a doña Emilia con una gran sonrisa y un: «¿No te parece sencillamente adorable mi primo Sebastián?». Acto seguido y sin perder la sonrisa, desenhebró su brazo del de su primo (que quedó muy compungido) para colgarse igual de encantadoramente del de Ignacio Selva al tiempo que anunciaba: «Venid, sigamos, ahora quiero presentaros a otras personas que seguro estarán encantadas de conoceros».

Y así se los había llevado, de corrillo en corrillo. Presentándoles a más y más gente con esa cualidad ingrávida suya que hacía que Amalia Olmedo pareciera una leve y bellísima mariposa que va de flor en flor abanicándolas a todas con sus alas, pero sin posarse en ninguna.

Ignacio Selva calculaba que, en los escasos días transcurridos desde su llegada a la Casa de los dos Torreones, habían conocido a lo más granado de la sociedad avilesina y al mismo tiempo absolutamente a nadie. Sí, porque salvo aquel planeado al milímetro paseo por el Casino, el resto del tiempo no salían para nada de la casa.

—No sé cómo lo hace —comentó a continuación doña Emilia, apartándose con cautela de un par de majestuosos pavos reales que paseaban por el jardín con sus crestas al sol y admirándose en el agua de los charcos—. Nunca en mi vida me he sentido tan aislada y al mismo tiempo agasajada con tanto afecto. Y con tanta libertad también —añadió sorprendida—. ¿No tienes tú la misma sensación, Selvita? En esta casa todas las puertas están abiertas, podemos movernos a nuestro aire, fisgar aquí y allá e incluso salir de la propiedad si se nos antoja. Pero ¿adónde vamos a ir? Amalia, que de tonta no tiene un pelo, muy sutilmente ha hecho que la gente del lugar sepa que somos sus huéspedes, anulando así nuestras posibilidades de hacer indiscretas averiguaciones sobre ella, sobre su sobrina o sobre esta casa que cada vez me recuerda más a la de Hansel y Gretel.

—¿A la de Hansel y Gretel? —se sorprendió Ignacio Selva—. Por lo que recuerdo, aquella era pequeña y de chocolate, no veo la relación.

—Eso es porque aún no piensas como un novelista, Selvita. Si no, te darías cuenta de que son idénticas. Las dos bellas, atrayentes, magnéticas, pero, en cuanto cruzas el umbral, ¡zas! te atrapan como una mosca en la miel y ya no puedes escapar.

—Ahora solo falta que me diga que Amalia Olmedo es como la bruja del cuento —bromeó él.

—Bruja no, pero hechicera, un rato. Y, por lo que te he estado observando desde el día en que la conocimos, no creo que precisamente a ti te resulte difícil comprender a qué me refiero.

—En caso de que así fuera —comentó Selvita, molesto al comprobar que sus tentativas de ocultar la atracción que sobre él ejercía la señorita Olmedo no habían sido lo que se dice fructíferas—... en caso de que así fuera, usted debería de ser inmune a sus encantos, ¿o debería decir quizá a sus encantamientos?

—Dilo como quieras, porque en este caso viene a ser lo mismo. Existen personas como ella, capaces de atraer tanto a hombres como a mujeres, y no necesariamente de forma romántica, pues se trata de otra clase de magnetismo, uno más eficaz, por cierto.

—Pues para ser tan magnética hay que ver lo sola que está —comentó Ignacio Selva no sin cierta amargura—. Resulta difícil comprender por qué.

—Y desde luego, tú y yo, metidos en la casa de Hansel y Gretel, nunca lograremos averiguarlo. Ni este ni tampoco otros misterios y secretos que no nos vendría nada mal desentrañar ante la llegada de Armando Olmedo y su mujer. ¿Qué oculta esta familia? Amalia sale todas las mañanas muy temprano para supervisar la marcha de sus empresas y a la una y media está de vuelta tan sola como se fue, mientras que a Laura jamás la he oído hablar de una amiga y menos aún de algún pretendiente. ¿Por qué se mantienen tan aisladas? ¿De verdad son tía y sobrina como dicen? Nuestras únicas fuentes posibles de información son Piedad, el ama de llaves; las chicas que vienen por la mañana a ayudar con las labores caseras y ese jardinero, cocinero, portero o lo que quiera que sea su hijo, el tal Plácido.

—¿Y ha intentado usted tirarles de la lengua?

—Más de lo que la buena educación aconseja. Ya me conoces, Selvita, cuando me propongo algo, rara vez fracaso, pero, en esta ocasión, debo reconocer mi derrota. Con Plácido solo conseguí que contestara con monosílabos a mis preguntas. Comencé inquiriendo, así como quien no quiere la cosa, entablar una conversación intrascendente, si hacía mucho que trabajaba en la propiedad, y él me contestó con un lacónico sí. Luego quise saber si siempre había vivido aquí, y ahí se explayó más y replicó «no siempre» con cierta retranca. Y de ahí no conseguí sacarlo. Cuando quise hacerle más preguntas, me soltó un bufido y se metió en su casa que, dicho sea de paso y por lo poco que alcancé a jipar, es más acogedora y llena de encanto de lo que cabría esperar de un tipo poco cultivado y rudo como él. En cuanto a las chicas de la limpieza, una de ellas ni siquiera sé cómo se llama porque habla tan poco que parece muda.

—¿Y la otra?

—Con la otra, que se llama Covadonga, pensé que iba a tener más suerte. Se la ve despierta, guapa muchacha, además. ¿No te has fijado?

—La verdad es que no.

—Pues muy mal hecho, Selvita. Parte de la labor de un detective es fijarse en todo, incluso en lo que parece intrascendente. A Covita, como también la llaman, se la ve con ganas de medrar, de prosperar.

—¿Y eso qué tiene de malo?

—Nada, y según y cómo tiene sus ventajas aprovechables. Por eso pensé que unas pesetillas despertarían su interés.

—¿Intentó usted sobornarla para que se fuera de la lengua?

—Eres poco sutil, Selvita, solo pretendía recompensar su elocuencia.

—¿Y funcionó?

—No demasiado. Solo conseguí que me contara que en esta casa son todos muy suyos.

—Como si no lo supiéramos. ¿Y qué más le dijo?

—Que aun así, a ella le gustaría que la contrataran de interna, que Piedad se oponía, pero que ella pretendía seguir haciendo méritos porque tenía mucho que ofrecer.

—¿Y qué piensa usted qué quiso decir con eso?

—Ni idea, pero tampoco era mi objetivo averiguar las intenciones y particularidades de Covadonga, sino las de la familia, así que ahí quedó nuestra conversación, y me fui a darle palique a Piedad. A ella intenté entrarle por el lado de los ancestros —continuó narrando doña Emilia—. Le pedí que me contara de quién es el retrato familiar que tanto desentona en el jardín de invierno. Pero solo dijo que se trataba del padre de Amalia y Armando, y que había sido para ellos tanto padre como madre, después de que su esposa pereciera en un incendio que casi acaba con la Casa de los dos Torreones.

—Interesante, por lo menos ahí tenemos un dato que puede ser revelador de algo.

—Sí, pero por mucho que insistí no conseguí que me diera pormenores. Un incendio, una desgracia, cosas que pasan, ese fue su único comentario.

—¿Y no consiguió sonsacarle algún dato más, aunque fuera anecdótico, con respecto a la familia y a esta casa? Como dice usted siempre, las naderías son a veces más elocuentes que los datos.

—A veces no, siempre. La gente no se da cuenta de lo mucho que revelan lo minúsculo y lo banal. Pero me temo que en esta ocasión no ha sido así. Lo único que Piedad me hizo notar fue que Armando de joven imitaba a su padre en todo, incluso en el bigote. Como ves, nada de especial relevancia. También dijo que don Aparicio, que así se llamaba este señor, era de esos hombres que «dejan su impronta». No sé a qué se refería, pero dudo que el dato pueda sernos de utilidad. El caballero murió hace años y agua pasada no mueve molino.

—¿Quiere que yo pruebe a ver si les sacamos algo más?

—Mejor que no. Incluso podría ser contraproducente. Me da a mí que ya sea por lealtad o por cualquier otra razón que desconocemos, ni Plácido ni Piedad van a soltar prenda. Por eso necesitamos a alguien que llegue a donde tú y yo no podemos llegar. Indagar por ahí, hablar con los vecinos, tomarse unos chatos en alguna taberna, ver qué se cuenta.

—Sí, ya, alguien como Corralero, ¿no es así? —recalcó con sonrisa irónica Selva, esperando que doña Emilia reconociera que él tenía razón anteriormente.

—¿Quién si no, Selvita? Mira que eres *repunante*, como dicen aquí en Asturias. ¿Cuándo crees que pueda venir?

—A ver qué me dice cuando me ponga en contacto con él, anda ocupadísimo últimamente.

—Pues dile que se desocupe. Dile que sus averiguaciones sobre los supervivientes del *Titanic* han dado un giro imprevisto y que hay una nueva derivada del asunto que necesitamos nos ayude a desentrañar. ¿Crees que podría venir a Avilés antes de que lleguen Eva y Armando?

—Mmm, quizá. Se lo preguntaré. ¿Pero por qué no le telefonea usted? Seguro que le hace más caso que a mí.

—Pues porque, obviamente, no podemos hacer esa llamada desde aquí y a mí no me resulta fácil salir de la casa de Hansel y Gretel.

—¿Y a mí sí?

—Naturalmente. Hasta que cambien las tornas, y esperemos que sea más pronto que tarde, a los hombres no se les pregunta adónde van ni por qué. Si yo digo, por ejemplo, que necesito ir a tal sitio o tal otro como coartada para contactar con Corralero, Amalia insistirá en acompañarme, servirme de guía. Tú, en cambio, puedes poner cualquier tonto pretexto como decir, yo qué sé, que necesitas comprar tabaco de pipa.

—¡Pero si sabe usted perfectamente que en mi vida he tocado una pipa!

—Pues di entonces que quieres abrazar ese mal vicio (que, por cierto, es muy propio de Sherlock Holmes y daría un punto interesante a tu personalidad detectivesca) o, si no, cuenta cualquier otra trola; que tienes, qué sé yo, un viejo compañero de estudios en Gijón al que deseas visitar; la excusa es lo de menos.

—... Buenos días, doña Emilia, buenos días, Ignacio...

Ambos se sobresaltaron. ¿De dónde diablos acababa de salir Laura Olmedo, tan guapa, con su pelo rojo recogido, así como al descuido, y con Athós pegado a sus talones?

—No quería molestaros —sonrió—, solo decir que cenaremos más tarde que de costumbre. Piedad tiene una cita médica y se ha empeñado en viajar sola hasta Gijón: hay que ver lo terca que puede ser cuando se lo propone.

A doña Emilia le hubiera gustado preguntar a Laura desde cuándo estaba en el jardín y si había oído parte de su conversación con Selvita. Pero esa era otra de las preguntas que no se pueden hacer, de modo que aprovechó para plantear una que también le intrigaba.

—¿Hace muchos años que Piedad trabaja para la familia?

—Uf, ni sé, una vida entera —respondió Laura, elevando sus ojos ciegos al cielo—. Mi tía suele decir que es tan parte de la Casa de los dos Torreones como sus cimientos o sus leones de piedra. Creo que entró a trabajar con trece o catorce años, de modo que calcula.

—¿Y Plácido?

Ante esta pregunta, los ojos claros y sin vida de la muchacha se entornaron levemente.

—Plácido es distinto —fue lo único que dijo, antes de estremecerse y añadir que hacía demasiado frío en el jardín y que prefería entrar cuanto antes—. Además —concluyó, recuperando su anterior tono intrascendente y banal—, a Athos le gustan demasiado los charcos. En cuanto me descuido, le da por chapotear y revolcarse en ellos, ¿verdad, grandullón? Anda ven, dejemos que estos señores terminen su paseo. Estaré en la sala de música por si me necesitáis.

15

PREPARATIVOS PARA LA LLEGADA

La tarde anterior a la llegada de los viajeros transcurrió plácida. Pero no precisamente para hacer honor al habitante de la cabaña que había a la entrada de la propiedad porque, desde que se supo que Armando y Eva arribarían a primera hora de la mañana siguiente, a Plácido no se le volvió a ver por la Casa de los dos Torreones. En realidad, nadie pareció echarlo en falta. Ni Amalia ni Piedad, que iban y venían con Covadonga pegada a sus talones planeando menús, cambiando ramos de flores, y aprontando una de las mejores habitaciones de la planta superior. Tampoco Laura que, según dijo, deseaba ensayar un par de habaneras con las que dar la bienvenida a los recién llegados. Y menos aún notaron su ausencia doña Emilia e Ignacio Selva. Para entonces, él ya había cumplido con su cometido de salir de la casa de Hansel y Gretel y comunicarse con Corralero. El exinspector le había dicho que no podría viajar a Avilés hasta pasados un par de días. Ignacio pensó que el retraso disgustaría a doña Emilia, pero, cuando se lo comunicó, no pareció darle la menor importancia.

—Da igual, Selvita. En el ínterin yo por mi lado he hecho un descubrimiento. ¿Sabes esa comodita Reina Ana tan mona que hay en la biblioteca? Sí, hombre, una que, a diferencia de otros muebles, tiene todos sus cajones cerrados con llave...

—No me diga que le ha dado a usted por fisgar.

—Investigar, se llama investigar.

—¿Y cómo ha abierto los cajones?

—Pues como suelo abrir los de casa cuando extravío la llave, con una horquilla de moño.

—¡Doña Emilia Pardo Bazán saltando cerraduras en casa ajena, eso sí que no esperaba yo verlo en la vida!

—No me seas estrecho, *parruliño*. ¿Para qué estamos aquí entonces?

—Para descubrir a un impostor, no para destapar secretos de la señorita Olmedo.

—Lo que acabo de descubrir no es ningún secreto. Es más, salió publicado en toda la prensa nacional.

—¿Debo entender que lo que ha encontrado usted saltando cerraduras a lo Houdini es un recorte de periódico?

—No uno, sino varios, pero todos relacionados con el mismo suceso. El incendio parcial de la Casa de los dos Torreones en 1888.

—Eso, por lo que recuerdo, ya lo descubrió usted tirándole de la lengua a Piedad.

—Sí, pero, por mucho que lo intenté, solo conseguí que me contara que la madre de Armando y Amalia murió en el incendio. En cambio, ahora conozco otros detalles.

Una vez más se encontraban paseando por el jardín. Pero, a sabiendas de que los ciegos tienen el oído muy fino, en esta ocasión y para evitar la presencia de «Lauras en la costa», habían elegido una zona desprovista de vegetación en la que podían ver bien y desde lejos si alguien se acercaba.

—¿Y qué detalles son esos? —preguntó Selva.

—Para empezar, que el incendio no fue fortuito. Intervino alguien de la casa, un muchacho.

—¿Armando?

—Quién si no. Por lo visto, el fuego se originó en el torreón izquierdo, que es donde ahora se encuentra la habitación de Piedad y que, en aquel entonces, eran las dependencias de los niños.

Debió de tratarse de una travesura o de un despiste. Según parece, el calentador a carbón estaba demasiado cerca de las cortinas del cuarto de juegos y estas ardieron como la yesca.

—En tal caso, no entiendo cómo los niños sobrevivieron mientras la madre murió. La habitación principal de la casa, que es la que ahora ocupa Amalia, se encuentra en el torreón derecho no en el izquierdo.

—Bien observado. Según los periódicos, Amalia, que entonces tenía unos nueve años y sufría frecuentes pesadillas, esa noche, excepcionalmente, había conseguido que su madre durmiera con ella. Al declararse el incendio, el padre, es decir don Aparicio, alertado por Piedad, corrió hacia aquella zona de la casa. La habitación de Amalia era contigua al cuarto de juegos, y cuando el padre y Piedad llegaron, había humo por todas partes y resultaba imposible respirar. Armando, que dormía en otra habitación, logró salir por su propio pie, pero madre e hija corrieron peor suerte. Al abrirse camino entre la humareda, don Aparicio las encontró desvanecidas, tuvo que elegir y se decantó por sacar primero a la niña de aquel infierno. Cuando volvió por su esposa, las llamas le cortaron el paso. Toda su vida se culpó de haberla dejado morir.

—... Un incendio provocado por una travesura que acaba con la vida de la dueña de casa, que, por cierto, se llamaba Laura — comenzó a enumerar Selva—; un marido corroído por la culpa; unos niños traumatizados por la tragedia, una sobrina ciega; el hermano de Amalia ahogado en el *Titanic* que reaparece al cabo de no sé cuántos años; una casa tan inquietante como la de Hansel y Gretel en la que reinan una ama de llaves perfecta y un jardinero guapo y taciturno... Desde luego, material no le va a faltar cuando escriba usted una novela sobre todo esto.

—Jamás se me ocurriría hacerlo.

—¿Y por qué no?

—Primero, porque siento mucho aprecio por Amalia y, como es lógico, a nadie le gusta que aireen según qué cosas. Pero hay otra razón más poderosa. Jamás la escribiría porque el lector no me iba a creer.

—¡Pero si todo es verdad!

—Justamente por eso, Selvita. Tú que aspiras a ser un escritor deberías saber que la vida, o la realidad, si prefieres llamarla así, son dos novelistas hiperbólicas por no decir directamente pésimas. Abusan del folletín, les encantan las coincidencias imposibles, las paradojas, los descubrimientos inauditos, los reencuentros melodramáticos. Por eso se dice que la realidad supera a la ficción. No porque los que nos dedicamos al viejo oficio de juntaletras carezcamos de imaginación, sino por nuestro temor a que, si cargamos las tintas, nadie nos crea. A la realidad, en cambio, le importa un ardite la verosimilitud, ella no tiene prejuicios y se permite todos los excesos. En la vida real pasan cosas rocambolescas, increíbles, locas, y todo el mundo las acepta. Por el contrario, si un escritor —o en este caso una escritora como yo— pusiera todos estos ingredientes en un libro, la gente me tacharía de fantasiosa y de perpetradora de noveluchas.

—Pues para mí que esta novelucha —dicho esto según su propia terminología— no ha hecho más que empezar. Y, según yo lo veo, el próximo capítulo debería llamarse «Llegada del impostor del *Titanic* a la Casa de los dos Torreones», o algo a tal efecto —apostilló Selva, siguiéndole el juego—. Además, y puestos a adelantar acontecimientos, si la vida es tan mala novelista como usted dice, imagino que lo primero que ocurrirá es que, en cuanto conozcamos a los dos nuevos personajes de nuestra historia, de inmediato todas las dudas sobre la autenticidad de Armando se recrudecerán. Por ejemplo, se me ocurre lo siguiente: a pesar de que Amalia en un principio se quede asombrada y piense que, en efecto, sí puede ser su hermano porque se parecen físicamente, como el tipo es un farsante, pronto empezará a cometer erro-res: fallará cuando Piedad le pregunte algo muy sencillo relacio-nado con su infancia; confundirá una habitación con otra, se equivocará de puerta..., y, por supuesto, Athos, al verle, le enseña-rá los dientes e incluso es posible que le muerda.

—O quizá no, Selvita. Quizá a Athos le dé por sestear sin ha-cerle ni caso porque, a diferencia de lo que ocurre en las novelas, la realidad hace lo que le da la gana. A veces es una guionista pé-sima y otras deja a Shakespeare y a Cervantes en pañales. Por eso, cualquier cosa puede ocurrir. Cabe incluso la posibilidad, por ejemplo, de que toda esta historia que tenemos entre manos sea solo un tonto malentendido sin más consecuencias. O, como la vida imita a la ficción, puede suceder también que el tipo que llegue mañana sea un individuo que coincidió con el verdadero Olmedo en aquel manicomio de Canadá y, tal como hizo durante su largo cautiverio el conde de Montecristo con el abate Faria, aprovechara los años que pasaron juntos para aprender y memo-rizar cada uno de los pormenores de la vida de Armando: las más secretas particularidades de todos los habitantes de la casa; cada uno de sus rincones y más ocultos recovecos, también sabrá por tanto cuál era el sillón favorito del difunto don Aparicio; o la canción que le gustaba tararear a Amalia cuando niña. Pero di-cho todo esto, como la vida es así de caprichosa, puede pasar igualmente que el hombre que llegue mañana no se equivoque en absolutamente nada y jamás le pillen en un renuncio por la simple razón de que, en efecto, es el verdadero Armando, salvado primero de las aguas heladas del Atlántico y más tarde de las bru-mas de la amnesia, arruinando de este modo y con un final tan frustrante lo que empezó siendo un novelón lleno de intriga, porque ya me dirás tú qué gracia tiene que Armando sea Arman-do y no un malvado impostor. En fin, todo esto es para que veas, Selvita, que cualquier cosa es posible, incluso lo más aburrido y pedestre, porque a la vida, aparte de ser una novelista exagerada y pésima, le chifla reírse de nosotros, pobres mortales, así que ni te molestes en hacer cábalas, *meu ruliño*. La vida sale siempre por peteneras. O digamos mejor por muñeiras, que a ti y a mí nos encajan más.

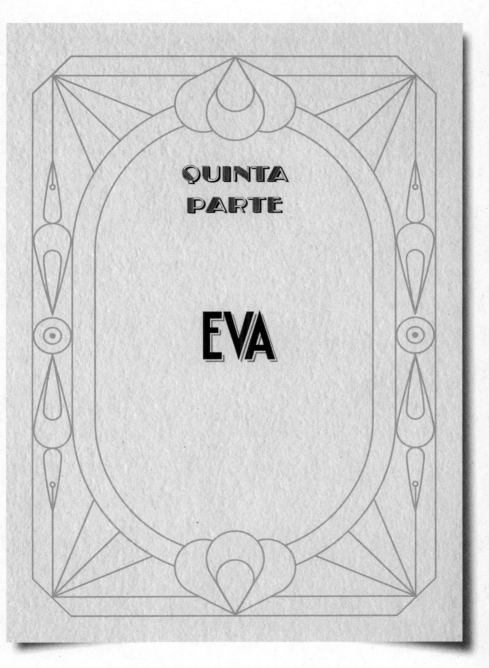

QUINTA
PARTE

EVA

16

DIARIO DE A BORDO

9 de marzo de 1921

Querido diario...

Eva López del Vallado, viuda —o, mejor dicho, nuevamente esposa— de Armando Olmedo, anotó aquellas dos palabras y luego no supo cómo continuar. Faltaba poco para las doce del mediodía y se encontraba sola en su camarote del *Orfeo III*. Armando había ido a dar un paseo por cubierta y ella intentaba cumplir con lo que le había prescrito el doctor Hercule: escribir al menos un par de páginas cada día en su hermoso diario provisto de cerradura comprado en la sección de papelería de El Encanto de La Habana.

«... Bajo ninguna circunstancia deje de hacerlo, mi querida amiga. Una paginita o dos se escriben en un periquete, y ya lo verá usted, mano de santo. Porque poner ideas negro sobre blanco ordena el pensamiento y serena el espíritu». El doctor Hercule le había dado este sanador consejo un par de años atrás, cuando comenzó a sufrir aquel irredento insomnio que le producía, además, violentas jaquecas. Según Elpiria, lo de no pegar ojo era cosa de Mandinga. «... Pero no te preocupes, niña. Tengo a san Antonio puesto de cabeza, así que ya verás que en *ná* vuelves a dormir como un angelico» —y se persignaba diciéndolo.

Elpiria era su nodriza. O su nana, como Elpiria prefería que la llamara. Ama de cría primero, niñera más tarde, paño de lágrimas siempre y la persona en el mundo que mejor la conocía. «La niña Eva —solía decir su nana— es *igualica* al jazmín del aire, demasiado linda para este mundo, demasiado *mirameynometoques*».

Eva siempre había renegado de tal definición, que le parecía blandengue. Tal vez por eso, de niña había sido rebelde, de adolescente obstinada para, poco después, al casarse a los dieciocho años recién cumplidos con Armando Olmedo, convertirse en la mujer más dichosa y fuerte que pedir se pueda. Lástima que la felicidad le durara tan poco. Apenas un año más tarde y con un hijo ya en camino, Armando desaparecía en el *Titanic* haciendo que su mundo se desmoronara. Bueno, para ser exactos, no se desmoronó precisamente en ese momento. Igual que el jazmín del aire que aguanta temporales y pedriscos y solo luego, cuando vuelve a brillar el sol, se marchita y languidece, Eva López del Vallado no se vino abajo al saberse viuda y madre de un hijo póstumo. Había demasiados problemas que resolver, mil dificultades, trabas y oposiciones a las que plantar cara. La primera de todas, las de su propia familia. Su padre y su abuela (su madre había muerto un par de años atrás) estaban empeñados en manejar su vida, obligarla a regresar a la casa paterna en la provincia de Holguín, controlar su dinero, tomar decisiones por ella. «... Pero *m'hija*, ¿qué va *usté* a hacer allá tan sola en La Habana en aquel caserón enorme con Armandico que acaba de nacer y es tan flacucho y tan poquita cosa que en cualquier momento se lo llevan unas fiebres? Cierre ya esa casa llena de fantasmas y pésimos recuerdos y véngase con su familia a que la cuide y la mime...». Y luego estaba el asunto de la plata y ahí no solo opinaba la familia sino también amigos y conocidos: «¿... Has pensado en tus finanzas, querida mía? A ver si vas a caer en manos de un administrador sinvergüenza, o peor aún, en brazos de un aventurero de esos que chamullan lindo a las viudas ricas».

Y sí. Durante largos años, mientras Armandico iba creciendo y haciéndose más fuerte, Eva había tenido que luchar contra aquellas tres acechanzas. Y no sabía cuál había sido peor. Si la sobreprotección de su familia; la sucesión de administradores que querían aprovecharse de su juventud e inexperiencia o el acoso de aventureros que chamullan lindo. Pero de las tres había conseguido salir victoriosa. Con paciencia y mano izquierda, logró primero zafarse de los afanes protectores de su padre y sobre todo de su abuela y, en cuanto a las finanzas —a pesar de que sus nociones de economía no iban más allá de conocer la regla de tres y tener buen tino— estaban bien saneadas. En realidad, durante sus años de viudez, si no lo más difícil sí lo más pesado había sido luchar contra los aventureros cazafortunas. O lo que era aún más latoso, contra la retahíla de pretendientes y festejantes que tanto su abuela como sus amigos estaban empeñados en que conociera: un rico hacendado matancero viudo y con ocho hijos; un solterón de setenta años calvo y con un tic en un ojo; un primo lejano poeta joven y tan buen mozo que casi llegó a gustarle hasta que descubrió al rapsoda midiendo las dimensiones de la casa y de las cuadras.

Así habían transcurrido casi ocho años. Y, durante ese tiempo, el jazmín del aire en ningún momento había dado señales de desfallecer. Fue solo cuando en su vida todo estaba en orden. Cuando su fortuna crecía próspera. Cuando el dolor por la muerte de Armando empezó a convertirse en agridulce pero llevadero recuerdo y cuando hasta los chamulladores más obstinados la dejaron por imposible, que apareció en su vida el insomnio. Al principio no le hizo demasiado caso. Era joven, y dormir cuatro, tres o en ocasiones solo un par de horas, no afectaba su día a día. Pero, con el tiempo, la falta de sueño empezó a cobrar su peaje. Estaba inquieta, irascible, y por las noches las contrariedades más nimias crecían hasta convertirse en monstruos. Comenzó a adelgazar, a perder el pelo y, lo que es peor, a sufrir de violentas jaquecas que le taladraban las entendederas y no la dejaban vivir. Lloraba por cualquier cosa y ni siquiera el abrazo de su hijo ni las ancestrales pócimas que Elpiria le preparaba conseguían arrancarla de su marasmo. Consultó con su confesor, con médicos, con curanderos y *babalawos* hasta que por fin apareció en su vida el doctor Hercule, un galeno suizo que sostenía que los males del espíritu se curan tanto con medicinas como con palabras.

—... Mire señora, no la voy a engañar, su caso es severo y está minando su salud, por eso hay que combatirlo con dos armas. La primera le parecerá tan milagrera que pensará que no necesita la segunda. Pero me temo que de poco vale la una sin la otra, de modo que ¿está usted dispuesta a seguir mis instrucciones al pie de la letra?

Para cuando el doctor Hercule pronunció aquellas palabras, Eva llevaba semanas sin pegar ojo y con la cabeza tan a punto de estallar que hubiese dicho sí a un pacto con Mandinga.

—No será necesario tanto como eso —rio Hercule—. ¿Ha oído usted hablar del Veronal? —Eva negó con la cabeza y el doctor continuó—: Es un preparado nuevo contra el insomnio y, para que se haga una idea de su eficacia, le contaré el porqué de su nombre. Uno de sus descubridores, el doctor Von Mering (compañero de estudios mío, por cierto, en la Universidad de Estrasburgo), decidió probarlo en un viaje en tren y no despertó hasta tres ciudades más allá de su destino. Esa lejana ciudad era Verona, por eso se llama así. En Europa, el veronal es el medicamento de moda, pero, como todo somnífero, debe administrarse en su justa dosis y no utilizarse durante demasiado tiempo porque causa adicción.

El doctor Hercule se había explayado enumerando otros varios efectos nada recomendables del Veronal, como alucinaciones, pérdida de memoria o la muerte incluso, pero luego bajó el diapasón al decir que aún quedaba por explicarle la segunda parte de la terapia a la que quería someterla.

—... Una más inofensiva, pero igualmente eficaz, señora Olmedo, pues consiste, simplemente, en escribir un diario. —Comoquiera que, por la cara que puso su paciente, el doctor Hercule coligió que a la dama aquella obligación le parecía tan inútil como latosa, añadió—: Descuide, no voy a pedirle que se convierta usted en madame de Staël, Samuel Pepys o Leonardo da Vinci y narre todo lo que vea y oiga a su alrededor; con cuarenta o cincuenta líneas diarias que escriba basta y sobra. Ni se imagina lo terapéutico que llega a ser anotar lo primero que se le viene a uno a la cabeza. Le aseguro, señora, que con estas dos armas que le acabo de prescribir, su insomnio y, sobre todo, sus terribles jaquecas remitirán de inmediato.

Y así había sido. Apenas una semana más tarde, Eva López del Vallado mejoró considerablemente. Tanto, que el doctor Hercule recomendó bajar la dosis de Veronal al mínimo. En cambio, y para frustración de su paciente, le ordenó que continuara con aquella latosa actividad de escribir un diario. Un verdadero fastidio, porque ¿qué escribir cuando se tiene una vida tan aburrida y rutinaria como la suya de entonces? Solo paparruchas —se lamentaba— naderías como: «Hoy Armandico sacó un cinco en aritmética y he tenido que decirle que si no se esmera con sus sumas y restas se quedará sin postre». O bien: «Elpiria insiste en que deberíamos cambiar de cocinera, según ella, la de ahora le da de lo lindo al ron...».

A pesar de lo inútil que le parecía esta parte de la terapia, no se atrevió a desobedecer. Después de todo, estaba dando resultado. Prácticamente, no necesitaba ya el Veronal y tampoco era tanto esfuerzo escribir unas cuantas impresiones en aquel bello libro de notas comprado en El Encanto de La Habana que guardaba bajo llave en su mesilla.

* * *

Y de pronto, pasados un buen número de meses, cuando ya se disponía a prescindir de las dos terapias prescritas por el doctor Hercule, cuando en su existencia todo era tan plácido como rutinario y aburrido, resulta que su vida dio un vuelco tal que Eva llegó a pensar que, en efecto, la efigie de san Antonio que Elpiria había puesto cabeza abajo era capaz de obrar milagros. Porque ¿qué otro nombre sino inaudito prodigio podía darse al hecho de que, cuando dormía ya casi sin ayuda de fármacos, cuando las jaquecas habían desaparecido, su pelo recuperado el brillo y belleza de antaño y se sentía mejor que nunca, de pronto, recibiera aquella carta? No, no la de ese extraño médico canadiense, el doctor Jones, que afirmaba haber conocido en la institución en la que trabajaba a alguien que podía ser su marido. A aquella misiva no le había dado crédito hasta que recibió la segunda. Una escrita no por un médico ignoto, sino por el mismísimo Armando y de su puño y letra, asegurando que estaba vivo, que tras largos años de amnesia había recuperado la memoria y que ardía en deseos de volver a verla. Es verdad que, al menos en un primer vistazo, la caligrafía en la que estaban escritas aquellas líneas se le había antojado a Eva algo distinta de la de su marido. Cierto también que, desde el primer momento, Elpiria mostró su desconfianza diciendo que san Antonio era milagrero, pero no tanto, y que los muertos rara vez —por no decir nunca— regresan de sus tumbas. Pero a Eva el corazón le había dado un vuelco al leer aquellas líneas y tan esperanzada estaba que las respondió a vuelta de correo concertando con su remitente una cita (una a buena distancia de la casa familiar, no fuera a enterarse Elpiria; su nana podía ser muy pesada cuando se lo proponía). Fue así que ella y Armando se encontraron, se reconocieron, lloraron el uno en brazos del otro y desde aquel día comenzó para Eva una nueva vida.

* * *

Y aquí estaban ahora los dos. A bordo del *Orfeo III* y camino de Asturias. Aunque, a decir verdad, no todo había sido un camino de rosas. Los meses posteriores al reencuentro fueron cualquier cosa menos fáciles. Hay que ver la cantidad de gente descreída que existe en este mundo —se había dicho por aquel entonces Eva— y, para colmo, todos se consideraban con derecho a opinar, a dar consejos. Cuando reapareció Armando, su abuela acababa de morir y su padre se había mudado a Francia, de donde era oriunda parte de la familia, de modo que, al menos a él, no tuvo que convencerlo. Pero luego estaban los amigos, los parientes, los conocidos, los vecinos y, sobre todo, un primo lejano de Armando, de nombre Justico, con el que había trabajado de joven, que era el único pariente vivo que le quedaba en La Habana y que siempre había sido un envidioso. Justico fue quien más porfió diciendo que qué delirio era ese de que Armando había regresado del más allá. Que qué amnesia ni qué niño muerto; que no había más que ver a aquel individuo para darse cuenta de que era un impostor, un perfecto farsante.

Pero Eva sabía que no. Desde que lo vio por vez primera, aguardándola en el *hall* del hotel en el que se habían dado cita, erguido, las piernas ligeramente separadas, con el sombrero en la mano y haciendo girar sus alas tal como había hecho siempre Armando, supo que era él. Se lo dijo su corazón, y un corazón enamorado jamás se equivoca. Es verdad que parecía algo menos grueso que el Armando que un mal día se embarcó en el *Titanic*. No llevaba bigote y su voz era, quizá, una miaja menos grave. Pero, con el paso de los años, la gente cambia, mostachos y adornos pilosos desaparecen, unos engordan, otros adelgazan y entonaciones y acentos se modulan. Lo que no cambian son otras particularidades físicas y estas fueron las que acabaron por convencer a Eva de que en efecto era él. Como sus ojos negros de cejas espesas, sus manos anchas, también —o mejor dicho sobre todo— cierta constelación de seis o siete pequeños lunares que salpicaban el lado posterior derecho de su cuello, cerca de la nuca. «La marca de los Olmedo —gustaba de presumir Armando allá por los primeros años de su noviazgo—. La mayoría de los varones de mi familia la tienen. Como mi abuelo, a quien debemos el comienzo de nuestra fortuna; como mi padre, otro visionario para los negocios que, en su juventud, gastaba fama de ser un hombre de un enorme atractivo personal y también físico».

Pero, bueno, se había dicho Eva a continuación, ¿qué sentido tenía recordar ahora a un suegro al que ni siquiera había llegado a conocer y que, por el velado comentario de Armando, debía de haber sido un buen punto filipino? Lo único que importaba era que su marido había retornado del mundo de los muertos y la miraba con los mismos ojos enamorados que antes de desaparecer en el mar. Por si quedara alguna duda, además, bastaba con ver cómo había sido su encuentro con Armandico. El niño, a pesar de su forma de ser, tímida y circunspecta, nada más verle, le había sonreído. Si eso no era la llamada de la sangre, que venga san Antonio y lo vea, se decía Eva. Elpiria, por el contrario, se había puesto muy pesada porfiando en que no se precipitara. Que qué probaban cinco o seis lunares que bien podían ser producto de un tramposo tatuaje; que qué necesidad tenía de meter en casa a un hombre salido nadie sabía de dónde y que qué iban a decir su padre o las malas lenguas cuando se enterasen. Pero ella argumentó que le había costado años liberarse de la tutela de su familia y que, en cuanto a las malas lenguas, le importaba poco y nada lo que dijeran. Estaba harta de que la gente se inmiscuyera en su vida, tanto para casarla años atrás como para descasarla ahora que Armando estaba vivo. Había vuelto, todo lo demás era ruido y envidia. Que piaran y cuchichearan, pues, los chusmeros hasta que se les secase la lengua de puro veneno.

*　*　*

Eva, distraída, mordisquea el capuchón de su Montblanc de baquelita verde. Se trata de un regalo del «nuevo» Armando que, desde su regreso, ha demostrado ser aún más generoso y detallista de lo que era años atrás cuando embarcó en el *Titanic*. Mira su reloj. Las doce menos cuarto. En quince minutos ha quedado en reunirse con él para tomar juntos un Dubbonet en la cubierta de estribor. Pero antes debe escribir al menos un par de páginas y cumplir con el ritual prescrito por el doctor Hercule. Vaya lata. ¿No va siendo hora de acabar con tan tonta obligación? Ahora que su marido ha regresado, apenas necesita recurrir al Veronal. «... Aun así, no se confíe, señora, no conviene interrumpir el tratamiento de forma abrupta, puede ser peligroso», en eso había insistido Hercule cuando fue a verle pocos días antes de embarcar en el *Orfeo III*. «Es preferible rebajar la dosis hasta dejarla en media o todo lo más una gota por noche. En su vida se han producido sucesos inesperados, ¿no es así?», preguntó a continuación el doctor que, cómo no, estaba al tanto del que era el chismorreo más suculento en toda la buena sociedad habanera. «Las emociones, aunque sean positivas alteran igualmente el sistema límbico, por eso es importante que no interrumpa el tratamiento. Ya sabe: un poquito de Veronal por las noches y anotaciones en su diario, tal como habíamos quedado».

Eva hojea hacia atrás lo escrito en semanas anteriores. Sus anotaciones apenas abultan una quincena de páginas. No, definitivamente, ella no es ni Samuel Pepys ni tampoco madame de Staël. Su diario, si así puede llamarse, consiste en unas cuantas notas breves, casi telegráficas. Como esta que ahora lee abriendo al azar:

> ... *Hoy hemos ido Armando y yo por primera vez al banco. El director, que comprende las dificultades que se derivan de un caso tan inusual como el nuestro, ha dicho que acepta la firma de Armando para transacciones locales, puesto que, al certificar yo que, en efecto, es mi marido, no existen trabas. En cambio, para transacciones con España, habrá que tomar otras medidas.*

Eso era todo lo que había escrito. Sí, porque ¿qué objeto tenía explayarse y decir, por ejemplo, que aquel problema burocrático señalado por el director del banco era la principal razón por la que se encontraban ahora embarcados en el *Orfeo III*? ¿Qué necesidad había de dejar por escrito lo que era preferible que nadie supiera? El hecho de que regresar del mundo de los muertos no es sencillo, que existían trabas burocráticas y de toda índole a las que tuvieron que hacer frente, y que, si su marido quería recuperar ahora las cuentas bancarias que tenía en Asturias, no le quedaba más remedio que regresar a la Península. Y esto, como es lógico, implicaba reencontrarse con su hermana Amalia, algo que no parecía exactamente del agrado de Armando.

Como era de esperar, tal reticencia no había hecho más que multiplicar las sospechas y recelos de Elpiria que porfiaba en que alguna razón tendría «ese señor» para no querer viajar a España. «... Porque tú eres más inocente que una *matica* de frijoles, niña, y te lo crees todo, pero, por san Antonio bendito, que engañar a su

146

hermana no va a ser tan fácil. Menuda es la señorita Amalia. Es de las que ve crecer la hierba, cualquiera le da gato por libre». Ese había sido su comentario.

Hay que ver lo difícil que se había vuelto Elpiria desde el regreso de Armando. De poco había valido la infinita paciencia que él demostraba, a pesar de los reiterados desaires y malos humores de su nana. Una de sus ocurrencias ya fue el colmo. Poco antes de la hora de acostarse se la habían encontrado en la habitación de ambos rociándoles la cama con agua bendita y bisbiseando salmodias. «¡Basta de tonterías! —acabó por decirle Eva—. Si quieres asperjar las sábanas, bien puedes hacerlo en cualquier otro momento cuando Armando no está presente». Pero Elpiria perseveraba en sus tonterías. Como cuando le dio por acecharlo en la biblioteca. Más de una vez —le contaría Armando divertido— había entrevisto su rotunda silueta tras las cortinas fingiendo que limpiaba los cristales a las horas más inverosímiles. «¿... Y qué esperabas descubrir? —preguntó Eva al enterarse de esta fracasada operación espionaje—. ¿A Olmedo a punto de forzar la caja fuerte y robar nuestros caudales? Mira que eres terca, como esto siga así vamos a tener más que palabras tú y yo».

Tampoco entonces depuso Elpiria su actitud. Continuó tendiéndole pequeñas trampas en las que Armando no caía, pero que agotaban la paciencia de Eva, lo que le hizo tomar una decisión. Rara vez se había separado de su nana, era para ella más que una madre y su intuición casi nunca fallaba. Pero era obvio que ahora sí. Por eso, para evitar más escenas desagradables, se dijo, era preferible que Elpiria no viajase con ellos a España. ¿Pero cómo convencerla? Iba a ser una tragedia, pondría el grito en el cielo, por eso caviló que mejor esperar hasta el último momento y luego con cualquier excusa argumentar que era aconsejable que no viajara. ¿Qué podía inventarse? ¿La necesidad de vigilar a la cocinera que empinaba el codo? ¿Un potencial robo? En fin, ya se le ocurriría algo.

La suerte quiso que no fuese necesario inventarse nada. Una semana antes de la partida, Armandico amaneció con fiebre. Llamaron al médico pensando que sería un catarro, pero resultó ser sarampión. Como aún faltaban días para embarcarse, confiaron en que estaría repuesto para entonces, y así fue, pero no contaban con un inconveniente. Las autoridades del barco, que eran norteamericanas e insobornables en lo tocante a asuntos sanitarios, obligaban a aquellos que hubiesen pasado alguna enfermedad infecciosa a guardar cuarentena. Por muchos hilos que intentaron mover, no hubo manera de salvar el obstáculo. Solo había dos soluciones, retrasar más de un mes el viaje, con todos los trastornos burocráticos que aquello representaba para Armando, o dejar a Armandico en La Habana. «... No pasa nada, cielo —argumentaría su marido—, tampoco es un drama. Es preferible que se quede aquí. Perderá menos colegio, podrá estar con sus amigos de siempre, ya sabes lo difícil que es para él hacer nuevas relaciones. Además, Elpiria lo cuidará como un ángel, ya la conoces». Eva no estaba convencida. Nunca se había separado de su hijo, pero comprendió que era lo mejor. «En todos los sentidos», caviló al darse cuenta de que, dada la situación, su nana dejaría de rezongar encontrando natural que prescindiera de ella en el viaje, como en efecto así fue. El mismo día de la partida, sin embargo, con los ojos arrasados en llanto, Elpiria trazó sobre la frente de Eva dos cruces, antes de decir:

—Rezaré a san Antonio y a todos los santos para que te protejan y cuiden. Con tu nana lejos, ¿qué será de ti, mi niña?

Eva retomó su diario y escribió por fin:

> *Mañana llegaremos a Avilés. Salvo dos días de temporal (atroces por cierto) la travesía ha sido agradable. Cada ma-*

ñana que amanece doy gracias al cielo por haberme hecho
un regalo que contadas personas en este mundo han recibido
jamás. Soy tan feliz que temo en cualquier momento desper-
tar y descubrir que todo son figuraciones mías. Pienso que...

—¿Cielo, estás ahí? ¿Puedo pasar?

Eva alzó la vista. En el dintel de la puerta se recortaba ahora la silueta de su marido. Con el pelo revuelto y las mejillas encendidas por el sol y el viento de alta mar, parecía mucho más joven que sus cuarenta y dos años. Claro que a esta impresión ayudaba, y no poco, el hecho de que Armando ya no llevase aquel feo bigote de morsa que lucía años atrás. A ella nunca le gustó. Incluso le había pedido más de una vez que se lo afeitara, pero sin éxito. «Como el de mi padre», esa era su excusa. «Quien a los suyos se parece, honra merece. ¿No es eso lo que se dice siempre?», había añadido medio en serio, medio en broma. Por fortuna, se dijo ahora Eva, el «nuevo» Armando era más flexible, más lindo.

—¿Qué haces, mi vida?

—Nada, cielo, escribir. El doctor Hercule insiste en que...

—Olvida al doctor Hercule. Ven, subamos a cubierta, empieza ya a verse la costa cántabra. Llueve, pero aun así, verás qué belleza. Me gustaría que este momento que marca el regreso a mi tierra, lo vivamos juntos.

—¿Entonces estás contento de que te haya convencido para volver? Pensé que tú no querías.

—Es verdad —la interrumpió él, atajando sus palabras con un beso—. Yo no quería, pero una vez más tenía razón mi niña. Me alegro tanto de haberte hecho caso —añadió con un segundo beso tan lleno de ternura, que Eva no pudo por menos que lamentar que su nana estuviese a miles de kilómetros porque si no le diría: «¿Ves cómo todo son tontas figuraciones tuyas, Elpiria?».

* * *

Una llovizna demasiado fría para aquella época del año los recibió allá arriba, en cubierta. El *Orfeo III* navegaba en ese momento costeando a distancia escasa de tierra y eran muchos los pasajeros que se habían congregado para ver la arribada a puerto. Con Eva entre sus brazos guareciéndose del viento, Armando Olmedo observaba el paisaje que empezaba a desplegarse ante sus ojos. Las playas blancas, las montañas al fondo, y entre unas y otras, el verde deslumbrante de una tierra tan parecida a su Asturias natal que se le llenaron los ojos de lágrimas. «No —se dijo—. Los hombres no lloran, y menos aún delante de la mujer que uno ama». Seguramente, Eva comprendería su emoción por el regreso, y si no, él siempre podría argumentar: «No es nada, cielo, solo que la última vez que vi estos pinos y estas lomas fue poco antes de viajar a Cherburgo para embarcar en el *Titanic*», pero prefería no tener que recurrir a ese argumento que aún duele. Hay llagas que no había logrado que cicatrizasen del todo. Armando Olmedo inspiró dejando que sus pulmones se llenasen de un aire en el que se adivinaban ya —¿o acaso eran figuraciones suyas?— todos los olores que durante años había intentado mantener vivos en su memoria: la resina de los árboles, el humo de chimeneas y hogueras, el salitre de las olas que se estrellan contra playas y acantilados. Y luego estaban los sonidos: el rumor del viento y el tañer de campanas entreverado con el escandaloso piar de gaviotas y cormoranes.

«Vamos, viejo —se reprochó mientras enjugaba de un manotazo un par de desobedientes lágrimas—, ¿a qué tanta sensiblería? Ni siquiera has llegado aún a Asturias. ¿Qué harás entonces cuando te encuentres por fin ante la Casa de los dos Torreones? ¿Besar la tierra como los retornados, como los náufragos?

—¿Estás bien, cielo?

—Claro que sí. ¿Por qué? —Armando temía que el tono de su voz, o si no, su corazón que latía desbocado, lo delatase. La quería tanto, habían sido muy duros los pasados años—. Ven, amor —le dijo al fin—, será mejor ponerse a cubierto. Esta lluvia fina que en Asturias llamamos *orbayu*, es capaz de colársenos hasta los huesos.

Miró de nuevo hacia la costa. El redoble de su corazón competía con el piar de las gaviotas y el graznido de los cormoranes hasta tal punto que Eva se alarmó.

—¿Seguro que estás bien?

—Claro que sí, mi vida, solo que ya ves: así de escandaloso llega a ser un corazón enamorado.

17

LA VUELTA A CASA

—Deténgase un momento —ordena Armando al conductor del vehículo que han alquilado en Santander para que los lleve hasta la Casa de los dos Torreones—. ¿Te importa, amor? —le dice ahora a Eva—. Antes de que entremos me gustaría hacer una comprobación.

Salta del coche y se dirige a un punto concreto de la reja que rodea la propiedad. Eva lo sigue y Olmedo se detiene ante uno de los gruesos barrotes de hierro.

—Estaba seguro de que aún estaría aquí —sonríe mientras recorre con dos dedos de su mano izquierda la lisa superficie.

—¿El qué, mi vida?

—¿Ves esta cruz? Es muy pequeña y no tiene significado para nadie más que para mí. La grabé con mi cortaplumas una semana después del incendio.

—Pensé que preferías no recordar aquello.

—Y no me gusta, pero para mí esto es un ritual: cada vez que regreso, me acerco a ver mi cruz y pienso: este soy yo, estas son mis raíces, esta es mi casa...

—Claro que sí, cielo, y siempre lo será.

—Espero que Amalia piense lo mismo. —Ríe Armando, retirando de su frente un rizo rebelde que le impide ver los dos torreones que se alzan al final del camino bordeado de palmeras.

—Ya verás como sí. Es lógico que hasta ahora se haya mostrado cautelosa e incluso incrédula, sin embargo, en cuanto te vea y pueda abrazarte, sabrá que eres tú. ¿Quién decía aquello de que la sangre es más espesa que el agua? ¿Milton? ¿Shakespeare? ¿Dante? A saber, pero en todo caso es una gran verdad. A la sangre no hay quien la engañe, ella encuentra siempre la manera de darse a conocer. Y ahora entremos, amor. Estoy deseando vivir este próximo capítulo de nuestra vida juntos.

*   *   *

Tuvieron que aguardar a que les franquearan la entrada. La casita de Plácido parecía cerrada a cal y canto y de nada sirvió que el chófer hiciera sonar repetidamente el claxon hasta que, por fin, Armando, exasperado, se bajó del coche. Solo entonces, y como si deliberadamente hubiese estado esperando a que se apeara, apareció Plácido con su eterna toba apagada entre los labios.

—Ya voy, ya voy, ¿dónde está el fuego?

—¿Quién eres tú? —preguntó Armando con irritación.

—Soy el que siempre ha estado aquí —fue su respuesta, y luego, mientras se apartaba para dejar entrar el vehículo, con un tono en el que a Eva le pareció adivinar un cierto retintín (¿o sería quizá un deje de hastío?) añadió—: Bienvenido, señor Olmedo, a su Casa de los dos Torreones.

No puede decirse que el recibimiento al llegar al edificio principal de la propiedad fuera más caluroso que el de Plácido. Piedad, con su sempiterno vestido negro adornado para la ocasión con puños y cuello de plumeti blanco y el rostro pálido, los esperaba de pie entre los leones de piedra.

Armando saltó del coche y fue hacia ella con los brazos abiertos:

—¡Piedi, querida, qué alegría verte!

Piedad, dando un paso atrás, inclinó levemente la cabeza con un: «Buenas tardes, señor» que hizo que Armando se detuviera confundido.

—Piedi —comenzó—, no me digas que tú también...

Pero el ama de llaves cortó sus palabras dirigiéndose a Eva.

—Bienvenida, señora. Doña Amalia la espera en la biblioteca. Covadonga y yo nos ocuparemos del equipaje.

*　*　*

11 de marzo de 1921

Querido diario:

Esta vez, contrariamente a mi habitual desgana a la hora de escribir, sí quiero poner negro sobre blanco lo vivido. De hecho, debo reconocer que empiezo a entender lo que me decía el doctor Hercule con eso de que la letra escrita no solo serena el ánimo, sino que ayuda, y no poco, a ordenar ideas. Algo muy necesario en este momento, y que tal vez me sirva para comprender mejor lo que vivimos ayer Armando y yo. De momento, ninguna de las impresiones que me dispongo a plasmar pienso comentarlas con él. ¿De qué serviría? Bastante compungido está el pobre por el recibimiento que se le dispensó, uno que se produjo de la siguiente manera:

Amalia no nos esperaba en la biblioteca como dijo Piedad, sino en la sala de música, y allí se encontraban también Laura y ese viejo e intimidante mastín que conocí en mi viaje anterior y que nunca recuerdo bien cómo se llama pero que tiene un nombre muy libresco: Aramis, Athos, Argos, en fin, algo por el estilo. No me duelen prendas en decir que mi cuñada estaba espléndida. Algo ha cambiado en ella. Se peina ahora de modo más favorecedor e incluso al vestido azul pe-

tróleo que llevaba diríase que le acababa de subir varios centímetros el dobladillo para que pareciera más a la moda, algo nada habitual en ella. La última vez que nos vimos fue hace cosa de un año cuando viajé con Elpiria para solucionar asuntos relativos a la herencia de Armando, y, no sé, da la impresión de que ahora presta más atención a su aspecto. Ha sido siempre tan severa y exigente consigo misma. ¿Se habrá enamorado? ¿Tendrá algo que ver con su cambio ese joven que nos presentó luego, a la hora del almuerzo, junto a doña Emilia Pardo Bazán? Lo dudo. Armando dice que hace lustros que su hermana vedó el corazón a cualquier tipo de sentir amoroso. Pero bueno, no es del nuevo aspecto de mi cuñada, tampoco de la presencia de sus huéspedes (por cierto, ¿qué hacen aquí? Se suponía que este iba a ser un reencuentro familiar), de lo que quiero escribir, sino de lo ocurrido en la sala de música.

Al entrar, Amalia se puso en pie para recibirnos. Me abrazó y, tras un momento de duda, optó por abrazar también a Armando con un «bienvenido», que lo mismo podía ser una afirmación que un interrogante. Laura, por su parte, que —en lo que parecía una deliberada escenificación de una estampa doméstica habitual— interpretaba en ese momento una habanera de Iradier al piano, se giró. Sus ojos ciegos nos miraron sin ver, pero ella al menos sonrió. «Buenos días», dijo, y se puso en pie. Armando entonces avanzó con intención de abrazarla, cuando ese perrazo añoso suyo se interpuso y gruñendo le enseñó los colmillos. Lo reconozco, los perros grandes me dan miedo, no lo puedo evitar. Me agarré a Armando buscando protección, y aquella fiera comenzó a ladrarnos de un modo terrible. ¿Es que nadie iba a hacer nada? Ni mi cuñada ni tampoco Laura parecían dispuestas a intervenir, pero no hizo falta porque en ese momento Armando *dio dos pasos hacia el mastín, que se detuvo confundido. Fue todo muy extraño. Como digo, no entiendo de perros, pero, por la razón que fuera, el animal mudó de actitud. Mi marido estiró hacia él las manos con las palmas vueltas hacia arriba y los gruñidos entonces se convirtieran en gemidos de reconocimiento. Acto seguido, comenzó a menear la cola y a hacerle fiestas, igual que un cachorrito.*

—Bravo, grandullón —dijo entonces Armando—, ven aquí. ¿Te sigue gustando que te revuelvan las orejas como cuando eras chiquitín? Buen chico, buen chico. —Y luego, dirigiéndose a su hermana, añadió—: Pensé que Athos no iba a reconocerme después de tantos años; al fin y al cabo, calculo que tendría escasamente dos cuando nos vimos por última vez. Amalia entonces le respond...

—¿Qué haces, cielo? ¿Aún no has acabado con tus trabajos de Hércules?

Así llamaba Armando a la tarea diaria asignada por el doctor Hercule a su mujer.

—Ven, déjalo ya, es cerca de medianoche, ha sido un día muy largo y estarás cansada. ¿Te preparo tu medicina?

Eva no lo había oído entrar al dormitorio, pero de pronto ahí estaba su marido, y tomándola por los hombros, la besó en el cuello.

—Sí —le dijo entonces Eva; en efecto, había sido un día muy largo, demasiadas emociones, demasiadas tensiones también, mejor tomarse un par de gotitas de Veronal. La noche anterior, con la incertidumbre de cómo sería el reencuentro entre los hermanos, apenas había dormido un par de horas.

—Aquí las tienes, cielo —dice ahora Armando, al tiempo que le alcanza el vaso con su medicina—. Así, muy bien, de un solo trago, como las niñas buenas.

18

Y EL DÍA DESPUÉS

—... Si no llego a verlo con mis propios ojos, no lo hubiera creído. ¡Athos lo reconoció al instante! —explicaría una compungida Amalia Olmedo a Emilia e Ignacio Selva al día siguiente del reencuentro con su hermano—. Es verdad que en un primer momento lo recibió enseñando los dientes, pero luego, en cuanto Armando extendió sus manos hacia él, se las lamió como un cachorrito; yo no salía de mi estupor.

Contrariamente a lo que había sido costumbre habitual con sus huéspedes de invitarles a salir poco y nada de la propiedad, aquella mañana, tras el desayuno, Amalia había rogado a sus amigos que la acompañaran a unos recados. Y luego, al ver que Armando expresaba su deseo de sumarse también, añadiría con su aire más mundano y despreocupado:

—¡Oh, no, ni hablar! Habrá multitud de ocasiones más adelante de ir juntos a todas partes. Eva y tú quedaos tranquilamente en casa, y así os instaláis. Dais una vuelta por el jardín... os reencontráis con Piedad... Está *tan* emocionada con tu regreso, ni te imaginas. Además, no le digas nada a Eva, pero quiero darle una sorpresa: cerca de aquí hay un obrador que vende los carbayones más deliciosos de toda Asturias. Le encantaron la última vez que estuvo aquí y pienso encargar docena y media para la hora del té. Estaremos de vuelta antes del almuerzo.

Por eso se encontraban ahora los tres en el Peugeot amarillo. La señorita Olmedo al volante, Emilia a su lado e Ignacio en el asiento trasero, muy pendiente de la conversación.

—Tal como tú dijiste en una ocasión, Emilia —retomó Amalia—, es posible que un impostor engañe a un adulto o incluso a un niño, pero jamás a un perro. Y sin embargo, aun así, y pese a todo, algo me dice que este individuo que llegó ayer no es Armando.

—¿Y qué te hace pensar que no lo sea?

—No lo sé. Es una sensación rara. Ni siquiera sé cómo explicarla. Por un lado, lo siento como alguien próximo, muy próximo, pero, por otro, pienso que no es él. Me lo dice esto —aseveró la señorita Olmedo, llevándose la mano a la boca del estómago.

—Un sistema de percepción no muy científico, querida —bromeó Emilia.

—Será todo lo acientífico que quieras, pero a mí rara vez me falla. Una vez leí que los seres humanos hemos perdido la capacidad de los animales de «sentir» las cosas. Nos guiamos por lo que dictan la cabeza o el corazón. Pero la cabeza se equivoca multitud de veces y el corazón ya ni te cuento, falla más que una escopeta de feria. Y si no, a las pruebas me remito: se enamora uno de cada individuo o individua... Decidme, ¿quién no tiene un imbécil, un egoísta redomado o un perfecto canalla en su pasado sentimental? —Todo esto argumentó la señorita Olmedo, y Selva, desde el asiento posterior, observó que al hacerlo apretaba con tal fuerza el volante del Peugeot que sus nudillos blanquearon como si lo que acababa de decir le resultase incómodo o doloroso—. Pero bueno —añadió, relajando los nudillos—, el que esté libre de error en materia de amores que tire la primera piedra. En realidad, lo que quiero decir es que todos contamos con un arma infalible a la que hacemos bien poco caso, y así nos va. Hablo de la intuición y esta no se aloja en el cerebro, tampoco en el corazón y menos aún en cierta parte de nuestra anatomía que ninguna dama que se precie puede mencionar jamás. —Rio—. La intuición sienta sus reales aquí, en el estómago, o para ser menos elegante y más precisa, en las tripas. Lo he podido comprobar infinidad de veces, las tripas no se equivocan. Por eso, si uno les hace caso, acaba «sabiendo» cosas. Cosas que al principio ni siquiera entiendes y te parecen incluso carentes de lógica, pero resulta que luego, con el tiempo, acabas descubriendo que son ciertas.

—Veamos, querida —terció Emilia—, este discurso tuyo de que uno sabe sin saber que sabe es muy interesante y no necesitas convencerme; yo también confío en mi intuición. Pero, en este caso, hay que reconocer que, tras el veredicto de Athos, todo apunta a que este hombre es tu hermano Armando. ¿Qué opina Piedad, por ejemplo, se lo has preguntado?

—Sí, y está de acuerdo conmigo, y te aseguro que a ella no hay quien la engañe. Dice que se trata de un farsante, pero de uno muy concienzudo que ha preparado al milímetro su impostura. Ella tiene incluso una teoría sobre el comportamiento de Athos. Según Piedad, al estirar hacia él sus manos abiertas le tiene que haber dado a oler algo que le resultase agradable o familiar. Por lo visto, es un truco usual entre pastores. Suena plausible, ¿verdad?

—¿Y Laura qué dice? —preguntó doña Emilia—. Ella, por razones obvias, debe tener una intuición más afinada que la de cualquiera de nosotros.

—Evidentemente. Los ciegos ven lo que nosotros no vemos. Y, sin embargo, Laura lo tiene menos claro que Piedad y que yo. Dice que necesita tiempo para formar una opinión. De momento, piensa que la voz de este hombre es la de mi hermano solo que suena algo menos española.

—¿Y eso qué quiere decir?

—Quiere decir que Armando, pese a haber marchado a Cuba con quince años, mantuvo siempre su acento español. Según

Laura, el de este individuo también es español, pero tiene más giros y expresiones cubanas. Aunque Laura dice también —y no tengo más remedio que darle la razón— que esta particularidad no prueba nada, porque la forma de hablar de la gente cambia, se modifica con el tiempo y las circunstancias. Por eso, ella prefiere esperar. Dice que seguro que más adelante captará otros detalles, pero que, de momento al menos, no tiene motivos para dudar de él.

—Laura es muy observadora —intervino Ignacio Selva—, e increíblemente madura para su edad. Siempre me ha llamado la atención: sabe mucho esa muchacha. ¿Se ha educado sola en casa con algún tutor o institutriz o...?

La señorita Olmedo pareció no oír su pregunta porque continuó afirmando que, a pesar de lo dicho por su sobrina, ella se maliciaba que aquel hombre no era su hermano.

—¿Pero por qué? —inquirió doña Emilia—. A ver, dime, ¿qué has notado que te chirríe? ¿Hace o dice algo que no te encaje?

—No —reconoció Amalia—. Es perfecto. Piedad tiene razón, cualquiera diría que se ha estudiado a fondo la casa, sus moradores, sus más oscuros rincones, incluso es posible que se haya valido de algún ardid para despistar a Athos. A mí me parece que lo conozco y al mismo tiempo, que no es él.

—Vamos, querida —intentó hacerla razonar Emilia—, por un momento procura pensar con el cerebro y no con las tripas. ¿No te das cuenta de que lo que dices no tiene ni pies ni cabeza? En este caso, todo apunta a que lo que parece, es.

—Ya veo que tampoco a ti logro convencerte —comentó tristemente la señorita Olmedo—. Imagino que ahora me dirás que te vuelves a Madrid, que el caso del impostor del *Titanic* está resuelto y no precisamente como yo quería. ¿No es así?

—Cómo se ve que no me conoces —sonrió la interpelada—. Nunca me doy por vencida ni dejo algo a medias. Aunque...

—¿Aunque qué? —terció Amalia.

—Aunque debo volver a Madrid, al menos por cuatro o cinco días. Una lata, pero me espera un compromiso ineludible, tengo que dar una conferencia en el Ateneo.

Ignacio Selva se incorporó en su asiento. En ningún momento doña Emilia le había comentado nada de una conferencia en el Ateneo.

—Una verdadera pesadez —abundó Emilia—, pero no me queda otra: soy presidenta de la sección de literatura, así que, como comprenderás, no puedo faltar. Vamos, querida —añadió al ver la cara de desolación de Amalia Olmedo—. Te repito que nunca me doy por vencida, por lo que, descuida, en unos días, una semana a lo sumo, aquí nos tendrás de nuevo a Selvita y a mí. Además, de este modo, a Laura le dará tiempo a captar nuevas impresiones y descubrir si este señor es o no tu hermano. O, quién sabe, tal vez sea él mismo quien acabe por delatarse. Tarde o temprano, todo farsante comete un error. En este mundo (casi) todo se acaba sabiendo tarde o temprano. Y ahora, basta de penas y de incertidumbres, vayamos a comprar esos deliciosos carbayones que nos han servido de coartada para nuestro automovilístico conciliábulo, estoy deseando probarlos.

19

UNOS DÍAS EN MADRID

—¿Desde cuándo ha decidido usted cambiar el *bridge* por el póker?

Doña Emilia levantó la vista del libro que estaba intentando leer (*Crimen y castigo*, por cierto) y miró a su compañero de viaje entre las brumas del sueño. Habían tomado el Rápido de las siete y cinco de la mañana y no estaba acostumbrada a aquellos madrugones.

—¿Se puede saber de qué rayos hablas, Selvita? Es demasiado temprano para jugar a las adivinanzas.

—Lo pregunto por lo farolera que se ha vuelto de un tiempo a esta parte. Está claro que lo que dijo usted ayer en nuestro paseo automovilístico a la señorita Olmedo sobre una supuesta conferencia en el Ateneo no es más que una excusa para desentenderse del caso que nos encomendó. Pero Amalia no se merecía que le mintiese de ese modo. Siempre es preferible ir con la verdad por delante, sobre todo cuando se trata de personas a las que uno aprecia.

—Mira, Selvita —respondió doña Emilia dejando *Crimen y castigo* abierto y boca abajo sobre el terciopelo rojo del asiento que ocupaban en su compartimiento de primera clase—, a estas horas de la madrugada mis neuronas duermen como querubines, pero a ver cómo te explico lo siguiente: la verdad es una virtud *muy* sobrevalorada. La gente la tiene como virtud absoluta, pero basta con reflexionar un poco para darse cuenta de que no siempre es más deseable ni tampoco preferible a una mentira. De hecho, con frecuencia es justo al revés. La verdad hiere, la verdad duele, la verdad mata, incluso. Si Dios no nos ha dado la posibilidad de tener acceso a los pensamientos de los demás será por algo, ¿no te parece? ¿Quieres tú, por ejemplo, saber lo que *realmente* piensan otras personas de ti? ¿Te gustaría, pongamos por caso, enterarte de la pequeña deslealtad o del frívolo comentario que puede haber hecho un gran amigo sobre tu persona? Yo contestaré por ti: por mucho que todo el mundo píe diciendo que prefiere saber, no es cierto. Como tampoco es del todo cierto que la verdad nos haga libres, según dice el Evangelio. En no pocas ocasiones acabamos siendo rehenes de nuestras incómodas verdades mientras que, en otras, directamente nos hacen muy antipáticos a ojos de los demás. ¿Quién quiere oír ciertas verdades? ¿O es que tú no tienes horror de esa gente que va por ahí trompeteando: «Lo siento, pero yo no tengo pelos en la lengua?». Sí, no me digas que no. Tras una declaración de esta índole, lo que suelen soltarte acto seguido —y sin anestesia, además— es una bordería, cuando no directamente una maldad.

—Estoy de acuerdo con usted, pero, en este caso, no veo la necesidad de mentir. Si piensa que ya no podemos hacer nada más por Amalia Olmedo y que todos sus resquemores con respecto a su hermano son infundados, debería habérselo dicho.

—Y así lo habría hecho en caso de que lo pensara, pero no es así.

—¿Cree entonces que tiene razón y que ese hombre no es quien dice ser?

—Lo ignoro. Pero lo que sí sé, en cambio, es que para averiguarlo tendremos que abrir la mano.

—¿Como en el póker?

—Lo que intento decir es que hay muchos puntos oscuros en esta historia y, encerrados en la casa de Hansel y Gretel, jamás llegaremos a aclararlos. Si insisto en que debemos abrir la mano es porque necesitamos hacer averiguaciones, no solo sobre ese caballero que afirma ser Armando. También sobre Amalia Olmedo y su sobrina.

—¿Y qué vamos a averiguar en Madrid? No me diga que va convertir en ayudantes de detective a sus colegas del Parnaso...

—Lo haría si sirviesen para nuestros fines, pero la mayoría de ellos están trepados a la torre de marfil y desde allá arriba se ve fatal la vida.

Ignacio Selva soltó una carcajada.

—Pensé que, como intelectual aventajada, sería usted la primera moradora de tan ilustre torre.

—Líbreme Dios, Selvita. La torre de marfil está muy bien para los sesudos eruditos que van por ahí persiguiendo laureles, pero cuando se trata de bucear e intentar entender pasiones humanas y recovecos del alma, yo busco ayuda en otra parte.

—Sí, ya, como su amigo Pérez Galdós. Tengo entendido que tenía por costumbre patear calle y apostarse en los cafés, libretita en ristre, en busca de inspiración para sus novelas e incluso apuntaba conversaciones enteras. ¿No fue él quien dijo aquello de «si una cosa sé es que no sabemos más que de fenómenos superficiales?».

—Mi *miquiño*... —suspiró entonces Emilia—. Ojalá estuviese aún entre nosotros y pudiéramos consultarle; él sí que sería un magnífico detective. Nunca conocí a nadie con mayor capacidad de asomarse a los abismos del alma humana. Y aquí mi amigo Fiódor —añadió, señalando ahora *Crimen y castigo* y el nombre de su autor en la tapa— tampoco era manco a la hora de hurgar en los más negros rincones de psiques y retorcidas mentes. Pero, bueno, ni uno ni otro están ya en este mundo, de modo que lo único que podemos hacer es lucubrar ¿qué haría Dostoievski si tuviese que desentrañar un oscuro secreto familiar? ¿Con quién hablaría Pérez Galdós si quisiera conocer el envés de la trama de la familia Olmedo?

—¿Envés de la trama, dice usted?

—Cómo se ve, Selvita, que sabes poco de costura —rio ella.

—Ni una palabra —reconoció Ignacio Selva—. Solo ahora, y porque la necesidad aprieta, estoy aprendiendo a coser botones, y se me da fatal.

—Siendo así, a ver cómo te lo explico. Al igual que ocurre con una tela pongamos por caso, o con un tapiz, si te parece más elegante el símil, toda persona, tú, yo y el de la boina, tenemos un derecho y un envés. El derecho es el lado bonito que cada uno borda con primor porque es la cara que se ve. Pero, en la vida de la gente, como en la costura, todo anverso tiene su reverso, y ese está formando por feos nudos y puntadas mal dadas. Y solo cuando uno observa el envés de la trama llega a comprender cómo es realmente una persona. Por eso, es precisamente ahí, en su lado feo, donde debemos buscar ahora información sobre la familia Olmedo. ¿Conoces a Pepe Ortega y Gasset? Sí, hombre, ese joven filósofo tan prometedor del que mucho se habla de un tiempo a esta parte. Hace unos años acuñó esa frase suya que tanta fortuna ha hecho en la que afirma: «Yo soy yo y mis circunstancias». Bien, pues digamos que «Yo soy yo» es el anverso y «mis circunstancias» el reverso que hace que todo cobre sentido. Y son precisamente esas circunstancias las que debemos buscar en el caso de la familia Olmedo.

—¿Y dónde las va a buscar?

—¿Te acuerdas de mi amiga Purificación Castellana de Peñasco?

—¿La del moscardón en la sopa? ¿La madre de Víctor Peñasco desaparecido como Olmedo en el hundimiento del *Titanic*?

—La mismísima.

—¿Y qué puede saber ella de Armando?

—Pura lo sabe todo de todo el mundo. Es un pozo de sabiduría social y lo que no sabe, lo averigua con más rapidez que tu amigo Corralero.

—Por lo que usted me ha contado de su modo de proceder cuando murió su hijo, yo hubiera pensado que era una mujer cabal y poco dada a dimes y diretes.

—Por eso acudo a ella y no a otra fuente. Además de ser de familia asturiana, lo cual es muy conveniente en este caso para entender bien todos los matices y claves propias del lugar, Pura sabe separar el trigo de la paja y jamás se hace eco de cotilleos malintencionados. He hablado con ella por teléfono desde la Casa de los dos Torreones y nos espera el jueves.

—¡No me diga que la telefoneó desde la casa de Hansel y Gretel! Usted misma ha dicho que allí las paredes oyen.

—Y vaya si oyen, pero a buen entendedor no hace falta darle detalles. Bastó con que le dijera dónde estábamos para que Pura se asombrara: «¿En casa de Olmedo? ¿En casa de Amalia Olmedo?», me repitió como si aquello fuera una rareza. «Pero si Amalita hace años que no recibe a nadie. A menos que sea cierto eso que se rumorea de que Armando...», añadió, y luego se quedó en silencio. Por eso sé que cuando la llame esta noche desde casa para confirmar nuestra cita tendrá cosas que contarme. Y si no, sabrá a quién preguntar.

—Así es como funciona el tamtam social, ¿verdad? —ironizó Ignacio—. Una señora le pregunta a otra y esa a otra y a otra...

—Tú ríete, pero el tamtam funciona como un reloj suizo, y con información más que fidedigna, además, tratándose de Pura. Y ahora, basta de cháchara, déjame que vuelva con *Crimen y castigo*. Cuando me interrumpiste estaba llegando a un punto muy interesante. Está claro que a Dostoievski también le gustaba comparar la vida (y las personas) con las labores de aguja porque mira lo que dice aquí uno de sus personajes: «La malicia está cosida con hilo blanco».

—No querrá usted insinuar que Amalia Olmedo es maliciosa, ¿verdad? —retrucó Ignacio Selva, pero doña Emilia prefirió sumergirse en la lectura y no dar respuesta.

20

SOY UNA TUMBA

El domicilio de doña Pura Castellana, viuda de Peñasco, se encontraba en uno de esos barrios que han dejado de estar de moda pero que por eso mismo se consideran el colmo de la elegancia. La casa respondía también a ese mismo patrón. Por fuera era pétrea, grande y tan deliberadamente austera como las mansiones del norte de Italia que en su exterior nada dicen, pero que, cuando uno entra, descubre que son palacios. La vivienda de doña Pura no llegaba a tanto, pero casi. A Ignacio Selva le sorprendió comprobar, por ejemplo, que allí el lujo no se manifestaba del mismo modo que en otras mansiones que conocía de personas adineradas y linajudas de Madrid. Estas solían tener un rasgo común. Sus dueños prestaban poca (o nula) atención a enseres como sillas, mesas y escritorios, por lo que estos solían ser pesados y oscuros, no pocas veces de horrendo «remordimiento español». En cambio, el énfasis decorativo lo ponían en bargueños y arcones, también en cuadros y tapices.

—Tiene su explicación —le había contado tiempo atrás doña Emilia—. A diferencia de lo que ocurre en Francia, Italia u otros países de la vieja Europa, durante siglos, la corte española fue itinerante, hoy en Sevilla, mañana en Valladolid, Toledo o Segovia, siempre de aquí para allá. Con tanto trajín, lo práctico era poder crear un ambiente acogedor lo antes posible y, con un par de tapices colgados aquí y unos cuantos cuadros acullá, hasta el castillo más helado se vuelve en un santiamén, sino un hogar, al menos no tan lúgubre. En cuanto a la inveterada predilección española por bargueños y arcones, ¿es o no práctico, Selvita, que el propio receptáculo que sirve para transportar piezas de menaje valga luego para adornar los salones? Aun así, qué quieres que te diga, yo no soy para nada de esa escuela. Entre un secreter holandés con marquetería y un recio y repujado arcón castellano, por muy práctico que sea, me quedo toda la vida con el secreter. Y, por supuesto, prefiero mil veces gastar mi dinero en muebles franceses o ingleses antes de que la pieza estrella de mi salón sea un san Lorenzo asándose a la parrilla o cualquier otra tenebrez atroz.

Doña Pura debía de ser de la escuela de doña Emilia porque todo en su casa era alegre, despejado, elegante. El criado que les abrió la puerta (y al que doña Emilia saludó con un familiar: «Qué tal, Remigio, ¿cómo va esa familia? Su hermana mejor del lumbago, espero») los había conducido a una salita lateral (la azul, la de los amigos, según explicó ella a Selva), pero a él no le dio tiempo a observar muchos más detalles de la estancia en cuestión, porque, apenas un par de minutos más tarde, la puerta se abría dando paso a dos damas. A la primera la conocía, si no en persona, sí por foto, pues doña Purificación Castellana de Peñasco era rostro habitual en la sección «Ecos de Sociedad». No de las páginas dedicadas a fiestas y cócteles, habría que precisar, pero sí de las que suelen ocuparse de las diversas causas benéficas con las que doña Pura colaboraba activamente. Aun así, no fue ella quien llamó la atención de Ignacio Selva, sino su acompañante, una mujer de unos cincuenta y tantos años, toda vestida de violeta, con una profusa cabellera gris y unos ojos rapaces que de inmediato se posaron en él estudiándolo de arriba abajo.

—Emilia querida —comenzó diciendo la dueña de casa—, como ves, no he perdido el tiempo. En cuanto me explicaste lo que necesitabas averiguar, rápidamente convidé a merendar a

Gracita y le expliqué la situación. Nadie mejor que ella para el asunto que nos ocupa.

Además de los ojos de halcón, la dama del atuendo morado era alta como una espingarda con largos y arácnidos brazos y manos sombreadas por una riada de venas azules que los surcaban en todas direcciones.

«Zambomba —pensó Selva al ver cómo la recién llegada le escudriñaba los botines como si intentase extraer de ellos a saber qué funesta información—, ¿qué tendrá que ver esta señora con Amalia Olmedo? Nunca he visto mujeres tan opuestas».

Desde luego, ninguna de las tres señoras presentes era de las que se van por las ramas y habla durante horas de naderías, porque, incluso antes de que Remigio apareciese con el té acompañado de unos deliciosos *scons* con crema agria, ya habían entrado en materia.

—Me ha costado no poco convencer a Gracita —explicó doña Pura, añadiendo a su taza una rodajita de limón—. Ella es extremadamente discreta y reservada, pero yo le dije: «Mira, chica, ten por seguro que a discreción y tiento no hay quien gane a Emilia Pardo Bazán, de modo que despreocúpate, reserva total». ¿Cierto, querida?

La espingarda no respondió, continuaba estudiando los zapatos de Selva.

—¿Qué clase de relación tiene usted con la familia Olmedo? —abrió el fuego Ignacio no solo para desviar mirada tan inquisitorial, sino también, o mejor dicho, sobre todo, para averiguar quién podía ser aquella señora que decía saber tanto de Amalia.

—Mi relación con esa familia, señor mío, es más que estrecha, no le quepa a usted duda. —Esa fue su helada respuesta.

—Verá, señor Selva —intervino a continuación la dueña de casa intentando romper el hielo y acercar posiciones—. Gracita comparte con Amalia segundo apellido, si bien son primas lejanas. Gracita hace años que vive en Madrid y no suelen verse, pero en la infancia y en los años que a vosotros os interesan, se frecuentaban mucho.

—¿Qué quieren ustedes saber? No esperen de mí indiscreciones. Yo soy una tumba.

—Mira, Gracita —terció doña Emilia, dedicando a su interpelada una de esas sonrisas «a lo Pardo Bazán» que solía utilizar en ambientes especialmente hostiles y que en Madrid comenzaban a gastar fama de derretir icebergs—, como te habrá adelantado Pura, dada la extraña situación que está viviendo Amalia, nuestra intención no es otra que ayudarla a descubrir la verdad sobre la reaparición de su hermano y, para lograrlo, es aconsejable saber lo más posible de la familia. Por supuesto, Amalia nos ha contado muchísimas cosas y todas de enorme interés, pero siempre viene bien tener otro punto de vista. Por ejemplo, ¿qué recuerdas tú de Armando Olmedo antes de embarcarse en el *Titanic*? ¿Tienes algún dato, alguna anécdota que nos pueda ayudar a descubrir si este hombre es quien dice ser o un impostor?

La dama no contestó hasta dar un largo sorbo a su té con limón. Continuaba con el ceño fruncido al preguntar:

—¿Qué les ha contado Amalia de nuestra familia? Espero que ninguna inconveniencia; a diferencia de mí, siempre ha sido muy descuidada.

—Ninguna inconveniencia —se apresuró a puntualizar Ignacio Selva—. Amalia es una señora en todos los sentidos. Ella jamás se permitiría un comentario indiscreto, ni siquiera a nosotros, que estamos haciendo todo lo posible por ayudarla.

—¡Ja! Me río yo de su discreción. No me digan ustedes que no les habló del incendio, menudo fue aquello, allí empezaron todas sus desgracias.

«Bravo —sonrió doña Emilia para sus adentros—, parece que la tumba ya no es tan tumba después de todo». Y luego, tras pre-

171

miarse con un mordisco de *scon* profusamente coronado de nata, añadió:

—Del incendio sí sabemos, pero no por ella, sino por lo que en su momento publicó la prensa. Sabemos, por ejemplo, que se produjo en la zona de niños y que en él pereció Laura, la madre de Amalia. En cuanto a la otra Laura, su sobrina, Amalia nos contó...

—¡Anda! ¿Así la llama ahora? —interrumpió Gracita—. ¿¿¿Sobrina??? Vaya por Dios, hay que ver lo bien que funciona eso de apartarse del mundanal ruido durante unos años y hacerse la misteriosa cuando una pretende cambiar su presente y sobre todo su pasado.

—No entiendo qué quieres decir.

—Nada, cosas mías, mi querida señora, yo de mi familia no hablo —se enrocó de nuevo la dama, que ahora estudiaba los botines de doña Emilia con la misma intensidad rapaz con la que había escrutado los de Selva. ¿Sería aquel un modo de impacientarlos? ¿Una táctica de distracción? Sea lo que fuere, doña Emilia no estaba dispuesta a caer en su juego. Como dicen los ingleses, nueces más duras que Gracita había resquebrajado en su vida, solo era cuestión de encontrar la grieta adecuada y entrarle por ahí. Prefirió, por tanto, no abundar, al menos de momento, en lo que la dama acababa de ironizar sobre Laura Olmedo y volver al tema del incendio.

—Siempre según los periódicos de la época que hemos podido consultar, el fuego comenzó en el cuarto de juegos por culpa de una imprudencia infantil. Por lo visto, Armando, como una travesura, debió de acercar el brasero a las cortinas que ardieron como la yesca y...

—¿Pero quién dijo que el incendio fuera culpa de Armando? —atajó la dama.

—El *ABC*, sin ir más lejos, y te aseguro que esta publicación comprueba sus fuentes antes de dar por válida cualquier versión de los hechos.

—Pues, en esta ocasión, bien que se ha columpiado el *ABC* —rio Gracita sarcástica.

«Primera grieta en la nuez», caviló para sí doña Emilia al tiempo que adoptaba su aire más ingenuo al inquirir:

—¿Quieres decir entonces que el accidente fue fortuito? ¿Que nadie tuvo la culpa de que muriera la madre de Amalia y Armando, dejándolos huérfanos a temprana edad?

—¡De fortuito nada! —Diríase que ahora los ojos de Gracita echaban chispas—. Sépanlo ustedes, la culpa de todo la tuvo Piedad. Nunca me gustó esa mujer. Más falsa que un duro de hojalata, una intriganta, también. Jamás comprenderé por qué tío Aparicio no la puso de patitas en la calle después de aquello. A ella y a ese hijo suyo tan malaje.

—¿A Plácido?

—No recuerdo cómo se llamaba, ocurrió hace añares.

—Debe de haber algún tipo de confusión. Plácido trabaja ahora en la Casa de los dos Torreones junto a su madre, pero, según nos contó Amalia, Piedad lo prohijó después del incendio y pasó su infancia lejos, en un internado. ¿Cuántos años tenían Armando y Amalia entonces?

—Amalia nueve y Armando diez, lo sé porque Armando y mi hermano son de la misma quinta, y él ahora acaba de cumplir cuarenta y dos.

—¿Y está usted segura de que no fue un accidente provocado por Armando... o por Amalia?

—Segurísima. En aquella época, mi rama de la familia y la de ellos se veían con suma frecuencia.

—¿Y ya no?

La dama se encogió de hombros.

—El tiempo pasa, las familias crecen, se hacen demasiado grandes, se disgregan, y cada vez es más difícil reunir a todos sus miembros. Y luego, cuando muere el vínculo que las distintas ramas tenían en común, en este caso el tío Aparicio, que era primo hermano de mi madre, deja uno de verse; es ley de vida.

—¿Hace cuánto tiempo que murió don Aparicio?

—Hace años, Amalia debía de tener veintipocos entonces.

—¿Y a ella cuánto hace que no la ves? ¿Conoces a Laura?

Llegado este punto, y después de entonar otro enfático «¡Ja!» y de insistir en que ella era una tumba, Gracita perdió toda locuacidad. De hecho, se cerró como una ostra (o como una nuez) y volvió a fijar su atención en los zapatos de sus interlocutores.

De nada sirvió que doña Pura intentara tirarle de la lengua. Tampoco que doña Emilia le dorara la píldora asegurando que su testimonio era impagable y que ayudaría muchísimo a resolver el enigma del impostor del *Titanic*. Solo un comentario de Ignacio Selva logró arrancarla de su mutismo. Fue cuando le aseguró que podía estar muy tranquila, ya que la mayor preocupación, tanto de él como de doña Emilia, era la propia Amalia, su felicidad, su paz de espíritu.

—¿Felicidad dice usted? —saltó la dama, alzando bruscamente la cabeza antes de clavar sus ojos en los de Ignacio Selva—. ¿¿¿Paz de espíritu??? Ni una cosa ni otra se alcanzan, amigo mío, yendo contra los mandatos de Dios, nuestro señor. Él castiga sin palo ni piedra, miren si no a Laura... —comenzó, pero, al vocalizar el nombre de la muchacha, sus ojos rapaces parecieron oscurecerse con una especie de velo de temor porque sus siguientes palabras fueron—: No, no. Dios castiga también a quienes traicionan a los de su sangre, aunque esa gente no merezca ni pizca de nuestro silencio ni nuestra rectitud, de modo que no tengo nada más que añadir —sentenció, poniéndose en pie. Y al hacerlo se santiguó.

—Lejos de mí la intención de... —comenzó doña Emilia.

—Gracita, cielo —intentó retenerla cariñosamente doña Pura—. ¡Pero si no has dicho ni media palabra que pueda considerarse inconveniente! Al contrario, no tienes nada que reprocharte.

Pero la dama se irguió hasta parecer aún más una espingarda y, tras esponjarse el moño y alisarse el vestido lila, reclamó su sombrero a un azorado Remigio que en ese momento asomaba por la puerta trayendo unas pastas. Solo una vez que se hubo ajustado el sombrero pareció serenarse para decir:

—Pura, querida, perdona la espantada. Pero tú tienes familia, e imagino que también ustedes —añadió, dirigiéndose a doña Emilia e Ignacio, que la miraban tanto o más asombrados que Remigio—... de modo que saben cómo son estas cosas. No se puede ir en contra de la sangre de uno. Ya he hablado más de lo que debía, que tío Aparicio me perdone. Como él solía decir, la familia es lo primero. Aunque esta Amalia...

Y allá que se fue dejando la frase inconclusa, pero no sin antes reiterar que ella era una tumba.

21

RECAPITULANDO

—¿Un poco más de té? ¿Y qué tal una de estas pastas? Las que llevan guinda están deliciosas.

No. No se encontraban en casa de doña Pura. Era la tarde del día siguiente e Ignacio y doña Emilia se habían citado en la rotonda del Hotel Palace para, según había dicho ella, recapitular. Dos mesas más allá, podía verse a Gómez de la Serna en animada conversación con un trío de señoras muy vistosas; y al fondo, solo y atrincherado tras las páginas de *El Imparcial*, a don Miguel de Unamuno. Al entrar, doña Emilia, que apenas había reparado en ellos, los saludó con gran sonrisa, pero sin más ceremonia; la cabeza la tenía en otros afanes.

—Qué quieres que te diga, Selvita, no salgo de mi estupor. Nos quejamos de la falta de educación y de la escasa cortesía de los jóvenes, pero si los viejos no damos ejemplo, ¿qué puede esperarse? ¿Has visto en toda tu vida a una mujer más grosera e intratable que la tal Gracita? La pobre Pura estaba volada.

Ignacio intentó quitar hierro al asunto.

—Ciertamente, fue todo un poco raro y nos dejó con la palabra en la boca, pero ¿no le ha pasado a usted en alguna ocasión percatarse de que ha hablado más de la cuenta y no saber cómo salir del trance?

—Más de una vez, pero no hacía falta largarse como alma que lleva el diablo, digo yo. Además, ¿qué dijo que fuese tan indiscreto? ¿Que no le gustaba Piedad y que el incendio que acabó con la vida de la señora de la casa no fue provocado ni por Armando ni por Amalia? No veo yo que con eso desvelase ningún horrendo secreto familiar y, si lo que pretendía era exculpar a los hermanos Olmedo del accidente, debería haber elegido otro modo de hacerlo. Tragedias como esa pasan con más frecuencia de la que uno desearía, no hay que buscar culpables.

—Una lástima que se enojara tanto —accedió Selva—. Quedaron varios interrogantes en el aire. Me hubiera gustado, por ejemplo, sonsacarle más información sobre Laura y también sobre Amalia. Habló de ella con desdén, con un resentimiento... Aunque, a decir verdad, eso no me sorprende nada. No hay más que ver a una y a otra para comprender el porqué. Si yo tuviera el aspecto de Gracita y mi prima pareciese salida de un cuadro de Botticelli...

Doña Emilia sonrió y aprovechó para darle un mordisco a un pastelillo recubierto de almendras.

—Por supuesto que los celos y la envidia explican muchas actitudes en esta vida, pero me da a mí que aquí hay algo más. Algo que tiene que ver con la reiterada mención que hizo Gracita al buen nombre de la familia y a cómo Dios castiga sin palo ni piedra.

—Bobadas, Amalia es un ángel, no hay más que verla.

—Hasta los ángeles comenten errores, Selvita. No intento decir con esto que Amalia sea lo que los gazmoños llaman un «ángel caído», pero no nos vendría nada mal averiguar qué es lo que insinuó su prima. ¿Has tenido noticias de Corralero? Lleva varios días en Avilés, alguna averiguación habrá hecho ya.

—Quedamos en que me llamaría el jueves, es decir, pasado mañana.

—Bien, en ese caso, telefonéale esta noche y dile que queremos encargarle dos o tres pesquisas adicionales. ¿Dónde está parando?

—En el Hotel de la Marina. Me dejó el teléfono del estableci-miento, por si acaso.

—Perfecto. Dile que nos interesa que averigüe todo lo que pueda sobre Piedad. Necesitamos saber quién es, dónde nació, con quién estuvo casada, etcétera, etcétera. En cuanto a Amalia, que indague más sobre su pasado. ¿Existe en su vida anterior algo que pueda justificar que su prima diga que Dios la ha cas-tigado?

—Se me ocurre otra pregunta adicional —intervino Selva—. Una que queda en el aire después de oír los sarcasmos de esa seño-ra amiga de doña Pura. Es curioso lo que pasa tantas veces en la vida, alguien te cuenta que una cosa es así o asá e inocentemente la aceptas sin darle más vueltas. En nuestro caso, Amalia nos pre-sentó a Laura como su sobrina, pero está claro que si Amalia solo tiene un hermano que es Armando, ¿de quién es hija Laura entonces?

—Elemental, Ignacio —exclamó Emilia, llamándole por pri-mera vez por su nombre y no por su diminutivo—. ¿Se te ocurre algo más que podamos preguntarle a Corralero?

—Pedirle que haga indagaciones también sobre Plácido, las apariencias engañan.

—¿Qué quieres decir?

—Que así como hay personas que parecen demasiado buenas para ser reales, ocurre lo mismo con los tipos difíciles. Los que nos parecen atravesados o conflictivos, tal vez no lo sean tanto. ¿Quién le dice a usted que el hosco y antipático Plácido no es en realidad un ser sensible y con un corazón de oro, que ama a los animales, que hace poesía, compone música...?

—Si el baremo para calibrar si una persona es buena o mala son los datos que acabas de enumerar, déjame que te diga una cosa, *ruliño* mío: incluso aunque Plácido fuera un devoto de los animales, un poeta laureado o la mismísima reencarnación de Mozart, no significaría que fuese buena persona. El mundo está lleno de canallas que adoran a sus mascotas. Por otro lado, los artistas y genios más insignes son, con inquietante frecuencia, despreciables como seres humanos. El divino Caravaggio, por ejemplo, era un asesino, y el tan admirado Rousseau —que iba por ahí predicando que el hombre es un ser mirífico y bondadoso y que son las instituciones las que lo corrompen, blablabla— abandonó a seis hijos, ¡seis!, en distintos orfanatos.

—¿Qué me quiere decir con eso, que no hace falta entonces investigar a Plácido?

—Claro que sí, pero, desde ya te aviso que, aunque hay excepciones, la cara suele ser el espejo del alma.

—O no. Como tantas veces ha dicho usted, la vida es una caja de sorpresas.

—Ya veremos quién tiene razón al final, Selvita. Tú dices que Plácido no es malo, y yo digo que no me fío un pelo. ¿Quieres apostar algo?

—¿Qué le parece un viaje a Cuba?

—Muy rumboso te veo, *parruliño meu* —rio ella—. ¿No me dijiste que tu señor padre te había cortado en seco los suministros cuando le comunicaste que abandonabas la notaría familiar para probar suerte en la bohemia y en la siempre incierta República de las Letras?

—Sí, pero aún cuento con unos ahorrillos. Además, cada vez estoy más convencido de que cuando acabe esta aventura en la que nos hemos embarcado, podré escribir algo de mérito. Aunque usted diga que la vida es una novelista pésima que abusa de coincidencias imposibles y de descubrimientos inauditos, creo que en torno a la familia Olmedo hay una historia que merece ser contada. Por otro lado, yo también tengo mis intuiciones, no crea, por eso estoy convencido de lo que acabo de decirle de Plácido.

—Muy seguro te veo.

—Como dijo en una ocasión Amalia, seguro no hay nada en esta vida salvo la muerte, y a veces ni eso, como bien estamos comprobando con el caso que tenemos entre manos, de modo que ya veremos quién tiene razón. Pero sea como sea, lo que sí puedo decirle es que, si pierdo la apuesta, tampoco lo lamentaré. Cuba bien vale una misa (o unas cuantas estrecheces suplementarias). ¿Apostamos entonces?

—¡Apostamos! —confirmó doña Emilia, al tiempo que envolvía con sus dos manos la diestra de Selvita para sellar el pacto que acababan de hacer, y ambos sonrieron mirándose a los ojos como buenos tahúres.

Dos caballeros que disfrutaban de un amontillado en la mesa contigua a la de Gómez de la Serna se volvieron para observarlos.

—¿Ha visto usted eso, amigo mío? La Pardo Bazán haciendo manitas con una de sus conquistas.

—Sí, y los elige cada vez más jóvenes. A este pollo le lleva treinta años tirando por lo bajo.

—¡Carambolas, pero, o mucho me equivoco, o se trata del hijo de Pablo Selva el notario!

—Se equivoca usted poco y nada —sentenció gravemente el primero de ellos, dando un tiento a su amontillado—. ¡Qué mundo este! Hay que ver cómo están las mujeres de un tiempo a esta parte... ¿Qué será lo próximo, amigo Cándido? ¿Que cambien definitivamente las faldas por pantalones? ¿Que les concedan el derecho al voto? ¿Qué las hagan académicas de la lengua?

—¡Uy! A tanto no creo que lleguemos.

—Al tiempo, amigo Cándido, al tiempo.

22

CORRALERO INFORMA

—Qué frío polar hace en Asturias, tremendo catarrazo que he enganchado ocupándome de tus averiguaciones. ¿Está contigo doña Emilia?

En esta ocasión los dos detectives aficionados se encontraban en casa de doña Emilia. Con la trompeta de una gramola vieja, Pepe, el portero de la finca, que era un manitas, había confeccionado para la dama una suerte de amplificador, de modo que los dos podían oír y participar en la conversación telefónica que se disponían a mantener con el exinspector de policía.

—Buenos días, Corralero, aquí me tiene usted, cuaderno en mano, preparada para apuntar todos los datos que haya podido reunir.

Se oyó un estornudo al otro lado de la línea y luego unas toses cavernosas.

—¿Se encuentra usted bien?

—Todo lo bien que se puede estar con un dolor de cabeza de muerte y treinta y ocho de fiebre —carraspeó el exinspector—. Pero vamos a lo nuestro porque, con su permiso de usted, doña Emilia, estoy deseando acostarme con un buen ponche.

—Hará usted muy bien, los enfriamientos son traicioneros y corren rumores de que la mal llamada gripe española de 1918 no ha dicho aún su última palabra. Figúrese que incluso hay médicos que aseguran que volverá en cualquier momento a hacernos la pascua... Pero, bueno, nosotros a lo nuestro, mientras los virus no nos lo impidan. ¿Ha logrado averiguar algo interesante sobre doña Amalia, Laura o el ama de llaves?

—Muy poco, me temo, y con ardua dificultad, además. ¿Saben ustedes lo que es la *omertà*? —Tanto doña Emilia como Selva asintieron y Corralero elaboró diciendo—: Pues si se creen que la ley del silencio era solo cosa de sicilianos y de corsos, deberían ver la que reina en esta villa y concejo. Dios y ayuda me ha costado encontrar a alguien que suelte prenda. Los avilesinos son muy celosos de lo suyo. Además, para mí que tienen un sexto sentido a la hora de detectar forasteros, porque, por mucho que juré y perjuré que era un paisano de la tierra partido con quince años allende los mares, nadie me creyó. Y eso que, entre mi jipijapa, mi traje de lino y mi leontina, parecía yo recién llegado de Camagüey.

—Ahora ya sé cómo pillaste ese gripazo de bigote —bromeó Ignacio Selva—. Eso te pasa por ir por ahí vestido de dril cuando el clima aconseja lana de los Pirineos.

Corralero descartó este comentario con un par de toses.

—Mi disfraz era impecable, pero, aparte del antes mencionado sexto sentido para detectar extraños, me malicio que tanto silencio se debe a que en esta villa son muchos, por no decir casi todos, los que trabajan y dependen de familia tan poderosa como los Olmedo, y en boca cerrada no entran moscas. Cómo sería el asunto que al final tuve que irme a una población vecina. Por lo menos allí —y gracias a la rivalidad que siempre existe entre una ciudad y sus alrededores— algo de información conseguí reunir.

—¿Y qué ha averiguado usted?

—Que Amalia Olmedo es inmensamente rica.

—Eso ya lo sabíamos nosotros, amigo Corralero. Para tal viaje no hacían falta alforjas.

—Sí, ya, pero lo que tal vez no sepan es que, cuando Armando desapareció con el *Titanic*, la parte asturiana de su fortuna la gestionaba Amalia. Al certificarse su muerte, la señorita acordó con su cuñada Eva (que por cierto es más acaudalada que ella) que hasta que el hijo de ambos, que ahora tiene nueve años, fuese mayor de edad, seguiría siendo doña Amalia quien se ocupase de su fortuna a este lado del Atlántico.

—Nada más natural. El niño y su madre viven a miles de kilómetros y quién mejor que su tía para cuidar de los asuntos que tienen aquí en España.

—Ya, pero ahora que Armando ha vuelto al mundo de los vivos, lo lógico es que quiera recuperar el control de su fortuna. Y, según dice la gente, esa y no otra es la razón por la que doña Amalia resiente su llegada y lo tacha de impostor.

—¿Intentas insinuar —atajó Ignacio Selva— que Amalia pretendía quedarse con algo que no era suyo y que el regreso de Armando ha entorpecido sus planes?

—Yo no insinúo nada, solo me hago eco de lo que se dice por estos lares, pero está claro que hay mucho dinero en juego. Según estas mismas voces, si en el presente de Amalia hay puntos oscuros, en su pasado las sombras abundan aún más.

—¿Cómo cuáles?

—Todavía no lo sé. Dese cuenta, doña Emilia, que cuando uno se dedica a escuchar lo que comentan unos y otros, es preciso separar el trigo de la paja. Se dicen tantas cosas... Hay versiones para todos los gustos y las maledicencias están a la orden del día. Por eso, mi método es buscar siempre un denominador común, o lo que es lo mismo, datos en los que muchas fuentes, cuanto más diversas mejor, estén de acuerdo.

—¿Y coinciden en algo?

—Todas coinciden, por ejemplo, en que existe un antes y un después en la vida de Amalia Olmedo. Parece ser que en sus años mozos era una muchacha abierta, alegre, muy sociable. La Casa de los dos Torreones estaba siempre llena de gente, se celebraban espléndidas kermeses en el jardín, frecuentes cenas y bailes con cientos de invitados. Cuentan también que, a pesar de su juventud y de su gusto por la fiesta, encontraba tiempo para ocuparse de las empresas de la familia. No le quedó más remedio. Al emigrar Armando a Cuba, el padre de ambos, que según cuentan no volvió a ser el mismo tras el incendio que acabó con la vida de su mujer, comenzó a delegar cada vez más en ella hasta convertirla en una sagaz mujer de negocios. Al menos, este último aspecto de su vida no ha cambiado; sigue siendo tan hábil y eficaz como antaño. La otra cara de su personalidad, la alegre y social, desapareció cuando su mundo se vino abajo. Díganme: ¿alguna vez su suerte y toda su vida han dependido de la sombra de un fantasma?

—¿Qué clase de pregunta es esa? —se asombró doña Emilia.

—Así es como describieron mis informantes la situación personal y el estado civil de doña Amalia. Al fin y al cabo, es una viuda blanca.

—¿Una *qué*? —retrucó Ignacio Selva—. Jamás he oído semejante expresión.

—Eso es porque no eres de estas tierras —respondió el exinspector. En cambio, usted, doña Emilia, apuesto a que sí sabe de qué hablo.

—Lamentablemente, sí, en Galicia tenemos muchas. Pero me sorprende que se diga que Amalia es una ellas. Siempre creí que esa situación, tan injusta, afectaba solo a mujeres sin medios económicos propios.

—¿Alguien me puede explicar de qué hablamos? —intervino Selva.

Doña Emilia le aclaró entonces que había sido Rosalía de Castro quien, a finales del siglo anterior, acuñara aquel triste término de «viudas de vivos» o «viudas blancas».

—Uno —continuó doña Emilia— que sirve para describir la realidad de miles de mujeres que en aquellos lejanos años, pero también ahora en la actualidad, tanto en Asturias como en Galicia, malviven prisioneras en esta precariedad no solo económica sino también social. Porque las viudas blancas son otra de las lacras inesperadas de la masiva emigración de españoles a América que comenzó a finales del xix. Como es lógico, la mayoría de aquellos que emprendían —y aún emprenden— la aventura americana son hombres. Con frecuencia, adolescentes de catorce o quince años, y de ellos nos habló Amalia el día en que llegamos a Avilés. ¿Recuerdas, Selvita?

—Ya lo creo. No es fácil de olvidar cómo esos pobres muchachos acababan en situaciones de semiesclavitud encadenados a contratos leoninos y promesas falsas. Pero no sé qué tiene que ver con lo que ahora nos ocupa.

—No todos los que partieron llenos de ilusiones eran tan jóvenes. Había también padres de familia que se embarcaban con la esperanza de labrarse un porvenir que les permitiera más adelante costear el pasaje de su mujer e hijos y reunir a la familia. Mientras lo lograban, enviaban a sus esposas unas remesas de dinero más que necesarias, porque la situación de aquellas mujeres solas y con varios hijos a su cargo, en una tierra cada vez más depauperada, era dura. Sin embargo, en no pocos casos, con el correr de los años, las cartas y también los envíos de dinero primero se espaciaban y poco después directamente dejaban de llegar. La esposa escribía, suplicaba a su hombre que contestara al menos un par de líneas, pero solo recibía el silencio por respuesta. ¿Qué podía haber sucedido? ¿Algún malentendido? ¿Una enfermedad? ¿Dios no lo quiera, quizá una muerte...? Al cabo de largo tiempo, de temor y desesperación, del otro lado del océano, un alma caritativa, con frecuencia un conocido o pariente, escribía sin demasiada diplomacia para sacarla al menos de su incertidumbre: «Querida amiga: espero que al recibo de la presente te encuentres bien de salud, yo y mi familia, bien gracias a Dios, etc. Te escribo para decirte que no insistas. Tu marido nunca responderá a tus cartas, tampoco a tus peticiones. Tiene acá otra mujer, otra vida, otros hijos, incluso. Lo mejor que puedes hacer es olvidarlo igual que él te ha olvidado...». ¿Y qué ocurría entonces? —continuó relatando doña Emilia—. Que esa mujer, o mejor dicho mujeres, porque son multitud las que aún se encuentran en tal situación, se ven ahogadas por las muchas deudas contraídas a cuenta de un dinero que ahora ya tienen por seguro que jamás llegará; sin ayuda alguna, con cuatro, cinco o más hijos a los que sacar adelante. Y, a continuación, viene el próximo capítulo de su desdicha, porque, engañadas y abandonadas, son muchas las que acaban malviviendo o se ven empujadas a la prostitución, cualquier cosa con tal de dar de comer a sus hijos.

—Terrible —aceptó Selva—, pero Amalia no encaja en ese patrón. Ella es una mujer independiente, dueña de su dinero y de su futuro.

—De su dinero sí, de su futuro me temo que no —intervino el exinspector—. Sobre todo cuando, como en su caso, su marido la abandonó convirtiéndola en una viuda blanca siendo aún adolescente.

—No entiendo qué quieres decir, Corralero. Si algo da el dinero es libertad.

—Para la mayoría de las cosas sí, para otras, a veces las más importantes, no.

—¿Cómo qué?

—Como conseguir que uno deje de amar a quien no lo merece, por ejemplo. Tal es el caso de Amalia.

Corralero explicó entonces que Amalia se había enamorado perdidamente del que fue —y según algunos aún era— el gran amor de su vida. Su familia y todos sus amigos le advirtieron de que no había más que verlo, que era obvio que se trataba de un aventurero, y que un tipo así solo podía traerle desdicha. Pero ella se entercó, y poco después, y en contra de la voluntad de su padre, se fugó para casarse con él. Poco habría de durarle la felicidad. Apenas unos meses después del casorio, el tipo puso océano de por medio arruinándole la vida. Porque se da la circunstancia de que la mujer que tiene la desgracia de que su marido la convierta en viuda blanca —añadió Corralero— pasa a ser una paria y no solo por la traición y el desdoro. Lo peor de su situación es que, el estar legalmente casada, le impide contraer nuevo matrimonio, lo que la condena a quizá lo que más duele de todo, a no poder tener hijos.

—¡No me digas que Amalia sigue enamorada de semejante canalla! ¿Quién es ese tipo?

—Por lo visto, un francés con mucha labia y pocos escrúpulos que, para más escarnio, vive ahora en República Dominicana como un pachá gracias al dinero que Amalia heredó de su madre, así como otra cantidad nada desdeñable que logró estafar a su suegro. Un pachá en el más literal sentido de la palabra, porque, para cuando Amalia por fin dio con su paradero, resultó que, además de una esposa legal, tenía dos o tres amantes, amén de no sé cuántos hijos.

—Pobre Amalia. ¿Cuándo ocurrió todo esto?

—Ella debía de tener menos de veinte años cuando él embarcó rumbo a América, asegurando que volvería en cuanto solucionase no sé qué asunto relacionado con la herencia de un tío suyo en Haití. Por un tiempo, Amalia logró mantener la ficción de que su marido regresaría en cualquier momento. Continuaba con su vida de siempre, la Casa de los dos Torreones era punto de encuentro de lo mejor de la ciudad, se volcó en su trabajo y en toda suerte de obras benéficas disimulando como buenamente podía, hasta que, unos años más tarde, una noticia en los periódicos vino a estropearlo todo: una fotografía en la que podía verse a «El gran filántropo francés Fulano de Tal en su mansión en Baní con su grande y linda familia» no solo echó abajo el andamiaje de excusas y mentiras que ella con tanto esmero había construido durante todo aquel tiempo, sino que se convirtió en la comidilla de la región. ¿Así que la tan admirada Amalia Olmedo, la más joven y sagaz mujer de negocios de la zona, el miembro más respetado de la muy respetable familia Olmedo, no solo era una mujer abandonada y una viuda blanca, sino, además, una grandísima mentirosa? Mucho me temo —continuó relatando Corralero— que en el caso de Amalia Olmedo ocurrió lo peor que puede suceder en situaciones como esta. Sus amigos y parientes, en vez de compadecerla, se rieron, y se puede sobrevivir a todo, salvo al ridículo, porque nada gusta tanto como ver caer una torre muy alta. La gente por la calle la miraba y sonreía sin tomarse la molestia de disimular, incluso empezaron a correr por ahí coplillas que se burlaban de sus desventuras: la rosa de té que lo tenía todo y no tenía nada, así la llamaban... Al principio, Amalia capeó el temporal lo mejor que pudo, pero no contaba con demasiados apoyos. Armando vivía ya en Cuba, y su padre, sumido en la culpa y en la melancolía desde el famoso incendio, estaba para entonces muy enfermo y moriría poco después. En cuanto al resto de la familia, sus primos y parientes, que, en el fondo, siempre le tuvieron envidia, aprovecharon para hacer leña del árbol caído.

»A partir de ese momento, todo cambió —relató asimismo Corralero—. Se acabaron las fiestas y las kermeses en la Casa de los dos Torreones. Amalia se encerró en su mansión con la sola compañía de Piedad, y así fue pasando el tiempo. Pocos años más tarde, Armando, su único hermano y al que adoraba, desaparecía en el *Titanic*.

—¿Y Laura? —se interesó entonces doña Emilia—. No la ha mencionado usted aún. ¿Qué sabe de ella?

Corralero tosió y su tos mutó en carraspera.

—Nada, o peor aún, menos que nada.

—¿Qué quiere decir?

—Que sobre los orígenes de Laura Olmedo unos dicen una cosa y otros tienen una versión distinta, de modo que no sé nada seguro.

—Sí, ya, imagino que habrá dimes y diretes para todos los gustos y desde luego algunos resultan muy fáciles de adivinar...

—Por eso es preferible no caer en rumores y especulaciones —atajó Ignacio Selva, y luego, procurando desviar la conversación hacia el ama de llaves, añadió—: ¿Y Piedad? ¿Qué has averiguado de ella?

—Poco de momento, salvo que dicen que es parte indivisible de esa casa, tanto como las piedras con las que fue construida.

—Es curioso —comentó doña Emilia—, todo el mundo repite lo mismo con respecto a Piedad, habrá que averiguar por qué.

—En esas estoy —respondió el exinspector antes de que un fuerte ataque de tos ahogara sus palabras—. Pero necesito más tiempo. ¿Les parece bien si volvemos a hablar en un par de días?

—Menudo trancazo —lo compadeció doña Emilia—, cuídese mucho.

—Y usted también, señora. Tenga precaución, los catarros primaverales son de órdago.

Dicho esto, el exinspector se entregó a una nueva sinfonía de estornudos, toses y ruidos varios.

23

UN DESCUBRIMIENTO TRASCENDENTAL

Querido diario:

Armando dice que, ahora que he adquirido la rutina de apuntar mis impresiones, pensamientos y corazonadas, debo tener cuidado de mantener esta libreta a buen recaudo. «Ni te imaginas, cielo, la cantidad de intimidades familiares que salen a la luz porque alguien comete la indiscreción de ponerlas por escrito», eso me dijo antes de añadir: «En todas las familias hay situaciones y circunstancias que es preferible que permanezcan en la penumbra».

Yo lo tranquilicé diciendo que descuide, que es muy difícil que de este diario mío alguien obtenga información escandalosa. Por mi carácter, soy más de escribir cosas lindas que feas; de hecho, las feas evito verlas. Además, desde que llegamos aquí, a Avilés, solo se han sucedido hechos afortunados. Aunque, para contar toda la verdad, tengo que decir que los primeros días no fueron lo que se dice fáciles. Piedad nos recibió con una frialdad y una altanería impropias de un miembro del servicio doméstico y tampoco Amalia se mostró demasiado agradable. Pero cómo culparlas. Es natural que tuvieran sus resquemores. Por eso fue maravilloso ver cómo, pasados unos días sus dudas se fueron despejando, si bien, para que así fuera, mi pobre Armando tuvo que pasar por no pocas pruebas y horcas caudinas. Yo pensé que sería suficien-

190

te con que Athos, ese perrazo de tan malas pulgas, lo reconociera al instante, y desde luego aquello causó a todos gran
impresión. Pero, aun así, tanto Amalia como Piedad intentaron tenderle nuevas trampas. Alguna sutil, como observar
cómo se desenvolvía en la casa; otras bastante menos disimu-
ladas, como preguntarle, por ejemplo, si recordaba el nombre
del canario que Amalia y él tenían cuando eran niños y de
qué color era la jaula. Tanto celo inquisitorial me recordaba
a mi buena Elpiria, pero, al igual que ocurrió con ella, fraca-
saron en su empeño de ponerlo en un brete. Armando solo
falló en una única ocasión y fue cuando Amalia le preguntó
cuál era la habanera favorita de su padre. Él nombró una, y
al instante vi dibujarse en el rostro de mi cuñada el gesto de
desconfianza con el que nos recibió días atrás. Pero no es tan
grave, digo yo, confundir una canción con otra, a cualquiera
que no tenga oído musical puede ocurrirle sin que signifique
nada. Además, y por fortuna, un par de minutos más tarde
(recuerdo que en ese momento nos encontrábamos de sobremesa en la sala de música), Piedad, entregada a su labor de
servir los cafés, capciosamente volvió a sacar el tema del canario y entonces Armando tuvo oportunidad de asombrarlas
mencionando el punto exacto del jardín en el que Amalia y él
lo enterraron cuando el espíritu del pobre pajarico voló al cielo. A pesar de esta, sin duda, involuntaria ayuda por su parte,
Piedad no pareció darse por vencida. Continuó tendiéndole
trampas en ninguna de las cuales cayó mi Armando, que,
como digo, lo sobrellevaba todo con admirable humor y paciencia: «Déjalas, tesoro —me decía cuando yo me indignaba
a causa de tan injusto celo inquisitorial—, la verdad acaba
abriéndose camino, es solo cuestión de tiempo, ya lo verás».

Dicho todo esto, aún le quedaba por superar otra ronda
de trampas saduceas incluso más complejas que las antes

mencionadas, pues consistieron en responder a las preguntas de los responsables de bancos y lidiar con las reticencias de leguleyos y apoderados. Por fortuna para mí, no he tenido que presenciar ninguna de estas entrevistas. Resultaría penosísimo ver cómo, ante personas ajenas a nuestra familia, se ponía en entredicho la palabra de mi marido. Pero ahora que lo pienso mejor, en cierto modo lamento no haber estado presente. Según me contó Armando, ante Amalia, todos aquellos caballeros quedaron tan convencidos de que era él que dos de los más influyentes lo invitaron ese mismo día a almorzar al Casino mientras que el resto expresaba su deseo de hacerlo en breve, pues estaban interesados en conocer sus impresiones sobre qué está pasando allá en Cuba, la marcha de la política, de la economía, y cosas así.

Entretanto, aquí, en la casa, el ambiente era cordial, pero se notaba que tanto Amalia como Piedad aún no estaban demasiado convencidas hasta que ocurrió un hecho que lo cambiaría todo: resultó que esta mañana, cuando Armando se estaba afeitando, llamaron a la puerta. Era Piedad que traía unas toallas limpias que yo le había pedido. «Perdón, no quería molestar», dijo ella al verle ataviado solo con sus pantalones y una camiseta interior. Azarada, se disponía a marcharse cuando Armando, con ese modo desenfadado y afable tan suyo, la llamó diciendo: «No, Piedi, no te vayas, alcánzame una de tus toallas, esta mía está hecha una sopa». Ella así lo hizo cuando, de pronto, se detuvo en seco. «¿Te sientes bien?», preguntó mi marido y Piedad se apresuró a decir que sí. «Cualquiera diría que has visto un fantasma», rio Armando y rio aún más cuando el ama de llaves se retiró toda confundida. «Me parece a mí que Piedi se ha topado con la sombra de don Aparicio», fue su comentario y, cuando le pregunté a qué se refería, Armando se pasó la mano por la nuca allí donde tiene esa constelación de lunares que tantas veces y con devoción he besado. Y luego, sonriendo divertido, citó aquellas palabras del Evangelio: «Ay, Tomás, Tomás... porque me has visto, has creído, pero yo os digo, bendito aquel que crea sin ver...».

Me enfadé con él. A decir verdad, se me había olvidado que aquella particularidad suya era común a varios de los varones de la familia, pero él bien podía haberla utilizado como prueba antes. «¿... E ir por ahí enseñando la parte menos visible del pescuezo para convencer a estas dos señoras de que yo soy yo? —fue su respuesta—. Ya te dije que la verdad siempre acaba encontrando el modo de abrirse camino entre dudas y resquemores», y luego añadió que lo más complicado de todo había sido convencer a aquellos caballeros tan relevantes, abogados, banqueros... «Esos sí que fueron difíciles de pelar, y, sin embargo, ya ves, vida mía, el tiempo pone todo en su lugar».

Total y para no alargarme demasiado, digamos que, desde entonces, la sombra de la sospecha se ha desvanecido del rostro de Piedad y también del de mi cuñada, a pesar de que Amalia no necesitó «ver para creer» como santo Tomás, puesto que la que es para ambos hermanos como una madre, es decir, Piedad, le relató puntualmente y con lujo de detalles cómo y en qué circunstancias se produjo su descubrimiento.

Y así estamos ahora. No solo libres por fin de sospechas, sino que, después de la tácita bendición de los caballeros esos tan importantes con los que Armando y Amalia se entrevistaron, nos hemos convertido en la sensación social del momento. El teléfono de la Casa de los dos Torreones, tan mudo habitualmente, no ha parado en todo el día de recibir llamadas de conocidos, de parientes lejanos, de amigos de la infancia de mi marido, y todos con un mismo deseo: ver y agasajar *a quien (con bastante cariño quiero creer) llaman ahora «el resucitado del* Titanic». ¿Y cómo se ha tomado esto Amalia? *Yo pensé que ella, que lleva desde hace años una vida tan retirada, se negaría a acompañarnos en nuestros recién adquiridos compromisos mundanos. Pero, ya sea porque por fin se ha convencido de que sus recelos carecían de sentido, o sea quizá porque aún le queda algún mínimo resquicio de duda y espera ver a Armando cometer un fatal error, el caso es que no quiere perderse ni una de las invitaciones que nos prodigan. Acabamos de llegar de una cena informal de bienvenida en casa de los Ramírez, una de las familias más respetadas del lugar con la que los Olmedo tienen lazos de sangre; mañana iremos al teatro invitados por el alcalde a su palco y, a partir de ahí, no me quedará más remedio que hacer encaje de bolillos para atender tantos compromisos como surgen cada día.*

Soy tan feliz. Ojalá estuviese aquí Elpiria para verme. Esta noche le escribiré contándole todo esto y algunas cosicas más. Primero la tranquilizaré diciendo que estoy muy bien atendida. Mi nana se preocupa mucho por los asuntos de intendencia: quién, por ejemplo, me preparará el baño como a mí me gusta; quién me recogerá el pelo con gracia y esmero o me planchará la ropa. «Descuida —pienso decirle—, hay aquí en la casa una doncella con cara de perita en dulce, muy agradable y bien dispuesta, que es (casi) tan esmerada como tú en lo que a toilette *se refiere». Bueno, eso no se lo voy a decir, porque sería darle un disgusto, pero lo cierto es que Covadonga, que tal es su nombre, me hace mucho avío. Es tan necesario tener une* bonne de boudoir, *como solía llamar mi abuela francesa a su doncella personal. Covita es despierta, aprende rápido y presta atención a todo. Hay que ver los ojos tan grandes que abrió el primer día al guardar mi lencería en el armario. «Ay, señora, ¿todas las damas allá en La Habana visten como usted? ¡Lo que yo daría por unas puntillas y unos encajes como estos! Tal vez algún día... siempre que trabaje mucho, mucho, claro está».*

Pero bueno, no sé por qué anoto en mi diario estas simplezas. ¿Qué más dan los comentarios de una muchacha que ansía prosperar y hace bien su trabajo? Puestos a reseñar cosas que me han llamado la atención las hay más interesantes, como la amistad que estoy empezando a entablar con Laura, por ejemplo. Qué extraña es esa chica. Ni siquiera parece ciega. Sube y baja las escaleras con una agilidad pasmosa y, al moverse por la casa o por el jardín, jamás tropieza contra un mueble o cualquier otro obstáculo. Sí, ya sé que los invidentes conocen al dedillo el lugar que habitan y tienen más desarrollados que el resto de nosotros el oído, el tacto y demás sentidos. Pero hay otras habilidades de Laura que me dejan azorada. Por ejemplo: ¿de dónde diablos saca esta muchacha los conocimientos que tiene? Habla correctamente inglés y francés y —como bien pudo observar incluso doña Emilia Pardo Bazán en los días que pasó acá, en la Casa de los dos Torreones— se nota que tiene amplios saberes de historia, de geografía, de literatura y, por supuesto, de música. Doy por sentado que Amalia, que se apartó del mundo cuando ocurrió lo que ella llama «aquello», debe haberse ocupado de que tuviera la educación más esmerada sin escatimar en gastos. Pero el caso es que Laura no solo posee el tipo de conocimientos formales que se adquieren con el estudio. También está al día de lo que publican los periódicos y tiene sus propias opiniones sobre temas de actualidad. Lo digo porque durante las comidas, a Armando le gusta traer a colación asuntos relacionados con la política, las artes, la sociología, y mil disciplinas más, y, cuando esto ocurre, Laura es la que más interviene en la conversación. Sobre todo, cuando se trata de discutir de asuntos relacionados con la mujer y, en esta esfera, tiene ideas muy avanzadas por no decir nada convencionales. Pero ¿cómo se informa si no puede leer los periódicos y rara vez sale de esta casa? El otro día se lo pregunté y quedó algo cortada, pero, bueno, seguro que fueron solo figuraciones mías porque enseguida rio, asegurando que la solución a tal enigma tiene nombre: la radio. Argumentó, por ejemplo, que aquí en España este utilísimo invento del señor Marconi aún está en pañales, pero que, como ella tiene la suerte de hablar idiomas, le resulta fácil, a través de onda corta (que no sé qué diantre es porque hoy la ciencia adelanta que es una barbaridad), disfrutar de lo que se emite en otros países. En Francia, en Gran Bretaña, incluso llega a conectar con emisoras de los Estados Unidos, que son las más avanzadas en materia de contenido y ofrecen, por lo visto, programas radiofónicos en los que se habla de filosofía, de arte, de mil cosas interesantes, que, según ella, llenan su vida.

Pobre muchacha, qué existencia triste la suya, tan linda ella y siempre tan sola. Cuando trabemos más amistad, pienso convidarla a pasar con nosotros una larga temporada allá en La Habana, le hará bien viajar, salir, dejar atrás esta casa. ¿He dicho ya que, además de todo, Laura tiene un corazón de oro? No hay más que ver cómo es su relación con ese muchacho de aire atribulado que se ocupa del jardín y de no sé qué otros menesteres caseros. Un individuo curioso, el hijo de Piedad. Tengo entendido que es adoptado, o tal vez recogido de la calle. Quizá por eso, y por lo muy buen mozo que es, me recuerda a ¿cómo se llamaba aquel personaje masculino de Cumbres borrascosas *tan digno de compasión y a la vez tan terrible del que todas las lectoras quedan prendadas? ¿Hetlif, Heteflif? En fin, algo parecido, siempre he tenido una memo-*

ria desastrosa para los nombres. ¡Y está visto que también soy una calamidad cuando se trata de relatar algo sin irme por las ramas! Porque lo único que pretendía antes de perderme por los cerros de Úbeda (o de Guane o de Resolladero, que son más propios de mi tierra) era resaltar que ayer vi a Laura pasear por el jardín en compañía de Plácido: ella platicando, él muy pendiente de sus palabras. Armando dice que soy muy fantasiosa y veo no lo que es, sino lo que quiero ver. Pero, en este caso, dudo que me equivoque: para mí, que Laura se dedica a instruir a Plácido. Está clarísimo: el pobre debe de haber estudiado poco y nada, imagino, y ella con su buen corazón intenta subsanar tal injusticia; al fin y al cabo, se han criado juntos y deben de ser como hermanos. Cuando me vieron pegaron un respingo como si los hubiese sorprendido haciendo algo indebido. «Tranquilicos —dije—. Ustedes a lo suyo, yo solo quería cortar un par de camelias para nuestra salita de estar», añadí, y ellos sonrieron. Qué lástima de muchachos. A veces pienso que la culpa de todo la tiene esta Casa de los dos Torreones. Es como si la gente de acá se convirtiera en sus prisioneros. Por cierto, ¿qué habrá sido de doña Emilia y del señor Selva? Dos personas muy lindas, lástima que se marcharan tan pronto. Dijeron que tenían compromisos que atender en Madrid y que volverían pasados unos días. Ojalá sea pronto, porque... porque, no sé bien cómo expresar esto: a veces hay sensaciones que una tiene, cosas que ve, piensa o siente y que se da cuenta de que no puede ni debe comentar con sus más allegados. Recuerdo que una vez Elpiria, que tampoco tiene estudios pero es más sabia que Séneca, me dijo que es más fácil confesarse con un extraño que con alguien de la familia. «Ni te imaginas las indiscreciones terribles que la gente cuenta a su compañero de asiento cuando va en guagua, helá te quedarías, niña, la

guagua es un sueltalenguas, diarrea de intimidades que les
da a todos, qué cosas...». Eso dice Elpiria, y estoy por darle la
razón porque a Armando, por ejemplo, jamás le contaría
que...

Eva separa ahora la pluma del papel. «¿Cómo has podido escribir semejante cosa? —se reprocha—. Hay que ver las tonterías que se te ocurren, Eva. Bórralo, vamos, boba, tacha ahora mismo este último párrafo, lo que acabas de escribir no tiene sentido, vaya majadería».

*   *   *

Querido diario:
Tenía toda la intención de no escribir hasta pasados unos
días, pero resulta que ayer ocurrió algo que me ha llenado de
perplejidad. El doctor Hercule dice siempre que escribir ayu-
da a comprender aquello que uno ve, oye o percibe. Ojalá lle-
ve razón porque no tengo la menor idea de cómo interpretar
lo sucedido anoche. Eran más o menos las siete cuando se me
ocurrió subir a mi habitación antes de la cena en busca de un
chal. Sobre esa hora, Piedad, que es la puntualidad encarna-
da, pasa por los dormitorios para supervisar si todo está
bien, dejar una jarrita con agua y otros menesteres similares,
como también suele hacer Elpiria en nuestra casa allá en
Cuba. A mi nana no le gusta que la interrumpa cuando anda
trasteando por ahí, de modo que procedí de la misma forma
con Piedad. En vez de hacer patente mi presencia, me dirigí
sin más al cuarto de vestir y, ya con el chal en la mano, me
disponía a vocalizar un simple «buenas noches» cuando
pude observar que, tras dejar el agua y abullonar con primor
las almohadas, el ama de llaves posó sus labios sobre la de

Armando y, a continuación, la bendijo. Sí, eso hizo. Igualico que si fuera un sacerdote o, Dios nos libre, como si estuviera dando la extremaunción. Ya sé que ha criado a Armando y a Amalia y que ellos la consideran su segunda madre, pero aquello hizo que me estremeciera. Más aún cuando, al percatarse de mi presencia, Piedad se deshizo en toda clase de excusas tan innecesarias como ininteligibles. Por supuesto, sonreí diciendo que la culpa era mía por haberla sobresaltado y que lo sentía mucho, pero, al mismo tiempo, me envolví en mi chal como si un frío helador se me hubiera colado hasta los tuétanos. Tuve que esperar hasta después de la cena y de la posterior sobremesa para contárselo a Armando y, cuando ya solos en nuestra habitación por fin pude hacerlo, él rio quitándole importancia. «Tómatelo como la mejor de las señales», dijo. Y luego añadió: «¿No te das cuenta, cielo? Eso significa que Piedi por fin ha abandonado sus sospechas y está feliz de haber recuperado al hijo (porque eso soy para ella, no te olvides) que creía muerto. Pobre Piedad —agregó, como si en vez de decírmelo a mí estuviera hablando para sí—. Su problema es que nunca llegó a recuperarse de aquel incendio. Y menos aún de lo que ocurriría después...».

Intenté indagar a qué se refería, pero él atajó mis palabras diciendo que eran viejas historias. Que no me preocupara. Que él estaría siempre a mi lado, cuidándome para que nada malo pudiera pasarme.

Me dormí, feliz entre los brazos de mi marido, pero hacia las tres de la mañana, ese momento cruel que mi abuela francesa llama L'heure dangereuse du petit matin,* *porque es entonces cuando acechan todos los fantasmas y los peores*

---

* La hora peligrosa de la madrugada.

pensamientos, desperté sobresaltada y con un sinfín de pre-
guntas zumbonas en mi cabeza. Aparte de la muerte de la
madre de Armando y Amalia, ¿qué pasó ese día? ¿Sería Pie-
dad la que inadvertidamente provocó el incendio? Las perso-
nas más responsables y cabales cometen a veces un único des-
cuido que las convierte para siempre en prisioneras de su
fatal error. ¿A qué se refería cuando afirmó que para el ama
de llaves lo peor llegaría después? ¿A qué venía recalcar que
no me preocupara, que él estaría siempre a mi lado, cuidán-
dome para que nada malo pudiera pasar? ¿Era solo una fór-
mula amable o escondía algo más?

No había manera de acallar tantos interrogantes apre-
miados, además, por el tictac del reloj que avanzaba inmise-
ricorde marcando primero una hora, luego dos, más tarde
tres... Armando dormía tan sereno que no me atreví a buscar
cobijo de nuevo entre sus brazos por temor a despertarle, así
que decidí recurrir al Veronal. No me gusta hacerlo, me da
miedo aumentar la dosis y depender de él ya para siempre.
Pero necesitaba espantar todos esos pensamientos que de día
son inofensivos, pero que en la noche crecen hasta convertirse
en monstruos. Me tomé gota y media, pero los espantajos
continuaban allí. Pasó un rato, y otro más, y nada. ¿Qué
ocurriría si añadiese un par de gotitas extra? Nunca lo había
hecho, pero necesitaba dormir. Dormir.

SEXTA PARTE

PIEDAD

24

VOLVER

—¿A que no sabes qué, Selvita? Acaba de llegar telegrama de Amalia y mira lo que nos dice:

Todas sospechas disipadas. Stop. Prueba irrefutable demuestra Armando es quien dice ser. Stop. Ignacio y tú bienvenidos a celebrar con nosotros feliz reencuentro. Stop. Abrazos a los dos.

—Como comprenderás, la llamé a todo correr para que me explicara.

—¿Y qué le ha dicho?

—Que tanto ella como Piedad han tenido que rendirse a la evidencia. Que primero sus abogados cotejaron la firma del recién llegado con la de su desaparecido hermano y, salvo mínimas diferencias lógicas y achacables al paso del tiempo, la caligrafía es la misma.

—Una firma se puede imitar, ni siquiera hay que ser un falsificador profesional, cualquiera que practique lo suficiente lo consigue.

—Sí, eso mismo pensó Amalia, pero, por lo visto, ha habido otras pruebas más inapelables.

—¿Cómo cuáles?

—Como que, amén de la reacción de Athos que ya nos comentó en su momento, este señor se mueve por la casa con total soltura, conoce cada rincón, cada recoveco y por fin está la prueba que acabó convenciendo primero a Piedad y más tarde a Amalia: los lunares de don Aparicio. —Ignacio alzó los hombros como gesto de interrogación y doña Emilia continuó—: Sí, hombre, ya sabes de quién hablo, del padre de Amalia, el del retrato que tanto desentona en el jardín de invierno. Murió hace años, pero resulta que ahora y desde el más allá acaba de despejar todas las últimas sospechas que pesaban sobre el recién llegado. Según me contó Amalia, se trata de una particularidad que tienen algunos de los varones de la familia: cinco o seis lunares en la parte posterior del cuello, en un lugar, por cierto, no muy visible cuando alguien lleva camisa.

—¡No me diga que ese individuo ha ido por ahí enseñando partes ocultas de su cogote a las señoras! —ironizó Ignacio Selva.

—Lo más interesante del caso es que él ni siquiera había utilizado los lunares como detalle probatorio. Fue Piedad la que los descubrió y de la manera más fortuita e inesperada una mañana en que Armando estaba afeitándose. Según Amalia, la pobre mujer —que siempre ha sido la que más porfiaba e insistía en que aquel individuo era un farsante— se quedó helada al verlos, no atinaba a decir palabra.

—Vaya —se descorazonó Ignacio Selva—. Espero que esto no signifique que aquí se acaban nuestras pesquisas en torno al impostor del *Titanic*...

—Me temo que sí, Selvita.

—No puede ser...

—Ya te dije que la vida es una pésima novelista y, en este caso, indolente y muy perezosa, además. Mira, si no, cómo remata una historia que parecía interesante y llena de misterios: en vez de tener un final sorprendente, ingenioso e intrigante, resulta que la resolución del enigma es de lo más pedestre y el asesino es el mayordomo.

—¿...?

—Es una forma de hablar, tontín. En las malas novelas, el asesino es el mayordomo. Y en el caso que nos ocupa, aunque en esta historia no hay mayordomo ni tampoco asesinato, su final no puede ser más decepcionante: resulta que el misterio es... que no hay misterio.

—No es cierto —discrepó Ignacio Selva—. Aún quedan muchos interrogantes sin respuesta. Está, por ejemplo, el enigma de Laura; también el de Plácido. ¿Quiénes son esos dos? En cuanto a Amalia Olmedo, ¿por qué su prima dijo que Dios la había castigado sin palo ni piedra? Y luego está el misterio de la Casa de los dos Torreones. Usted misma dijo que le recordaba a la de Hansel y Gretel por lo llena de secretos que está.

—Y lo seguirá estando, Selvita. En todas las familias hay asuntos oscuros que harían las delicias de cotillas y devotos de miserias ajenas, pero me temo que ya no son asunto nuestro. El interrogante que Amalia nos pidió que la ayudáramos a averiguar se ha resuelto satisfactoriamente; ella está tranquila, se acabaron las sospechas. Por tanto, caso cerrado.

—De ninguna manera. Yo no lo doy por cerrado. Tenemos que hacer algo.

—¿Cómo qué?

—De momento, aceptar la invitación de Amalia de volver a Asturias. Y luego hablar con Corralero. Lleva más de una semana recogiendo información, seguro que ha encontrado algo sobre ella o sobre su familia.

—Algo que ni a ti ni a mí nos incumbe ya. Es la vida de Amalia Olmedo, no la nuestra. No lo olvides.

A Ignacio Selva le gustaría poder olvidarlo. Volver a los tiempos en los que su mayor preocupación era convertirse en escritor, publicar en los periódicos y que lo invitaran a las tertulias del café Pombo. O, para hablar de afanes más mundanos y no tan remotos en su biografía, ser el soltero de moda que se enamoraba de todas en general y de ninguna en particular: beber los vientos hoy por María, mañana por Lucía, cuando no por Niní, Fifí o la Bella Florita (y hay que ver lo bella, bellísima que era la tal Florita). «Pero resulta que no —se reprocha ahora Selva—, hete aquí que cuando todo iba bien, cuando en tu vida en vez de pintar bastos, pintaban prometedores laureles y muy lindas e intrascendentes damas de corazones, a ti no se te ocurre mejor idea que enamorarte como un colegial de un imposible. Porque, a ver si te enteras, so bobo: una cosa es querer ser escritor y cantar por tanto las loas de la sensibilidad, del romanticismo y demás sensaciones propias del oficio, y otra muy distinta —y muy estúpida— creer en los Reyes Magos. Y es que, por mucho que insistan todos los vates y letraheridos que en el mundo han sido, los amores difíciles están muy bien en las novelas y en el cinematógrafo, pero en la vida real son un puro quebradero de cabeza y no digamos de corazón. ¿Acaso Amalia te ha dado una mínima, una ínfima señal de esas que las mujeres suelen emitir que te haga pensar que le interesas? ¿Ha acusado recibo siquiera una sola vez de tus miradas de tonto fascinado? Sé práctico, viejo. No pienses en ella, como ella jamás ha pensado en ti. Olvídala... Sí, ya, sí —se dice a renglón seguido y con igual énfasis, pero con bastante menos determinación—, muy fácil es decirlo, ¿pero cómo *carallo* se hace eso?».

—¿Has oído lo que acabo de decirte, Selvita?

—Ni una palabra, estaba pensando...

—Ni falta hace que me digas en quién, que ya me lo imagino. Por eso estoy segura de que te gustará mi nuevo plan.

—¿Y es?

—Que, pensándolo mejor, creo que tienes razón, por lo que he decidido que debemos aceptar el convite de Amalia. Nuestra labor como detectives ha terminado, pero podemos visitarla como amigos, ¿no te parece?

—No creo ni una palabra de lo que acaba de decir.

—¿Cómo que no? —se ofendió la dama.

—Como que estoy seguro —rio Selva— de que, aunque diga usted que el caso está cerrado y muy elegantemente insista en que no nos incumben ya los secretos de la familia Olmedo, se muere usted de curiosidad por conocerlos.

—¿Y qué te hace pensar semejante cosa?

Selva contestó a una pregunta con otra; no en vano también él era gallego.

—¿No argumentó usted hace un par de meses o así en uno de sus artículos del *ABC* que la virtud primordial de todo escritor es una que en la buena sociedad se considera un defecto y muy feo además?

—Cierto, Selvita, me refería a la curiosidad y, desde luego, me ratifico: no se puede ser un buen escritor si no eres un grandísimo *voyeur* y metomentodo. Pero también creo recordar que a renglón seguido maticé que fuera de la literatura, es decir, en la vida corriente —y una vez más volvemos a las diferencias que existen entre la realidad y la ficción—, la curiosidad mata al gato.

—Pues yo estoy dispuesto a correr el riesgo. ¿Y usted?

—Parece que no me conoces, Selvita.

—¿Eso es un sí o un no?

—¡Un sí grande como una casa! Como una casa con dos torreones, para ser exactos. A algunos gatos la curiosidad los mata, pero a otros los hace más sabios; esperemos que tú y yo seamos de los segundos. ¿Qué noticias tienes de Corralero?

—Quedamos en hablar justamente esta noche. Está empeñado en volverse para Madrid lo antes posible. Dice que acaba de entrarle un caso interesante. El robo de unas esmeraldas del tocador de una marquesa, o algo así.

—Pues dile que las esmeraldas y la marquesa pueden esperar; dile que aún nos quedan unas cuantas incógnitas por despejar y que todo depende de la información que haya conseguido reunir. Conociéndolo, seguro que ha dado con algo interesante. ¿Estás contento de volver a Avilés, *meu ruliño*, y ver de nuevo a la señorita Olmedo?... No, no digas nada, ni falta que hace, tu cara es un poema (uno de Bécquer o de Zorrilla, diría yo...). Ah, y por cierto, apunta bien todo lo que te cuente Corralero esta noche. Lápiz y papel, Selvita, y oído al parche, así lo comentamos todo mañana camino de Asturias. Tantas horas de tren como nos esperan dan para mucho planear y lucubrar.

25

EVA LANGUIDECE

Querido diario:

Había pensado interrumpir esta rutina mía de poner mis impresiones por escrito. A fin de cuentas, todo va fenomenal (o al menos iba hasta hace unos días). Una vez que Amalia se convenció de que Armando es realmente su hermano, todo resquemor ha desaparecido y los Olmedo vuelven a ser una familia unida. Armando y ella han recuperado su relación de antaño; las personas más relevantes de la ciudad, fascinadas por tan raro suceso, compiten por agasajarnos y dar cenas en nuestro honor, y yo, por mi parte, he trabado amistad con Laura. Plácido y esta muchacha me tienen asombrada, luego explicaré por qué. Antes debo hablar de mi maldición. Dios mío, han vuelto. Pensé que había acabado para siempre con el insomnio y, sobre todo, con las crueles jaquecas que tanto me atormentaban allá en Cuba y de las que, gracias a las gotitas del doctor Hercule y a la tediosa labor de escribir un diario, había conseguido librarme. Pero resulta que, de pronto, han vuelto para martirizar mi vida. Y lo han hecho exactamente igual que sucedió la vez anterior cuando me vi viuda, sola, acosada por parientes y amigos y con un niño chico a mi cargo. No, no. Me veo obligada a rectificar: durante aquellos años tan duros y solitarios me mantuve fuerte. Fue más adelante, cuando por fin logré poner orden en mis finanzas y todo en mi vida iba bien, que me atacó. Ya me lo dijo entonces el doctor Hercule: parece que es una reacción muy común. Uno no se viene abajo en plena tempestad o cuando está peleando por sobrevivir, sino luego, cuando escampa, cuando vuelve a la normalidad. Puedo comprender que sucediera así en aquel entonces, pero resulta más difícil hacerlo en esta ocasión. Es verdad que no han sido fáciles estos meses desde el regreso de Armando. Nada tuvo de agradable lidiar con la desconfianza, los desprecios y las sospechas de todos, primero allá, en Cuba, y más tarde acá, en Avilés. Pero, a diferencia de la vez anterior, ahora lo tengo a él, cuento con su apoyo, su amor. ¿Por qué, entonces, no consigo dormir? ¿Por qué paso las noches en blanco sin que esta rutina de escribir un diario y tampoco el Veronal del doctor Hercule surtan efecto? Aquellos a los que el buen Dios ha otorgado el privilegio de descansar bien ni se imaginan el suplicio que es una cabeza que no deja ni un minuto de pensar. Ni de noche ni tampoco de día, porque si el sueño conforta, sana y hace que cualquier pena sea más llevadera, el insomnio mata. Un día, otro, otro y otro más... Y con todo, esta vigilia perpetua podría ser soportable si no fuera por las jaquecas con las que viene aparejada. Son tan inmisericordes que esta mañana, al abrir la ventana para respirar mejor, tuve la tentación de dejarme ir, de dejar de sentir, hubiese sido tan fácil, tan rápido... Dios mío, ¿hasta cuándo durará este tormento? Intento por todos los medios que Armando no se entere. Se le ve tan feliz de estar de nuevo en su tierra, con su gente, aceptado por todos... Callo, pues, miento y digo que estoy «en uno de mis días» para no preocuparle. Tampoco se me ocurriría hablar con Amalia. A ella también se la ve dichosa como nunca antes, y no quiero ser aguafiestas. Sí lo he comentado con Laura. Hay que ver lo madura que es para sus años. Está llena de sentido común esa muchacha y sobre todo tiene un corazón de oro. Diríase que sus ojos ciegos «ven» lo que ocurre a su alrededor. «¿No vas a contarme lo que te pasa? —me dijo ayer—. Te noto agotada». Le pregunté cómo podía saberlo y ella rio, arguyendo que el tono de voz de una persona «habla hasta por los codos», esa fue la expresión que usó antes de explicarme que, por el timbre, la modulación, también por las palabras que una persona usa (o evita), incluso por el modo en que acaba sus frases, es fácil saber si es feliz o no, si está enferma y hasta si está enamorada. «Y tú lo estás, y mucho —añadió—, pero también hay algo que te acuita. ¿Qué es?». Le conté entonces lo que me pasaba y le hablé asimismo de las recomendaciones que me había hecho el doctor Hercule: la escritura, el Veronal... Ella me escuchó con atención haciéndome más preguntas, y luego dijo que no me preocupara. Que si alguien sabía lo que era pasar noches en blanco era ella, y que tenía la solución. Una sencilla y definitiva: cierta planta que crece, por lo visto, aquí mismo en el jardín de la Casa de los dos Torreones. «Bueno —puntualizó—, no precisamente en nuestro jardín, sino en el de Plácido». «Ni te imaginas la de hierbajos que cultiva, cualquiera diría que es un druida», añadió con una sonrisa.

A mí me hubiese gustado aprovechar para preguntarle algo más sobre este hombre que tanto me recuerda al protagonista de Cumbres borrascosas. Qué tipo extraño: un día parece un gañán sin educación y al otro se lo encuentra una (como me ocurrió antier) en la sala de música acariciando las teclas del piano. ¿Sabrá tocar? ¿Buscaría emular a Laura? ¿Qué relación une a seres tan dispares? Si no hubiera estado tan atormentada por esta jaqueca que no me deja vivir, se lo habría preguntado a Laura. Pero en aquel momento solo me interesaba averiguar qué hierba milagrosa era aquella de la

*que hablaba. Me dijo un nombre largo en latín que, por su-
puesto, olvidé al instante, pero tampoco tiene demasiada importancia, porque sea lo que sea la probaré. Lo único que
quiero es dormir.*

*Postdata (no sé si los diarios personales tienen postdatas,
pero debo añadir estas líneas a vuelapluma para reelaborar-
las mejor mañana). Me da a mí que, a pesar de mis esfuerzos
por inventar coartadas, Armando se ha dado cuenta de mi
padecer. Anoche, al prepararme mi vaso de leche caliente
como hace siempre para ayudarme a dormir mejor, vi cómo
añadía unas gotitas adicionales de Veronal. ¡Mi pobre tesoro!
Sabe que me da miedo abusar de ellas y ha decidido ayudarme de este modo. Me las tomaré sin rechistar. Que Dios lo
bendiga, seguro que hoy duermo como un ángel. Aun así y
por si acaso, le he pedido a Covadonga que mañana no me
despierte a la hora habitual, y me deje dormir hasta tarde.
Buena chica, siempre está pendiente de mí. En cuanto la necesito, aparece surgida de la nada como si estuviera bien cer-
quita. Me he dado cuenta de que tanto afán de agradarme
molesta un poco a Piedad. He notado que regaña a la muchacha más de la cuenta y está siempre sacándole defectos.
Incluso la obligó a devolverme un pañuelo de batista bordada que a Covadonga le gustó y yo le regalé con todo gusto.
Pequeños celos domésticos, supongo.*

26

DOS DETECTIVES EN UN TREN

—¿Anotaste todo concienzudamente, Selvita? Tenemos de aquí a Mieres para comentar lo que ayer te dijo Corralero. El resto del camino he de dedicarlo a escribir (a mano, qué remedio) el artículo que le he prometido para el jueves a *La Ilustración Artística*.

—¿Y cómo piensa enviarlo luego desde la Casa de los dos Torreones, por telegrama? —bromeó Ignacio Selva.

—Mira que eres recalcitrante, *ruliño*. Los tiempos adelantan que da pavor, y a no mucho andar inventarán un sistema que permita enviar textos largos, libros enteros incluso, por un aparato parecido al telégrafo sin que te cobren un ojo de la cara por cada palabra, como ocurre ahora, pero de momento habrá que valerse de otros medios.

—¿Paloma mensajera quizá?

—Por teléfono, so bobo. ¿No te has fijado cómo en las vistas del cinematógrafo de Hollywood, cuando se produce una noticia de impacto, aparece de pronto un enjambre de *reporters* que se precipita a las cabinas telefónicas a dictar sus crónicas? Aplícate tú también el cuento. Con un poco de suerte, y a no poco andar, te tocará enviar las crónicas que escribas del mismo modo. Y ahora vayamos a lo nuestro: ¿qué te ha contado Corralero? ¿Qué ha conseguido averiguar?

—Lo primero que me ha dicho es que se las ha arreglado para hacerse amigo del ayudante de Londaiz, que es comisario de policía aquí en Avilés.

—Espléndida noticia. En mi experiencia es mucho más interesante hacer migas no con el jefe, sino con uno de sus acólitos. ¿Cómo se llama esta persona que nos va a ser tan útil? ¿Es de él de quien ha obtenido información?

—Se llama Bernáldez, pero la clase de información que ha conseguido reunir Corralero de momento es de la que se obtiene hablando con gente de la calle, propiciando indiscreciones, escuchando cotilleos, usted ya me entiende. Me ha pedido que le puntualice que todo lo que ha logrado saber por esa vía está confirmado cotejando lo que cuentan unos y otros para asegurarse de que no se trata de bulos o maledicencias.

—Soy toda oídos, entonces. ¿Qué ha logrado averiguar sobre Laura, por ejemplo? Por lo que recuerdo, la vez anterior nos contó que había dos versiones sobre sus orígenes y ambas sin confirmar. Una vez más, no hace falta ser Sherlock Holmes ni tampoco Arsenio Lupin para deducir que unos afirmarán que es hija de Armando, mientras que otros jurarán que Amalia es su madre. Cualquier cosa antes de conformarse con la aburrida verdad, que bien puede ser que Amalia, cuya situación personal le impidió tener hijos, decidiera prohijar a una pariente lejana o acudir a alguna institución benéfica y dar hogar a una de las tantas criaturas que no lo tienen.

—Según Corralero, precisamente esa es la versión de los hechos que dio.

—¿Qué dio quién?

—Que dio Amalia al regresar de su «viaje de apareamiento».

—¿Y se puede saber qué tipo de viaje es ese?

—A mí también me molestó la insolencia de la expresión, y así se lo dije a Corralero. Pero él afirma que el término no es invento suyo y pasó a relatarme cómo había obtenido la información. Resulta que, después de varias tediosas tardes frecuentando las confiterías de moda del lugar, muy bien trajeado él y con su mejor pinta de indiano de posibles, logró, en primer lugar, pegar la hebra, más tarde cortejar y por fin tirar de la lengua a un par de Gracitas, la amiga de doña Pura. O lo que es lo mismo, a dos hermanas ya de una cierta edad y parientas lejanas de los Olmedo, que, según ellas, también eran «una tumba». O, en este caso, un par de tumbas, aunque ya conoce usted a Corralero, capaz es de hacer hablar a las piedras, de modo que, pastelillo de nata va, carbayón viene, consiguió que las damas en cuestión le contaran lo que llaman «la gran vergüenza de nuestra familia». «Ella —comenzarían diciendo—... Ella, la más lista, la más guapa, la más pluscuamperfecta, ¡Ja! Risa nos da tanta perfección. Desde jovencita ya apuntaba modales la muy desfachatada. Imagínese usted, querido amigo, que después de casarse, en contra de la voluntad de su pobre padre, con un vividor, con un perfecto miserable, la vida le dio el primer aviso. Apenas unos meses después del bodorrio, el fulano aquel se tomó las de Villadiego con la excusa de ir a «comprar tabaco». Aunque mire usted qué ironías, al menos en eso no faltó a la verdad el muy malandrín, porque dos enormes plantaciones se compró en Santo Domingo con el dinero de Amalita. Y mientras tanto, ella aquí, en Avilés, venga tomarnos a todos por tontos haciéndonos creer que su maridito estaba a punto de regresar en cualquier momento: que llegaría por Adviento, luego por Semana Santa, más tarde por la Virgen de agosto... Y así un año, otro más, pero el sinvergüenza jamás regresó convirtiéndola, de paso, en lo más desairado que se puede ser en estas tierras, una viuda de vivo. ¡Vaya desdoro para Amalita, y de paso para nuestra familia, y todo por su falta de tino! Cuando cayó en la cuenta de que las esperanzas de volver a ver a aquel tipo eran nulas y que ya no podía seguir adelante con su impostura, se encerró en la Casa de los dos Torreones. Dejó de frecuentar a amigos, parientes, allegados. Salía solo para ocuparse de los negocios familiares, que eso sí que se le ha dado siempre bien, y así empezaron a correr los años».

—Vaya, parece que estas Gracitas no son como la otra y no hace falta mucho para tirarles de la lengua.

—Llegadas a este punto en la narración, y siempre según Corralero —continuó explicando Ignacio Selva—, las dos «tumbas» (traguito de chocolate va, mordisquito de bizcocho de soletilla viene) bajaron la voz hasta el susurro para contar lo «indecible». ¿...Y qué cree usted que bisbisearon aquellas damas robándose la una a la otra la palabra? Pues lo siguiente. La primera arrancó así: «¿... Y qué hizo entonces la muy insensata? Y conste que esto que vamos a decir se lo contamos solo a usted, que es forastero y hombre cabalísimo, no hay más que verle. Porque, como comprenderá, nosotras no somos de esas que van por ahí venteando trapos sucios de la familia, claro que no, todo lo contrario, pero el caso es que un buen día, justo después de morir don Aparicio, que en gloria esté, nuestra prima la pluscuamperfecta hizo saber a la familia que partía a conocer mundo y allá que se fueron ella y Piedad a un largo viaje. Uno, según sus propias palabras, sin mapa, sin brújula y, sobre todo, sin fecha de regreso. Como todo se acaba sabiendo, más tarde nos enteraríamos de que pasó una larga temporada en casa de Armando, en La Habana. Tan larga que, escuche usted bien, porque aquí viene lo mollar, no volvió a Asturias hasta muchos meses más tarde y con una criatura recién nacida en brazos. Sí, sí, como lo oye. Según ella, se la habían dado en un hospicio de La Habana. Al principio, todos nos creímos la trola. Son tantas las criaturas abandonadas que hay en este mundo que nos pareció natural que alguien como Amalia, sin más compañía en esta vida que la de Piedad, decidiese darle un hogar a una pobre niñita. Y bien guapa que era, las cosas como son, con la piel muy blanca, muy transparente. "Como los irlandeses —porfiaba Amalita—, no os podéis imaginar la de marineros irlandeses y escoceses que llegan allá y cautivan a las muchachitas ingenuas". Y nosotras por lo bajini nos decíamos: sí, sí, ya, ya, más que a esos marineros extranjeros es igualita a ti. Sea como fuere, y como no somos nada mal pensadas, decidimos esperar un poco a ver qué ocurría más adelante. Y lo que ocurrió fue que, por desdicha para ella, los hijos... naturales, usted ya me entiende, tienen la mala costumbre de salir calcaditos a sus papás. O a su mamá, en este caso, porque, ¿quiere que le contemos nuestra versión de los hechos, caballero?».

—Menuda pregunta. Estas señoras iban directas a la yugular. Me tienes en ascuas, Selvita, prosigue, por favor.

—Pues las buenas de las señoras no esperaron a que nuestro avezado investigador respondiera, porque tomaron aire y continuaron: «A nuestro entender, la señorita pluscuamperfecta no se fue por ahí a conocer mundo, sino en viaje de apareamiento. O dicho en plata: a conseguir lo que la decencia, la moral y su buena cuna le negaban: un hijo o en este caso una hija. Sí, señor mío, como se lo estamos contando. ¿Con quién la, ejem... la concibió? ¿Dónde? ¿Cuándo y en qué circunstancias? La respuesta a estas preguntas solo la tiene su conciencia (si es que conciencia tiene). Vaya usted a saber si el padre de la criatura fue un vivales que conoció allá en La Habana. Un camarero gallego o un carpintero polaco o —Dios no lo quiera— un horrendo mulato, sin nombre ni pedigrí, y con "la gotita", como dicen allá en Cuba, gotita de sangre negra comprende usted», especificaron las hermanas, ahogando su consternación en varios sorbitos de chocolate caliente para lanzarse de nuevo a relatar: «... De qué pecado es hija la pobrecita Laura nunca lo sabremos, pero el caso es que cuando Amalia apareció por Avilés con ella en brazos, creyendo que todos nos habíamos tragado su embuste, la muy ilusa retomó su costumbre de invitar a gente a copetines, a cenas y otros agasajos con la idea de que amigos y allegados conocieran a la recién nacida. Pero pinchó en hueso, sabe usted. Solo lo peorcito de la sociedad aceptó sus convites. Porque una dama de su linaje, amigo mío, no puede ponerse el mundo por montera y hacer lo que le venga en gana. ¿No le parece? Que una cosa es ser rica, guapa, inteligente y dueña de su propia fortuna, y otra muy distinta, intentar hacer comulgar con ruedas de molino a la gente de bien como nosotras y pensar que nos chupamos el dedo. Además, y para más inri, resulta que con cada día que pasaba la "irlandesita" se parecía más a la familia Olmedo a la que —supuestamente— solo pertenecía por adopción. No solo había sacado el color de pelo de Amalia y sus ojos semitransparentes, también, y por si quedaban dudas, las cejas y el corte de cara de Armando que, por cierto, jamás llegó a saber de la estrategia pecadora de su hermana. ¿Qué cómo lo hizo, dirá usted? Nada más sencillo, una vez que se aseguró de que estaba embazada, disimuló su estado durante los primeros meses comportándose como la santa mosquita muerta que nunca ha sido ni será. Más adelante, tras despedirse de su hermano y con la ayuda de Piedad, que siempre ha sido su cómplice y alcahueta, habrán encontrado allá en Cuba algún lugar discreto para dar a luz. Un par de meses más tarde y ya con la niña en brazos llegaría a Avilés contando la patraña de la adopción. Claro que la jugada le salió mal, porque la niña era tan clavada a ella que nadie se tragó su historia. En cuanto la señorita pluscuamperfecta se dio cuenta de que no podía engañarnos a todos como era su intención, replegó velas. Desistió en sus intentos de recuperar su lugar en la buena sociedad y, por segunda vez en su vida, se encerró en su Casa de los dos Torreones. Como las desgracias nunca vienen solas, unos años más tarde llegaría aquella terrible epidemia de sarampión que asoló la comarca llevándose por delante la vida de tantos niños. Su hija lo contrajo y estuvo con un pie en la tumba. Logró sobrevivir, pero a costa de perder la vista. Poco después, Armando desapareció en el naufragio del *Titanic*, dejando a Amalia sin un hermano al que adoraba y sin su único pariente cercano. Así que ya ve, caballero, en esta vida toda trasgresión e intento de salirse del camino que marcan la moral y las buenas costumbres, se acaba pagando. O como gusta apuntar nuestra prima Gracita (que esa sí que es la rectitud en persona, debería conocerla usted, caballero), Dios castiga sin palo ni piedra».

Dicho esto, Ignacio Selva detuvo su relato. Él mismo estaba maravillado al comprobar que recordaba casi *verbatim* todo lo que le había contado Corralero la víspera. Aunque, en realidad, tampoco era tan raro, se dijo, todo lo que tenía que ver con Amalia Olmedo parecía archivársele en algún secreto repliegue de su memoria y solo tenía alguien que mentar su nombre para que aquel mecanismo se activara. «Total, para lo que te sirve», se reprochó con amargura, pero después se conformaría pensando que el saber no ocupa lugar y que quizá lo que acababan de conocer de Amalia Olmedo pudiese servir para ayudarla más adelante. Después de todo, se dijo también Selva, la personalidad de aquellos que amamos es un rompecabezas de muchas piezas y el único modo de entenderla de verdad es juntar y más tarde encajar en su sitio cada dato, cada retazo de información, cada nimiedad en apariencia inconexa hasta completar el puzle.

—Perdone, ¿decía usted? —preguntó Ignacio, consciente de que doña Emilia acababa de hacerle una pregunta, pero sin haberla escuchado.

—Piedad —dijo simplemente doña Emilia—. ¿Qué sabemos de ella?

—Bueno —retomó Selva, que acababa de encender un purito y expeler el humo con fuerza como quien intenta así exorcizar lo dicho con anterioridad sobre el pasado de Amalia Olmedo—, según Corralero, la historia del ama de llaves es la de tantas mujeres en su misma situación. Con catorce años entró a trabajar para la familia, primero como ayudante de cocina y un par de años más tarde como niñera de Amalia cuando Armando no había nacido aún. Sus empleadores, es decir, tanto don Aparicio como doña Laura, la tenían en alta estima porque era trabajadora, responsable y muy discreta, pero algo ocurrió después. No sé bien qué, porque esa santa *omertà* de la que ya hemos hablado hace que sea todo confuso. Algunos dicen que quedó embarazada y don Aparicio quiso mandarla de vuelta con su familia, pero al final se quedó en la casa mandando al bebé con sus padres. Si fue así, nada nuevo bajo el sol, son tantas las historias similares que se cuentan que no sería extraño. Pero Corralero tiene que indagar más, y sobre todo separar verdad de dimes y diretes, aunque no resulta fácil. A este tipo de situaciones siempre las ampara el silencio y el disimulo. Lo único en lo que están de acuerdo todos sus informantes es en que es una servidora de las que no quedan y que su fidelidad se multiplicó tras el incendio que dejó a los niños huérfanos de madre.

—¿Y Plácido? —preguntó doña Emilia

—Desde luego, no es muy popular en la zona. Lo tienen por un antipático y pendenciero, y también por un arrogante. «Dándose aires como si fuese alguien —le dijo, por ejemplo, a Corralero, el dueño de la tienda de ultramarinos que surte a la Casa de los dos Torreones—. ¿Y en resumidas cuentas qué es? Solo un huérfano muerto de hambre que Piedad recogió de la calle». El ama de llaves siempre ha dicho que el muchacho es hijo de su hermana muerta, pero vaya usted a saber. En todo caso, en lo que todos aquellos que han accedido a hablar coinciden es en que llegó a la casa tres o cuatro años antes del también rodeado de misterio nacimiento de Laura en una época en la que a Piedad se la veía especialmente triste y mohína, como si hubiese perdido a un ser querido. «Pero ella nunca habló de pérdida alguna. Es de las que sabe tragarse las lágrimas y echarse todo a la espalda», eso es lo que dijo el dueño del ultramarinos.

—Pobre Piedad, qué vida tan triste la suya.

—Tanto como la de Amalia o la de Laura.

—Sí, pero al menos Amalia y Laura se tienen mutuamente, mientras que ella solo tiene a Plácido. ¿Te ha contado algo más Corralero?

—Solo lo que ya sabíamos por lo que nos contó Amalia a nosotros, que creció en diversos internados y venía de visita por vacaciones hasta que entró a trabajar en la casa como jardinero. Ah, y luego me dio un dato más con respecto a Plácido y también a Laura. Dice que, según ha podido averiguar merodeando por los alrededores, pasan mucho rato haciéndose compañía, con frecuencia en la cabaña de Plácido dibujando u ocupándose de esos hierbajos que él cultiva. Normal y lógico. Al fin y al cabo, si el muchacho venía por la casa con frecuencia y son de edades no muy dispares, no es difícil imaginar que dos niños tan aislados en esta gran propiedad hayan crecido como hermanos.

—Como Hansel y Gretel —apostilló doña Emilia—. Solo que su casita no es de chocolate. ¿Alguna cosa más que te haya dicho Corralero?

—No... Bueno, sí —rectificó Selva—. Me dijo que pensaba pegar también la hebra con las dos chicas que trabajan en la casa a tiempo parcial, con Covadonga y Leire.

—Ni siquiera sabía que la segunda se llamaba Leire. Es más callada que una tumba, y Covadonga tampoco parece demasiado comunicativa.

—En apariencia, desde luego no, pero, según Corralero, es de las que le gusta que «se la tenga en cuenta», esas fueron sus palabras.

—¿Y qué tiene eso de malo?

—Nada, siempre y cuando no cometa indiscreciones. Aunque, en este caso, no nos vendrá mal que las cometa. A ver qué le cuenta a Corralero. Él es muy hábil a la hora de hacer que la gente hable sin darse cuenta de que lo hace...

* * *

Al llegar los dos pesquisidores a Avilés, el Peugeot amarillo los esperaba a la salida de la estación como el primer día, con la señorita Olmedo al volante, y más sonriente que nunca.

—¡Qué alegría teneros aquí de nuevo! Déjame que te dé un par de besos, Emilia, y a ti también Ignacio —añadió, dejando bastante sorprendido a Selva, que hasta ese momento solo había recibido de ella como saludo un protocolario y formal apretón de manos—. Espero que no estéis demasiado cansados, porque se me ha ocurrido que esta noche podríamos cenar fuera, en el Casino, por ejemplo. Armando, Eva y, por supuesto, también Laura están deseando veros, ¡y hay tanto que celebrar!

Parecía otra. Llevaba un sofisticado vestido azul cobalto varios centímetros por encima del tobillo, el pelo recogido de modo más favorecedor que semanas atrás, y sus ojos titilaban.

—Querida, se te ve radiante —comentó Emilia, al tiempo que se acomodaba en la parte delantera del vehículo—. Cuéntanos cómo va todo, estamos deseando, ¿verdad, Selvita?, saber lo acontecido estos días en la Casa de los dos Torreones.

Amalia respondió que ella hasta ahora no creía en milagros, y menos aún en apariciones...

—... Pero, como dice mi cuñada Eva —añadió—, cuando menos te lo esperas ocurren, y hay que rendirse a la evidencia. Como ya os conté el otro día por teléfono, resulta que Piedad descubrió del modo más inesperado la prueba definitiva de que Armando, en efecto, es quien dice ser y sobrevivió al naufragio del *Titanic*. Ah, y por cierto: ¡ni os imagináis las historias fascinantes que cuenta de lo sucedido a bordo durante aquellos escasos cinco días previos a la colisión con el iceberg! Las narra con tanta precisión y derroche de detalles que da la impresión de que está uno allí viéndolo todo *in situ*, es verdaderamente increíble. Y si las anécdotas de antes del impacto son deliciosas, amenas, divertidas, las de después, ya en los botes salvavidas y mientras luchaba por su vida, encogen el alma. El secreto, por supuesto, está en cómo describe mi hermano cada escena, con tanto realismo y detalle.

—¿Ah, sí? ¿Eso hace? Qué curioso —fue el comentario un tanto seco de doña Emilia, pero Amalia ni se dio cuenta. Estaba demasiado entusiasmada relatando la alegría que les había producido a ella y a Laura tan imprevisto regalo del cielo.

—Aunque la más feliz de todas nosotras, con diferencia —añadió a continuación—, es Piedad. Ya la veréis, ¡pero si incluso le ha cambiado la cara! Me tenía preocupada días atrás. Tanto, que la obligué a viajar a Gijón para que la viese un especialista. Siempre ha estado delicada de los pulmones y tenía últimamente una carraspera que no me gustaba nada. Pero hasta la carraspera ha desaparecido como por ensalmo. El martes nos mandarán los resultados de las pruebas, pero basta con verla para darse cuenta de que está como una rosa. La pobre se sentía muy culpable, ¿sabéis? Como es tan desconfiada, durante días, mientras vosotros estabais en Madrid, se dedicó a hacerle la vida imposible a Armando con sus preguntas y con sus trampas, para que picara y cometiera algún error que lo delatase. Por eso, la pobre, en cuanto vio aquellos lunares en la nuca de mi hermano, no podía parar de llorar y de reír al mismo tiempo. Según ella misma cuenta, parecía el reencuentro con el hijo pródigo.

—¿Y Plácido?

—¿Qué pasa con Plácido? —se sorprendió la señorita Olmedo.

—Me pregunto cómo se habrá tomado el regreso del «hijo pródigo». No sé por qué me da a mí que no siente excesiva simpatía por Armando.

Amalia Olmedo sonrió al tiempo que se encogía de hombros.

—Plácido es así, le gusta mostrarse hosco, pero por dentro es un pedazo de pan. Además, aunque pueda parecer lo contrario, adora a su madre.

Para entonces, habían llegado ya a la puerta de la Casa de los dos Torreones y Amalia hizo sonar el claxon. En esta ocasión,

Plácido no tardó en aparecer. Tampoco tenía aquella sempiterna toba apagada entre los labios con la que le gustaba demostrar su desgana. Al contrario, parecía de buen humor, incluso se quitó la gorra de fieltro que llevaba para saludar a los recién llegados con una inclinación de cabeza. Ignacio Selva miró entonces hacia delante, hacia el camino bordeado de palmeras que llevaba al edificio principal. Todo en la propiedad parecía más cuidado y bello que nunca. Incluso, al verlos pasar, tres de los pavos reales que siempre merodeaban por el jardín abrieron sus colas al mismo tiempo en señal de bienvenida.

—Vaya —comentó la señorita Olmedo—, tanta coordinación es muy rara de ver, yo diría que este trío anuncia algo, esperemos que sea un buen presagio.

27

DOÑA EMILIA HACE DE MYCROFT HOLMES

Aquella noche, antes de salir para el Casino, doña Emilia llamó a la puerta de la habitación de Ignacio Selva y, ataviada para la ocasión (vestido negro bordado en azabache y pluma burdeos con pintitas grises en el tocado), se sentó en su cama sin más ceremonia.

—No me mires así, Selvita, y escucha lo que tengo que decirte. Ya sé que siempre he sostenido que Sherlock Holmes es un personaje literario plano y sus aventuras una sarta de simplezas. Pero, en cambio, admiro mucho a su hermano mayor, Mycroft.

—¿Pero a qué viene eso ahora? ¿Y qué tiene Mycroft Holmes que no tenga Sherlock, si puede saberse?

—Para empezar, más profundidad psicológica. Su personalidad está llena de matices, de contradicciones, de humanidad en último término. Mientras Sherlock es frío como un salmonete, Mycroft tiene pasiones. Además, según lo describe Conan Doyle, posee una cualidad que le hace prevalecer por encima de su hermano: es capaz de resolver cualquier caso por enrevesado que sea sin moverse del sofá, valiéndose solo de sus portentosas dotes de percepción. Y para que lo sepas: precisamente eso es lo que me dispongo a hacer yo esta noche.

—Pensé que el caso del impostor del *Titanic* estaba resuelto.

—Y lo está. La familia se ha reencontrado, se acabaron las sospechas, todos felices y a punto de comer perdices. ¿Pero no viste hace un rato, al entrar en la propiedad, a aquellos pavos reales con sus colas desplegadas?

—Sí, ¿y qué?

—Pues que no hay que ser Mycroft Holmes y ni siquiera Sherlock para saber que las plumas de pavo real traen un mal fario imponente.

—¡No me diga que cree en semejantes patrañas! —rio Selva—. Nunca pensé que fuese supersticiosa.

—Por supuesto que no. Pero el mal fario es como las meigas: haberlo *haylo*; por eso, acuérdate bien de lo que te digo, aquí va a pasar algo.

—Sí, claro que va a pasar. Pasará que, dentro de un rato, disfrutaremos de una agradable cena con toda la familia en el Casino; que comeremos fenomenal; que Amalia estará guapísima y se le acercarán varios caballeros a saludarla, como la vez anterior, con un: «Dichosos los ojos, Amalita» o un «Ay, Amalita, si tú quisieras...». Y, por supuesto, también a saludar efusivamente a Armando; en último término, no todos los días tiene uno la oportunidad de estrechar la mano de un retornado del mundo de los muertos. En otro orden de cosas, pasará también que Laura, con toda seguridad, traerá a colación algún tema actual, posiblemente relacionado con el nuevo papel de la mujer en la sociedad e intentará recabar su parecer al respecto; y, como dirían tanto su amigo Mycroft como Sherlock Holmes: *last but not least,** pasará, por fin, que usted intentará sonsacar a Armando para que nos hable lo más posible de sus cinco días a bordo del *Titanic* y de cómo sobrevivió al naufragio.

—De eso puedes estar seguro, Selvita —afirmó la dama, recolocándose someramente el tocado—, por nada del mundo me perdería lo que bien podríamos llamar «el momento *Titanic*».

---

* Por último, pero no menos importante.

* * *

Ignacio Selva no tenía precisamente dotes adivinatorias, pero todas sus predicciones se cumplieron. Amalia estaba radiante y lo menos tres caballeros se acercaron durante la cena a saludarla a cual más obsequioso; Laura llevó la conversación durante todo el primer plato hablando con brillantez de cómo el rechazo del Parlamento francés a conceder el voto a la mujer se había traducido en encendidas manifestaciones de sufragistas en diversas ciudades del país vecino; y luego, más adelante, ya con el segundo plato, doña Emilia aprovechó para propiciar lo que ella llamaba «el momento *Titanic*».

—Imagino, mi querido amigo —comenzó, al tiempo que hacía los honores a un delicioso faisán a las uvas con puré de castañas—, que estará usted cansado de que todo el mundo le pregunte por lo mismo. ¿No es así? Supongo también que no será agradable recordar según qué vivencias...

—En absoluto —intervino en ese momento Eva—. Armando siempre ha hablado de lo sucedido con total soltura. Comprende perfectamente el interés de la gente. A fin de cuentas, y como dice él siempre, no se trata solo de simple curiosidad; una experiencia como la que le tocó padecer puede servir a otros como enseñanza de vida. ¿Verdad, mi sol?

Ignacio Selva se volvió para mirar a Eva. A pesar de que se habían conocido durante su anterior estadía en la Casa de los dos Torreones, no le había prestado especial atención. Era una de esas mujeres dueñas de una belleza sin estridencias, tranquila y no muy habladora, en la que uno no suele reparar. Y, sin embargo, esa noche le sorprendió su aspecto. Impecablemente vestida, con joyas discretas, pero sin duda carísimas, y el pelo recogido sin adorno alguno, era, paradójicamente, la viva imagen de la pasión. «O del amor —se dijo, Selva—, porque hay que ver la rendida devoción con la que mira a su marido. Aun así —añadió—, hay algo que la acuita. ¿Qué será? ¿Qué le produce esas oscuras ojeras que la hacen parecer escapada de un cuadro de Romero de Torres y que, lejos de afear sus facciones, la convierten de una mujer sin interés en una muy bella?».

Todo esto pensó Selva, pero no le dio tiempo a profundizar en sus apreciaciones porque Olmedo había empezado a hablar del *Titanic*.

Y vaya si habló. Mientras degustaban el segundo plato y más adelante el postre (una pavlova de frutos del bosque que mucho alabó doña Emilia), Armando Olmedo desgranó, y con profusión de interesantes detalles, diversas anécdotas vividas a bordo. Como el hecho de que los setecientos diez pasajeros de segunda clase del navío más caro y lujoso del mundo se vieran obligados a compartir dos únicas bañeras, por ejemplo; o la trágica circunstancia de que los vigías apostados en la cofa del *Titanic*, cuya misión era alertar de la presencia de icebergs, tuvieran que depender solo de la agudeza de sus ojos porque la llave del armario en que se guardaban los prismáticos se extravió y más tarde se descubriría que quedó en tierra. También habló Armando de John Jacob Astor IV, que acababa de abandonar a su mujer para casarse con una señorita treinta años más joven y de cómo el divorcio le había costado una fortuna. Astor estaba considerado en aquel momento el hombre más rico del mundo, pero de poco le serviría su dinero. A pesar de que en sus bolsillos se encontraron varios fajos de dólares y otras divisas, fue uno de los pocos pasajeros de primera clase que pereció en el naufragio.

Llegados los cafés, Armando continuaba con sus anécdotas a cual más curiosa. Y luego contó la que a su juicio era su peripecia favorita. El caso de Violet Jessop, camarera y enfermera anglo-argentina que trabajó no solo a bordo del *Titanic* sino al menos en tres transatlánticos más. La buena de Violet no sobreviviría únicamente al naufragio del *Titanic*, sino a otros dos: el del buque de guerra *HMS Hawke*, ocurrido un año antes, en 1911, y posteriormente, en 1916, se salvaría de ahogarse en el del *Britannic*. Como la historia de varios hombres que se disfrazaron de mujer con la intención —fracasada en casi todos los casos— de colarse en los botes salvavidas; o la aventura de cierto pasajero de primera clase que en un principio rechazó embarcar en los botes convencido de que el *Titanic* era insumergible, pero que luego, al ver que se iba a pique sin remisión, reaccionó, y no de la manera más elegante: arrebató a una de las pasajeras de tercera clase su hijita de corta edad, y con ella en brazos pretendió subirse en uno de los últimos botes en ser arriados con la excusa de que «era su hija y él su único pariente en esta vida».

Mucho sorprendieron estas historias a los presentes. A todos, salvo a doña Emilia, que las escuchaba con atención, pero sin excesivo interés.

—Lo que cuentas está muy bien —dijo después de que Armando relatara otro par de anécdotas de corte similar—. Pero si quieres que te diga la verdad, preferiría que nos hubieses hablado más de ti y menos del resto de pasajeros. Lo narrado —aclaró a continuación— es sumamente interesante e incluso muy ilustrativo de cómo es la naturaleza humana. Pero en ningún momento nos has relatado qué viviste tú. ¿Dónde estabas cuando se produjo el choque? ¿Fuiste de los que se quedaron a bordo hasta el último momento pensando que era más seguro que meterte en una barquichuela a merced de las olas? ¿Te viste obligado a saltar por la borda agarrado a una mesa, una silla o cualquier otro objeto que te ayudase a mantenerte a flote? ¿Cuánto tiempo permaneciste en el agua? ¿Quién te recogió? Según el relato del doctor Jones, ese médico canadiense que te ayudó a recuperar la memoria, fuiste rescatado por un barco que se dedicaba a la pesca ilegal de focas. Desde luego, se ha hablado mucho de esa embarcación a la que algunos llaman la nave fantasma del *Titanic*. Está comprobado que, en efecto, hubo una en las inmediaciones que acudió a la llamada de socorro, porque, pese a dedicarse a lo que se dedicaba, las leyes del mar obligan a toda nave a auxiliar a quienes están en peligro de muerte. Esto conforma un capítulo nunca aclarado de aquella tragedia. Muchos piensan que se trata de una leyenda y que jamás existió dicha nave. Pero, según el doctor Jones, fue así como salvaste la vida. ¿Es cierto? ¿Nos puedes dar más detalles? ¿Cómo se llamaba esa nave? ¿Y su capitán? ¿Cuál era su nombre? En cuanto a ese manicomio en el que viviste nueve años, también me interesa muchísimo saber cómo era; ¿qué nos puedes decir de tu vida allí?

Armando permaneció en silencio mientras escuchaba a doña Emilia interrogarle de aquel modo, pero enseguida retomó su anterior aire jovial para decir:

—Todas sus preguntas son sumamente perspicaces y las contestaré con gusto, aunque... —y Olmedo en este punto y con un suspiro consultó su reloj—... me temo que tendrá que ser mañana. Es ya cerca de la una de la madrugada, y seguro que estas señoras están cansadas. ¿Cómo te sientes tú, mi cielo? —preguntó, volviéndose hacia su mujer y dedicándole una mirada llena de cariño.

Eva respondió que se encontraba divinamente y encantada de quedarse un rato más en tan agradable compañía.

—Siempre tan generosa, mi sol, pero no será necesario. Doña Emilia puede esperar a mañana para escuchar mis andanzas en naves ilegales y clandestinas, ¿verdad que sí? —Y luego, dirigiéndose una vez más a su interlocutora, Armando añadió—: Eva necesita descansar, sabe usted, no todos tenemos su envidiable vitalidad, mi querida amiga.

Eva protestó aduciendo que no, que no le pasaba nada.

—Se trata solo de una tonta jaqueca que de vez en cuando me da la lata, pero no tiene importancia, nada de cuidado.

Aun así, Armando se mostró inflexible.

—Por supuesto que no es nada. Nada que ocho horas de sueño no puedan remediar. ¿Le parece bien, doña Emilia, si nos emplazamos para mañana a la hora del desayuno y le cuento entonces todo lo que desea saber? Venga usted también, amigo Selva. Seguro que le interesará ver cómo sobrevive un hombre pertrechado solo con un chaleco salvavidas rodeado de témpanos y de cadáveres.

* * *

Al día siguiente doña Emilia madrugaría más que de costumbre. A las siete ya estaba en pie, y con ella Ignacio Selva, al que había arrancado de la cama y con el que pretendía dar un paseo por el jardín.

—¿A estas horas? ¡Pero si hasta los pavos reales duermen! ¿Se puede saber para qué?

—Para hablar sin moros en la costa, Selvita. Hay varias cosas que quiero comentar contigo antes de la hora del desayuno —explicó doña Emilia mientras descendían las escalinatas de la casa dejando a un lado y otro los leones de piedra que custodiaban el lugar—. Cuatro ojos ven más que dos, y necesito que te fijes muy bien en todo lo que hace Armando mientras hablo con él.

—¿Que me fije en qué?

—Pues en sus ojos y en sus manos, son la parte del cuerpo que peor miente. Eso por no mencionar sus pies, y muy especialmente sus posaderas; hay que ver el baile de San Vito que les da a algunos cuando intentan colar una trola.

—Pero vamos a ver, ¿a qué viene esto de observar pies y posaderas ajenas? ¿No habíamos quedado en que Armando no es ningún impostor y el caso está cerrado?

—Cierto, pero un mínimo dato que pude observar ayer me tiene intrigada. Uno que estoy segura de que habría inquietado también a Mycroft Holmes. ¿Te has dado cuenta de cómo habla este señor de lo vivido a bordo del *Titanic*?

—Pues sí, con mucho conocimiento de causa y lujo de detalles.

—Exacto. Demasiado conocimiento y demasiado lujo de detalles.

—Un hombre observador, no veo dónde está el problema.

—Está, Selvita, en que, tal como nosotros pudimos comprobar en nuestro fallido intento de emular al doctor Freud y de elaborar una teoría sobre cómo un hecho traumático modifica la personalidad de aquellos que lo han vivido, solo había, entre los supervivientes españoles cuyos casos estudiamos, un único elemento común. ¿Recuerdas cuál?

—Perfectamente. A ninguno le gustaba hablar de su ordalía, incluso les costaba mencionar la palabra «*Titanic*».

—¿No te sorprendió, por tanto, que Armando Olmedo hablase ayer con tanta liberalidad y contara tantas anécdotas? Anécdotas, dicho sea de paso, que cualquiera, incluso alguien que nunca estuvo a bordo de tan fatídico barco, puede relatar porque se han publicado mil veces desde entonces, en libros y en revistas, y son por tanto *vox populi*.

—¿Y no se ha parado usted a pensar —razonó Selvita— en que si son tan conocidas es, justamente, porque las personas que las vivieron las han relatado? Y puestos a sumar dos más dos y sacar conclusiones, me permito señalarle también que el hecho de que ahora se conozca tal profusión de detalles de lo ocurrido a bordo es la mejor prueba de que el pacto de silencio del que usted habla ha dejado de existir. El tiempo pasa y después de unos años la gente acaba hablando, hasta de lo más terrible y doloroso.

—En efecto, tienes razón. Pero incluso con todas esas evidencias sobre la mesa, un buen investigador, cuando ve un dato por ínfimo que sea que le chirría debe asegurarse de que no existe ningún cabo suelto.

—¿Y qué le hace pensar que, en caso de que Armando sea un farsante y de que ayer nos engañara contando historias que son de dominio público, hoy no nos cuente otra sarta de mentiras?

—Pues muy sencillo. Los embusteros consumados saben que la mejor manera de mentir es hacerlo valiéndose de verdades. Y eso es lo que hizo él ayer. Servirse de lo que otros han relatado y hacerlo como si él lo hubiese vivido. Por eso lo emplacé a que hoy nos contara, no lo vivido por otros, sino *su* historia.

—Bueno, ¿y qué? —preguntó Ignacio Selva, que no entendía a qué venía tanto rizar el rizo.

—Pues que, si en efecto se trata de un farsante (y ojalá no lo sea, porque estoy empezando a cobrarle gran aprecio), al hablar de su experiencia personal, no podrá apoyarse en los testimonios de otros para dar verosimilitud a su historia. Tendrá que inventárselo todo, puesto que, cerca de diez años después del naufragio, sobre esa tan mentada nave ilegal que supuestamente acudió a la llamada de socorro del *Titanic* se desconocen todos los detalles. Por eso yo ahora, cuando nos veamos con él, le pediré a Armando toda suerte de datos, fechas, nombres. La mentira tiene las patitas cortas por lo que, en cualquier momento, cometerá un error, equivocará guarismo, titubeará. O le temblará la voz —detalló doña Emilia—, y aquí es donde quiero que entre en acción nuestra tercera detective. Anoche, antes de irnos a dormir, le pedí a Laura que se uniera a nuestro desayuno con Armando.

—¿A Laura? —se asombró Ignacio Selva—. ¿Y para qué? No entiendo su lógica. Si tiene usted reticencias con respecto a este señor, que, a mí, por cierto, me parece de lo más agradable y un hombre muy familiar, ¿por qué no se las ha confiado a Amalia?

—Pues porque no quiero preocuparla innecesariamente. Piedad y ella, que han tenido que bandearse solas durante tantos años sin apoyo alguno, están tan felices de pensar que Armando ha vuelto, que lo último que se me ocurriría es sembrarles sospechas que muy posiblemente sean solo lucubraciones mías. En cambio, Laura... ¿te he contado alguna vez, Selvita, que antes de escribir *La gota de sangre* barajé la idea de escribir un cuento en el que una muchacha ciega que vive con su abuela anciana logra averiguar quién es el autor de un robo que se ha producido en el edificio, sin moverse siquiera de su habitación?

—¿Y por qué no lo escribió? Parece una trama interesante.

—Pues menos mal que se quedó en el tintero, porque uno no debe escribir sobre lo que no sabe. Ahora, por el contrario, después de conocer a Laura podría escribir no un cuento, sino toda una novela. Ya sabes lo que hemos comentado tantas veces: una ciega como ella «ve» lo que nosotros no vemos.

—Pues le recuerdo que cuando Amalia recurrió a su sobrina para que le dijera si la voz del recién llegado era la de su hermano desaparecido, Laura afirmó que sí.

—Cierto. Y dijo también que el Armando actual tenía la voz una miaja más grave y usaba más cubanismos que el Armando de antes del *Titanic*, añadiendo a continuación —y con todo el sentido común del mundo— que las voces maduran y los acentos cambian dependiendo de si esa persona ha vivido más tiempo en un país o en otro. Todo esto es así y no admite discusión. Pero lo que yo quiero es que Laura detecte ahora otra cosa.

—¿Cómo qué?

—La voz de una persona no es la misma cuando miente que cuando dice la verdad. La diferencia está en ínfimas inflexiones que ni tú ni yo captamos, pero existen.

—¿Y qué dijo Laura cuando usted le propuso esta pequeña pesquisa a lo Mycroft Holmes?

—Dijo que estaba encantada de desayunar con nosotros y de asistir a nuestra conversación con Armando, pero que si se trataba de averiguar por las inflexiones de su voz si su tío mentía, desde ya podía afirmar que no.

—¿Cómo puede estar tan segura?

—Según ella, porque estos días ha tenido muchas oportunidades de hablar con él y le llama la atención un dato: lo mucho que ama a su mujer. «Verás —añadió—, no hay nada tan sencillo como detectar amor en una voz. Por el tono que esa persona usa, las pausas, el énfasis, la forma de alargar o acortar las sílabas cuando se dirige a alguien a quien quiere, se nota a la legua si finge o no, porque el amor —concluyó diciendo Laura, y no tengo más remedio que darle la razón—... el amor es muy chivato».

Doña Emilia miró su reloj. Eran exactamente las ocho y quince de la mañana cuando de pronto un gemido lejano interrumpió su conversación. Selva y ella se miraron interrogantes. Posiblemente fuera Athos —comentaron—, quizás anduviera por ahí cerca y hubiese visto algo moverse en el jardín, una ardilla tal vez. Pero los gemidos, lejos de cesar, se acompañaban ahora de un largo aullido que parecía venir, no del parque, sino del interior de la Casa de los dos Torreones. Subieron aprisa las escalinatas del jardín y entraron en el edificio. A pesar de que el sol se colaba ya por todas las ventanas, las luces del piso superior estaban encendidas. Y allá arriba, ante la balaustrada superior, además de Athos, pudieron ver entonces a Amalia abrazada a Piedad, que con voz quebrada repetía: «Dios mío, Armando, mi pobre hermano, está muerta, muerta...».

SÉPTIMA PARTE

COVADONGA

28

DETENCIÓN

La noticia cayó como una bomba alterando la vida de la ciudad y de ahí no tardó en saltar a la cabecera de todos los periódicos nacionales. Una vez más, el infortunio se abatía sobre la Casa de los dos Torreones. «Pero vamos a ver —se comentaba en los mentideros más moderados—, tampoco es cuestión de exagerar. ¿Al fin y al cabo, qué ha pasado? Nada más que una lamentable desgracia que puede ocurrirle a cualquiera». «... A cualquiera no —argumentaban otras voces—, solo a los que juegan con fuego. ¿Tú tienes Veronal en casa? ¿No, verdad? Y yo tampoco. Pero ya sabes cómo son esas multimillonarias caprichosas del otro lado del charco: "¡Uy!, me duele un poquito la cabeza, ¡uy!, que no duermo bien, me tomaré un par de gotitas...", y mira cómo ha acabado la broma: en descanso eterno cuando no había cumplido aún los cuarenta, pobre mujer».

Esta era la versión más benigna de lo ocurrido en casa de los Olmedo. No obstante, propiciadas por la notoriedad que la familia había alcanzado tras el tan publicitado regreso de Armando del mundo de los muertos, no tardaron en circular otras menos caritativas. La primera apuntaba a que Eva López del Vallado, que sufría terribles jaquecas y que era psicológica y anímicamente inestable, voluntariamente había decidido poner fin a sus padecimientos. Una segunda versión insinuaba, en cambio, que era sabido que, en el jardín de la Casa de los dos Torreones, aquel tipo tan antipático de nombre Plácido cultivaba toda clase de plantas y hierbas, incluidas algunas consideradas ponzoñosas. Por fin, una tercera apuntaba directamente al marido de la víctima, es decir, a Armando Olmedo.

Durante días, todas las hipótesis estuvieron sobre la mesa hasta que se conoció el resultado de la autopsia. Entonces se supo que la causa de la muerte había sido una mezcla de dos sustancias. Por un lado, el Veronal, pero, por otro, una cantidad nada desdeñable de *Papaver somniferum*, vulgo, adormidera o amapola. Este último dato parecía señalar a Plácido. Pero, a pesar de que el hijo de Piedad cultivaba adormidera en su jardín, cualquiera podía haberse hecho con el veneno. La inocencia de Olmedo, por el contrario, planteaba más dudas. No solo porque el marido es siempre el primer sospechoso, sino porque, *Cui prodest?*;* Eva, tan frágil de salud, era inmensamente rica. A esto habría que añadir una suspicacia más. Si bien la familia se había rendido a la evidencia de que Olmedo era quien decía ser, la noticia de tan improbable «resurrección» unida ahora a una muerte inesperada venía a ponerlo de nuevo bajo el manto de la sospecha.

Aun así, y pese a que el caso se convirtió en la noticia más escandalosa del momento, la policía no se atrevió a detener a Armando. Los Olmedo eran una de las familias más importantes del lugar, mejor arrestar al jardinero.

*   *   *

Cuando la policía procedió a su detención, en la Casa de los dos Torreones se produjo un mortal silencio. Se encontraban todos reunidos a instancias de la autoridad en el jardín de invierno, y

---

*   «¿A quién beneficia?». Locución latina que, en el caso de un delito, se emplea para determinar quién es su principal beneficiario.

mientras el comisario esposaba a Plácido, Ignacio Selva se dedicó a estudiar los rostros de los presentes. El detenido se mostró impasible con apenas una mueca de desdén en la curva de su labio inferior. Su madre, en cambio, presentaba una palidez mortal. Con labios lívidos, ojos secos y hombros encogidos, no atinaba a decir palabra. Otra que se mostró muy afectada fue Laura. A Ignacio Selva le sorprendió que la joven, tan reivindicativa y presta siempre a salir en defensa de los menos privilegiados, tampoco articulase palabra. Sin separarse ni un milímetro de Athos, parecía entre sorprendida y aterrada, como si la posibilidad de que Plácido fuera un asesino supusiese un doloroso descubrimiento. Solo cuando ya se lo llevaban, al pasar a su lado, Laura alargó hacia él su mano, pero no como alguien que intenta confortar a un amigo en dificultades, sino —¿cómo decirlo?— como un náufrago en medio de una tormenta, sí, esa fue la sensación que tuvo Selva. Como un náufrago que busca en otro igualmente hundido su salvación. ¿Y Amalia? Ella fue la única que habló en defensa del arrestado. Argumentó que tenía que ser un lamentable error, que Plácido no conocía apenas a la difunta y que desde luego no tenía razón alguna para desear su muerte; que era un miembro más de la familia, que podía tener sus cosas y, desde luego, no ganaría un concurso de simpatía, pero que era un buen muchacho, que jamás había hecho daño a nadie.

Armando, por su parte, era un hombre roto. Ignacio Selva no tenía las dotes de observación de doña Emilia y tampoco la capacidad de Laura de adivinar, a través del tono de su voz, si fingía o no. Pero, en caso de que así fuera, Armando Olmedo debía de ser un actor consumado, porque era la estampa misma de la desolación. Desde que descubriera a Eva muerta a su lado en la cama no había parado de llorar. No de un modo plañidero y conspicuo, pero sí con lágrimas ardientes que rodaban mejillas abajo y que él espantaba a manotazos, como quien se avergüenza de un dolor que es incapaz de dominar. ¿Temería que, en caso de que el interrogatorio a Plácido resultase infructuoso, volviesen por él? No parecía el caso. Daba más bien la sensación de no saber qué hacer ni qué pensar, como alguien atropellado por unos acontecimientos que ni siquiera entiende.

En vista de que nadie hablaba ni se movía de su sitio, Ignacio Selva decidió acompañar al comisario Londaiz hasta la puerta. Fue entonces cuando Plácido se volvió hacia él y con ojos duros pero suplicantes pronunció estas palabras: «Dígale a Laura que no».

—¡Bernáldez! —se impacientó entonces el comisario Londaiz, y dirigiéndose a su subalterno que montaba guardia en el vestíbulo, ordenó—: Llévese al detenido y procure que no hable con nadie. Y tú, muchacho, punto en boca, si sabes lo que te conviene. —Acto seguido, y volviéndose hacia Ignacio Selva, añadió—: No preste demasiada atención a lo que acaba de decir este individuo. Cuando pintan bastos, hasta el más gallito intenta agarrarse a lo que sea y echarle la culpa a otro.

29

DOS DÍAS MÁS TARDE

—Gracias por acudir tan rápido a mi llamada, amigo Corralero. Ya me dijo Selvita que tuvo que viajar a Madrid brevemente para ocuparse del robo de no sé qué esmeraldas, pero agradezco su pronto retorno a Asturias, porque convendrá conmigo en que esta es una emergencia: debemos salvar a un hombre inocente del garrote vil.

Doña Emilia había citado a Corralero en la misma confitería del centro de Avilés en la que este llevara a cabo sus averiguaciones sobre Amalia y Piedad. Habían transcurrido dos días desde la detención de Plácido, era primera hora de la tarde y apenas había en el local un par de señoras de avanzada edad que merendaban en una mesa allá al fondo.

—Perfecto —comentó doña Emilia, mirando hacia las damas y asegurándose de que estaban lo suficientemente lejos como para no oír la conversación—. Este no es el lugar más discreto del mundo, pero, precisamente por eso, nadie sospechará que venimos aquí a hablar de nuestro caso.

Cuando Ignacio Selva y el exinspector tuvieron ya ante sí dos humeantes tazas de café y doña Emilia una de chocolate espeso, la dama dijo a Corralero aquello de que agradecía que hubiese acudido tan pronto a su llamada, etcétera.

—¿Garrote vil, dice usted? Me parece que se precipita, señora. Por lo que he podido colegir hablando con Bernáldez, ayudante del comisario y mi contacto aquí en medios policiales, de momento no se ha descartado hipótesis alguna, ni siquiera la del suicidio, tampoco la del mero accidente.

—¡Pero si han detenido a Plácido y, además, según la prensa, tampoco Armando parece libre de sospecha!

—La prensa, como usted bien sabe, dice tantas cosas... Pero, en este caso, la línea de investigación del comisario Londaiz va por otro lado. Sobre todo, después de lo que ha declarado voluntariamente la sobrina.

—¿Laura, dice usted? No tenía la menor idea de que hubiese acudido a la policía. Y eso que tenemos una magnífica relación. Ayer mismo estuvimos largo rato hablando con ella, ¿verdad, Selvita? Es tan terrible todo lo que estamos viviendo... ¿Qué declaración es esa de la que usted habla?

—Según parece, el mismo día en que detuvieron al jardinero, Laura se personó en dependencias policiales.

—¿Acudió con Amalia? —preguntó doña Emilia—. Le recuerdo, amigo mío, que la muchacha es ciega.

—Con Amalia no, con su perro y con el ama de llaves. Según me ha contado mi amigo Bernáldez, la muchacha le ha hecho al comisario Londaiz una revelación que coincide con otro ítem probatorio muy interesante en posesión ahora de la policía y que apareció en el dormitorio de la occisa: su diario privado.

—Mira que os gusta a los policías usar palabros —interrumpió Ignacio Selva con guasa—. ¿No podrían llamarla la difunta o la finada como todo el mundo? ¿En qué coincide el diario de la... occisa, ahora en posesión de la policía, con lo declarado por Laura Olmedo?

—Chica lista esta Laura —asintió Corralero—. Hizo muy bien en adelantarse y acudir a la policía; si no, probablemente la habrían detenido también a ella como sospechosa.

—¿Pero por qué? —se asombraron a la vez Ignacio Selva y doña Emilia—. No parece plausible, creo yo, que ella en sus circunstancias...

—¿... Pueda ser una asesina? Se quedarían ustedes helados de saber de lo que son capaces algunas personas ciegas. No sería el primer caso de un invidente que comete un crimen.

—Me asusta usted, Corralero. ¿Qué interés podría tener una muchacha como Laura en acabar con la vida de la esposa de su tío? No tiene sentido. No existe razón alguna.

—Ni razón ni sentido son decisivos a la hora de desechar una hipótesis, muchos son los crímenes que carecen tanto de una cosa como de otra. Pero, bueno, no da la impresión de que este sea uno de ellos, al menos no de momento. La declaración de Laura, corroborada, como digo, por lo escrito por la difunta en su diario, si bien no descarta definitivamente ninguna hipótesis, sí explica por qué se encontraron dos venenos en el preparado que la víctima tomaba para dormir.

—¿Cuál fue entonces la declaración de Laura?

—La misma que pueden ustedes leer aquí —dijo Corralero, extrayendo de su portafolio un ejemplar de *La Actualidad Trágica*, una de las publicaciones de gran tirada que por aquel entonces hacían furor, dedicadas a recoger y comentar sucesos luctuosos. En su portada y bajo el titular de «La nueva maldición del *Titanic*», podía verse una caricatura nada favorecedora de Armando Olmedo a bordo de tan malhadada nave y rodeado de icebergs en los que se adivinaba la cara doliente de su esposa.

—¡No me diga que ahora las declaraciones que los ciudadanos hacen a la policía salen publicadas en los pasquines!

—Me temo, señora, que los plumillas de este tipo de publicaciones son como los vampiros. En cuanto olfatean sangre, se cuelan por dependencias policiales como Pedro por su casa. Vaya usted a saber cómo —y con la ayuda de quién— han tenido acceso al diario personal de la finada que apareció entre sus pertenencias y cuyo contenido se supone que solo la policía conoce.

Corralero pasó a su amigo *La Actualidad Trágica* e Ignacio Selva leyó la transcripción del siguiente extracto del diario de Eva López del Vallado:

> ... *Laura me dijo, que si alguien sabía lo que era pasar días sin dormir era ella, y que tenía la solución. Una sencilla y definitiva, cierta planta que crece, por lo visto aquí mismo, en el jardín de la Casa de los dos Torreones. «Bueno —puntualizó—, no precisamente en nuestro jardín, sino en el de Plácido». «Ni te imaginas la de hierbajos que cultiva, cualquiera diría que es un druida...».*

A renglón seguido, *La Actualidad Trágica* reproducía también este segundo párrafo:

> ... *Me dijo un nombre largo en latín que, por supuesto, olvidé al instante, pero tampoco tiene demasiada importancia, porque sea lo que sea la probaré. Lo único que quiero es dormir.*

—Parece ser —explicó Corralero, una vez concluida la lectura por parte de Selva— que la declaración de Laura en comisaría concuerda punto por punto con lo escrito por la finada en su diario. En efecto, Eva le había confiado sus problemas con el insomnio, y Laura le habló de Plácido y de las hierbas que cultivaba.

—Eso exculpa entonces a Plácido —atajó Selva—. Por lo que se desprende de los párrafos que acabamos de leer, cabe incluso la posibilidad de que, desesperada por acabar con su insomnio y, sobre todo, con las jaquecas que la martirizaban, fuese ella misma quien las cogiera del jardín. Un fatal accidente, por tanto.

—Perfecto, entonces —se congratuló doña Emilia—, no más lucubraciones pues. La explicación más sencilla casi siempre suele ser la acertada.

—Usted misma lo ha dicho, doña Emilia: «casi» siempre. Pero, precisamente ese mínimo rescoldo de duda es el que distingue a un buen investigador. Uno poco avisado observa y luego se decanta por una posible hipótesis, uno bueno, en cambio, es como un prestidigitador chino.

—Tú y tus símiles —se impacientó Selva—. ¿Se puede saber qué tienen que ver aquí los prestidigitadores chinos? No sé a cuento de qué...

—Eso es porque no has visitado el Circo Price últimamente —rio Corralero—. Resulta que tienen como estrella principal a un chino de Manchuria de nombre Mingo Chen que consigue hacer bailar sobre unas varillas veinte, treinta y hasta cuarenta platitos a los que mantiene en el aire, venga girar y girar, para luego irlos descartando hasta que solo queda uno. Dificilísimo ejercicio, pero muy inteligente también. Un virtuoso, Mingo Chen.

—¡Vaya pamplina, amigo Corralero! Hablamos aquí de cosas serias.

—Y yo también, señora. El truco para encontrar la verdad en una investigación de esta naturaleza consiste en no descartar nada, en no dar nada por sabido y despejar cada una de las incógnitas por separado. Por ejemplo, y para ir al origen de todo este enrevesado asunto, ¿están ustedes seguros al cien por cien de que Armando Olmedo es quien dice ser?

—Tanto Amalia como Piedad y también Laura, que es de la que más me fío en cuanto a percepciones —respondió doña Emilia—, están seguras de que sí. Yo, por mi parte, tuve una pequeña duda cuando le oí contar lo vivido a bordo del *Titanic*, porque daba la sensación de que todo lo que decía estaba tomado de los periódicos, y que su locuacidad no cuadraba con el comportamiento de otros de los supervivientes cuyos casos he estudiado. Sin embargo, he llegado a la conclusión de que estaba equivocada.

—¿Y qué le ha hecho cambiar de opinión?

—En primer lugar, que, como me hizo ver Selvita, el hecho de que hoy en día se conozcan tantas anécdotas ocurridas a bordo del *Titanic*, obviamente indica que no todos los pasajeros eligieron guardar silencio. Al contrario, la mayoría de ellos han hablado y hasta por los codos. Pero quien realmente me convenció de que Armando no miente, fue Laura. Verá usted: antes de que se descubriera la muerte de Eva, le pedí a Laura Olmedo que asistiera a la cita que había concertado con él a la hora del desayuno para que nos contara cómo había logrado sobrevivir al naufragio. Ya sabe usted a qué me refiero, a toda esa historia que relató el doctor Jones sobre un rescate por parte de una embarcación dedicada a la pesca ilegal, etcétera. Mi idea era que Laura, con su especial capacidad de percepción, nos dijera si lo que Armando contaba era real o pura invención. La muerte de Eva frustró dicho encuentro, pero aun así tampoco importó demasiado porque existía otro medio todavía más sencillo de desenmascarar a un embustero.

—¿Ah, sí? ¿Cuál?

—Según Laura, a través de las inflexiones de la voz de alguien se pueden averiguar muchas cosas. No solo si una persona es mentirosa, sino también, por ejemplo, si está enamorada. Por eso le pedí a la muchacha que nos dijera si, en su opinión, Armando finge con respecto a sus sentimientos por Eva, y me dijo que no había duda posible de que es un hombre absolutamente roto por el dolor. Así que ya ve usted, amigo Corralero, según su teoría de los platitos chinos, ya podemos descartar al menos dos incógnitas. Una, que Armando es un impostor, y dos, que un hombre destrozado por la muerte de su mujer difícilmente puede haberla asesinado así, a sangre fría.

—Como ambas deducciones están basadas en lo que dice Laura, me inclino a pensar que puede usted tener razón, señora. Aunque, en esta profesión —y este es mi lema—, nunca se puede dar nada por sabido ni por sentado. Ni siquiera las percepciones de una persona ciega, por perspicaz que sea. Cabe la posibilidad de que Laura esté equivocada. O puede que los equivocados seamos nosotros al sacar conclusiones basadas en lo que ella capta. Por eso, de momento, me temo que no nos queda otra que paciencia y barajar.

—¿Y qué ganamos con eso?

—Tiempo —respondió Corralero—. ¿Quién dijo aquello de que el tiempo es nuestro gran escultor? Sin él, nada somos, pues es él quien da o quita la razón, quien señala el camino a seguir, él, por tanto, nuestra mejor y única brújula.

—Muy filosófico te veo —rio Selva.

—Pues si lo prefieres —retrucó Corralero—, me puedo poner también muy taurino y decir que hasta que un nuevo morlaco salte al ruedo, todas las conjeturas que hagamos sobre este caso no son más que brindis al sol, y toreo de salón.

—¿Pero de qué morlaco habla usted?

—De un nuevo indicio que aparezca de repente, de una pista inesperada...

—¿Y cuándo cree usted que aparecerá?

—Cuando uno más distraído está, doña Emilia, cuando menos se lo espera.

30

NUEVOS ACONTECIMIENTOS

Cabe la posibilidad de que Corralero no solo fuese filósofo sino también profeta porque, en efecto, el toro o, para ser más precisos, un nuevo giro en los acontecimientos, saltó al ruedo cuando la calma parecía haber regresado a la Casa de los dos Torreones. Tras la declaración de Laura en comisaría, las distintas pesquisas policiales parecían apuntar cada vez con más claridad a que la muerte de Eva López del Vallado se había debido a una imprudencia de la finada. Consecuentemente, después de un minucioso interrogatorio y un no menos minucioso registro de su vivienda, Plácido fue puesto en libertad por falta de pruebas. Final si no feliz, sí al menos no tan doloroso para todos, y colorín colorado.

Por eso, en vista de que todo se había resuelto de la manera más razonable (y deseable) posible, tras el funeral de Eva, que fue todo lo emotivo y multitudinario que era de esperar, doña Emilia consideró que había llegado el momento de despedirse de la familia Olmedo y regresar a Madrid. Incluso había pedido a Selva que comprara billetes para dos días más tarde, en el Rápido de las siete y cinco de la mañana.

«Ahora o nunca —se dijo entonces Ignacio, ya con los billetes en el bolsillo y al poco de regresar de la estación—. Si te marchas sin haber hablado a Amalia de tus sentimientos, te arrepentirás toda la vida, tú verás lo que haces».

Una vez tomada su decisión y, para no dejar nada librado al azar, Selva planificó el cómo y el cuándo. Incluso había escrito en un papel las palabras que pensaba decirle, pero al releerlas, le parecieron insulsas, torpes. «Quién te ha visto y quién te ve, viejo —se reprochó riendo—. ¿Así que tú eres el soltero recalcitrante que, jurando celibato eterno, te dedicabas a coleccionar romances: el lunes con Dora, el martes con Fifí, el jueves con Nené, eso sin olvidar, ¡ay!, el fin de semana con la Bella Florita, y resulta que ahora ni siquiera eres capaz de decir algo tan sencillo como un "te quiero"? Anda que si te vieran tus antiguos compañeros de farra. Si ya se troncharon al saber de tu amistad con doña Emilia y de tu deseo de convertirte en escritor, ahora, directamente, te tomarán por gil. ¿Se puede saber qué te pasa con esta mujer que ni tú mismo te reconoces? "¡Ay, amor, que hasta al más cabal vuelves fantoche!", citó con disgusto, pero, por fin, tras estas y otras cavilaciones de similar índole, decidió dejarse de monsergas e ir en busca de Amalia. ¿Para qué esperar a mañana? Y ¿para qué repetir frases huecas como las que había anotado, tachado y modificado mil veces? Era preferible improvisar, dejar que fuera su corazón quien hablase por él».

—¿Ha visto usted a doña Amalia? —le preguntó a Piedad, con la que coincidió en el vestíbulo. El ama de llaves parecía mortalmente pálida aquella mañana. «Pobre mujer, aún no se ha repuesto de la angustia de ver cómo la policía retenía a su hijo tres largos días en el calabozo asaeteándolo a preguntas», se dijo Selva, pero pronto descartó sus conmiseraciones. Después de todo, Plácido estaba de nuevo en casa y tan hosco como siempre, por cierto. Se dirigía ya al jardín de invierno cuando Covadonga le salió al paso.

—No, la señorita no está allí, sino en la biblioteca con don Armando. ¿Quiere que le avise?

Selva se volvió sorprendido. ¿De dónde había salido la muchacha? Tenía un modo curioso de pasar inadvertida, pero al mismo tiempo estar en todas partes. «Como si nos espiara», se dijo. «Extraña chica pero, bah, qué más da eso ahora, tampoco es importante», añadió mientras agradecía su ofrecimiento:

—Dígale, por favor, que la espero en el salón de invierno, pero que se tome su tiempo, no hay prisa.

Selva pasó de pensar en Covadonga a cavilar sobre el hermano de Amalia.

En los días transcurridos desde la muerte de Eva, había tenido oportunidad de conocer mejor a Armando Olmedo y tanto él como doña Emilia le habían tomado afecto. Poco quedaba del Armando alegre, ingenioso y mundano que durante aquella cena en el Casino los había entretenido con curiosidades sobre el *Titanic*. Ahora era un hombre tocado por la desdicha, tan taciturno y callado que, en palabras de doña Emilia, daban ganas de protegerlo. «Todos los amores hieren —filosofó nuevamente Ignacio Selva—, los contrariados lo hacen por razones obvias, pero los amores felices duelen más aún porque acaban con la muerte del ser amado y, a veces, como en esta ocasión, del modo más trágico e imprevisto». Ignacio añadió que posiblemente Armando Olmedo era quien mejor podía comprender lo que él sentía por Amalia, pero, como es lógico, tampoco era cuestión de declararse en presencia de Armando.

* * *

—Mil perdones —comenzaría diciendo la señorita Olmedo al cabo de un tiempo de espera no exactamente corto—. Siempre me pasa lo mismo con mi hermano. Incluso cuando éramos niños, una anécdota nos llevaba a otra y luego a otra, y así nos daban las tantas hablando de naderías. Claro que, en estos momentos, son todo menos naderías lo que tenemos que comentar —precisó—. Incluso ahora que por fin se sabe que la muerte de

252

Eva se debió a un descuido, quedan mil asuntos que resolver. Armando quiere regresar cuando antes a La Habana. Desea, como es lógico, ser él quien le dé la noticia a su hijo. ¡Mi pobre niño! Primero le tocó crecer sin padre y, ahora, resulta que es su madre la que... Pero bueno, perdóname, Ignacio, de nada sirve lamentar lo que no tiene remedio. Tú querías hablar conmigo, ¿no es así? —Las angustias de los días anteriores parecían haber dotado a los ojos claros de la señorita Olmedo de nueva profundidad, pero ahora su sonrisa era más abierta, más relajada, aliviada, sí, esa era la palabra—. Tú dirás.

Ignacio Selva miró hacia arriba, hacia las escayolas del techo en busca de inspiración.

—¿A ti te funcionó este truco? —le sonrió, recordando cómo ella había hecho otro tanto el día en que se conocieron, cuando les habló a doña Emilia y a él de la desaparición de su hermano—. Sea como fuere —continuó Ignacio Selva, sin esperar respuesta—, como no tengo ni idea de por dónde empezar, comenzaré por lo más importante: te quiero, Amalia. Posiblemente ni siquiera debería decírtelo, al fin y al cabo, ¿qué objeto tiene? Tú nunca has dado el menor pie para que pudiese albergar esperanza alguna. Sé también que es más lo que nos separa que lo que nos une: tú tienes tus vivencias y yo ni siquiera he comenzado a abrirme camino. Es verdad que meses atrás tenía dinero, una carrera de leyes y un futuro prometedor. Pero ahora solo soy un aprendiz de juntaletras que prácticamente no ha publicado una mísera línea. Sé, además, que, mientras en mi vida pasada ha habido tantos amoríos que prefiero no hacer recuento, en la tuya hubo un único hombre al que, según dicen todos, nunca podrás olvidar, porque, además de robar tu dinero y tu amor, te convirtió en prisionera de un vínculo tan indisoluble como injusto que te condenaba a no tener hijos, al menos no del modo que aceptan la sociedad y esas a las que llaman personas decentes. Un enamorado más iluso que yo te diría que nada importa. Que amar es un verbo que solo se conjuga en tiempo presente y que el pasado, pasado está; que un antiguo vivalavirgen como yo y un corazón herido como el tuyo forman buena pareja; que el amor cicatriza heridas, sana los corazones, siembra esperanzas y abre nuevos caminos. Pero nada de esto te diré. Eres más sabia que yo y seguro que sabes que lo que acabo de decir es cierto. Y, sin embargo, cierto es también que en el amor no basta con saber. Es necesario *creer* en él, y sin ese verbo, el otro no es más que un timbal hueco. Lamentablemente, yo no puedo hacerte creer en el amor, Amalia, solo puedo decirte que te quiero. Contra todo pronóstico, contra la sensatez, contra tus sentimientos e incluso contra los míos, porque el amor es así de caprichoso, uno no elige de quién se enamora, simplemente ocurre. Por supuesto, tú eres ahora muy libre de...

Pero Ignacio Selva no tuvo ocasión de explicar de qué era muy libre la señorita Olmedo, porque, en ese mismo momento, unos labios, posiblemente desobedientes pero sin duda ardientes, sellaron los suyos. Y así habrían permanecido, un minuto, dos, toda una eternidad de no ser porque alguien acababa de abrir la puerta y sin más ceremonia dijo algo que Ignacio en su confusión tardó unos segundos en comprender.

—Han vuelto, niña —eso es lo que acababa de decir Piedad antes de abrir de par en par la puerta, lo que descubrió la presencia de dos hombres en el zaguán: el comisario Londaiz y su ayudante Bernáldez.

—Señorita Olmedo —comenzó Londaiz sin esperar a que lo invitaran a entrar en la estancia—. Me temo que no traigo buenas noticias.

—¿Qué ocurre ahora, comisario? —preguntó ella—. Pensé que ya habían acabado ustedes con sus investigaciones. Mi hermano y yo...

—Su hermano, señora, tendrá que acompañarnos a dependencias policiales. Han aparecido nuevas pruebas, y no precisamente favorables a su persona. ¿Puede usted —añadió dirigiéndose ahora a Piedad— decirle a ese señor que baje? No suelo tener tantos miramientos con las personas a las que vengo a detener, pero dado de quién se trata, aconséjele que traiga muda para varios días.

*   *   *

Esta vez la noticia saltó de los periódicos nacionales a los internacionales. Desde *The New York Times* hasta el *Australia Morning Post*, pasando por todas las cabeceras europeas e iberoamericanas, se hicieron eco de lo sucedido. Después de todo, la historia tenía los ingredientes de una novela por entregas: un superviviente del *Titanic* retornado del mundo de los muertos que, tras demostrar que es quien dice ser, se ve días después envuelto en el turbio asesinato de su riquísima esposa... Fotos tanto de Armando como de Amalia Olmedo ilustraban estas y otras crónicas similares. Pero donde podía encontrarse información más detallada y minuciosa era en la *Crónica del Crimen* y en *La Actualidad Trágica*. Esa era la razón por la que ejemplares de una y otra publicación campaban ahora en la mesa de desayuno de la Casa de los dos Torreones.

—¿Qué dicen? —preguntó Amalia Olmedo a Ignacio y a doña Emilia—. Ni siquiera soy capaz de leer una línea de esos pasquines.

—Lógico y normal, querida —se compadeció la dama—, pero me temo que la verdad es la verdad, la diga Agamenón o los plumillas de este tipo de publicaciones que tan hábiles son a la hora de colarse en dependencias policiales y hablar con unos y con otros, untar si es preciso y acceder así a más fuentes de información que los periódicos serios.

—¿Y qué dicen?

Ignacio acababa de leer la información que figuraba en grandes titulares en la portada de *Crónica del Crimen*, pero se resistía a trasmitírsela a Amalia. Fue, por tanto, doña Emilia quien se hizo con la publicación y, después de ajustar bien su *pince-nez*, procedió a leer:

Sensacional giro en el caso del impostor del *Titanic*

Tras haber logrado despejar las dudas y sospechas que durante meses planearon por encima de su cabeza, Armando Olmedo, superviviente del más famoso naufragio de todos los tiempos, se ve ahora implicado en la muerte de su riquísima esposa. ¿Qué puede haber llevado al no menos adinerado señor Olmedo a acabar con la vida de su mujer? ¿Cuáles son las pruebas irrefutables que lo incriminan? ¡Lean en nuestras páginas interiores el documento que, con toda seguridad, convertirá al miembro de una de las familias más respetadas de este país en reo de garrote vil!

—¡Miserables! —se indignó Laura Olmedo—. ¿Cómo se atreven a condenar a un hombre sin juicio siquiera? —Los labios de la muchacha temblaban y sus ojos ciegos buscaron los de doña Emilia como si pretendieran leer en ellos el resto de la infamante noticia—. ¿A qué prueba «irrefutable» se refieren?

Doña Emilia fue a la página a la que remitía la noticia de portada y una vez más leyó en voz alta:

En este sensacional caso, el hallazgo del diario privado de la finada, encontrado entre sus pertenencias tras minucioso registro, ha jugado papel crucial. Como ya informamos a nuestros lectores, dicho diario sirvió días atrás para exculpar al jardinero de la propiedad y hacer pensar a la policía que había sido la propia difunta quien, por error, se procuró la muerte. Ahora, en cambio, una lectura más prolija de dicho diario por parte de la policía hace que todas las sospechas apunten directamente al marido. En la última anotación que figura en su diario íntimo, la occisa escribió lo siguiente. Juzguen por sí mismos nuestros sagaces lectores lo que aquí reproducimos en exclusiva mundial.

«Anoche, al prepararme [Armando] mi vaso de leche caliente como hace siempre para ayudarme a dormir mejor, vi cómo añadía unas gotas adicionales de Veronal. ¡Mi pobre tesoro! Sabe que me da miedo abusar de ellas y ha decidido ayudarme de este modo. Me las tomaré sin rechistar. Que Dios lo bendiga, seguro que hoy duermo como un ángel».

Doña Emilia quedó en silencio. Salvo Plácido, todos los moradores de la Casa de los dos Torreones estaban presentes en el comedor. Los ojos ciegos de Laura miraban desafiantes hacia la ventana como si esperasen vislumbrar allí, entre la brumosa mañana que se adivinaba más allá de los cristales, un rayo de esperanza; Covadonga, por su parte, que en ese momento servía té, se detuvo esperando oír algo más, mientras que Amalia alargó su mano izquierda hacia el respaldo de la silla que solía ocupar su hermano como si buscara allí apoyo. El ama de llaves al principio se quedó muda y aún más pálida de lo que estaba días atrás. Pero al ver llorar a Amalia, se acercó y tras posar una mano en el respaldo de su silla y otra en el de la de Armando, se le oyó decir: «Mis niños...». Sin embargo, a continuación y como accionada por un resorte, alzó la cabeza con un:

—¿Dónde está Plácido? ¿Dónde se ha metido ese descastado? Le he dicho que no se mueva de aquí, que esté pendiente, ahora y a la hora que sea. No es cuestión de quedarse con los brazos cruzados, hay mil cosas que hacer: consultar con abogados, mover hilos, hablar con unos y con otros... No temas, niña, todo se solucionará. Confía en mí.

31

TOCAR EL PIANO

—Me pregunta usted, doña Emilia —comenzó diciendo el exinspector Corralero—, qué pasará a continuación, y esta es la respuesta: la policía inspeccionará las pertenencias del sospechoso, lo interrogará a fondo y, a continuación, me temo que le hará tocar el piano.

—Tú y tus comparaciones chuscas con el mundo de la música y el espectáculo —se impacientó Selva—. ¿Se puede saber qué quiere decir eso?

Esta vez no se habían dado cita en ningún salón de té, sino en una taberna del extrarradio. Una tan concurrida y popular que doña Emilia, para llegar a la mesa en la que Elías Corralero los esperaba parapetado tras una botella de sidriña, se vio obligada a caminar sobre un no muy higiénico colchón de cabezas chupeteadas de gambas y otros detritus no identificados.

—Se supera usted, amigo mío, en lo que a lugares de reunión se refiere. —Ese había sido el comentario de la dama antes de treparse en su silla y sacudir del ruedo de su falda unos bigotes de langostino—. Aquí segurísimo que estamos a salvo de orejas indiscretas. ¿Nos puede explicar qué quiere decir con eso de tocar el piano?

—Imagino que usted, que siempre se ha interesado por temas policiales y todo tipo de sucesos luctuosos, habrá oído hablar de Alphonse Bertillon, ¿no es así?

—En efecto, pero si quiere que le diga la verdad, este caballero es una de mis asignaturas pendientes. Solo sé que jugó un papel destacado en el caso Dreyfus y que es un antropólogo célebre.

—Es mucho más que eso. En Francia lo consideran el rey de la criminología y el padre del «retrato parlante». O, lo que es lo mismo, el inventor de las fichas policiales. Fue Bertillon quien primero reparó en la importancia de crear este eficaz sistema de identificación de malhechores.

—¿Y en qué consisten esas fichas?

—Por un lado, se toman fotografías tanto de frente como de perfil del detenido y, a continuación, se apuntan sus datos y particularidades: altura, envergadura de brazos, largo de extremidades inferiores, talla de pie, amén de otros parámetros, como color del iris, cabello, tono de piel, etnia, etc. Se recogen asimismo datos que pueden parecer banales, pero que resultan decisivos a la hora de identificar a un malhechor: longitud de los dedos, configuración de la cabeza, forma de las orejas... Ni se imaginan ustedes la cantidad de información que puede obtenerse de un pabellón auditivo. Según tengo entendido, no hay en el mundo dos personas con las mismas orejas. Huelga decir que el retrato parlante de Alphonse Bertillon incluye también cualquier otra particularidad que pueda tener un sujeto: cicatrices, pies planos o zambos, cojeras, tics, marcas de nacimiento, tatuajes... Para que se hagan una idea, solo el primer año de su implantación en las dependencias policiales de la ciudad de París, gracias a las miles de fichas realizadas por Bertillon y su mujer, se logró detener a más de cincuenta peligrosos delincuentes, incluido un anarquista llamado Ravachol, que resultó ser un buscadísimo asesino de nombre François Koënigstein. Una vez realizada la pertinente ficha, toda esta información tan útil se puede compartir, además, con otros departamentos policiales, tanto nacionales como internacionales, poniéndoles de este modo difíciles las cosas a malhechores que cometen un crimen en un lugar y luego se mudan a otro. Lástima que el creador de tan utilísima herramienta —explicó Corralero, dando un sorbo a su sidra— viera empañada su hoja de servicios por la siempre complicada arrogancia humana.

—¿De qué modo?

—¡Ay, vanidad de vanidades, todo es vanidad! —suspiró Corralero—. Resulta que el aclamado por todos como el rey de la criminología, *monsieur* Bertillon, se negó en redondo a añadir a los archivos del Servicio de Identificación Judicial, del que era director, el recién descubierto método de identificación por huellas dactilares.

—Qué torpeza la suya —comentó doña Emilia—. Evidentemente, ese método es, con diferencia, el que más ha ayudado a descubrir criminales.

—Y bien caro que pagó Bertillon su error. Imagínense: poco tiempo después, sustrajeron la *Mona Lisa* del Museo del Louvre, y el rey de la criminología no pudo identificar las huellas dejadas en el lugar del robo por el malhechor. Cuando un par de años más tarde se detuvo al ladrón, se pudo comprobar que Bertillon en persona le había hecho su ficha policial, tomándole toda suerte de fotos y de medidas... todas, salvo las huellas. Aquello fue el principio del fin de su buen nombre. Y, sin embargo, su método sigue siendo eficacísimo por la cantidad de delincuentes que se descubren gracias a él. Siempre que, huelga decir, el bertillonaje, que así se llama también este sistema, se acompañe de la universalmente instaurada práctica de tocar el piano.

—Vaya, llegamos por fin a la sonata —ironizó Ignacio Selva—. ¿Nos contarás ahora de qué se trata exactamente?

—En el argot policial llamamos tocar el piano al momento en que a un sospechoso se le toman las huellas dactilares de cada uno de sus dedos. En el caso que nos ocupa, en cuanto terminen con el pertinente interrogatorio, a Armando Olmedo, amén de tomarle las huellas, le harán también un bertillonaje completo. O quizá no, porque dudo de que en Avilés sean muy rigurosos en ese sentido. El método es relativamente nuevo, y ya se sabe lo reacios que son los viejos guardianes de la ley y el orden cuando se trata de innovaciones. Una pena, porque se descubren muchos detalles interesantes sobre un posible criminal.

—Bah, en este caso, el bertillonaje sobra. No sé qué puede descubrirse midiendo el tamaño del cráneo o la largura de los dedos del pobre Armando —argumentó doña Emilia—. En cuanto a huellas dactilares, un caso de posible envenenamiento no es como una muerte por arma blanca o de fuego en la que el asesino deja inequívocamente su impronta.

—Sí, pero puede haber huellas en el vaso de la finada, por ejemplo.

—Y seguro las habrá, puesto que el propio Armando, cuando vinieron a detenerlo, en ningún momento negó que fuese él quien preparaba el somnífero a su mujer. Pues, precisamente, esta aceptación de las evidencias debería de ser un dato a su favor. ¿No le parece? Un asesino jamás reconocería semejante hecho. Uno que concuerda, dicho sea de paso, con lo escrito por la propia finada en su diario. Mire, Corralero, yo no puedo presumir de tener su olfato detectivesco, pero de naturaleza humana sé un rato, así que le diré una cosa: Olmedo sentía verdadera pasión por su mujer. Debería haberle visto el día que Eva amaneció muerta, rara vez he visto a alguien tan consternado. Y nadie mata, al menos no a sangre fría y con premeditación, a la persona que más ama.

—Sobre eso habría mucho que discutir —terció Corralero—. Como dice Oscar Wilde, ese autor al que seguramente usted, doña Emilia, admira tanto como yo y que, dicho sea de paso, por un mal amor acabó dando con sus huesos en la cárcel: «Cada hombre mata aquello que más ama, el cobarde lo hace con un beso, el valiente con la espada». Pero, bueno —sonrió Corralero, sirviéndose otro culín—, no anticipemos acontecimientos. Todo lo que hay en este momento contra Armando Olmedo son indicios, en ningún caso pruebas, de modo que, a poco que su influyente familia mueva un par de hilos, y siempre y cuando no surja otra circunstancia que lo incrimine, en una semana a lo sumo lo tendrán ustedes de nuevo en la Casa de los dos Torreones. Lo único malo de este asunto es que, lamentablemente para él, nadie vuelve a ser el mismo después de tocar el piano.

—¿Tan dura es la experiencia? —se interesó doña Emilia.

—En absoluto, señora, un mero trámite. Pero por mucho que las pruebas policiales dictaminen que no hay nada en su contra, por mucho que su caso no llegue a juicio, Armando Olmedo se convertirá en un hombre bajo sospecha, redoblándose además las que ya había sobre su identidad y que él creía conjuradas. Para el imaginario general será, me temo que para siempre, no solo el impostor del *Titanic*, también el posible asesino de su mujer. Y mucho me malicio, además, que no va a ser el único al que le toque estar en boca de todos. El resto de la familia tampoco se verá libre de esta nueva sombra.

—Qué injusto —comentó Ignacio Selva—, rehenes todos de una nueva mentira, nadie se merece algo así.

—Imperdonablemente injusto —apostilló doña Emilia—. ¿Se le ocurre a usted algo que podamos hacer nosotros, Corralero?

—Eso depende de su disponibilidad. A mí no me queda más remedio que regresar mañana mismo a Madrid; el caso de las esmeraldas robadas se complica por minutos. Pero si ustedes aprecian a la familia, deberían quedarse unos días más en la Casa de los dos Torreones, quién sabe, tal vez surja, o ustedes sean capaces de encontrar, una nueva prueba que demuestre irrefutablemente que la muerte de Eva López del Vallado fue accidental. Y, por supuesto, usted, doña Emilia, debería escribir algo sobre el caso. Nadie con más autoridad para relatar la verdad de este asunto tan lleno de aristas y malentendidos.

—Claro que sí, amigo Corralero, le compro las dos ideas. Por un lado, a pesar de que teníamos ya planeado nuestro regreso a Madrid y comprados los billetes incluso, dadas las circunstancias, conviene permanecer unos días más en la casa de Hansel y Gretel.

—¿Hansel y Gretel? —interrumpió el exinspector, alzando dos interrogantes cejas.

—Nada, nada, yo me entiendo. Cambio de planes, pues, nos quedamos en Avilés y, ni que decir tiene, que escribiré para el *ABC* una crónica pormenorizada del suceso que refute de un plumazo todo lo publicado hasta ahora. Amalia Olmedo y el resto de su familia se lo merecen.

32

NÉMESIS

Pero no pudo ser. Doña Emilia no tuvo ocasión de dedicarse a buscar indicios que hicieran que la puesta en libertad de Armando contase con un nuevo dato exculpatorio, y tampoco llegó a escribir crónica alguna en la que relatara sus investigaciones detectivescas porque un imprevisto, uno, por otro lado, muy agradable, interfirió en sus planes. La Universidad de Alcalá de Henares telegrafió para notificarle que uno de sus artículos en el que defendía la abolición de la pena de muerte acababa de recibir un premio, lo que la obligaba a regresar brevemente a Madrid para su entrega.

—No me gusta nada dejarte solo, aunque sea por tres o cuatro días a lo sumo, Selvita. —Eso le dijo a su compañero de pesquisas cuando este la acompañó a tomar el Rápido de las siete y cinco de la mañana—. En casa de los Olmedo pasan cosas a cada rato y hay que estar a la que salta. Pero bueno, en menos que cantan un par de gallos estaré de vuelta, de modo que tú estate atento a todo y ya me vas contando.

Eso es lo que había procurado hacer Ignacio Selva desde que la despidiera en la estación: estar atento a cualquier mínimo cambio o indicio. Eso, y consolar y apoyar a Amalia. Desde la muerte de Eva y posterior detención de su hermano, la señorita Olmedo había vuelto a encerrarse en sí misma. Poco quedaba de la mujer alegre y habladora que apenas unos días atrás los había recogido en su Peugeot amarillo a la salida de la estación.

—Todo es culpa mía —le dijo en el jardín de invierno un par de horas más tarde, en la sobremesa—, toda mi vida he sido portadora de mala suerte, Ignacio. No, no creas que exagero, mira si no: como supongo que sabes, porque siempre hay un alma caritativa que informa sobre este tipo de cosas, de niña propicié la muerte de mi madre pidiendo que durmiera conmigo la noche del incendio que asoló esta casa. Y seguro que te han informado además de que mi padre nunca logró desprenderse de la culpa de salvarme a mí antes que a ella, y ese dolor también me acompañará siempre. Más adelante, casi arruino a la familia casándome con un indeseable que nos robó. Y luego, y aquí viene la parte que probablemente te habrán contado con más fruición los amantes de las desdichas ajenas, cuando años más tarde me atreví a traer al mundo eso que la gente de bien llama «una hija del pecado»; aquel espejismo de felicidad tampoco habría de durar, porque mi niña quedó ciega tras debatirse durante días entre la vida y la muerte. ¿Quieres que siga? —ironizó, mirándole con aquellos ojos suyos transparentes y ahora anegados en lágrimas que Ignacio Selva, en aquel mismo momento, hubiese vendido su alma al diablo por poder besar. Pero no lo hizo. Dejó que Amalia continuara enumerando cómo, después de la enfermedad de Laura, llegaría la desaparición de su único hermano en el naufragio del *Titanic*, seguida de la soledad en la que eligió encerrarse condenando de paso a idéntica suerte a su hija—... Y ahora en el presente —relató asimismo la señorita Olmedo—, cuando por fin creí que la vida me regalaba el milagroso regreso de Armando, resulta que también es un espejismo. Uno más breve incluso que el nacimiento de Laura, porque apenas ha durado un par semanas: las que tardó la muerte en visitar de nuevo la Casa de los dos Torreones —explicitó—. ¿Quién podía imaginar un accidente así? Eva, tan joven, tan llena de ilusiones... Y eso es lo que más me atormenta: son otros los que acaban pagando por mi mala suerte.

Selva la abrazó asegurándole que eso de que ella atraía a la mala suerte sobre otros eran imaginaciones suyas.

—Al contrario, mi vida, la suerte más grande que he tenido nunca ha sido conocerte.

Pero Amalia se deshizo de su abrazo con una sonrisa mitad dulce, mitad resignada.

—No, tú no sabes nada de mí, Ignacio. ¿Cómo vas a saber si lo que he hecho siempre es callar? Tenía razón Laura cuando aquella vez dijo que en esta casa todo son silencios. Silencios y mentiras. Yo odio las mentiras y, sin embargo, ya ves, soy prisionera de ellas. Hace tiempo que aprendí que en el embuste está la penitencia, porque, una vez que faltas a la verdad, la sombra de tu propio embuste se ocupa de castigarte, como ocurrió con el nacimiento de Laura.

—¡No me digas que piensas que su ceguera es un castigo divino por traer al mundo una criatura sin padre! Eso son cuentos de viejas.

—Puede, pero por mucho que se diga que las cosas están cambiando y que alumbran tiempos nuevos y desprejuiciados, vivimos en un mundo con unas normas, y quien se aparta del caminito trillado (algunos la llaman la recta senda) —ironizó la señorita con una amarga carcajada—, bien cara paga su rebeldía. En mi caso, la mentira que conté con respecto al nacimiento de Laura y más adelante aquella maldita enfermedad que la dejó ciega, acabaron convirtiendo a mi hija en una niña sin amigos, sin familia, sin vida alguna fuera de la Casa de los dos Torreones. Cuando quise sacarla de entre estas cuatro paredes, era ya tarde. Se había convertido en tan solitaria y autosuficiente como yo. Aquí tiene su mundo, uno propio y raro, pero en el que creo —o quiero creer— que no es del todo infeliz.

—¿Lo ves? —incidió Selva—. Exageras cuando dices que eres prisionera de tus mentiras y que solo causas desdicha. No es así.

Además, cada uno es responsable de su destino, no es culpa tuya lo ocurrido con Laura, como tampoco lo fue que tu madre muriera en aquel incendio.

Se produjo entonces un cambio en el rostro de Amalia. A Ignacio le pareció que, al brillo de sus ojos destellantes de lágrimas, se unía ahora el titilar de una duda. Las siguientes palabras de la señorita Olmedo confirmaron esta impresión.

—Una vez más, me temo que no sabes nada. Nadie sabe nada de mí, ni siquiera Piedad, que ha estado siempre a mi lado. Hay algo, alguien que...

Por segunda vez se detuvo, pero en esa ocasión Ignacio estaba decidido a hacerla hablar.

—Te hará bien, mi vida, tú misma lo has dicho, ¿de qué te ha servido callar? Dices que eres prisionera de tus mentiras, pero los silencios atan más que los embustes; cuéntame lo que sea, te sentirás mejor.

—Tal como antes dije —recomenzó la señorita Olmedo, vocalizando muy despacio como quien teme que sus palabras se desboquen y desvelen más de la cuenta—, he traído infortunio a todas las personas que acabo de enumerar. Pero existe otra a la que también arruiné la vida. Cuando mi madre murió abrasada...

—Cielo, ya hemos hablado de eso, olvídalo, fue el destino, tú no eres culpable.

—¿Y si te dijera que sí? ¿Y si te dijera que el incendio no fue accidental? ¿Y si te dijera que alguien lo provocó por un descuido, por una travesura?

—Según los periódicos de la época, el incendio fue fortuito, una de esas desgracias que pasan.

—Vaya, veo que has procurado informarte bien y por todas las fuentes posibles —sonrió la señorita Olmedo—. Nada más lógico, por otro lado. Qué va a hacer un investigador sino investigar... ¿Pero qué me dirías si te cuento que no fue así, que no fue un accidente y que ese día torcí el destino de alguien que no se lo merecía? Aquella noche —continuó Amalia Olmedo— hacía mucho frío. Se me ocurrió pensar que mis muñecas se iban a acatarrar y fui yo quien acercó aquel maldito brasero a las cortinas. Tenía casi diez años, Ignacio, demasiado mayor como para seguir abrigando muñecas. Cuando, días más tarde, mi padre comenzó a sospechar que el accidente no había sido fortuito, pude haber hablado, decir «fui yo», dos simples palabras que habrían salvado a quien no tenía culpa de nada.

—¿A quién, mi vida? ¿A tu hermano? ¿A Piedad?

Pero la señorita no contestó, prefirió preguntar:

—¿Sabes quién es Némesis? Según los clásicos, es la oscura diosa que propicia todos los males, la que trae desgracia a aquellos que más ama. Hija de ella soy, Ignacio. Por eso temo tanto por ti... —añadió, y su voz apenas era audible—. Yo no puedo, no *debo* amar a nadie. Lo mejor que puedes hacer es alejarte. Las mujeres como yo solo traemos desgracia.

* * *

Ignacio entendió que había cosas que Amalia aún no estaba preparada para contar. ¿De quién hablaba? ¿Por qué se sentía tan culpable? Tal vez más adelante consiguiera que le confiase algo más y eso le reafirmó en su idea de permanecer en la casa, a su lado. Aunque hasta conseguirlo, tuvo que vencer no pocas reticencias por parte de ella.

—... Por lo menos hasta que pongan en libertad a tu hermano —la convenció, argumentando—. Tengo buenos contactos cerca de la policía y me aseguran —añadió, recordando lo que había dicho Corralero en su última conversación con él y con doña Emilia— que todo lo que hay contra Armando son indicios, ni una sola prueba. En cuanto tomen sus huellas y un par de diligencias más, estará de nuevo en casa, puedes estar segura. Además, si me quedo, podré ayudaros, tanto a ti como a él, con lo que surja. En situaciones complejas como esta, hay siempre aburridos trámites burocráticos a los que atender. Podrás usarme para lo que quieras —sonrió—, como cortafuegos, como correveidile, como chupatintas, también como interlocutor con la prensa. Mucho me temo que la puesta en libertad de Armando hará correr nuevamente ríos de tinta.

Esa fue la excusa que dio a la señorita Olmedo, pero Ignacio tenía más planes para aquellos días. No creía ni por un momento que Amalia atrajese la mala suerte, pero cada vez estaba más convencido de que, en la casa de Hansel y Gretel, había demasiadas sombras. «Tenía razón doña Emilia cuando afirmaba que la respuesta a todo tenía que estar entre estas cuatro paredes», se dijo. «Está clarísimo, lo siento aquí», caviló, al tiempo que recordaba lo que en su día comentara la señorita Olmedo sobre el lugar exacto en el que se aloja la intuición, en la boca del estómago.

Hecha esta apreciación, Ignacio Selva se vio de pronto pensando en Sherlock Holmes. Doña Emilia, sin duda, se reiría de él, ya se sabe cuál era su opinión sobre la celebérrima criatura de Conan Doyle, pero, por el contrario, Selva pensaba que Holmes tenía un atributo del que tanto él como doña Emilia carecían, al menos hasta ese momento. Ellos podían tener imaginación, inteligencia y, por supuesto, intuición, como la que él estaba experimentando en ese mismo instante, pero les faltaba algo elemental: «Método —se dijo Selva e incluso vocalizó la palabra en voz alta—. Por eso, veamos —añadió a continuación—, ¿qué haría Holmes en un caso así?». Para empezar —y tal como decía Corralero que era su máxima y la de todo detective que se precie—, no dar nada por sabido ni por sentado, dudar de todo y de todos, y, a continuación, colarse por los rincones, buscar, husmear, rastrear... «Tampoco es cuestión de pasear una lupa por los rincones ni de empezar a fumar en pipa —rio—, pero sí de entrar en territorios inexplorados hasta ahora». Sin contar a Covadonga y a la otra chica que venía por las mañanas a ayudar en las tareas domésticas, había cuatro personas en aquella casa. Laura, Piedad, Plácido y, por supuesto, Amalia. ¿Por qué no intentaba conocerles mejor, entrar en su sanctasanctórum, husmear un poco? Selva ni siquiera sabía qué buscaba, pero, como en una ocasión había dicho otro detective célebre, Joseph Rouletabille, protagonista de *El misterio del cuarto amarillo*, cuando uno busca hasta debajo de las piedras, lo más probable es que dé con alguna culebra, «o un par de ellas», se corrigió Selva. «Porque ¿quién puede descartar del todo que tanto Plácido como Laura no oculten algo que puede ser relevante en esta historia? Al fin y al cabo, ¿qué sabes de estos dos? —se dijo—. Poco y nada. ¿Y de Piedad?». Sobre el ama de llaves también se podían hacer mil conjeturas, su vida era una incógnita.

Llegado a este punto en sus cavilaciones, Ignacio Selva sintió la tentación de dejar fuera de sus pesquisas a Amalia Olmedo. Era imposible que un ángel como ella pudiese tener un lado oscuro. Y pese a ello, Sherlock Holmes jamás se permitiría semejante arbitrariedad en sus investigaciones. Él seguro que no dejaba ni una piedra por remover, ni siquiera aquellas que parecen inocentes.

Una vez tomada su determinación, Ignacio Selva puso manos a la obra. Rescató del fondo de su equipaje la Leika que le había regalado doña Emilia y también una libretita de notas que hasta ahora no había estrenado y se preguntó por quién convendría comenzar sus pesquisas. «Bah, el orden de los factores no altera el producto —se respondió a renglón seguido—, da igual, pongamos, pues, que empiezo por Covadonga, parece la tarea más fácil y así me voy fogueando».

Hasta el momento, Selva no había prestado especial atención al personal externo de la casa. De hecho, ni siquiera recordaba el nombre de la otra muchacha que junto a Covadonga como inconspicuas golondrinas llegaban al amanecer y partían por la tarde una vez realizadas las tareas más pesadas e indispensables. Si se había fijado en Covadonga era por el celo que ponía en sus tan poco interesantes tareas domésticas. Siempre estaba allí la primera, intentaba adelantarse a los deseos de Amalia o de Laura (a veces para bien; otras no tanto). Piedad, por su parte, no parecía tenerle especial afecto. Más bien lo contrario, la regañaba mucho más que a su compañera, y no perdía ocasión de llamarla, incluso en público, torpe, sabihonda, y entrometida. Aun así, la muchacha, rara vez perdía la sonrisa fingiendo que no se daba cuenta. «Esta va para marquesa», había sido el comentario de doña Emilia, una vez que se cruzaron con ella en el pasillo y Covita les cedió el paso con una pequeña reverencia, ni patosa ni tampoco artificial, simple y a la vez perfecta. «¿Por qué lo dice usted?», recordaba Selva haber preguntado sin excesivo interés, a lo que doña Emilia respondió que la muchacha se fijaba en todo y aprendía rápido: «... Igual que mi Teresiña, que después de año y medio en casa parecía más condesa que yo. Hablaba con mi misma entonación, copió mi peinado, incluso se perfumaba con mi carísimo Eau de Patou, y a escondidas se vestía con mis puntillas y encajes. Cuando caí en la cuenta, la despedí, pero ¿crees que le importó? Ni un ardite. No había pasado un año cuando me la encontré en el Retiro paseando del brazo de un caballero de venerables patillas y con un vestido más caro que el mío. «Adiós, querida Emilia, mis recuerdos a los suyos», me saludó con un lánguido vaivén de su diestra enguantada de cabritilla. Chica lista, Teresiña, y me da a mí que Covadonga es de su escuela. Pero quién puede culparla, prosperar es un sano afán, ¿no te parece, Selvita? Y no sé por qué me malicio que otro de sus afanes es Plácido, pero ahí sospecho que pincha en hueso. No veo yo que a nuestro bello y taciturno jardinero le dé por cultivar, precisamente, esta clase de flor».

«¿Habrá esa flor tan lista y tan entrometida pispado algo que pueda servir a nuestras investigaciones?», se preguntó entonces Selva. Seguro que sí, solo era cuestión de ganar su confianza y hacerle, sin levantar ninguna liebre, las preguntas adecuadas.

Le costó dar con ella hasta que descubrió que el ama de llaves la había relegado a la ingrata tarea de poner trampas para ratones en el desván de la torre norte. No obstante, cuando por fin la encontró allá arriba cebando las trampas con queso rancio, la muchacha lo saludó toda sonrisas con un gentil y bien dispuesto: «¿En qué puedo servirle, don Ignacio?». Selva la miró estudiándola por primera vez. Su pelo era rubio y lo llevaba recogido, pulcramente, con una cofia de tela basta que no podía sentarle bien a nadie. Ni siquiera a una muchacha como ella de facciones finas y delicadas. El resto del cuerpo, en cambio, desdecía esta impresión. Bajo la bata de trabajo y el delantal de faena, a pesar de las medias gruesas rematadas por zuecos de madera tosca, se adivinaba un cuerpo bien formado y de medidas sinuosas. Ella, desde luego, lo sabía porque enseguida se irguió para que Selva pudiera admirar el nacimiento de sus pechos, el torneado de sus brazos y el modo en que movía sus manos «como las de una bailarina», se dijo Selva, a pesar de la desagradable labor que estaban realizando.

Hechas estas consideraciones, Ignacio echó un vistazo en derredor. Después de todo, los desvanes dicen mucho de sus dueños. Aquello que se desecha es tan elocuente como lo que se atesora, y en aquel depósito de objetos sin ton ni son, había de todo. Desde ristras de ajos y cebollas puestas a secar colgadas del techo a muebles de exquisito gusto, que vaya usted a saber por qué fueron expulsados de su anterior lugar de privilegio. También había una gran jaula de guacamayo, un acordeón, un par de sombrillas que en tiempos debieron de causar sensación en San Sebastián o

Biarritz; una montura de amazona con sus aperos, unos palos de golf y luego libros, montañas de libros viejos, habitáculo ideal de ratas, ratones, polillas y demás inquilinos.

—Perdona —comenzó diciendo Selva, que todavía no tenía la menor idea de cómo abordar a la muchacha ni qué información podía esperar de ella—. Me pregunto si te puedo pedir un favor. Verás: quiero hacerle un regalo de despedida a la señorita Amalia. Algo distinto, algo que le guste mucho, y he pensado en ti.

—¿En mí, señor? —se asombró la muchacha, que acababa de dejar de lado la trampa para ratones y ahora procedía a limpiarse las manos en su mandil.

—Prefiero preguntártelo a ti antes que a Piedad; es demasiado severa para mi gusto —añadió, esperando que su comentario sirviera para que Covadonga bajase la guardia y le diera la razón. Pero lejos de bajarla la muchacha la subió:

—Doña Piedad sabe siempre muy bien lo que hace, y ahora, con su permiso, señor, debo volver a mi trabajo.

Y así lo hizo, muy a pesar de Selva, que veía cómo fracasaba su primera tentativa de obtener información. Se marchaba ya cuando un golpe metálico seco y un chillido ratonil y agudo le hizo volver la cabeza. Allí estaba Covadonga con una gran rata cogida por el rabo, intentando librarse de la trampa que aprisionaba sus patitas. «¡Otra que cae! —rio con ganas la muchacha—. Y van ya tres solo en esta mañana. Piedad no podrá decir que no soy la mejor cazando alimañas...».

33

OFELIA

Para su segunda investigación (y ojalá tuviese mejor suerte que con la primera), Selva decidió aprovechar cierta hora de la tarde en la que, según tenía observado, cada uno de los moradores de la Casa de los dos Torreones se ocupaba de sus asuntos. Amalia, de despachar con los responsables de las empresas familiares que manejaba; Covadonga y el resto del servicio se habían marchado ya, y Plácido y Piedad, por su parte, acababan de desaparecer en el Peugeot amarillo, según dijeron, camino de Oviedo donde el ama de llaves tenía una cita médica. ¿Y Laura? A Selva siempre le había intrigado qué podía hacer aquella muchacha encerrada tanto rato en su habitación y siempre a la misma hora. «Pero eso ya lo averiguaré cuando toque», se dijo mientras accionaba el picaporte de la pequeña cabaña cercana a la reja de entrada en la que vivía el jardinero. Tal como ocurría con todas las puertas de la Casa de los dos Torreones, descubrió que no estaba cerrada con llave, algo que ya en otras ocasiones había sorprendido a Selva. Pero no le dio tiempo a cavilar mucho más sobre esta particularidad, porque, en cuanto sus ojos se acostumbraron a la penumbra que dentro reinaba, se le escapó un sonoro *¡carallo!* ¿Qué había esperado encontrar? ¿Un habitáculo triste? ¿Una covacha húmeda, y maloliente? ¿Una modesta pero agradable casita amueblada con objetos desechados de aquí y de allá? En realidad, cualquier cosa salvo lo que tenía delante, porque el cuarto de estar de aquella vivienda era una réplica a tamaño reducido del jardín de invierno de la casa principal, recreada con tanto gusto y gracia como escasez de medios. En las paredes podían verse similares trampantojos de plantas y animales estrafalarios; los muebles, si bien modestos y en mal estado, configuraban, junto a telas y cortinajes, un popurrí de estilos parecido al de la casa principal. Solo el suelo era distinto. A diferencia del otro, este era de humilde barro cocido cubierto con diversas esteras de esparto que conferían al lugar un aspecto entre bohemio y rústico. Por lo demás, en una esquina había, aparte de una vieja cocina de leña, un par de sillas de enea, una mesa, así como una colección de peroles de cobre reluciente colgados tan decorativamente del techo que todo aquello, más que el interior de una cabaña modesta, parecía un bien estudiado escenario. Pero lo que más llamó su atención fue la presencia, en el extremo opuesto de la habitación, de dos cuadros de considerable tamaño, apoyados cada uno en su caballete como si estuviesen en el proceso de ser pintados. Al acercarse pudo comprobar que el primero era la réplica a pequeña escala del retrato del padre de Amalia y Armando que colgaba en la casa principal: misma pose, misma severa vestimenta e igual mirada... De hecho, Selva tuvo que aproximarse más para descubrir, como en uno de esos acertijos de «busque usted las siete diferencias», que quien lo miraba con ojos fieros desde el lienzo no era el viejo don Aparicio Olmedo, patriarca de la familia, como pensó en un primer momento, sino Plácido vestido a imitación de él y adornado con idéntico y profuso bigote. El segundo cuadro se encontraba cubierto por una gasa traslúcida que Selva procedió a levantar lo que le permitió ver una copia de... ¿de quién era aquel famoso cuadro prerrafaelista en el que la protagonista es Ofelia ahogada en un río entre flores y con las manos levemente levantadas como quien pide misericordia? ¿De Dante Gabriel Rossetti? ¿De John Everett Millais? Sea de quien fuese, a Selva siempre le había impresionado el aspecto de la ahogada, los ojos entreabiertos, la boca suplicante, el pelo largo y rojo flotando alrededor de su cabeza como una corona trágica. La copia que tenía ahora delante era tan exacta que Selva se aproximó para observarla mejor. Incluso se atrevió a abrir el frailero de uno de los dos ventanucos de modo que pudiese tomarle un par de fotos, posiblemente salieran oscuras, pero mejor eso que nada. Cuando se las enseñara a doña Emilia seguro que le iba a sorprender el talento del copista. También lo mucho que recordaba la modelo prerrafaelista a Laura, e incluso a Amalia Olmedo. «Bah —se convenció Selva, quitándole importancia—, las pelirrojas siempre se parecen entre sí».

Había por allí, además de aquellos dos óleos, un par de lienzos más, uno en blanco, el otro apenas esbozado, así como unos cuantos dibujos a carboncillo que Selva se apresuró a inspeccionar esperando encontrar algún bosquejo de los cuadros anteriores, y en efecto los había. En uno, por ejemplo, aparecía Plácido posando nuevamente como don Aparicio, solo que en esta ocasión con un bigote recortado y elegante como un actor de cinematógrafo; también un par de carboncillos entre los que Selva descubrió un desnudo de... ¿Covadonga? El bosquejo no era del todo detallado, pero por las trazas era ella. Rebuscó intentando encontrar otro de similares características, pero el resto de los dibujos era de índole distinta y consistían en reproducciones de plantas recreadas con meticulosa exactitud: madreselvas, trepadoras, orquídeas, magnolias, también amapolas, margaritas, rosas... Cada uno de estos dibujos tenía al pie una pequeña nota explicativa escrita con caligrafía gótica y diminuta.

Selva continuó con su inspección mirando aquí y allá, con cuidado de no cambiar nada de sitio. Junto a la mesa de los bosquejos había una puerta, la única que alcanzó a ver, aparte de la de entrada a la vivienda, de modo que imaginó que conduciría a la alcoba; las dimensiones de la cabaña no daban para mucho más y, sin embargo, en el pasillo vio que no había una, sino dos puertas más. Eligió la de la derecha y la abrió para descubrir que no se había equivocado, pues se trataba de la del dormitorio. Si en la habitación anterior reinaba un caos y desorden artístico que hacía imaginar a un ocupante sensible y de buen gusto, aquel cuartucho estrecho de feos y escasos muebles parecía bastante más acorde con el hombre hosco, de aspecto descuidado, que Selva conocía bien. No había allí nada digno de mención, apenas un camastro angosto de sábanas sucias y revueltas, y unos cuantos libros apilados sobre una única silla desvencijada. En las paredes ni un cuadro, ni un adorno, solo cuatro muros grises que rezumaban humedad. Más interesante resultó la puerta de la izquierda. Daba a una suerte de pequeño invernadero. O secadero, más bien, a juzgar por los atados de hierbas que colgaban del techo. En esta parte de la cabaña, las dos personalidades antagónicas del hijo de Piedad parecían darse la mano, porque, si bien el habitáculo era frío, desnudo y austero como la alcoba, los atadillos de plantas (lavanda, salvia, eucalipto, amén de otros hierbajos completamente desconocidos) que colgaban del techo parecían artísticamente dispuestos por gamas de colores, aquí rojos, allá los verdes, un poco más adelante los amarillos, los malva, los ocre hasta formar un bello y vegetal arcoíris. Había también una mesa en la que reposaba una colección de coloridos frasquitos de cristal con lo que parecían destilados herbales. «Plácido el druida», se dijo Selva recordando las palabras con las que Laura lo había descrito en una ocasión y se preguntó qué habrían pensado el comisario Londaiz y su ayudante Bernáldez al registrar todo aquello tras la detención de su ocupante. Si la vivienda de cualquier persona dice mucho de su morador, ¿qué revelaba esta sobre el jardinero de la Casa de los dos Torreones? Talento por un lado, desaliño por otro, aquí buen gusto, allá dejadez, también minuciosidad, hosquedad, sensualidad, amor, odio... «Ojalá estuviese aquí Corralero», se vio deseando Ignacio Selva mientras lo fotografiaba todo; el exinspector era maestro en leer recto en los torcidos renglones del alma humana. Pero Corralero estaba en Madrid pesquisando un caso de esmeraldas robadas. Tampoco estaba allí en ese momento doña Emilia, que tenía explicaciones imaginativas para todo, por lo que no le quedaba más remedio que conformarse con sacar sus propias conclusiones. Aunque, según y cómo, se dijo también Selva, quizá fuera preferible no sacar ninguna hasta extender sus investigaciones al resto de los moradores de la casa.

34

UNA CAJA DE SORPRESAS

—¿Aló?, aló, operadora. Vaya, otra vez se ha cortado... Y en el momento más inoportuno además. Insista, hágame el favor... Sí, de acuerdo, está bien, espero.

Dos días habían pasado desde la primera de las inspecciones en las que se había embarcado Ignacio Selva. Doña Emilia tenía billetes para regresar a Avilés al día siguiente, pero, aun así, él había preferido acercarse al Hotel de la Marina, el mismo en el que días atrás se había alojado Corralero, y telefonearla desde allí, bien lejos de la Casa de los dos Torreones. Porque ya se sabe que las paredes oyen, y una vez de regreso en la casa, a ver cuándo iba a tener oportunidad de explicarle a doña Emilia con detalle todo lo que había logrado averiguar en su ausencia. La idea era juiciosa, pero la meteorología tenía otros planes. Un temporal de viento y lluvia arreciaba sobre Asturias y por tercera vez su conferencia de larga distancia se vio interrumpida.

—¿... De veras que no puede usted *hacer nada*, señorita? —se desesperó doña Emilia, entre cuyas virtudes no estaba precisamente la paciencia.

Unos ruidos chirriantes trufados de interferencias habían dificultado la primera parte de su comunicación. Pero, aun así y no sin dificultad, Ignacio Selva había logrado contarle sus dos primeras pesquisas, la poco fructífera conversación mantenida con Covadonga y luego lo visto en casa del jardinero. Por su parte, doña Emilia, al otro lado del hilo, tomaba notas subrayando los datos que le parecían más relevantes de lo que acababa de oír: «Chica prudente y avispada que no suelta prenda... tipo rústico capaz de replicar con sorprendente talento la *Ofelia* de Millais... amén de bromista, que se retrata a modo de don Aparicio y cultivador de hierbas medicinales... personalidad múltiple la suya...». Y luego incluso había logrado hacer a Selvita un par de preguntas para las que él no tenía respuesta.

—¿Cuándo dirías tú que se pintaron esos dos óleos que viste en casa del jardinero? ¿Y el boceto de Covadonga desnuda? Dime también: ¿te pareció que en ese secadero tan decorativo y colorido pudiese haber plantas venenosas?

A pesar de los chirridos, hasta este punto de la conversación Selva había logrado más o menos hacerse entender. Los cortes en la comunicación vendrían luego, cuando se embarcó en el relato de cómo se las había ingeniado para introducirse en la habitación de Laura Olmedo, aunque, por suerte para ambos, a pesar de las interferencias, doña Emilia sí logró escuchar buena parte de una narración que Selva comenzó así:

—Le aseguro que ni su amigo Mycroft Holmes lo hubiese hecho con más disimulo. Se me ocurrió aprovechar el momento en que Piedad estaba cambiando las flores de la habitación de Laura para asomarme a la puerta y decir: «Perdone que la interrumpa, ya veo que está ocupada, pero ¿puedo pedirle un favor para luego? Se me acaba de caer, ¿ve usted?, este botón de la chaqueta». Y dicho esto, me adentré en la alcoba con el botón de marras en la mano. «¡Oh, no, de ninguna manera!», exclamé cuando Piedad me pidió que dejara mi chaqueta sobre cualquier silla y que ella se encargaría de cosérmelo ni bien se desocupara. Pero yo insistí en que ni hablar, que faltaría más, que yo mismo podía hacerlo, si ella me procuraba hilo y aguja. Y de este modo, como quien no quiere la cosa, comencé a darle palique y hablar de esto y aquello.

Figúrese que incluso me ofrecí para recoger las flores a desechar, a lo que ella se negó muy asombrada, pero bueno, el caso es que, blablablá va, patatín patatán viene, aproveché para jipar bien todo lo que tenía a mi alrededor y hacerme una idea de qué atesora Laura en su dormitorio.

Llegada a este punto, la comunicación se vio parasitada por una nueva sinfonía de interferencias, pero, por suerte para la escasa paciencia de doña Emilia, pasados unos segundos, volvió a oírse nítida la voz de Selva que decía:

—... Aunque antes de contarle lo que vi, he de reseñar que surgió de pronto una complicación con la que no contaba. Mire que me gustan los perros, bien lo sabe usted, por eso no me explico por qué nunca he sido santo de la devoción de Athos. No solo ladra cada vez que me ve, sino que, en esta ocasión, estoy seguro de que me habría tirado un viaje si Piedad no lo llega a impedir. «Ven aquí, tonto grandullón, no molestes a este señor, vuelve a tu siesta», le dijo, y el mastín, no muy convencido, obedeció, yéndose a tumbar en una estera que había junto a la cama de Laura, que imagino será su lugar favorito. Pero bueno —añadió Selva, ignorando un par de nuevos chirridos telefónicos de escasa importancia—, pese a no tenerlas todas conmigo con respecto a las intenciones de Athos, sí pude echar un buen vistazo alrededor, y esto es lo que vi. Tal como era de esperar, dadas las particulares circunstancias de Laura, no había por allí ni un libro, tampoco pieza de labor alguna como suele haber en las alcobas femeninas, menos aún útiles de dibujo, acuarelas, cuadernos, lápices... De hecho y para que se haga usted una idea, el dormitorio de Laura es tan austero y desprovisto de adorno como el de Plácido, si bien más alegre y luminoso con coloridas cortinas. El único elemento que desentonaba entre tal escasez de enseres era, allá al fondo, al otro extremo de la habitación, una, ¿cómo describírsela?, no sé, digamos que una caja de un tamaño considerable confeccionada en madera clara con un micrófono en la parte frontal y, junto a su base, una maquinita de esas, ignoro cómo las llaman, que sirven para mandar señales en código Morse.

Comoquiera que doña Emilia se mostró asombrada y, aprovechando que en ese momento la conexión con Madrid era casi perfecta, Ignacio Selva relató que, al expresar su sorpresa por aquel artilugio, Piedad le había explicado que se trataba de un regalo de Amalia a Laura un par de años atrás, un aparato de radioaficionado. «Y bien que porfié yo para que no se lo regalara», eso comentó el ama de llaves antes de añadir que aquellos cacharros tan modernos los carga el diablo. «A saber con quién, en qué parte del mundo, se iba a comunicar nuestra niña», pensaba yo. «Pero debo reconocer que me equivoqué», añadió antes de explicar que tras aquel regalo, las circunstancias de Laura Olmedo habían cambiado considerablemente. Antes era una muchacha solitaria sin más compañía que Athos y sin más distracción que su piano y esos librotes en braille que tanto abultan y tan poco cunden, esa era su vida. «... Ahora, en cambio —explicó también Piedad—, está al día de todo lo que pasa en el mundo, tiene amigos, muchos de ellos ciegos, con los que se comunica casi a diario. Cercanía y lejanía al mismo tiempo. ¿Comprende usted? Sola pero acompañada, así es la vida de nuestra niña». «¿Y Plácido? Me vi tentado de preguntar —continuó relatando Ignacio Selva a doña Emilia—, pero al final preferí no hacerlo. Tengo observado que, basta con que se mencione a su hijo, para que Piedad pierda toda locuacidad. Yo creo que...».

Ahora sí que la comunicación se cortó. Y esta vez sin remedio. No hubo nada que pudiesen hacer ni la operadora de Madrid, apremiada por doña Emilia, y tampoco la telefonista de Avilés, que, de bastante mal humor, hizo saber a Selva que ella no tenía control sobre los fenómenos atmosféricos y que, lo más que podía hacer, era reprogramar su conferencia de larga distancia para más adelante. «Ahora mismo tenemos cuatro horas de demora con Madrid, así que usted verá».

Selva desistió. Nada garantizaba que más tarde la conexión fuese menos accidentada, y ya le había contado a doña Emilia lo más significativo de lo descubierto sobre Laura. En cuanto al resto de sus investigaciones, en menos de veinticuatro horas, su compañera de pesquisas estaría de vuelta y ya se las ingeniaría él entonces para encontrar un momento y hacerle un resumen de lo que había visto en la cuarta de sus inspecciones. Además, tampoco había tanto que contar. Así como su incursión en el dormitorio de Laura había servido para despejar la incógnita de cómo una muchacha tan joven y desconectada del mundo podía estar al día de lo que pasaba más allá de los muros de aquella casa, su secreta visita al dormitorio del ama de llaves no fue tan fructífera. ¿O sí? El tiempo lo diría; de momento, todo eran incógnitas. El caso es que había aprovechado una vez más la misma hora del día en que se coló en casa de Plácido días atrás. Pero, así como en aquella ocasión sabía que la ausencia de madre e hijo sería larga, esta vez solo iban a un recado. Uno que resultó ser corto, por lo que, al cabo de un rato y cuando estaba aún en pleno rastreo, para su frustración, Ignacio Selva oyó el chirriar de las ruedas del Peugeot amarillo en el sendero de grava que conducía a la casa y tuvo que dar por concluida a toda prisa su inspección. Una lástima, pero el caso era que había perdido un tiempo precioso antes de colarse en la habitación de Piedad, que se encontraba no en el torreón sur —donde estaban el jardín de invierno y las demás habitaciones y salones de la casa—, sino en el otro, en el torreón norte, lugar en el que se había originado el incendio que acabó con la vida de la anterior señora Olmedo. A Selva, que nunca había estado en aquella parte de la casa, le sorprendió comprobar la notable diferencia que existía entre un torreón y otro. Si en el sur reinaba esa extravagante elegancia que tanto había asombrado a

Selva y a doña Emilia a su llegada, en el norte en contraste, daba la impresión de que el reloj se había detenido lustros atrás. Diríase que, después del incendio, el viejo don Aparicio hubiera ordenado que las habitaciones se reconstruyeran tal como eran antes de la tragedia, con la misma decoración infantil y los mismos muebles de entonces. Por eso ahora, en el cuarto de juegos, por ejemplo, se conservaban los juguetes, todos los enseres de unos niños que, como Amalia y Armando, en la actualidad, pasaban de los cuarenta. Había por allí un caballito de madera sin una mota de polvo, también las muñecas de la niña Amalia que ahora, sentaditas tan formales alrededor de la ventana —con sus tirabuzones lustrosos y sus vestiditos perfectamente planchados—, lo miraban con sus ojos de vidrio. Selva sintió un escalofrío. Después de una desgracia semejante, él habría redecorado de arriba abajo todo, desterrando cualquier vestigio de lo ocurrido. Pero bueno, cada uno sobrelleva el dolor y el peso de la culpa como puede, se dijo, de ahí aquel santuario. ¿Y el ama de llaves? ¿Cómo podía convivir a diario con aquellos espectros? En esta vida uno acaba acostumbrándose a todo, incluso a los fantasmas, de modo que, posiblemente a estas alturas, Piedad ni siquiera fuese consciente de que continuaban allí —se dijo también Ignacio Selva.

Tal vez por eso, por lo que acababa de ver en la antigua zona de niños, la alcoba de Piedad le pareció poco llamativa. Se trataba de una habitación de buen tamaño y escasamente iluminada, en la que lo primero en que uno reparaba al abrir la puerta era su perfume. Algo así como un entrevero de flores marchitas con cera de candil, caviló Selva, aunque por lo menos en un primer vistazo, no había por allí nada que justificase tal aroma, ni una triste rosa desmayada en un portaflor y menos aún velas o candiles. «*Fiat lux!* ¡Hágase la luz!, ironizó recordando el latinajo que solía repetir su abuela cada vez que entraba en una habitación oscura. En este caso, él tuvo cierta dificultad para que el dormitorio de Piedad se llenase de luz. Las únicas aberturas al exterior eran un par de ventanas provistas de postigos ciegos. Decidió abrir uno. La otra opción era encender la única lámpara de la habitación, pero una cautela supersticiosa le hizo temer que alguien desde el exterior de la casa alcanzase a ver un resplandor allá arriba en la torre y se hiciera preguntas. Aun así, tampoco la claridad del ventanuco le ayudó a descubrir nada fuera de lo común. Apenas una cama con cabecero de bronce del que colgaba un rosario, dos sillas de enea idénticas a las que había visto en casa de Plácido, una vieja mesilla de noche y sobre esta varias fotos enmarcadas, un ejemplar muy usado de la Biblia y sobre él, vuelto hacia abajo, como si alguien hubiese tenido que abandonar su redacción en plena escritura para hacer otra cosa, un cuaderno grueso. A Selva le llamó la atención el título —*La madre*— que campaba en el primer folio escrito en caligrafía gótica: «Todo sucedió en una noche sin luna...». Así comenzaba la narración, pero Selva detuvo su lectura para interesarse por el cuaderno en sí: buen papel, buenas tapas, observó. ¿Estaría Piedad escribiendo una novela con ese título? Todo parecía indicar que sí, pero no había tiempo para más investigaciones. Hacía ya rato que los chirridos de los neumáticos en la grava del camino habían anunciado el retorno del Peugeot amarillo. ¿Qué haría a continuación Piedad? Cabía la posibilidad de que, ocupada en otros menesteres, el ama de llaves no subiera a su habitación, pero no podía arriesgarse. «Venga —se dijo, disponiéndose a fotografiar el título y las dos primeras páginas de *La madre*—, aún te queda por echar un vistazo a los portarretratos».

Los acercó a la ventana para poder verlos mejor. La luz era escasa, pero su Leika hacía prodigios así que... «Rápido, rápido», se apremió al tiempo que echaba un vistazo al primero de ellos que, previsiblemente, resultó contener una instantánea de Amalia y Laura en la actualidad: en ella podía verse a Amalia de pie mientras que Laura posaba al piano. Selva obturó el disparador de su Leika con escasa convicción. Qué importancia podía tener una foto tan formal y reciente, ojalá el contenido del próximo portarretratos fuese más revelador. Y sí. Al menos esta segunda fotografía parecía antigua. Era de un niño y una niña de unos ocho o nueve años en los que Selva creyó reconocer a Armando y sobre todo a Amalia. Tenía que ser ella. Así lo delataba su pelo de Venus de Botticelli, largo y rizado. El niño, en cambio, no presentaba ningún rasgo delator. Lo más remarcable de la instantánea era el modo en que posaban. Ella, con un brazo sobre los hombros de su hermano, protegiéndole, él, mirándola con arrobo. «Hay que ver qué típicas y qué cursis eran las poses que los fotógrafos se empeñaban en que adoptase la gente a finales de siglo, más que hermanos parecen novios», caviló Selva antes de dirigir su atención a la siguiente fotografía. Por la vestimenta de sus protagonistas, era bastante más antigua que las dos anteriores. En ella podía verse a una pareja que paseaba del brazo por un parque o jardín. Él, de unos treinta y muchos años y con un profuso bigote que casi le ocultaba medio rostro, estaba claro que era don Aparicio, por lo que Selva llegó a la conclusión de que ella tenía que ser Laura, su esposa. Ajustó el objetivo de la Leika para que hiciera de lupa y le ayudase a estudiar mejor la cara de la joven. Y no. No se parecía en nada a Amalia, tampoco a Laura. Era poco más que una adolescente, muy guapa, sí —se dijo Selva—, pero desde luego nada coqueta, a juzgar por su atuendo. El vestido que llevaba era oscuro, simple y tan desprovisto de adornos que parecía un uniforme colegial. Ni un collar, ni pulseras, ni unos zarcillos que alegraran el conjunto, apenas unos guantes de croché negros que remataban tan inconspicuo aspecto. El sombrero, por el contrario, desdecía esta impresión, porque, contra todo pronóstico, era cualquier cosa salvo discreto, con profusión de flores y un par de extravagantes plumas de avestruz. «Como un santo cristo con dos pistolas», caviló Selva, porque daba la sensación de que aquella chica no se sentía nada cómoda con tan excesivo artilugio en la cabeza. «Deprisa, deprisa», se apremió una vez más obturando varias veces el disparador de su Leika. Había, por fin, una cuarta foto cuyo protagonista era un hombre joven y lampiño que posaba para un retrato de estudio vestido como un indiano. Verdaderamente, no había tiempo para más curioseos. No le iba a quedar más remedio que volver en otra ocasión, posiblemente cuando doña Emilia estuviera de regreso y pudiera guardarle las espaldas. Aun así, antes de dirigirse a la puerta, Selva volvió sus ojos a una última fotografía que le quedaba por estudiar y en ella creyó reconocer las facciones de Armando. Un Armando Olmedo muy joven, retratado antes de que se dejara bigote y ataviado con un traje de lino claro. «El perfecto indiano», pensó Selva capturando con su Leika también este retrato de cuerpo entero, que tenía toda la pinta de estar tomado en Cuba. ¿Cuántos años había dicho Amalia que tenía su hermano cuando se instaló en la isla? Quince creía recordar. En la foto aparentaba unos veinticuatro o veinticinco, de modo que calculó que la instantánea debió de tomarse años después de su llegada a la isla.

Selva se apresuró a dejar todo tal como lo había encontrado, con cada portarretratos en su lugar exacto, pero, al posar el último de los marcos sobre la mesilla su codo desplazó aquel viejo ejemplar de la Biblia que había junto a la novela que estaba escribiendo Piedad y ambos volúmenes casi caen al suelo, *carallo*, verdaderamente tenía que salir de allí cuanto antes.

* * *

Así se había desarrollado su inspección a la alcoba de Piedad, y así pensaba contársela a doña Emilia en cuanto regresase a la Casa de los dos Torreones. Lo que no estaba tan seguro de querer contarle era lo sucedido minutos después. Porque ¿qué iba a pensar su compañera de pesquisas si se enteraba de que Laura Olmedo lo había pillado en flagrante delito? En realidad, más que Laura, había sido su fiel cancerbero Athos que comenzó a ladrar y aullar como si hubiese visto el fantasma de don Aparicio, o peor aún, el de su malograda esposa justo en el momento en que Selva, tras abandonar la habitación de Piedad, se disponía a atravesar el pasillo que conectaba el torreón norte con el sur.

—¿Quién anda ahí? —preguntó Laura alarmada—. ¿Eres tú, Piedi? No, claro que no, el sonido de sus pasos es otro. ¿Quién es usted? Hable o tendrá que vérselas con Athos.

Selva contempló la idea de escabullirse pasillo abajo sin responder, pero ¿cuáles eran sus posibilidades de esquivar las fauces de aquel perrazo que tan poca simpatía le demostraba siempre? No le quedó más remedio que decir que era él. Luego, al llegar ante la muchacha, podía haber intentado salir del paso con cualquier excusa, argumentar, por ejemplo, que se había confundido de escalera o recurrir a cualquier otra mentira habitual en estos casos. Pero rápidamente recalculó estrategia y decidió poner en práctica uno de los retazos de gramática parda que doña Emilia le había enseñado en sus almuerzos en Lhardy. «Para que lo sepas, Selvita —le había dicho ella en cierta ocasión mientras compartían lenguado menier en el salón japonés—, si quieres ser un hábil mentiroso (algo muy útil en la vida, no te quepa la menor duda), sábete que cualquiera puede engañar a un tonto, pero a los inteligentes se les engaña solo de un modo. Yo llamo a este truco "la estrategia Jacinto Benavente" porque es él quien la esboza en *Los intereses creados* y consiste... en mentir con la verdad». Cuando Selva había preguntado a qué se refería con semejante oxímoron, doña Emilia le había dado una interesante explicación de en qué consistía tan útil estrategia. La misma que él pondría en práctica con Laura Olmedo al decir:

—Querida, me has pillado, qué vergüenza. He visto que Amalia estaba trabajando, tú en tu cuarto con Athos, y Plácido y Piedad en el mercado, y me decidí a hacer algo que hace tiempo quería hacer. Imperdonable curiosidad la mía, pero, después de oír hablar tanto de aquel trágico incendio, hoy, que estaba desocupado, me dije, ¿por qué no echo un vistazo a donde ocurrió todo? Por supuesto, tenía que habéroslo comentado a ti o a tu tía, pero fue la decisión de un momento. Ni lo pensé. *Mea culpa*, no tengo excusa de ninguna clase y ahora mismo me disculparé con Amalia.

Todo eso dijo y le agradó ver que el truco Jacinto Benavente funcionaba a las mil maravillas. El ceño de Laura Olmedo se desfrunció.

—Si me lo hubieses dicho —fue su comentario—, yo misma te habría acompañado. En esta casa, como habrás visto, no hay cerrojos, no tenemos nada que ocultar. Es verdad que ni a tía Amalia ni a tío Armando les gusta ir a la torre norte porque les trae malos recuerdos, pero, para mí, el incendio y todo lo ocurrido después no es más que una triste pero ya vieja historia.

Laura Olmedo debía de estar de un humor especialmente locuaz aquella mañana, porque, mientras ambos recorrían el pasillo de vuelta al torreón sur con Athos como no muy complaciente escolta, añadió:

—De hecho, te confieso que con diez o doce años me fascinaba escaparme y pasar horas allí. Me recordaba cuando... —y aquí Laura Olmedo hizo una mínima pausa antes de decir—: cuando no había perdido aún la vista y Piedad me dejaba en aquel viejo cuarto de niños lleno de juguetes antiguos mientras ella se ocupaba de sus obligaciones. Tía Amalia nunca llegó a saberlo. Dudo que aprobara la idea. Pero si para ella el cuarto de juegos está lleno de fantasmas, a mí, en cambio, me devuelve a un tiempo en que mis ojos podían ver y era... bueno, ya sabes, una niña como las demás. Qué extraña es la memoria, ¿no crees, Ignacio? ¿Cómo las mismas cuatro paredes pueden tener un significado tan distinto para unas u otras personas? En fin —sonrió, restándole importancia—, tampoco es cuestión de ponerse a filosofar cuando es casi la hora del aperitivo. ¿Te apetece un Dubbonet? ¿O prefieres una *combinación*? Voy a decirle a tía Amalia que la esperamos en el jardín de invierno.

Dicho esto, Laura Olmedo giró sobre sus talones dejando a Selva bajo la supervisión de Athos que, desde luego, no parecía dispuesto a quitarle ojo de encima.

* * *

Después de aquel episodio con Laura y su mastín, Ignacio Selva interrumpió sus investigaciones. Le faltaba colarse en la habitación de la señorita Olmedo, pero dos reparos se lo impidieron. Uno era el temor a ser sorprendido de nuevo por alguien de la casa. El segundo, su certeza de que Amalia era la primera víctima de todo lo que ocurría en la Casa de los dos Torreones. Sí, porque por mucho que ella insistiera en que traía desgracia a los que más amaba, «... simplemente no es verdad», se dijo Ignacio hablando aquella mañana en voz alta con su imagen en el espejo mientras se afeitaba. «Jamás he conocido a nadie tan inocente como ella», se convenció, al tiempo que pasaba suavemente la navaja por su cuello.

El Rápido de Madrid llegaba a primera hora de la tarde, y con él doña Emilia. Amalia le había pedido a Selva que la recogiera en la estación con el Peugeot amarillo. «Me encantaría acompañarte, pero me temo que hoy tocará deshacer un par de entuertos —añadió a continuación—. Resulta que el gerente se ha disgustado con el jefe de aprovisionamientos, y el jefe de aprovisionamientos con dos de nuestros más antiguos proveedores. Pero bueno, nada que no pueda solucionarse con un poco de femenina mano izquierda o, si no, con un bastante menos femenino puñetazo en la mesa». Rio. «Os veré luego en casa. Le he pedido a Piedad —o mejor dicho a Plácido, que es el verdadero mago culinario de esta familia— que prepare un faisán a las uvas, Emilia alabó mucho el que tomamos en el Casino la noche en que...».

La señorita Olmedo enrojeció. A punto estuvo de decir «la noche en que murió Eva», e Ignacio Selva atajó su desazón abrazándola.

—Descuida, cielo, yo me ocuparé de todo. Cuando regreses después de *desfacer* entuertos, doña Emilia y yo te estaremos esperando con un Dubbonet.

OCTAVA PARTE

COMISARIO LONDAIZ

35

LAS ESMERALDAS DE CHATINA VILLAREJO

Y así fue. El Rápido de Madrid no hizo exactamente honor a su nombre y llegó hora y media tarde, pero, aun así, a Selva y a doña Emilia les dio tiempo de ponerse al día en el trayecto de regreso a la Casa de los dos Torreones. Selva le contó el resultado de sus averiguaciones, incluido su accidentado encuentro con Laura y Athos que en un primer momento pensó omitir.

—¿De veras —rio la dama— que no pensabas contármelo? Pero si son gajes del oficio, *ruliño meu*, menos mal que no te pillaron en plena faena y Leika en ristre, eso sí que hubiera sido un cante. Imagino que tú, por tu parte, también querrás saber las últimas noticias que he conseguido recabar con respecto a Armando.

—No me dirá que ha aprovechado su viaje a Madrid para hablar de nuevo con esa antipática prima de Amalia que presume de ser una tumba, pero luego larga que da gloria, ¿verdad? —preguntó Selva.

—Con ella no, pero con Corralero casi a diario.

—Pensé que estaba muy ocupado con el asunto de las esmeraldas de no sé qué marquesa.

—Sí, pero yo le resolví el caso en un periquete.

—¿Usted? ¡Pero si según Corralero era un caso de lo más enrevesado!

—Enrevesadísimo, desde luego... para cualquiera que no conozca a Chatina Villarejo.

—¿Y esa quién es?

—¿Quién va a ser, Selvita? Chatina Pardo, marquesa de Villarejo, la *belle* más festejada de la Villa y Corte estos días y dueña de las esmeraldas en cuestión. En cuanto Corralero me dijo que quien había contratado sus servicios para recuperar las joyas desaparecidas era su marido, sumé dos más dos, y caso resuelto.

—¿Y se puede saber cómo?

—Nada más fácil. Chatina es un ángel, una belleza celestial, la madre y esposa más entregada que existir pueda, amiga de sus amigos, inteligente, leal, abnegada, primorosa, ahorrativa, imaginativa, pero tiene un defectillo: le gustan los caballos más que a un tonto una tiza.

—¿Y qué problema hay con eso?

—Uno bien grave, si son de carreras y en una tarde pierdes camisa y canesú apostando por un penco.

—¡No me diga que ese ángel y dechado de virtudes es ludópata!

—Hasta las trancas, Selvita. No lo puede evitar. Es superior a ella. Por fortuna, tiene bastante buen ojo en esto del *turf* y suele ganar, o bien si pierde, logra resarcirse pronto.

—¿Cómo?

—Con el viejo sistema de empeñar una de sus joyas en el Monte de Piedad y desempeñarla luego cuando gana.

—Muy arriesgado me parece el sistema.

—Para otras puede, pero no para Chatina Villarejo, que, como buena tahúr, guarda un as en su elegante manga: un tío materno solterón que la adora (para mí que siempre ha estado enamorado de ella) y que la ha sacado de más de un atolladero.

—Entonces, ¿dónde está el problema?

—Pues en que esta vez su tío Perico llevaba más de un mes en Baden-Baden tomando las aguas y no pudo hacerle de prestamista, de modo que Chatina se inventó el asunto del robo, aterrada de pensar que no podría desempeñar a tiempo las esmeraldas que su marido estaba empecinado en que luciera en no sé qué señalado sarao. Total y para hacerte el cuento corto: en cuanto le expliqué a Corralero el defecto de la esposa de su cliente, todo se arregló. Corralero confrontó a la marquesa con la verdad, ella lloró a mares, así que caso resuelto y miel sobre hojuelas.

—Sí, ya, caso resuelto puede que sí, pero miel sobre hojuelas, no tanto. Imagino que a ese dechado de virtudes no le habrá quedado más remedio que confesar su pecadillo al marido.

—De ninguna manera, Selvita, parece mentira. ¿No has oído nunca eso de que el marido es siempre el último que se entera de todo?

—¿Y entonces de dónde sacó el dinero para pagar su fallida apuesta?

—De una pulsera de rubíes, una verdadera preciosidad.

—¡No me diga que empeñó rubíes para recuperar sus esmeraldas!

—Solo hasta que tío Perico regresó de Baden-Baden. Pero mira, como no hay mal que por bien no venga, para mí que Chatina, gracias a este incidente —y también gracias a mí, dicho sea de paso—, ha aprendido su lección: no se puede jugar con fuego eternamente, porque al final sales chamuscada.

—Ella chamuscada y usted encantada, por lo que veo.

—Naturalmente que sí, Selvita. Aparte de ayudar a una amiga en apuros, he recuperado a Corralero para nuestra causa. Mañana, en cuanto se entreviste con el marqués y le cuente que las joyas «robadas» han aparecido en una casa abandonada o en algún otro lugar por el estilo, viajará a Avilés.

—Y justo a tiempo, además —se congratuló Ignacio Selva—. Confío en que él pueda averiguar a través de su amigo Bernáldez, el ayudante del comisario Londaiz, cuándo ponen en libertad a Armando. Amalia comienza a inquietarse. La última vez que habló con Londaiz le prometió que en un par de días estaría en casa y, de momento, ni noticias. Ni Amalia ni yo entendemos por qué tardan tanto.

—Yo, en cambio, sí. Y se trata de un detalle nimio.

—¿Cuál? —preguntó Selva, pero la dama declinó contestar, asegurando que quería ser ella quien le contara a Amalia lo que había conseguido averiguar con la ayuda de Corralero—... y después de un delicioso almuerzo, a ser posible. ¿Qué hora es? El tren me ha abierto un apetito tremendo. ¡Ah, pero mira!, si ya estamos en casa... —añadió al ver que se acercaban a la reja de la propiedad y allí estaba Plácido, esperándolos con el portalón de hierro abierto y una muy poco habitual sonrisa en los labios—. Hay que ver lo buen mozo que es este muchacho cuando le da por sonreír. ¿No te parece, Selvita? Míralo, pero... ¡Pero si se parece a Rudy Valentino en *Los cuatro jinetes del Apocalipsis*! No le falta más que el poncho.

36

UNA VENTANA EN EL ÁTICO

—Sí, querida, puedes quedarte completamente tranquila en este aspecto. Cuando menos te lo esperes, tendremos a Armando de nuevo en casa. Lo que ocurre es que las cosas de palacio van despacio, y las de la policía ni te cuento.

Eso dijo doña Emilia dándole un mordisco al carbayón que Piedad acababa de ofrecerle con el café. Esta vez no se habían reunido en el jardín de invierno, sino que, aprovechando una tarde inesperadamente primaveral, Amalia los había convocado en una terraza semicubierta de la que nunca antes habían podido disfrutar y desde la que se dominaba todo el parque. Laura parecía absorta en su taza de café, pero, ante las palabras de doña Emilia, alzó la cabeza como si esperase oír algo de especial interés. Amalia, en cambio, se mostró escéptica.

—Entiendo que vayan despacio —aceptó—. Pero hace cinco días que lo detuvieron, y el comisario Londaiz, que al principio se mostró muy amable, ahora no hace más que darme excusas y largas.

—No es eso, querida. Lo que ocurre es que tiene que mantener cierta reserva. Pero, como te digo, puedes estar completamente tranquila. Corralero dice... —Al mencionar al exinspector de policía, doña Emilia tuvo que hacer un inciso para explicar quién era Corralero y subrayar que, al ser él mismo un expolicía, había hecho buenas migas con Bernáldez, mano derecha del comisario Londaiz. Una vez acabada la aclaración (que fue muy bienvenida por parte de la señorita Olmedo) continuó—: Verás, la situación es la siguiente: según me informa Corralero, Londaiz no ha encontrado ninguna prueba ni indicio nuevo que incrimine a tu hermano. Yo le pregunté qué pasaba con ese párrafo del diario de Eva que salió reproducido en *La Actualidad Trágica* a cuatro columnas y en el que tu cuñada decía haber visto a Armando poner Veronal en su vaso. Pero Corralero le restó importancia argumentado que revelaciones de esa índole pueden sonar muy escandalosas y acusadoras cuando salen publicadas en la prensa. Pero que de cara a la policía no probaban nada, porque, según me aclaró él, lo que mató a Eva López del Vallado fue una mezcla de *dos* sustancias, Veronal y adormidera, y la propia Eva recalcó en su diario que había sido ella y no Armando quien buscó procurarse la segunda.

—Exactamente eso mismo —intervino entonces Laura— le hice yo ver a Londaiz cuando me presenté voluntaria en comisaría para declarar. Me alegra saber que lo ha tenido en cuenta.

—Siendo así, entiendo aún menos que no hayan puesto ya en libertad a mi pobre hermano —argumentó la señorita Olmedo—. Nada hay que lo impida.

—Nada, salvo la burrocracia.

—Querrá usted decir burocracia —rio Laura.

—Quiero decir las dos cosas. «Buro», porque cualquier cosa que tenga que ver con la administración es lentísima y latosísima, y «burro», porque, en caso tan notorio como este, resulta que todo el mundo quiere cazoletear y apuntarse tantos.

Doña Emilia relató a continuación que Corralero le había explicado que, cuando Londaiz estaba a punto de poner en libertad a Armando, surgió un contratiempo inesperado.

—... Uno que el comisario por prurito profesional nunca te contará, querida, una injerencia en lo que a sus competencias se refiere. Verás, la situación es la siguiente: el protocolo en vigor requiere que a todo sospechoso se le haga la pertinente ficha policial. Por lo general, se trata de un mero trámite. Se le saca al detenido un par de fotos, se le toman las huellas, se apunta su altura, su peso y poco más. Pero, en esta ocasión, al tratarse de un suceso que ha saltado a los periódicos del mundo entero y que reúne no solo el regreso de Armando después de su desaparición en el *Titanic*, sino también, y muy lamentablemente, la muerte de su mujer, ya os podéis imaginar qué ha pasado. Cuando Londaiz estaba a punto de ponerlo en libertad, sus superiores paralizaron todo el proceso. Total y para resumir, querida, en estos momentos y para frustración de Londaiz, que ya da el caso por resuelto con la muerte de Eva debida a un lamentable accidente, resulta que él y sus hombres han tenido que esperar a que llegara de Madrid un especialista en bertillonaje.

—¿Bertillonaje? —repitió Amalia, y doña Emilia se apresuró a aclarar que tal era, en honor a su inventor, el nombre técnico de lo que comúnmente se llama ficha policial.

—... Solo que en este caso, y para que los jefes de Londaiz tengan también su cuota de protagonismo —continuó explicando doña Emilia—, han decidido hacerle una ficha más exhaustiva de lo habitual. Por tanto, además de las fotos y huellas que ya tenían, el especialista llegado de Madrid habrá tomado ya las medidas de sus brazos y piernas, forma del cráneo, y se ocupará de recoger muestras de sangre, amén, por supuesto, de buscar y anotar todas las señas particulares que pueda tener: cicatrices, marcas de nacimiento, tatuajes. Dice Corralero que es asombrosa la cantidad de criminales, ladrones y usurpadores que se han descubierto gracias ellos.

—¿A tatuajes? ¿Cómo es eso? —se interesó Laura.

—¡OOHH, señora, cuantísimo lo siento, pero qué torpe soy, perdóneme! —se disculpó Piedad, que, en ese instante, al inclinarse para servirle una copita de oporto, debió de trastabillar dejando que tres o cuatro conspicuas gotas cayeran en el regazo de doña Emilia. La mancha no tardó en extenderse tiñendo de rojo sangre la falda de la dama.

Piedad estaba consternada, muy pálida, pero doña Emilia le quitó importancia.

—Vamos, mujer, no ponga esa cara. Esto no es nada, nada que no pueda solucionarse con agua caliente y bicarbonato. Ande, ande, mientras usted trae ambas cosas, me comeré otro de estos pastelillos, están de muerte.

La expresión no pareció ser del gusto de Piedad. De hecho, ni se movió de donde estaba, y Amalia tuvo que apremiarla para que fuera por el bicarbonato.

—Debes disculpar a Piedad. Está aún más disgustada que yo con lo que se retrasa la puesta en libertad de Armando.

—¿Se encuentra mejor? —se interesó doña Emilia, recordando que en los días previos a su viaje a Madrid el ama de llaves había tenido que someterse a unas pruebas médicas—. ¿Le han dado ya los resultados?

—Está como un roble. Al menos eso me ha dicho que le aseguró el médico en su última visita. Pero esta situación de incertidumbre nos está afectando a todos. ¿Cuándo crees que acabarán con el bertillonaje ese?

—Según Corralero, están a punto, en nada podremos festejar el regreso de tu hermano.

Piedad reapareció con el bicarbonato, pero la mancha escarlata parecía haberse extendido y tenía toda la pinta de requerir tintorería.

—Hasta el mejor escribano echa un borrón —le sonrió doña Emilia—. Olvide el asunto, querida, no tiene mayor importancia, ¡alegre esa cara, cualquiera diría que piensa usted que se trata de sangre de verdad o que ha visto un fantasma!

* * *

Caía la tarde cuando doña Emilia, tras cambiarse de falda, le pidió a Plácido y a Laura que la acompañaran a comprar unos carbayones que quería llevar como regalo a su amiga doña Pura la del moscardón; Amalia, por su parte, se encerró en su despacho a escribir cartas mientras que Ignacio Selva decidió aprovechar día tan templado para leer un rato en aquella agradable y recién descubierta terraza de verano. Desde allí se veía bien el torreón norte y le sorprendió observar que alguien había dejado abierto el ventanal del antiguo cuarto de juegos. «Pero bueno, tampoco tiene nada de particular», se dijo. El orden y la pulcritud que reinaban en aquel santuario del pasado indicaban que Covadonga, o quién sabe si la propia Piedad, se ocupaban regularmente de limpiar y ventilar. Posiblemente, una de las dos habría estado trasteando allí antes del almuerzo y olvidó cerrar la ventana, añadiría Selva, antes de cavilar que haría bien en comentárselo al ama de llaves cuando la viera. «Con la meteorología tan caprichosa que por aquí reina, lo más probable es que esta noche caigan chuzos de punta», concluyó antes de sumergirse de nuevo en su libro.

En honor a su compañera de pesquisas, se encontraba inmerso en *El crimen de la calle Fuencarral y otros relatos*. Pero, por muy hipnótica que fuese la prosa de Pérez Galdós, no lograba concentrarse en la lectura. Tenía la cabeza en otra cosa. «En la semana que viene», se dijo, porque parecía evidente que, si tal como había vaticinado doña Emilia, ponían pronto en libertad a Armando, en ese mismo momento «el extraño caso del impostor del *Titanic*» quedaría resuelto y tocaría regresar a Madrid y dejar atrás, quién sabe si para siempre, la Casa de los dos Torreones. Su esperanza era que, un poco más adelante, con la muerte de Eva declarada un accidente a todos los efectos y la exculpación de Armando, la normalidad volviese a sus vidas, en especial a la de la señorita Olmedo, y pudieran ser felices. «Pero no todo es fácil como en las novelas. La vida nunca lo es», se dijo a continuación

Ignacio Selva. Suponiendo que Amalia olvidara su absurda idea de que era portadora de desgracia y le dijera que sí, él tendría que renunciar a su propósito de convertirse en escritor, volver a su situación de antes, a la notaría de su padre, a la ortodoxia, a la vida «ordenada» que todos esperan de un hombre que adquiere responsabilidades familiares. Olvidar, por tanto y para siempre, la bohemia, los sueños, los laureles literarios... Pero ¿cómo no hacerlo por ella? Amalia se merecía al menos esa estabilidad después de tantas incertidumbres.

Fue entonces cuando Ignacio Selva entrevió cómo se desplomaba aquella sombra. Al principio creyó que era solo la silueta de una de las palmeras del parque proyectada sobre la torre norte. Volvió a mirar. Nada, silencio. Pero apenas un segundo más tarde aquel hiato se quebró con el alboroto producido por el revoloteo de palomas, gorriones y decenas de aves más que, de pronto y en desbandada, no tardaron en desaparecer por encima de los árboles mientras que los pavos reales, a los que Selva hasta el momento jamás había oído emitir sonido alguno, se unieron también a aquel coro de chillidos y graznidos.

Selva se puso en pie. No comprendía lo que estaba pasando. En ese momento vio aparecer el Peugeot amarillo con Laura y doña Emilia detrás y Plácido al volante. Pero observó que, en vez de detenerse ante la puerta principal, el jardinero frenaba en seco y casi se tiró del coche en marcha.

Ahora todos los moradores de la Casa de los dos Torreones se encontraban en el jardín; Laura y doña Emilia aún dentro del vehículo; Amalia, que acababa de acudir a la puerta con aire de interrogación con Covadonga a su lado, que, no sin dificultad, intentaba sujetar a Athos que gemía y aullaba a la vez. También estaba en el jardín Piedad. Solo que el ama de llaves, tendida en el suelo a los pies de la torre norte, los ojos abiertos y las manos garfas, estaba muerta.

37

FLORES BLANCAS PARA PIEDAD

Plácido miraba la escena de pie, junto a la puerta, como quien prefiere mantenerse lejos. Habían instalado a la difunta en el jardín de invierno en un gran ataúd de caoba con adornos en bronce que no acababa de encajar con su sencillo atuendo. Lejos de los severos vestidos negros que usaba habitualmente, Amalia había elegido para ella uno azul marino sencillo pero favorecedor. También le había arreglado el pelo y coloreado las mejillas, mientras que Covadonga se ocupó de llenar la estancia con sus flores favoritas. Semieclipsado por la profusión de azaleas y rosas blancas, magnolias, crisantemos, pensamientos y orquídeas que abrumaban el lugar entreverando sus fragancias, el retrato de don Aparicio, allá al fondo, parecía no aprobar del todo la escena.

Londaiz y sus hombres acababan de marcharse después de precintar las habitaciones del torreón norte, y el comisario tras reiterar sus condolencias les advirtió: «No toquen nada. Ni en la zona de servicio ni tampoco fuera en el jardín, en especial alrededor de la torre norte. Mañana, cuando haya luz, reanudaremos la inspección. Todo apunta a una caída accidental, pero habrá que cerciorarse. Nos espera un largo día, así que descansen, les hará bien».

Pronto darían las doce, y nadie había hecho caso de sus recomendaciones. Cuando doña Emilia y, minutos más tarde, Selva, decidieron retirarse, el resto de los presentes, incluida Covadonga, continuaban en el jardín de invierno. Amalia y Laura deshechas en lágrimas. Plácido con una expresión de impotencia y rabia. Cada tanto se acercaba a su madre para alisarle una arruga del vestido o asegurarse de que el bien disimulado vendaje que él había colocado bajo el mentón para sujetar la mandíbula continuaba en su sitio, lo que confería a la difunta una extraña y apacible belleza.

«Parece más joven», pensó Ignacio Selva. ¿Sería verdad eso que dicen de que en las primeras horas tras la muerte los músculos al destensarse propician una fugaz vuelta atrás en el tiempo? A juzgar por la expresión de doña Emilia, también a ella debía de haberle sorprendido el aspecto de Piedad. Pero ni uno ni otra lo comentaron. Había otros detalles que merecían un más urgente cambio de impresiones, por lo que a Selva, al entrar en su dormitorio minutos más tarde tras el aseo, apenas le sorprendió encontrar a doña Emilia libretita de apuntes en mano y sentada en su cama.

—¿Se puede saber por qué has tardado, Selvita?

—¿Y usted no descansa nunca? —retrucó él—. Ya ha oído lo que dijo el comisario Londaiz, mañana nos espera un día largo.

—Razón de más para comentar ahora, ¿no crees? Veamos: tú eras el único que estaba en el jardín cuando Piedad se precipitó al vacío ¿Qué viste exactamente? ¿Cabe la posibilidad de que hubiera alguien allá arriba con ella? Piensa bien.

—No vi ni más ni menos que lo que le conté a Londaiz cuando me interrogó. Primero me llamó la atención que una de las ventanas del cuarto de juegos estuviese abierta, pero no le di importancia. Retomé el libro que estaba leyendo y, poco después, ya sabe usted cómo son esas cosas: tiene uno la vista en la lectura, pero entreví también lo que hay alrededor. Por eso me pareció adivinar una silueta que al principio tomé por la sombra de una de las palmeras reales sobre la torre norte, pero que, obviamente, debía de ser el cuerpo de Piedad al caer; eso es todo lo que vi.

—¿No oíste un grito, una petición de auxilio?

—¿Se puede saber qué intenta insinuar? ¿Supongo que no pensará que había alguien allá arriba con ella, verdad?

—Yo no insinúo nada, Selvita. Pero tampoco estoy de acuerdo con la tesis de Londaiz de que se trate de una caída accidental. ¿Qué iba a estar haciendo Piedad a esas horas asomada peligrosamente a una ventana? Es completamente inverosímil que le diera por limpiar los cristales de ese condenado cuarto de juegos infantiles a las cinco y media de la tarde. Cualquiera que conozca las rutinas domésticas sabe que uno no adecenta cristales cuando empieza a anochecer. ¿Tú por qué crees entonces que Londaiz puso sobre la mesa explicación tan poco plausible?

—Recuerdo que, en una ocasión, Corralero me contó que cuando una muerte puede deberse tanto a un accidente como a un asesinato, la policía finge creerse la hipótesis más benigna para ver cómo reaccionan los eventuales sospechosos. Pero, en este caso, no los hay. Usted estaba comprando carbayones con Plácido y con Laura, yo pacíficamente leyendo en la terraza y Amalia... No pensará ni por un minuto que Amalia pudo empujar a Piedad, ¿verdad? Es absurdo, ridículo.

—Ridículo o no, es una posibilidad, y hay muchas cosas absurdas en esta historia. Pero, bueno, supongo que mañana, y ya con luz natural, Londaiz y sus hombres llevarán a cabo un registro más minucioso de la casa y sabremos algo más. ¿Tú estás bien seguro de que no la oíste gritar?

—Segurísimo. Y eso descarta que alguien la empujara. De ser así, yo chillaría, vaya si chillaría.

—Solo en el caso de que ella viera venir a su asesino, no si la cogió desprevenida. Pero bueno, hasta que mañana Londaiz investigue, lo único que podemos hacer son cábalas y suposiciones, de modo que mejor será irse a la cama. Quién te dice que quizá dentro de un rato, en sueños, recuerdes algún otro detalle de lo que viste allá arriba.

* * *

«Si los sueños se pudieran dirigir, si yo pudiese conectar inconsciente con consciente y descifrar aquello que entreví sin ver, tal vez entonces —se dijo Selva— lograría recordar lo ocurrido en el lapso de tiempo que iba desde que reparé en que la ventana del cuarto de juegos estaba abierta y la sombra de Piedad precipitándose al vacío...».

Pero por mucho que Ignacio Selva quiso orientar sus pensamientos en esa dirección, sus ensoñaciones tenían ideas propias. No soñó, por tanto, con la muerte de Piedad, sino con el ama de llaves una hora antes, abajo en la terraza de verano, y la vio una vez más bicarbonato en mano y desolada por no poder limpiar la mancha roja de la falda de doña Emilia, solo que, en sus sueños, el ama de llaves, en vez de pronunciar escasas palabras tal como había hecho en la vida real, gritaba y gesticulaba diciendo cosas absurdas como: «¡Tatuaje, mucho cuidado con los tatuajes!». Y, a continuación, frotando con saña la falda de doña Emilia, gritaba aún más al decir: «¡Voy a añadir más sangre al bicarbonato! ¡Más! Fuera, maldita mancha, fuera te digo. Ha de desaparecer por completo...».

Tal vez por eso, porque después de aquel sueño extraño cayó en un sopor, le sorprendió despertar cuando el sol entraba ya por la ventana a raudales iluminando la estancia. ¿Qué hora sería? Desde luego, mucho más tarde que otras mañanas. Selva se aseó y afeitó a toda prisa. Mira que dormirse en un día como aquel. Tendría que excusarse con las señoras, más le valía bajar cuanto antes al comedor.

Al entrar tuvo la sensación de que lo ocurrido la víspera también debía de ser un mal sueño, porque todo parecía igual que cualquier otra mañana. El *bufet* del desayuno tan surtido como siempre con sus platos calientes y fríos, sus cruasanes recién horneados, su pan crujiente, sus bizcochos, sus mermeladas. Algo más allá, sobre la mesita supletoria, las bebidas calientes en tres termos diferentes: café, té o chocolate, que una Covadonga servicial se ocupaba de ofrecer.

—En honor a Piedad —dijo una voz a su espalda.

Selva se giró, y allí estaba Plácido, por una vez bien trajeado, con zapatos nuevos y brillantes y peinado a la gomina. Y a su lado Laura, de luto severo, que le comunicó que el comisario Londaiz hacía más de una hora que estaba en la casa y se encontraba en ese momento con Amalia y doña Emilia en la torre norte.

—Me ha pedido que te diga —añadió la muchacha— que nadie debe salir de la propiedad hasta que él y sus hombres terminen con las diligencias.

—¿Y ella? —se atrevió a preguntar Ignacio Selva, señalado con un respetuoso gesto de cabeza en dirección al jardín de invierno donde yacía Piedad.

—Se la han llevado ya. Hasta que no la abran en canal no la dejarán descansar en paz —fue el desabrido comentario de su hijo; Covadonga, que pasaba por ahí en ese momento atendiendo a sus quehaceres, intentó posar una mano comprensiva en su antebrazo, pero él la rechazó con un—: Los cuerpos de los muertos hablan más que cuando estaban vivos, al menos eso parece creer Londaiz, el muy hideputa.

38

OTRA VUELTA DE TUERCA

Dos días más tarde, *Crónica del Crimen*, rival y competidor de *La Actualidad Trágica*, bajo el titular: «Sensacional vuelta de tuerca en la muerte de la multimillonaria Eva López del Vallado», se hacía eco de la siguiente noticia:

> Según ha podido saber *Crónica del Crimen* de fuentes de probada solvencia, cuando todo apuntaba a una muerte accidental de la multimillonaria Eva López del Vallado y las autoridades se disponían a poner en libertad por falta de pruebas a su marido, Armando Olmedo, más conocido como «el impostor del *Titanic*», la parca ha visitado de nuevo la Casa de los dos Torreones. Piedad Pérez, de sesenta años de edad y ama de llaves de la familia, ha aparecido muerta a los pies de una de las torres que dan nombre a la propiedad. Las autoridades barajan diversas hipótesis. La primera, una caída fortuita mientras limpiaba los cristales, eventualidad que apenas se contempla por improbable. La segunda, que alguien empujara a la desventurada al vacío, hipótesis que ha llevado a la policía a someter a severo interrogatorio a Amalia Olmedo, propietaria de la mansión que se encontraba dentro de la misma en ese momento. Por suerte para ella, el registro de la habitación de la finada produjo un hallazgo afortunado que despeja toda duda sobre lo acontecido. Una carta de puño y letra de la occisa, fechada el mismo día de autos. Una misiva que nues-

tros afortunados lectores podrán leer mañana en primicia y que comienza así: «A quien pueda interesar: Yo, Piedad Pérez, en pleno uso de mis facultades mentales, declaro que...».

¡Descubran mañana el resto de esta crucial misiva que arroja impactante luz sobre un caso cada vez más enrevesado!

La noticia acababa con esta recomendación a los fieles lectores de *Crónica del Crimen*.

Si algunos de ustedes están pensando en acercarse a la Casa de los dos Torreones para ver *in situ* el escenario de esta nueva tragedia, tengan en cuenta que el hijo de la finada, un tipo de muy mala índole, es quien monta guardia a la puerta de la propiedad. Se le conocen a este individuo diversos episodios de violencia injustificada, de modo que cabe preguntarse: ¿qué nuevo y aterrador capítulo nos deparará en esta triste saga?

* * *

—Pero qué vergüenza, amigo Corralero. ¡En mi vida he visto una intrusión tan cruel en la vida de una pobre familia! ¿Cómo se pueden tolerar semejantes comentarios?

Doña Emilia e Ignacio Selva se habían citado nuevamente con el exinspector de policía (recién llegado de Madrid tras la resolución del enigma de las esmeraldas robadas) en aquella tasca del extrarradio, alfombrada de colas y cabezas de gambas. La idea era, como en ocasiones anteriores, hablar lejos de oídos indiscretos a los que ahora había que añadir los de más de una docena de plumillas y fotógrafos ávidos de primicias que desde hacía días orbitaban alrededor de la Casa de los dos Torreones.

—Ni se imagina el gentío que hay congregado ante la reja de la propiedad, aquello parece una romería. Por un momento, al salir de la casa para acudir a nuestra reunión con usted —explicó doña Emilia a Corralero—, pensé que un tipo en un Ford T negro que escondía sus facciones tras un borsalino iba a seguirnos. Pero, por fortuna, en ese momento vio él a Laura y a Athos pasear por el jardín, y se conoce que le parecieron más interesantes de escudriñar que nosotros. En esto nos hemos convertido en los últimos días, amigo mío, en especímenes zoológicos enjaulados tras las rejas de la propiedad de los Olmedo. Es terrible.

—¿Y cómo llevan todo esto doña Amalia y su sobrina? —se interesó Corralero.

—Pues ya se puede usted figurar. No salen de su estupor, Amalia, una vez más, ha optado por encerrarse en sí misma y apenas habla, mientras que Laura ha entrado en efervescencia. Escribe cartas a los periódicos en las que denuncia la indefensión en la que se encuentra la familia y el hecho lamentable de que, gracias a las «revelaciones» irresponsables de la prensa, cualquier ciudadano acaba convirtiéndose en culpable de cara a la opinión pública, sin juicio y sin defensa posible. Tiene buena pluma esta muchacha. Cuando acabe esto, tengo pensado proponerle al director del *ABC* que le encargue un artículo. Ese mundo suyo de los radioaficionados que conecta a personas de distintos lugares, muchos de ellos invidentes, me parece fascinante y merece conocerse. Pero lo primero es lo primero, amigo mío, y ahora lo que urge es ayudar tanto a ella como a su tía, en todo lo que podamos. Dígame, ¿es cierto lo que publica *Crónica del Crimen*? ¿Ha dejado Piedad una carta póstuma? ¿Dónde la han encontrado y qué dice? Londaiz no nos comentó ni una sola palabra de esto después de registrar la casa de arriba abajo.

—Lógico y normal, señora, es parte del protocolo.

—¡Pues vaya protocolo es ese por el que la prensa sensacionalista se entera antes que los interesados!

—Tendremos que irnos acostumbrando a que así sea. Me temo que el futuro va por ahí —profetizó Corralero

—¿Quieres decir —intervino Selva— que tampoco tú, a pesar de tu hilo directo con el ayudante de Londaiz, sabes nada de esta carta?

—El fraseo exacto lo desconozco, pero su contenido sí. Según me ha contado confidencialmente Bernáldez, la carta que obra en poder de la policía y que, lamentablemente, se ha filtrado a la prensa, es la confesión de una mujer atormentada por la culpa.

—¿La culpa de qué?

—De haber callado. «... Toda mi vida ha sido un ininterrumpido silencio». Según Bernáldez, estas ocho palabras figuran subrayadas en el texto y, a renglón seguido, la finada se confiesa responsable de la muerte de la esposa de Armando.

—Tiene que haber un error. ¿Qué motivo podía tener Piedad para acabar con la vida de esta señora? —se asombró doña Emilia—. ¿No será otra «noticia» traída por los pelos y sin pies ni cabeza de esas que inventan los periódicos?

—Ya le he dicho que mi fuente es Bernáldez y no un plumilla de *Crónica del Crimen.* Por lo visto, la muerte de Eva López del Vallado se debió a un exceso de celo y de buena voluntad por parte del ama de llaves. Según cuenta ella en su carta, la dama le confió sus problemas para conciliar el sueño y las terribles jaquecas que la atormentaban, y Piedad decidió ayudarla.

—¿Cómo?

Corralero extrajo del bolsillo interior de su chaqueta la libreta en la que había tomado nota de lo relatado por su amigo Bernáldez y, tras ojear dos o tres epígrafes, continuó:

—La explicación que da Piedad en su carta póstuma encaja con lo escrito por Eva en su diario y también con lo desvelado por la autopsia. En otras palabras, fue Piedad quien le proporcionó a la finada la adormidera que, combinada con el Veronal que ya tomaba ella por su cuenta, acabaría causándole la muerte. Desde entonces, y según relata también la occisa en su carta, al

313

darse cuenta de que había envenenado accidentalmente a esta señora, se vio tan atormentada por la culpa que decidió poner fin a
su vida. Porque —y según me ha dicho Bernáldez, y esta parte de su
misiva está subrayada, «no podía permitir que las sospechas re-
cayeran sobre Armando, al que quiero como a un hijo. Antes que
verlo en la cárcel, he preferido la muerte».

—Pobre mujer —se compadeció doña Emilia.

—Pobre sí, pero no llego a entenderlo —intervino Selva—. Los
tiempos no concuerdan. Piedad sabía, porque así lo comentamos
todos en la terraza una hora escasa antes de que ella se precipitara
al vacío, que la policía estaba a punto de liberar a Armando por
falta de pruebas. Restaba apenas un mero trámite sin importancia,
el famoso bertillonaje que estaba rematando el especialista llegado
de Madrid a tal efecto, y una vez completada esta formalidad, Armando Olmedo estaría de nuevo en casa. El ama de llaves oyó al
igual que todos nosotros la buena noticia; incluso cuando doña
Emilia estaba detallando en qué consistía exactamente esa dichosa
ficha policial, de tan contenta que estaba, se descuidó con la copita
de oporto que servía y derramó parte de su contenido sobre la falda de doña Emilia. Y resulta que, al cabo de un rato, va, sube a la
torre norte y se tira por la ventana. No tiene sentido.

—El suicidio solo tiene sentido para quien lo lleva a cabo, Selvita. A saber qué pasó por su cabeza tras atendernos en la terraza.
Quizá entendió mal. Quizá ocurrió *algo* de lo que no tenemos
noticia, vete tú a saber. Dígame, Corralero, ¿durante el registro de
sus pertenencias, encontraron algo que pueda ayudarnos a comprender su decisión?

—Sí, hay un par de detalles interesantes. Por un lado, una carta
de un especialista de Oviedo en la que le pide que lo vaya a ver a la
mayor brevedad para un cambio en la medicación con la que la estaba tratando. Consultado este doctor, Londaiz y sus hombres han
averiguado que le habían diagnosticado un tumor meses atrás.

—¡Cómo es posible! Jamás dijo nada. Al contrario, a Amalia siempre le hizo creer que estaba perfectamente —comentó Selva.

—Santa *omertà* —retrucó Corralero.

—¿Cómo dice usted?

—Que, por lo que ustedes me han contado, en la casa de los Olmedo el silencio es algo así como parte del paisaje. Pero bueno, esta revelación sobre su salud parece explicar al menos un par de cosas. Por un lado, que con la muerte cerca, posiblemente su conciencia la haya impelido a revelar su error. Y por otro, explica algo más. —Corralero retomó entonces su libreta de tapas de hule antes de detallar un segundo hallazgo hecho por el comisario Londaiz y sus ayudantes—: Parece ser que la vieja Biblia de la difunta apareció sobre la cama abierta por un pasaje del Evangelio de san Juan.

—¿Qué pasaje?

—Este: «No hay amor más grande que el de aquel que da la vida por sus amigos», solo que Piedad tachó la expresión «sus amigos» sustituyéndola por «los suyos».

—Pobre Piedad —reiteró doña Emilia—, pobre mujer. ¿Encontraron algo más entre sus pertenencias?

—Poco más —redundó el detective—. Se ve que tenía una vida gris y carente de interés. En su habitación, amén de ropa y otros enseres personales y de aseo, únicos objetos reseñables son un rosario colgado del cabecero de la cama, el antes mencionado ejemplar de la Biblia y sobre la mesilla dos portarretratos.

—¿Nada más? —se interesó Selva.

—No. ¿Por qué?

—Porque la vez que me colé en su habitación había un cuaderno de notas, que parecía un diario, unas memorias, no sé... y luego cuatro portarretratos. ¿De quién eran las fotos que vio Londaiz?

Corralero volvió a consultar su libreta.

—Una reciente de Amalia y su sobrina tocando el piano y luego otra de hace lo menos treinta o cuarenta años de una pareja. Él, según descripción de Bernáldez, es un tipo con uno de esos bigotes de morsa tan profusos que se llevaban a principios de siglo, y ella, una mujer joven.

—Presumiblemente de los padres de Amalia —aventuró doña Emilia.

—¿Estaba Amalia presente cuando Londaiz y sus hombres inspeccionaron la habitación? —se interesó Selva.

—Eso no lo pregunté. ¿Es relevante?

—Lo relevante —abundó Selva— es que faltan un cuaderno y dos portarretratos. En uno de los que yo vi aparecían Amalia y Armando de niños abrazados ante la escalinata de la entrada a la Casa de los dos Torreones. Y luego, una segunda foto de Armando con veintipocos años, y por las trazas, calculo yo, tomada en Cuba.

—¿Estás seguro? —preguntó doña Emilia.

—¿Seguro de que las vi? Por supuesto. Incluso las fotografié. Ojalá hayan salido bien, había poca luz en la habitación.

—Habrá que mandarlas a revelar cuanto antes, a ver qué sacamos en claro. Mientras tanto, ¿estás seguro de que los niños de la otra foto que acabas de mencionar eran Amalia y Armando?

—¿Quiénes sino? No importa cuántos años hayan pasado desde que se tomó esa foto, el pelo largo y rizado de Amalia es inconfundible.

—La pregunta ahora —comentó Corralero, cambiando de tercio— es qué va a pasar a continuación. Bernáldez dice que, con la confesión de Piedad, la puesta en libertad de Olmedo debería ser inmediata, y sin embargo no lo será.

—¿Y por qué no?

—Por el maldito bertillonaje.

—Pero vamos a ver —se impacientó doña Emilia—, ¿qué objeto tiene ahora hacerle una ficha policial a alguien que está más que demostrado que es inocente? Es absurdo.

—Qué me va usted a contar, pero la burocracia es como una de esas pesadas rocas que alguien echa a rodar desde lo alto de una ladera. Una vez que se pone en marcha no hay quien la pare. La orden de que a Armando Olmedo se le haga una ficha policial completa está dada desde Madrid, y no hay más discusión. Le guste o no le guste a Londaiz. Pero bueno, según me cuenta Bernáldez, en nada tendrán ustedes a don Armando merendando carbayones en la casa de sus ancestros. Por cierto, y hablando de hincar el diente, no nos hemos tomado aún nada y el tabernero nos reojea con bastante mala cara. ¿Le pido unas gambas, doña Emilia?

Doña Emilia miró el suelo tapizado de colas y cabezas chupeteadas y, pese a ser la hora del aperitivo, declinó el ofrecimiento.

—Pero sí me vendrá bien una copita de Palo Cortado para asentar el estómago. ¿Qué vas a tomar tú, Selvita?

39

DE NUEVO EN CASA

La liberación de Armando Olmedo fue un acontecimiento de enorme interés. Plumillas y *reporters* de medios tanto nacionales como extranjeros se dieron cita ante la reja de la Casa de los dos Torreones para inmortalizar la llegada del que ahora todos llamaban «el resucitado del *Titanic*». Por allí podía verse, por ejemplo, a un corresponsal de *The Times*, de Londres, otro del *Corriere della Sera*..., así como un camarógrafo nieto de uno de los hermanos Lumière decidido a inmortalizar el momento en el que el vehículo policial entraba en la Casa de los dos Torreones. Para sorpresa de todos, sin embargo, frenó y se detuvo varios metros antes.

¿Qué hace? ¿Por qué se para? ¿Qué pasa ahora? Los centenares de curiosos allí congregados pudieron ver entonces cómo Armando Olmedo, elegantemente trajeado de *tweed* verdigrís, salía del coche y sin prestar atención al griterío de los presentes («¡Bienvenido a casa!», «¡Sonría, por favor, soy corresponsal de *La Vanguardia*!», «¡Y yo del *ABC*!», «¡Eh, señor Olmedo, ¿me recuerda? Soy Jacinto, el dueño del ultramarinos en el que compraba dulces cuando era niño, Dios lo bendiga!»), se abrió paso entre la multitud hasta llegar a un punto concreto de la reja de la propiedad. Una vez allí y para asombro de tantos, deslizó dos dedos sobre la superficie de uno de los barrotes. Solo eso. Las voces recomenzaron con sus retahílas: «¿Pero se puede saber qué pasa?», «¡Eh, usted, aparte la cabezota, que no me deja ver!», «¿Qué mira el resucitado ese con tanta atención?», «Nada —respondieron los más cercanos al punto donde se encontraba Olmedo—, solo ha *pasao* los dedos sobre un barrote, pero allí no hay nada. ¡O sí, aunque apenas se ve! Sí, es una marquita, una cruz grabada con un cuchillo... ¿Será una costumbre familiar? ¿Algún tipo de ritual? Hay que ver qué raros son los ricos...», «Nada, nada, tú haz fotos de todo —le decía en ese momento un plumilla a su fotógrafo—, apáñatelas para que se vea bien la marca, ¿me has comprendido? Seguro que la cosa tiene su miga». «¡Eh, don Armando! —gritó otro—. ¡Unas palabras para sus paisanos, somos de *El Comercio* de Gijón!», «¡Y nosotros de *La Voz*!», «¡Y nosotros de *El Imparcial* de Madrid, oiga!».

Armando a todos sonreía intentando regresar al vehículo policial, pero la marea de gente se lo impedía y, al final, la policía tuvo que intervenir. «No ha sido buena idea apearse, señor Olmedo, hay que ver qué tumulto y tremolina, cualquiera diría que es usted una estrella de cinematógrafo o el Papa de Roma. Por cierto, ¿le importaría firmarme un autógrafo para mi señora? Me tiene loco desde que le conté que lo iba a escoltar de nuevo a casa. Y ahora venga conmigo, volvamos al coche cuanto antes, es por su seguridad».

Al día siguiente, *La Actualidad Trágica* se haría eco de estos sucedidos, pero sobre todo de uno acontecido pocos minutos después y lo hacía en estos términos:

¿Y qué creen nuestros sagaces lectores que sucedió cuando Armando Olmedo se disponía a introducirse en el vehículo policial para entrar en su propiedad? Que un individuo se acercó al ahora conocido como el resucitado del *Titanic*, y cogiéndolo por el cuello y al grito de: «¡Esto es por ella!», y «¡Tú la mataste!», le propinó un brutal puñetazo que hizo que rodara por tierra. Para pasmo de los presentes, el agredido se levantó como si nada, y tras enjugar con su elegante pañuelo de batista con iniciales bordadas el hilillo de sangre que manaba de sus labios, impidió que la policía se lanzara sobre el autor de la paliza, asegurando que estaba perfectamente y que el incidente carecía de importancia. Según ha podido averiguar *La Actualidad Trágica* de fuentes de toda solvencia, el joven que lo atacó es un empleado de los Olmedo, un tal Plácido Pérez, pero ¿qué quiso decir con sus terribles palabras? Según las antes mencionadas fuentes de toda confianza, el agresor es hijo de Piedad, el ama de llaves de la familia, que días atrás apareció muerta al pie de una de las torres que dan nombre al palacete. Las circunstancias del óbito dieron en su momento pábulo a todo tipo de especulaciones, incluida la eventualidad de que se tratara de un asesinato. Aunque es preciso puntualizar que, en caso de que lo fuera, no pudo ser cometido por el resucitado del *Titanic*, puesto que en esos momentos se encontraba aún detenido en dependencias policiales. Además, como bien saben nuestros lectores, puesto que también nos hemos hecho eco de este luctuoso suceso, apareció entre las pertenencias de la difunta Piedad una carta en la que explicaba los motivos por los que decidió poner fin a sus días. Pero...

¿Es posible que la carta no fuera escrita por ella, sino por otra persona?

Como dato significativo hay que añadir, además, que el señor Olmedo, a pesar de haber sido tan violenta y públicamente atacado por este energúmeno, ha declinado presentar denuncia por los hechos. Naturalmente, el tal Plácido está ya entre rejas, pero *La Actualidad Trágica* augura que, al no existir denuncia por parte del agredido, no pasará demasiado tiempo a la sombra. ¿Y qué hace mientras tanto el resucitado del *Titanic*? Según personas de su entorno, su mayor anhelo es regresar a Cuba donde le espera su hijo, un niño de diez años, ajeno a este trágico sainete que, no lo olvidemos, ha perdido a su madre también en extrañas circunstancias. Las mismas fuentes apuntan a que el señor Olmedo viajará en compañía de su hermana Amalia y de su sobrina Laura, deseosas, a su vez, de alejarse por un tiempo de esta casa que tan tristes recuerdos alberga. ¿Se producirán nuevos capítulos en historia tan digna de Rocambole? Nosotros, en *La Actualidad Trágica*, permanecemos atentos a nuevos e inesperados acontecimientos.

* * *

—Reconozcámoslo, Selvita, como émulos de Sherlock Holmes y de su siempre fiel doctor Watson, tú y yo somos una calamidad. Nuestras pesquisas no han servido para nada. Al final, resulta que el enigma del impostor del *Titanic* se ha resuelto solo; la muerte de la pobre Eva fue un accidente y la de Piedad un suicidio propiciado por la culpa. Es decir, mucho ruido y pocas nueces, y de no estar nosotros aquí todo hubiese acontecido exactamente igual. Suerte que jamás se me ocurrirá escribir esta historia, porque, de hacerlo, Conan Doyle se troncharía de risa. Si al menos tu romance con Amalia hubiese llegado a buen fin, pero ni eso. Ella marchará a Cuba y tú te quedarás en el puerto como un gil, diciéndole adiós con un pañuelito. Porque vamos a ver, tontín —se impacientó entonces doña Emilia—, ¿se puede saber a qué esperas para decirle que quieres pasar con ella el resto de tus días, en la prosperidad y en la adversidad, en la salud y en la enfermedad, y todo eso que suele decirse en estos casos? De verdad que no te entiendo. ¿A qué viene tanta indecisión, tanto deshojar la margarita? Tu vida de crápula insustancial hace tiempo que ha quedado atrás y, si lo que te preocupa es que, en aras de ser eso que llaman un hombre de bien y un marido aceptable, tendrás que sentar cabeza y renunciar a tu sueño de convertirte en escritor, harás bien en recordar aquello que decía Larra de que en España escribir es llorar... Peor aún, a menos que tengas dinero propio, como es mi caso, es pasar más hambre que un ratón de sacristía, de modo, *meu ruliño*, que sabes lo que toca hacer: llamar a tu señor padre y decirle que regresas al redil como el hijo pródigo. Porque supongo que no te plantearás ni por un momento unirte a Amalia y vivir de su dinero, ¿verdad, pimpollo?

Ignacio Selva no quiso sacarla de su error. ¿Para qué decirle que estaba dispuesto a olvidar sus sueños literarios y todo lo que hiciera falta, pero que no era él quien tenía dudas, sino Amalia? El día después de la puesta en libertad de su hermano habían hablado, y ella, una vez más, le confesó su amor. Pero solo para, a renglón seguido, insistir en esa idea absurda de que traía desgracia a aquellos que más amaba.

—... Hace apenas unos días, a mi tan querida Piedad. ¿No te das cuenta, Ignacio? Cada vez que pienso que puedo llegar a ser feliz, algo se tuerce o se trunca sin remedio. Ya viste lo que dejó Piedad subrayado en aquel viejo ejemplar de la Biblia que guardaba en su mesilla: «No hay amor más grande que el de aquel que da la vida por los suyos». ¿Qué quiso decir con eso? ¿A quién se refería? Solo sé que para ella estas cuatro paredes siempre fueron lo primero. Pero como ella misma dijo una vez, esta casa hace años que nos tragó a todos los que aquí vivimos. La amamos, pero no podemos escapar de ella. Hay edificaciones así, ¿sabes? «Casas leprosas», las llaman en la Biblia, y de ellas se dice que gustan de jugar con sus habitantes, son casas malvadas, y solo dejan de serlo si alguien da su vida por ellas. A saber si se contentará con la de mi pobre Piedad o buscará cobrarse alguna más.

Selva no podía creer lo que estaba oyendo. Amalia la racional, la mujer autosuficiente que desde muy joven se había tenido que ocupar de todo y de todos, la cabal, la brillante. ¿Cómo podía creer semejante cuento de viejas? Muy a su pesar, comprendió en ese momento, que ella no accedería a mudarse con él a Madrid, que jamás abandonaría aquel lugar que a él cada día le parecía más siniestro. Y, sin embargo, Selva no estaba dispuesto a darse por vencido. Fue entonces cuando se le ocurrió animarla para que viajara con Armando a La Habana. Ella y también Laura, a las dos les vendría bien cambiar de aires. Hubiese abogado asimismo porque las acompañara Plácido, pero tras el golpe que le había propinado a Olmedo en la puerta de la Casa de los dos Torreones, estaba intratable. Ni siquiera Laura conseguía arrancarle palabra. Pasaba los días encerrado en su cabaña de la entrada. Al principio, todos, incluido Armando, habían intentado animarle. A pesar de que en vida de su madre siempre se había mostrado hosco y hasta a veces cruel con ella, su muerte debió de ser un duro golpe para él; al fin y al cabo, no tenía más parientes. Pero el muchacho era joven y talentoso, Amalia le ofreció ayudarle a encontrar trabajo en otra parte, si su deseo era dejar atrás aquella casa llena de recuerdos. También doña Emilia intentó convencerlo de viajar a Madrid. Sí, por qué no; a ella, que tenía amigos hasta en el infierno, no le costaría conectarlo con gentes del mundo del arte, alguien de sus características tenía posibilidades de hacerse un nombre, y la capital estaba siempre ávida de savia nueva. Plácido, al principio, dijo que sí, pero, luego, al saber que tanto Amalia como Laura viajarían con Armando a Cuba y tenían planeado pasar allí lo menos un par de meses, se negó a abandonar la propiedad. «Mi sitio está aquí, junto a ella —añadió, señalando hacia el lugar del parque en el que habían enterrado a Piedad—. Los suicidas no merecen yacer en tierra consagrada —rio amargamente—. Pobres imbéciles —dijo, al recordar la negativa de las autoridades a enterrarla en el cementerio local—, no saben que para mi madre no hay lugar más sagrado que este».

Faltaban tres días para la partida. Amalia y Laura andaban atareadas con los preparativos del viaje, iban y venían por la casa, con Covadonga siempre cerca, dispuesta a ayudar en todo. Se había ofrecido a mudarse a la casa: «... Si la señora quisiese... me gusta ser de utilidad». De buena gana Amalia habría aceptado, pero no quería disgustar a Plácido; Piedad nunca le había tenido simpatía a la muchacha. Además, tampoco era tan necesaria, se convenció Amalia, en casa siempre nos hemos arreglado con personal externo que viene por horas. Así se lo comunicó a Covadonga. A la muchacha se le llenaron los ojos de lágrimas: «Pensé que ahora que Piedad ya no está... —dijo, pero de inmediato bajó la cabeza con un—: Como diga la señora, ¿quiere que empiece por planchar todo esto que ha apartado para llevar de viaje? Déjemelo a mí».

Armando Olmedo, entre tanto, se ocupó de hablar con los responsables de las empresas familiares ante la inminente partida. Era gente de confianza, llevaba toda su vida trabajando con los Olmedo, pero el viaje iba a ser largo y había decisiones que tomar. La Casa de los dos Torreones también debía prepararse para la partida. Bajo la supervisión de Plácido y con Covadonga como escudera, sábanas blancas poco a poco comenzarían a cubrir muebles, aparadores, espejos, empezando por el ala norte donde se encontraba el antiguo cuarto de juegos y también la que fuera la habitación del ama de llaves. Antes de que se clausurara del todo, Ignacio Selva decidió hacer una excursión allá arriba. Ni siquiera sabía qué le impulsaba a hacerlo. Después de que la policía inspeccionase a fondo la habitación de la difunta, poco quedaría por descubrir. Y, en efecto, al principio no vio nada de particular. La cama estaba desnuda, sin sábanas ni mantas, y habían desaparecido el resto de enseres. Nada en la mesilla, nada en la mesa de trabajo. Tampoco había ropa en los armarios, a excepción de una bata colgada de un clavo tras la puerta del baño. Se trataba de una prenda vieja y gastada, pero en la que se adivinaba todavía un cachemir de un rojo delicado y tan caro que le llamó la atención. Seguramente en su día fue de Amalia, caviló, Piedad jamás habría podido permitirse una prenda de estas características. Una vida entera viviendo de prestado, se dijo Selva, pobre mujer, rodeada de lujos sabiendo que nada era suyo.

40

NUEVA CITA CON CORRALERO

—¿Se puede saber en qué piensas, Selvita? Supongo que no se te habrá olvidado nuestra cita de hoy.

Era martes, un día antes de que los Olmedo se hicieran a la mar. Selva y doña Emilia desayunaban a solas en el comedor después de que Armando se levantara de la mesa tras una animada conversación sobre los pormenores del viaje. Tras ser puesto en libertad, los primeros días se le notaba desolado. Nada más llegar, había pedido que le cambiaran de habitación. «Demasiados recuerdos —había dicho mientras jugueteaba con la alianza de boda de Eva que ahora llevaba en el dedo meñique y a la que recurría a cada rato como amuleto—, demasiadas cosas lindas que nunca volverán».

No obstante, a medida que se acercaba el día del regreso a Cuba, comenzó a animarse, incluso aquella mañana había bromeado con doña Emilia sobre lo contundentes que resultaban los carbayones a tan temprana hora de la mañana, lo que tuvo como consecuencia que la dama, nada más desaparecer él por la puerta, se sirviera dos más.

—... Voy a echar mucho de menos estos pastelillos —le comentó a Selva—. Tanto que, en cuanto llegue a casa, pienso llamar a Ricardo Baroja y convencerlo de que los fabrique en Madrid; es muy amigo mío.

—Creía que su amigo era don Pío —respondió Ignacio Selva sin prestar demasiada atención. Tenía la cabeza en la inminente partida, no en los carbayones.

—Y lo es. Pero resulta que su hermano Ricardo es el director de Viena Capellanes, seguro que, si lo convenzo, se venderán como rosquillas, ya me ocuparé yo de hacerles propaganda. Y ahora, volviendo a lo nuestro, recuerdas que hemos quedado con Corralero a las dos menos cuarto, ¿verdad?

* * *

Corralero continuaba en Avilés. Había aprovechado que no tenía ningún caso pendiente en Madrid para permanecer allí un par de días más tomando las salutíferas aguas de un balneario cercano. Pero regresaba a la capital en el Rápido de la mañana siguiente, y doña Emilia deseaba tener una atención con él antes de su partida. En un primer momento y por cábala, pensó en convidarlo a la tasca aquella en la que tantas veces se habían reunido durante sus pesquisas, pero el alfombrado de gambas chupeteadas le hizo desistir del ritual, y se decantó por el Casino. Seguro, se había dicho, que el alma de indiano del exinspector se sentiría en su salsa en aquella imponente edificación de mullidas alfombras rojas, cortinajes granates y espejos y arañas de cristal de La Granja, cortesía de socios que se habían hecho multimillonarios al otro lado del océano y que ahora jugaban al billar, leían la prensa o, simplemente, miraban al infinito en la sala de fumadores.

* * *

—¡Amigo Corralero! ¡Amigo Corralero! Venga usted para aquí. ¿No ve que a las señoras se nos prohíbe la entrada en ese antro de perdición?

El detective alzó la cabeza, alarmado. Fiel a su costumbre de llegar siempre diez minutos antes a las citas, se había sentado a esperar a sus amigos en aquella parte del Casino vedada a las damas, pero nunca imaginó que doña Emilia asomaría por la puerta y, brazos en jarra y haciendo uso de su timbre de contralto, le daría por vocear desde el vano.

Ignacio Selva intentó disuadirla cogiéndola levemente por el codo, pero ella se desasió con un:

—Déjame, Selvita, a ver si se enteran de una vez los muchos necios que perseveran en esta bobada de hombres por un lado y mujeres por otro. ¿Qué se han pensado que es esta sala, un baño turco? ¡Venga, Corralero! Aligere, Selvita y yo le esperamos en el comedor. ¿Le voy pidiendo un Palo Cortado?

Varios caballeros miraron ceñudos e incluso hubo dos que ya dirigían sus pasos hacia la puerta con ánimo de defender el fortín de tan inopinado asalto. Pero, al ver de quién se trataba, se lo pensaron dos veces y cuchichearon por lo bajo.

—Es la Pardo Bazán, retirada estratégica, amigo Cosme.

—A toda máquina, amigo Abelardo. A toda máquina.

Contra todo pronóstico, Elías Corralero no había elegido para el encuentro con sus amigos vestirse de dril, sino que lucía aquella mañana un severo traje oscuro, corbata de luto y puños y cuellos de percal, tiesos y almidonados, que le hacían parecer un probo funcionario.

—¿Ya no cultiva usted el aire tropical? —se interesó doña Emilia una vez que los tres tomaron asiento en la zona más soleada del comedor. Y el detective, tras dar un primer sorbo a su jerez, aclaró que en su oficio cada situación requería vestimenta acorde, y él tenía pensado acercarse luego a la comisaría para despedirse de Bernáldez.

—Y también de Londaiz —especificó a continuación—. Yo siempre soy partidario de adorar al santo por la peana, sabe usted, por eso suelo hacerme amigo, no del jefe, sino del ayudante, pero bueno, ahora que todos los enigmas están resueltos, he hecho buenas migas también con Londaiz. Como usted dice siempre, señora, hay que tener amigos hasta en el infierno. Además, en el caso de Londaiz, amén de competente y cabal, ha resultado ser sumamente amable. Tanto que, gracias a él, he logrado hacerme con una bicoca.

—¿Qué bicoca? —se interesó Selva mientras doña Emilia encargaba al *maître* unas croquetas y unos boquerones en vinagre de copetín.

—Una que ocupará el lugar más destacado en el museo que pienso montar cuando me jubile.

—¿Museo dice usted?

—Sí, señora, el primer museo de este país dedicado al crimen. A la gente le pirra todo lo que tiene que ver con hechos luctuosos, y servidor lleva años coleccionando rarezas en este campo. Soy, por ejemplo, el feliz poseedor de la capucha con la que le dieron garrote vil a la asesina del crimen de la calle Fuencarral; también del canesú con puntillas por el que perdió la vida Eugenia Torres a manos de su celoso marido; y de la sotana ensangrentada de Antonio Florido, el cura asesino de la iglesia de las Calatravas. Pero el documento rescatado esta mañana de la papelera del comisario Londaiz merecerá vitrina propia, vaya que sí. Imagínense: se trata nada menos que del bertillonaje del falsamente acusado de ser el impostor del *Titanic*. ¿Es o no es sensacional? Como ustedes saben —detalló a continuación Corralero explicando cómo se había hecho con objeto tan interesante—, tras descubrirse la carta póstuma del ama de llaves en la que explicaba que fue ella quien, por un fatal error, acabó con la vida de Eva López del Vallado, la policía retiró los cargos que había contra el viudo, es decir, contra Armando Olmedo. Pero —y aquí viene la, para mí, feliz circunstancia—, para entonces, la policía ya le había hecho al detenido «tocar el piano». Incluso, y como ustedes recordarán, vino expresamente de Madrid un especialista con el encargo de realizarle un bertillonaje completo.

—Sí, pero sigo sin ver qué tiene eso de particular —terció doña Emilia, dando un sorbito a su Palo Cortado.

—Pues resulta que, una vez que a un sospechoso se le hace una ficha policial, e incluso aunque posteriormente se le ponga en libertad sin cargos, su ficha debe permanecer en dependencias policiales. Se trata de una precaución elemental; con la cantidad de sospechosos que la policía interroga uno nunca sabe. Es posible que logren esquivar la cárcel esa vez, pero igual de posible es que mañana se metan en otro fregado y, gracias al bertillonaje en el que figuran todos sus datos, es sencillo dar con su paradero. Sin embargo, el caso de don Armando es distinto: un señor, un caballero injustamente acusado por un cruel malentendido no tiene nada que ver con un simple ratero. Por eso sus abogados argumentaron que, al no haber delito, tampoco podía estar fichado ni tener antecedentes policiales, de modo que, para hacer tabula rasa, era de rigor que el bertillonaje acabase en la papelera. Y, en efecto, allí acabó — continuó explicando Corralero tras otro sorbo de jerez—. Pero ¿qué aconteció entonces? Pues que, mientras Londaiz me contaba estos y otros pormenores explicitando la singularidad del caso, y mientras yo por mi parte asentía poniendo cara de máximo interés, aquella cartulina con todo tipo de anotaciones, medidas, señas particulares y fotos de frente y de perfil del mal llamado «impostor del *Titanic*» estaba allí, en la papelera de Londaiz, llamándome a gritos y diciendo: «¡Cógeme!».

—¿Y se llevó usted el cuerpo del delito? ¿No teme meter en un lío a su amigo Bernáldez y más aún a Londaiz si exhibe eso en su museo?

—Bah, de aquí a que monte mi museo, Londaiz y Bernáldez estarán tan jubilados como yo. Además, apuesto a que incluso les divertirá saber que contribuyeron con el documento más interesante de mi colección. Y me atrevo a pensar que a don Armando también le hará su gracia. De aquí a unos años, lo que ahora está viviendo no será más que un lejano y agridulce recuerdo. En la vida siempre es así, el dolor y las dificultades de hoy son las anécdotas y curiosidades del mañana.

Doña Emilia estaba encantada con la travesura de Corralero.

—¿Tiene usted aquí el bertillonaje en cuestión? Me encantaría echarle un vistazo.

—Aquí mismo no. Imagínese que se me pierde, o que se moje o que me lo roben. Cuando un documento es único, toda precaución es poca. De camino aquí lo dejé en el taller de fotografía de un amigo de confianza para que saque un par de copias. Yo regreso a Madrid mañana e imagino que ustedes lo harán también en breve. ¿Qué les parece si nos emplazamos para vernos el martes o miércoles de la semana próxima y se lo enseño?

—Eso me recuerda —intervino Selva— que yo también tengo unas fotos que revelar. Las tomé tanto en la casa de Plácido como en el cuarto del ama de llaves justo después de que detuvieran a Armando, es decir, cuando la policía aún pensaba que la muerte de Eva podía ser un asesinato. Pero bueno, todo eso es agua pasada, ahora sabemos con certeza que no fue tal, sino un simple caso de mala suerte.

—Te lo he dicho muchas veces, Selva. En esta profesión no hay que dar nada por sentado, ni siquiera lo más obvio. *Sobre todo*, lo más obvio. ¿Dónde tienes ese carrete? Quién te dice que, a lo mejor sin darte cuenta siquiera, retrataste algo que la policía pasó por alto.

—Lo que sí te puedo decir seguro es que cuando me colé en la habitación de Piedad había dos portarretratos y un cuaderno que no estaban luego cuando la policía inspeccionó sus pertenencias una vez muerta. Pero eso puede tener una explicación perfectamente lógica; se conoce que Piedad prefirió que ambas imágenes y también aquel cuaderno murieran con ella.

—Cierto —aceptó Corralero—, es un proceder común entre suicidas. Algunos mueren abrazados al retrato de un ser querido o cualquier enser que signifique algo para ellos mientras que otros prefieren borrar todo vestigio de tiempos pasados y felices. Se ve que esa fue la elección de Piedad.

—Siendo así, me temo que mis fotos pierden considerable interés. A menos que tú, Corralero, las quieras para tu museo.

—¿Qué contenían los portarretratos que han desaparecido?

—Fotos muy normales. Una de ellas tenía todas las trazas de ser de Amalia y su hermano de niños en la escalera de la casa. La segunda era algo más pintoresca. Se trataba de uno de esos retratos de estudio en el que podía verse a Armando joven, antes de dejarse bigote y, por la vestimenta y el ambiente de alrededor, debió de ser tomada en Cuba. ¿Y no os parece sorprendente, ahora que lo pienso, que no haya en toda la casa más fotos de la madre de Amalia y Armando que esa?

—Sí, sobre eso tendríamos también que indagar. Pero volvamos ahora a la foto del joven tomada en Cuba. ¿Dices que en ese retrato Armando no lleva bigote?

—¿Por qué lo preguntas?

41

LEVANDO ANCLAS

Dos días más tarde, el *Reina María Cristina* hacía sonar su sirena antes de que el altoparlante advirtiera:

—¡Atención, atención, visitantes a tierra! ¡Se ruega a todas las personas que no vayan a viajar, que abandonen la nave! Soltamos amarras en veinte minutos.

Llegaba el momento de las despedidas. Selva y doña Emilia eran dos de los muchos visitantes que habían subido a bordo en su caso para decir adiós a los Olmedo. El ritual era siempre el mismo. Se permitía a los pasajeros de primera clase invitar a un grupo reducido de amigos y parientes a conocer la nave antes de hacerse a la mar. Llegado el momento del adiós, unos y otros se fundían, como ahora, en abrazos, menudeaban las lágrimas, los besos húmedos, los «¡Escribe pronto!», los «¡Dios te bendiga!».

Selva no prestaba atención a nada de todo eso. Tenía la cabeza, no en el *Reina María Cristina*, sino aún en la Casa de los dos Torreones. De hecho, para él no brillaba el sol, sino la luna, no era el día de la partida, sino la víspera. Para ser exactos, era el momento en que, a las dos de la madrugada, el picaporte de su habitación le había sobresaltado con un clic.

—Vamos, Selvita —le interrumpe ahora doña Emilia, colándose en sus ensoñaciones con un codazo que era todo, menos onírico—. ¿No has oído lo que acaban de anunciar? Toca bajar a tierra, y a ti, por cierto, bajar de esa nube rosa en la que flotas desde que te despertaste esta mañana.

Menos mal, piensa Selva ahora, que Amalia se encuentra en ese momento dándole a un gerente de su empresa algún tipo de larga y minuciosa instrucción, por lo que no ha podido oír el comentario de doña Emilia. ¿Realmente tanto se nota su felicidad? Lleva desde la hora del desayuno intentando disimular, pero su compañera de pesquisas debe de tener rayos X en los ojos, vaya por Dios.

El *Reina María Cristina* se encuentra atracado en la dársena norte. Tanto los viajeros (Amalia, Armando y Laura) como los amigos que les han ido a despedir (Selva, doña Emilia y Patricio, el gerente de los Olmedo) han tenido que levantarse a las cinco y media de la mañana para llegar a Santander a la hora convenida. Y qué bella se veía hace un rato la nave meciéndose serena mientras un enjambre de personas —unas con maletas de cartón atadas con cuerdas, otras seguidas de porteadores que sudaban bajo el peso de elegantes baúles, maletas y cajas de sombrero— se arremolinaba ante la banda de babor.

A pesar de que Selva lleva toda la mañana con la cabeza más en la noche anterior que en el presente, al subir a bordo la primera impresión que tuvo le remitió al *Titanic*. ¿Qué habrían sentido los familiares y amigos que como él embarcaron brevemente en tan malhadada nave al enterarse de que, solo cinco días más tarde, aquella maravilla flotante que tanto habían admirado yacía para siempre a miles de metros de profundidad? El *Reina María Cristina* no tenía el tonelaje ni el empaque del *Titanic*, tampoco su famosa escalinata de roble ni su cúpula de hierro y cristal, pero era uno de los vapores más rápidos y modernos del momento. Armando Olmedo se había empeñado en hacer a sus amigos lo que humorísticamente llamaría *le tour du propriétaire*: «... Mire esto, doña Emilia. ¿Qué te parece aquello, amigo Selva? ¿Y la pista de bádminton? ¿Y el restorán francés? ¿Y la sala de cine? En el *Titanic* no teníamos una, yo...».

Armando parecía otro. Le habían desaparecido las arrugas y surcos que se adueñaran de sus facciones tras la muerte de su mujer, surcos que se hicieron más profundos aún tras el suicidio de Piedad. Ignacio se preguntó entonces si tan repentino y rejuvenecedor efecto podía deberse a alguna de las muchas y milagreras hierbas que crecían en la Casa de los dos Torreones. Imposible. Quien las cultivaba era Plácido y, después del poco amistoso recibimiento que le dispensó tras su puesta en libertad, nada hacía pensar que se prestara a mejorar el aspecto ni el bienestar de su empleador. Tras la muerte de Piedad, a Plácido se le veía más por la casa, con Covadonga pegada a sus talones, y se esmeraba en que todo funcionase igual que cuando vivía su madre, pero, a pesar de los repetidos intentos de Armando de ser amable con él, ambos eran como buques que se cruzan una noche de niebla, uno de ellos emitiendo contemporizadoras y amistosas señales, el otro perseverando en su rumbo ajeno a todo.

Para volver ahora a lo que estaba ocurriendo a bordo del *Reina María Cristina* habría que decir que Laura Olmedo tampoco parecía demasiado conforme con el devenir de los acontecimientos. Recorría una y otra vez la cubierta del vapor intentando familiarizarse con el lugar. ¿Cuántos pasos habrá desde el arranque de las escaleras a la barandilla? ¿Y de la barandilla a la chimenea...? Los medía y los volvía a medir hasta lograr moverse por cubierta, con Athos a su lado, sin que ninguna de las personas con las que se cruzaba llegase a sospechar que aquella muchacha pelirroja que escondía sus ojos tras unos lentes negros muy a la moda era incapaz de ver la espectacular mañana que se abría paso avanzando hacia el mediodía. Cuando doña Emilia le propuso que los acompañara al interior de la nave a echar un vistazo a los camarotes, declinó hacerlo. «Prefiero despedirme desde aquí de todo lo que dejo atrás —explicó, señalando con amplio gesto de la mano los prados y el paisaje que se dibujaban más allá del puerto—. Me queda tan poco tiempo...».

Hora y media pasarían Selva y doña Emilia a bordo curioseándolo todo: el comedor principal, la biblioteca, la sala de *bridge*, el gimnasio, también los camarotes. Armando ocupaba uno individual comunicado en suite con el que compartirían Laura y Amalia. Al entrar en el de las damas, el pensamiento de Selva escapó de nuevo hacia la noche anterior. ¿Pensaría Amalia lo mismo que él en este momento? ¿Vería, por ejemplo, en vez de una cabina luminosa con tres ojos de buey, la bastante más oscura habitación de Selva en la Casa de los dos Torreones? Todo había ocurrido de modo tan inesperado. Entre sueños, Ignacio había alcanzado a oír el clic del picaporte que daría paso casi de inmediato a una blanca sombra que temblaba bajo el dintel. Amalia llevaba el pelo suelto y estaba más guapa que nunca. ¿Fue él quien le tendió la mano o ella quien cayó en sus brazos? Esta parte de la escena no alcanza a recordarla Selva, baila en su inconsciente con la evanescencia de los más hermosos sueños. De lo que sí está seguro es de que apenas hablaron. Para qué si sus cuerpos lo hicieron por ellos. Las manos de Amalia, por ejemplo, le hicieron saber que, desde el mismo día en que se conocieron, su mayor deseo había sido recorrer como ahora su cuello, su nuca, para perderse luego en mil vericuetos. Sus dedos mientras tanto le hicieron otra confesión. La de que su mayor temor eran los cerca de quince años que los separaban. «Míranos, ya no somos tan jóvenes», explicó su índice derecho mientras el resto de sus hermanos jugaba al escondite en el remolino de su pecho. Pero los labios de Selva, cubriéndolos de besos, les impidieron que dijeran más majaderías. Tampoco permitirían que la tibia boca de Amalia argumentara que apenas recordaba lo que era besar a un hombre y que, por favor, la ayudara a dejar de ser párvula. Menos aún los besos de Selva permitirían que aquellos mismos labios ardientes reiteraran eso tan absurdo de que ella no debía amar a nadie porque solo traía desgracia. Lo único que alcanzó a vocalizar Amalia más adelante, una eternidad más tarde, después de que se amaran, fue que no podía marcharse al día siguiente al otro lado del Atlántico sin que supiera que deseaba pasar el resto de su vida con él y le importaba poco y nada lo que dijera la gente.

—... Porque hablar, hablarán de todos modos, vida mía —argumentó—. Dirán que siendo como soy más vieja que tú desconozco la vergüenza y también la prudencia. Cuchichearán que al no poder casarnos, Dios condenará esta unión y que viviendo contigo pretendo tapar mi viejo pecado, amén de desviar la atención de las dos muertes que se han producido en la familia. Y, por supuesto, dirán que tú eres un oportunista sin un duro al que solo le interesa mi dinero.

—¿Por qué no te quedas? —la interrumpió Selva—. No viajes a Cuba, empecemos a darles de qué hablar desde mañana mismo.

Esta vez fue Amalia quien selló sus labios con un beso y una sonrisa.

—No seas impaciente, amor. Le prometí a Armando que lo acompañaría. Es quien más ha sufrido en esta historia: primero, las sospechas sobre su identidad; después, la muerte de su mujer; más tarde, la cárcel, eso sin olvidar el suicidio de nuestra pobre Piedad... Y ahora, cuando llegue a Cuba, le tocará, además, el mal trago de darle a su hijo la noticia de lo ocurrido con Eva. Eso suponiendo que la pobre criatura no lo sepa ya. Siempre hay alguien que se siente en la necesidad de contar lo que no debe y meterse en lo que no le importa. Por eso quiero estar a su lado. Ni te imaginas, Ignacio, lo que para mí significa haber recuperado a mi hermano. ¿Te acuerdas de esa novela ejemplar de Cervantes *La fuerza de la sangre,* en la que un padre que no ve a su hijo desde que era un rorro, años más tarde, al atropellarle inadvertidamente con su carruaje lo reconoce al instante? Ahora, mirando hacia atrás, comprendo por qué, a pesar de mil reticencias, también lo sentía como alguien próximo, porque la sangre busca siempre su sangre. Es así. Uno la siente, la reconoce. Por eso ahora tengo dos razones para dar gracias al cielo. Porque ha reaparecido mi hermano y porque te he encontrado a ti.

—Quédate, no te vayas —repitieron los labios de Selva, emprendiendo nuevos caminos sobre la húmeda piel de Amalia.

—Anda, anda, que pareces un niño mal criado —le amonestó ella, divertida—. He dado mi palabra. Además, está también Laura. Dios y ayuda me costó convencerla de que nos acompañara. No quería ni oír hablar de la posibilidad de dejar atrás esta casa y menos aún a Plácido. Es más que un hermano para ella, ¿comprendes? Solo se tienen el uno al otro. Mi pobre niña —exclamó entonces—... ha salido tan poco de estas cuatro paredes; le vendrá bien cambiar de aires. Anda, cielo, no pongas esa cara, un par de meses pasan volando. ¿Y sabes lo primero que pienso hacer cuando regrese? Ir contigo a Madrid. Si vamos a vivir juntos, tendremos que decidir dónde. ¿No crees?

—¿Quiere eso decir que estás planeando dejar atrás la Casa de los dos Torreones? —se sorprendió Ignacio—. Pensé que era tu vida.

—Y lo es, pero ¿por qué no repartir nuestro tiempo? Nada nos impide pasar unos meses aquí y otros en Madrid, que es donde mejor puedes cumplir tu sueño de publicar y convertirte en escritor. También podríamos pasar una temporadita en Londres, o en París o donde tú quieras. Ventajas de compartir tu vida con un buen partido —bromeó la señorita Olmedo—. Si todos están convencidos de que vas a dar un braguetazo, démosles la razón cuanto antes, ¿no te parece?

* * *

338

—¿Has oído lo que acabo de decir, Selvita? —Venía de sonar la segunda sirena y doña Emilia le regaló un segundo codazo en las costillas—. Como no nos bajemos de este vapor en cinco minutos, nos convertiremos en polizones.

—No sería mala idea —comentó Ignacio Selva, mirando a la señorita Olmedo, y sonrieron los dos.

—Un par de meses pasan volando —repitió ella, abrazándole y con el último beso añadió—: Te extrañaré cada hora del día.

—¿Dónde está Laura? —preguntó doña Emilia—. Me gustaría despedirme de ella.

Solo entonces la vieron. «Cómo es posible», se asombró Ignacio mirando barandilla abajo y pensando que sus ojos le engañaban. Y, sin embargo, no había duda de que era ella. Entreverada con visitantes que abandonaban la nave y con Athos siempre a su lado, Laura Olmedo acababa de llegar al final de la pasarela del *Reina María Cristina* y saltaba en ese momento a tierra. También Laura habló aquel día sin palabras. «Lo siento —decían sus gestos—, perdóname, tía Amalia, y tú también, tío Armando...». A Selva incluso le pareció que con el último de ellos añadía: «Él me necesita más que vosotros».

No era difícil adivinar a quién podía referirse.

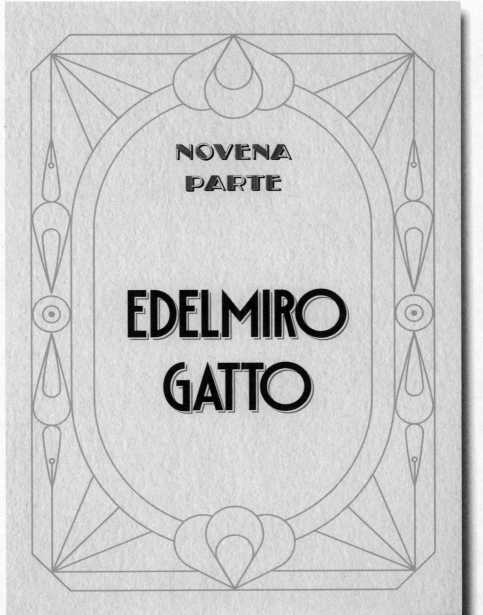

NOVENA
PARTE

EDELMIRO
GATTO

42

DE NUEVO EN MADRID

—Usted dirá, Corralero, esto es sumamente irregular. Y a ti ya ni te digo nada, Selvita, mira que tiene delito lo tuyo, de sobra sabes que mis mañanas son sagradas. ¿Se puede saber a qué viene esta invasión?

Hacía tres días que el *Reina María Cristina* navegaba hacia La Habana con los hermanos Olmedo a bordo. Eran más o menos las once y media. Doña Emilia en la biblioteca de su casa de Madrid tecleaba en su Yost 10 un artículo a favor del voto de la mujer, y fue justo en ese momento cuando Selva y Corralero irrumpieron en su estudio sin preámbulo.

—Espero que, como mínimo, se deba a un terremoto —añadió la dama contrariada—. ¿Me vais a decir qué pasa?

A modo de respuesta Corralero deslizó sobre la mesa de trabajo de doña Emilia una cartulina gris alta y estrecha doblada en tríptico.

—¿Y bien?

—Todas nuestras teorías por los suelos, señora. El tipo que embarcó antier con la señorita Olmedo rumbo a Cuba es un impostor. Aquí está la prueba.

Corralero explicó entonces que, a su regreso a la Villa y Corte, y antes de proceder a guardar en su caja fuerte la ficha policial de Armando Olmedo rescatada de la papelera del comisario Londaiz, había decidido estudiarla con detenimiento, al fin y al cabo, iba a ser la pieza estrella de su futuro museo del crimen.

343

—... Al principio, no hubo nada que me llamara la atención. Las fotos de frente y de perfil del detenido no le hacían justicia, la verdad. Se ve que habían sido tomadas en un momento de gran agitación porque tenía los ojos despavoridos y los labios apretados en una mueca mitad dura, mitad resignada. Tampoco había nada digno de mención en anotaciones como su altura, peso o envergadura de brazos. De más interés, al menos anecdótico, me pareció el hecho de que el bertillonaje reseñara que Olmedo tenía el empeine más pronunciado de lo habitual. Pero bueno, tal particularidad suele darse en personas distinguidas y de buena cuna —remarcó Corralero con un punto de involuntario esnobismo—, así que tampoco me resultó raro. Iba a guardar ya el documento junto al resto de mis rarezas luctuosas, cuando se me ocurrió echar un vistazo al último apartado del bertillonaje, aquel en el que se recogen las señas particulares del detenido: verrugas, tatuajes, lunares, marcas de nacimiento, antojos, cosas así, que parecen naderías, pero que en no pocas ocasiones resultan clave a la hora de atrapar a un delincuente. Y ahí estaba.

—¿Y ahí estaba qué? —se impacientó la dama—. Al grano, Corralero.

—Un lunar, señora. O para ser más precisos, una constelación de cinco o seis de ellos.

—¿Y eso qué tiene de particular? Tal vez tener una constelación de lunares no sea lo más habitual, pero no sé qué prueba.

—Lo prueba todo. ¿Recuerda lo que les contó a ustedes doña Amalia sobre los lunares que Piedad descubrió por pura casualidad en el cuello de Armando Olmedo?

—Lo recuerdo. De hecho, fue la razón por la que tanto Piedad como ella abandonaron sus sospechas, puesto que el abuelo y también el padre de Amalia tenían igual número de ellos cerca de la nuca, y los de Armando eran, por lo que ella contó, idénticos.

—¡Y tan idénticos! —ironizó Corralero—. Como que están trazados con tiralíneas.

—¿Cómo dice usted?

—Tatuajes, señora, y de la mejor calidad. Tan lograda es la imitación que no es de extrañar que engañaran a Piedad, pero no así a un experto en bertillonaje.

—*¡Carallo!* —exclamó doña Emilia, que en su vida había dicho un taco, pero ¡qué *carallo!*, la ocasión no era para menos—. A ver, a ver —se recompuso al punto—. ¿Está usted *bien* seguro? Dese cuenta de que ese detalle no es el único por el que la señorita Olmedo acabó convenciéndose de que Armando era quien decía ser.

—En efecto —intervino Selva—. Hubo otras evidencias significativas a su favor. Como que Athos lo reconociera nada más verlo y Laura afirmó que la voz era igual o muy parecida a la de su tío. Tal vez haya modo de engañar a un perro, tengo entendido que los pastores utilizan un truco que consiste en darles a oler algo que les resulte agradable o familiar para congraciarse con el animal. Pero engañar a una persona ciega —y en este caso a una tan inteligente como Laura— es más complicado.

—¿Qué dijo esta muchacha exactamente? ¿Lo recuerdan? —preguntó Corralero que para entonces ya había empezado a tomar notas en su libreta de apuntes.

—Por un lado, dijo que el timbre de voz de ambos hombres era similar, aunque le parecía que el Armando actual usaba más cubanismos que el Armando que ella conoció poco antes de embarcar en el *Titanic*. Y, por otro, hizo una reflexión que a mí —explicó doña Emilia— me pareció muy interesante, dijo que a través de la voz de una persona se puede saber mucho de ella. No solo su nacionalidad, su clase social, su grado de educación, etc. También su estado de ánimo. Se puede detectar, por ejemplo, si esa persona está enferma, triste, preocupada, enamorada...

—Sí, todo eso está muy bien, señora, y recuerdo que lo comentamos cuando se produjo la muerte de Eva López del Vallado. Usted entonces argumentó que de ninguna manera Armando podía haber acabado con la vida de la infortunada, porque —según Laura y su particular talento para decodificar e interpretar sentimientos— adoraba a su mujer. Pero, claro, ahora que sabemos que, en efecto, es un mentiroso y un impostor, tendremos que ponerlo todo en duda, incluida la muerte de esta señora.

Los tres detectives quedaron en silencio. Cada uno absorto en sus pensamientos. ¿Qué hacer a continuación? ¿Cómo proceder? Corralero era partidario de tomar medidas drásticas.

—... En un caso así —explicó—, lo mejor es no andarse con chiquitas. Si le parece bien, señora, llamo ahora mismo a un amigo plumilla que trabaja para *La Actualidad Trágica* y le cuento lo que hemos descubierto. Ya estoy viendo los titulares: «¡Sensacional giro en el caso del impostor del *Titanic*! Unos lunares desenmascaran al farsante. ¿Será Armando Olmedo también un asesino? La maldición de la Casa de los dos Torreones se cobra una nueva víctima: ¡la verdad!».

—¿Se ha vuelto usted loco, Corralero? ¿No se da cuenta del daño que una noticia así puede causar a Amalia? Olvida, además, que en estos momentos se encuentra en mitad del océano mano a mano con ese individuo, y a saber lo que es capaz de hacer si se sabe descubierto. No, no, de ninguna manera. Hay otra forma de hacer las cosas. ¿Cómo se llamaba, Selvita, aquel cuento de Conan Doyle en el que Sherlock Holmes con la ayuda de su hermano Mycroft resuelve uno de sus más enrevesados casos planteándoselo como una partida de ajedrez en la que coloca las mismas piezas solo que en casillas diferentes?

—¿Otra vez a vueltas con Conan Doyle? ¿No habíamos quedado en que era un escritor de segunda y su universal criatura un timo?

—Yo nunca dije que Sherlock Holmes fuera un timo, sino que le falta profundidad psicológica, pasión y que es más frío que un salmonete. También dije que Mycroft me parecía un personaje más interesante y que los métodos que utiliza para deducir la verdad sin moverse de su sofá analizando, simplemente, los datos del caso que ya conoce, pero desde otra óptica, es impecable. Por eso pienso que nos será muy útil en este caso imitarlo.

—¿Ah, sí? ¿Y cómo?

—Haciendo una adecuada exposición de los hechos para que, a través de la información que ya tenemos, podamos deducir quién es este individuo. ¿Usted qué opina, Corralero? Use sus pequeñas células grises. ¡Uy, qué curiosa expresión acabo de emplear —se interrumpió doña Emilia—. No sé cómo a ningún escritor de novela policial se le ha ocurrido hasta el momento, pero bueno, nosotros a lo nuestro. ¿Dígame, amigo mío, se le ocurre quién puede ser esta persona que se hace pasar por Armando Olmedo?

—Usando el más elemental sentido común —comenzó Corralero—, está claro que debe de ser alguien que conoció al auténtico Armando. Y eso abre la posibilidad a varias hipótesis. Siguiendo mi método de ponerlo todo en duda, empecemos por el principio: la primera noticia que tenemos de este individuo es a través de la carta que Eva López del Vallado recibió de un médico que trabajaba en una supuesta institución psiquiátrica del norte del Canadá. ¿Pero existió realmente el tal doctor Jones y esa tal institución? En caso afirmativo, se abre una nueva hipótesis: el individuo que se hace pasar por Olmedo podría ser entonces alguien que coincidió con el verdadero Armando, supongamos que a bordo del *Titanic*, uno de los supervivientes que, al saber que su cadáver nunca se encontró, decidió apropiarse de su identidad. Pero no parece muy verosímil. Tras solo cinco días de conocer a alguien es muy difícil hacerse pasar por esa persona.

—Te olvidas del detalle del bigote —intervino Selva—, uno tan poblado (y bastante feo, todo hay que decirlo) como el del auténtico Armando que le ocultaba, además y muy convenientemente, medio rostro, presenta una indudable ventaja para un impostor. A poco que tuviera unos rasgos físicos parecidos: altura, color de ojos, envergadura, etc., con decir que había decidido afeitarse, colaría perfectamente.

Así, siguiendo el método Conan Doyle, doña Emilia y sus dos ayudantes fueron barajando y más tarde descartando otras posibilidades. Sin embargo, a medida que iban exponiendo ideas, algunas bastante estrafalarias, Selva dijo:

—Me parece que así no vamos a ninguna parte. Nos faltan piezas... O tal vez no. Tal vez las tengamos todas, pero sin saber dónde encajarlas.

—Sí —abundó Corralero—, y me parece que varias de ellas están en tu Leika. ¿La tienes aquí contigo? Imagino que no y tampoco los carretes. Pero esa será tu próxima encomienda, mandarlos a revelar y ver qué hay dentro.

—¿Cuándo crees que puedes tenerlas reveladas, Selvita? No, mira ya sé. Vayamos a lo práctico, el tiempo apremia, voy a llamar a mi amigo Comesaña del *ABC* para que nos las revele en un periquete. Que las necesitamos «para ayer», eso pienso decirle, dejádmelo a mí.

* * *

Al día siguiente Selva desplegaría sobre la mesa del despacho de la dama las nueve o diez fotos tomadas en la Casa de los dos Torreones. No se podía decir que fueran de excesiva calidad. Las de casa de Plácido eran algo más claras, pero Selva y doña Emilia las descartaron de momento para centrarse en las del cuarto de Piedad, en concreto, aquellas que Selva sacó de lo que había sobre la mesilla del ama de llaves.

—A ver qué tenemos aquí —comenzó doña Emilia y rápidamente descartó la instantánea en la que aparecían Laura y Amalia—. Una foto entrañable, desde luego, pero demasiado actual —dictaminó la dama—, difícilmente puede ocultar clave alguna del pasado. —Fijó entonces su atención en la segunda, esa en la que una pareja posaba del brazo, y él, a juzgar por el bigote y la levita de años pretéritos, no podía ser otro que don Aparicio.

—¿Y ella es la madre de Amalia? —se preguntó Corralero—. En todo caso, una mujer muy guapa.

—Y de gustos demasiado simples —apostilló doña Emilia.

—¿Simples? Pero si el sombrero que lleva, no hay más que verlo, es descomunal y carísimo.

—Cómo se ve que la moda no es lo suyo, Corralero. —Sonrió la dama mientras tomaba de su escritorio una lupa para examinar mejor a aquella muchacha, apenas una adolescente, que miraba al objetivo entre cohibida y orgullosa.

—Y tampoco lo mío —fue el comentario de Selva—, porque no sé qué le llama a usted tanto la atención.

—Parece mentira que digas eso, Selvita, ¿no ves que hay algo en esta muchacha que chirría muchísimo? Parece una colegiala, apenas una niña, y su vestido no puede ser más humilde mientras que el sombrero es caro y nada discreto. Para que lo sepas: ninguna mujer, sea cual sea su edad, condición social o educación, saldría jamás a la calle con semejante combinación indumentaria. Si por lo que sea, debe una vestirse con un traje simple, por no decir humilde, el sombrero ha de ser igualmente discreto, jamás uno como este, extravagante y con toda la pinta de ser el último grito de París. A menos que... —Tanto Corralero como Selva la miraron interrogantes—... A menos que —completó doña Emilia— esta foto esté tomada en un día en el que esta muchacha sencilla recibió como regalo inesperado este carísimo y estrafalario tocado de parte de alguien a quien amaba y ambos se fotografiaron para recordar la ocasión. Para mí, está clarísimo, y ahora entiendo por qué Piedad tenía este retrato en su mesilla.

—... Porque es ella y no la difunta señora Olmedo la que aparece en la foto.

—Elemental, querido Selvita. Según las averiguaciones que ha hecho usted, Corralero, malas lenguas decían que pudo tener un hijo con don Aparicio. ¿Y si no son solo habladurías? ¿Y si es cierto? ¿Qué indica entonces esta foto? Dime, Selvita: ¿estaba el retrato de esta pareja en la habitación de Piedad tras su muerte o es de los portarretratos que tú dices faltaban cuando la policía llevó a cabo su registro?

—Este estaba. ¿Cómo interpreta usted eso?

—Como que Piedad quiso que apareciera. En cambio, otras dos fotos desaparecieron al morir ella. ¿Cuáles son? ¿Las tienes ahí? Echémosles un vistazo.

Selva entonces señaló dos. Ambas eran antiguas y en la primera podía verse a un niño y una niña ante la escalinata de entrada a la Casa de los dos Torreones. Ella, que tenía la inconfundible cabellera de la Venus de Botticelli, aparentaba unos diez años y protegía con su brazo al muchacho un par de años menor. Nuevamente, doña Emilia utilizó su lupa en busca de detalles.

—¿Armando? —preguntó sin convicción Corralero.

—Cabe suponer que sí, pero, entonces, ¿por qué este es uno de los dos retratos que desaparecieron tras la muerte de Piedad? ¿Cuál es el otro, Selvita? —inquirió doña Emilia—. Quizá la respuesta a todo esté en esa segunda foto.

—Aquí la tiene —respondió Selva, mostrando un retrato de estudio, en el que podía verse a un hombre joven y lampiño que posaba con un brazo apoyado en una silla de alto y repujado respaldo. Al pie de la foto, junto a la firma y dirección del fotógrafo, se especificaba que la instantánea había sido tomada en La Habana en tal y tal fecha. Corralero, que era buen fisonomista, calculó que el retratado debía de andar entonces por los treinta y pocos años mientras que doña Emilia prefirió estudiar su vestimenta.

—¿Y? —preguntó Selva—. ¿Qué ve usted?

Doña Emilia le pasó la lupa.

—Mira tú y dime qué deduces de este traje de dril, también de este sombrero y de estos zapatos oscuros.

Selva paseó la lupa sobre el traje claro del fotografiado, pero sin que pudiera decir que veía nada digno de mención.

—... Aunque puestos a sacarle defectos —añadió, echando un segundo vistazo—, la chaqueta parece que le queda grande mientras que el pantalón hace unas bolsas nada favorecedoras en las rodillas. Veamos ahora el sombrero —continuó Selva con su inspección—. Pelín raído, diría yo, pero no creo que signifique nada, son muchos los hombres que les toman cariño a sus panamás y los usan hasta que se caen a pedazos.

—¡Muy mal, Selvita! Un cero en dotes detectivescas, y desde luego un doble cero en elegancia mundana. Es cierto que muchos hombres, millonarios algunos, usan sus sombreros de paja hasta que son una pura hilacha. Y cierto es también que hay otros igualmente ricos que son la desesperación de sus esposas porque sus ternos de verano al cabo de un par de horas acaban hechos una pasa. Pero ningún traje de buen paño y de buen corte hace estas bolsas en las rodillas y tira tanto de las sisas. Además, ni siquiera has reparado en que sus zapatos cantan *Traviata*.

—¡Pero si relucen más que dos soles! —argumentó Selva.

—Precisamente. Refulgen tanto que estoy por apostar que se los hizo lustrar por el limpiabotas de la esquina justo antes de hacerse la foto.

—Bueno, ¿y qué?

—Que tener el terno arrugado y el sombrero viejísimo mientras sus zapatos brillan como luciérnagas indica que este es un hombre con poco dinero que se endomingó con sus mejores galas para la foto. Estoy por apostar también que, para llegar a casa del fotógrafo, tuvo que montarse en un ómnibus —o una guagua como allá las llaman, y apretujado entre el gentío, su traje, de no muy buena calidad, quedó hecho un guiñapo, impresión que él quiso contrarrestar haciendo que le lustraran los botines en la calle. Botines oscuros, Selvita, no zapatos de loneta clara, que sería lo elegante, el detalle tampoco es baladí.

—Empieza usted a parecerse peligrosamente a su tan denostado Sherlock Holmes —rio Selva—. ¿Adónde quiere llegar con estas observaciones?

—A donde tanto tú, como yo, como Corralero hace ya rato que hemos llegado, pero que ninguno de los tres hemos puesto en palabras: a que si estas dos fotos ya no estaban entre las pertenencias de Piedad tras su muerte es porque tanto el niño que posa abrazado a Amalia, como este joven vestido de dril, no es Armando. Y si no es Armando Olmedo y el ama de llaves deliberadamente hizo desaparecer ambas fotos para que no la sobrevivieran, ¿quién puede ser? Yo tengo mi teoría, pero mejor no precipitarse. ¿Qué otras fotos tenemos por aquí, Selvita? ¿Esta de qué es?

— De un cuaderno grueso que había junto a la Biblia en la mesilla de Piedad.

—¿Y apareció tras su muerte?

—La Biblia sí. Recuerde que comentamos que incluso estaba abierta y con una cita de san Juan subrayada, en concreto esa que dice que «no hay amor más grande que el de aquel...».

—«... que da su vida por los suyos» —completó la dama—, lo recuerdo perfectamente, ¿y el cuaderno que mencionaste antes?

—Por lo que yo sé —intervino Corralero, consultando sus notas previas—, la policía no encontró más que la Biblia. ¿De qué clase de cuaderno se trataba? —preguntó, dirigiéndose a Selva.

—Uno grueso, de tapa dura, de esos que compra la gente que escribe un diario privado. Pero, en este caso, me pareció otra cosa. Observad las fotos que pude hacerle a la primera página. ¿Veis? Con cuidada caligrafía y en letra grande pueden leerse dos palabras: *La madre*.

—¿Estaría el ama de llaves escribiendo una novela? —aventuró doña Emilia.

—Eso es lo que pensé cuando me tocó fotografiar aquello —asintió Selva—. Saqué también foto de las dos páginas siguientes. A ver qué tal han salido, al ser manuscritas quizá no se lean bien.

Doña Emilia recurrió una vez más a su lupa.

—En efecto, se ve mal, por no decir, fatal. «His-to-ria» —deletreó descifrando el encabezado—... «Historia de una traición», se lee aquí. Y luego: «Todo sucedió en una noche sin luna» y una fecha entre paréntesis: febrero de 1888.

—¡El año del incendio! —observó Selva—. ¿Alcanza usted a leer algo más? ¿Cómo arranca esa supuesta novela?

—«Tres-días-después-del-fuego» —continuó deletreando con mucha dificultad doña Emilia— se consumó la mayor de las maldades. Mi niño...».

Me temo —añadió la dama— que a partir de aquí ya no se alcanza a leer nada más. Eche un vistazo, Corralero, usted que ha sido cocinero antes que fraile e inspector antes que sabueso, ¿qué cree? ¿Piensa que si llevamos este documento a uno de esos fotógrafos que colaboran con la policía nos descifrará el resto?

—Mmm, déjeme que lo vea bien... sí, posiblemente, pero llevará al menos unos días.

—¿Y mientras tanto? —intervino Selva.

—Mientras tanto —redundó doña Emilia—, tocará jugar con las cartas que tenemos, qué remedio. Echemos otro vistazo a esa foto de Armando en La Habana, tal vez haya algo que hemos pasado por alto.

—Algo bien gordo —dijo ahora Selva, mirad la fecha que figura junto a la firma del fotógrafo: 1915.

—¡Tres años *después* del hundimiento del *Titanic*!

—*Carallo*, una vez más, las piezas del puzle se nos descolocan.

—¿Y ahora qué?

—Lo único que sé —dijo doña Emilia— es que lucubrando los tres aquí, en mi casa de San Bernardo, y con la sola ayuda de esta lupa, nos va a ser difícil, por no decir imposible, encontrar más pistas.

—A nosotros sí, pero para eso está Gatto.

—¿Qué gato? —se interesó doña Emilia.

—Me ahorraré decirle a mi buen amigo Edelmiro Gatto, ferviente admirador de su obra e inspector jefe allá en La Habana, que lo ha olvidado usted tan fácilmente —bromeó Corralero.

—Uf, imperdonable por mi parte —reconoció la dama—. Por favor, ni se le ocurra comentárselo. ¡Con lo eficaz que fue cuando le pedimos que nos rastreara a los supervivientes españoles del *Titanic*! Necesitamos contactar con él urgente. ¿Cuánto tiempo calcula que necesitará para sus pesquisas? El *Reina María Cristina* llegará a La Habana en doce días. Lo ideal sería reunir la mayor información posible sobre nuestro impostor, de modo que cuando atraque sepamos quién es y cómo planeó su impostura.

—¿Y si intenta hacer daño a Amalia durante la travesía? —se alarmó Ignacio Selva—. Es tan fácil hacer desaparecer a alguien en alta mar... Ahora que sabemos que es un farsante, cualquier cosa es posible: posible, por ejemplo, que la muerte de Eva no fuera un accidente; posible también que en el suicidio de Piedad existan detalles que se nos escapan. ¿En cuanto a Plácido, ha jugado él algún papel en esta historia? Puestos a lucubrar y desconfiar de todo y de todos, ¿habéis caído en que Laura y él están ahora solos en la casa de Hansel y Gretel?

—Esa casa... —retrucó doña Emilia, ahogando un escalofrío en su chal de cachemira—, siempre esa casa.

*   *   *

En más de una ocasión, mientras esperaban noticias de las pesquisas de Edelmiro Gatto, doña Emilia y Selva se habían puesto en contacto telefónico con Laura Olmedo. La muchacha escuchaba educadamente los razonamientos de Ignacio, también los maternales rezongos de doña Emilia invitándola a dejar atrás por unos días aquella casa tan grande y ahora tan vacía y venirse unos días con ella a Madrid, pero no hubo caso. Ni siquiera claudicó cuando doña Emilia extendió la invitación a Plácido: «Querida, hazlo por él, le vendrá de perlas ventilarse un poco. Con su talento y ese aire atormentado de pintor maldito que gasta, el éxito en según qué mentideros está asegurado... Venga, anímate, a tu tía Amalia le encantaría saber que estáis disfrutando de las posibilidades que ofrece la primavera madrileña y no allá en esa casa que...» se traga a sus habitantes iba decir, pero Laura se lo impidió con una alegre carcajada.

—Vamos, Emilia, cualquiera diría que nos quieres rescatar como si fuésemos náufragos. O niños perdidos en el bosque —añadió—. Esta es nuestra casa, ¿recuerdas? Somos felices aquí, siempre lo hemos sido. Por cierto, Plácido me pide que te mande sus saludos. También que te diga que está cultivando una nueva hierba que va de maravilla para la digestión. Te vamos a mandar por correo un atadillo para que la pruebes, mano de santo, según él.

Doña Emilia sintió de nuevo aquella corriente helada recorrerle la espalda. Descubra lo que descubra el inspector Gatto allá en La Habana, se dijo, en esta historia siguen quedando cabos sueltos. «... Y estoy por apostar que un buen número de ellos se encuentra en la casa de Hansel y Gretel», verbalizó doña Emilia en ese momento a solas en su biblioteca y dejando que la vista se le escapase hacia el espejo isabelino en el que solía agazaparse la sombra de su nunca olvidado Benito Pérez Galdós. «¿Tú qué opinas, *miquiño*? Puesto que Laura se muestra tan reticente, ¿crees que Selvita y yo deberíamos volver a la Casa de los dos Torreones, colarnos de extranjis y rebuscar aquí y allá a ver qué encontramos?... Vale, está bien, no hace falta que me pongas esa cara». Sonrió al observar que los visillos de la ventana más próxima a la chimenea se inflaban como dos carrillos hastiados. «Tú ganas, nada de allanar moradas. Esperaré a ver primero qué descubre Edelmiro Gatto, nuestro hombre en La Habana. Según Corralero, pronto puede haber noticias interesantes».

43

Y MIENTRAS TANTO, ALLÁ EN LA HABANA

Por las mañanas, después del café bebido, Edelmiro Gatto gustaba de pasearse por La Habana con su cigarro encendido. Y más aún tras de un par de jornadas en las que había logrado encajar tres o cuatro piezas en el interesante rompecabezas que le había planteado su amigo Elías Corralero. Bonito puzle, sí, señor. «No todos los días tiene uno que vérselas con un delincuente de tanto talento», comentó Gatto para su coleto al tiempo que expelía un par de complacidos aritos de humo, porque, con diferencia, los casos que más le gustaban eran aquellos en los que la inteligencia del delincuente estaba a la altura de la suya. Menudo elemento el impostor del *Titanic*. No poco le había costado descubrir su nombre y rastrear sus pasos en la isla. «Pero bueno, para eso estamos», se dijo complacido el inspector al recordar cómo había logrado, tirando del hilo de solo un par de datos, la fecha exacta y el nombre y dirección del fotógrafo que figuraban al pie de la foto que había despertado las sospechas de su *compay* Elías Corralero allá en los Madriles, y averiguar quién era ese que se decía retornado del mundo de los muertos. Juan Pérez, ese fue el nombre que le facilitó el fotógrafo. Qué tipo tan profesional, no solo tenía el nombre y la dirección del tal Pérez, también guardaba una reproducción a tamaño carnet de la foto en cuestión. Una vez descubierta la identidad del individuo, el resto había sido más fácil que bailar danzón. Tanto como que todos los detalles que necesitaba conocer sobre él figuraban en sus propios archivos policiales; al fin y al cabo, el pájaro había pasado tres o cuatro años a la sombra. Por eso ahora sabía que Juan Pérez era uno de los muchos muchachos, casi niños, que habían llegado a la isla, y, tras trabajar en las plantaciones en régimen de semiesclavitud, luego, sin amigos ni caudales y con mucho esfuerzo, puso en marcha una empresita de carpintería y reparaciones a domicilio. Poco le habría de durar aquel espejismo de bonanza. Al cabo de unos años, su socio desapareció dejándole una deuda abultada que, amén de arruinarle, hizo que diera con sus huesos en la cárcel. Lo ocurrido a partir de ese momento lo pudo reconstruir el inspector gracias a Gerundio el Tano, compañero de celda de Pérez, y viejo conocido e informante de la policía, que le facilitó varios datos de interés. El primero tenía que ver con la correspondencia del convicto. Según Gerundio, Juan Pérez recibía cartas de la Península escritas con la que parecía letra de mujer, cuidada y primorosa, al principio muy de tarde en tarde, luego cada vez más frecuentes. El segundo retazo de información resultó aún más útil. Juan Pérez tachaba en la pared encalada de su celda los días, semanas y meses y años que faltaban para cumplir condena, cuando una organización caritativa propuso a las autoridades carcelarias una iniciativa pionera. Un paseo por el parque en el que podrían participar presos de confianza y otros de probada buena conducta. Según contó Gerundio el Tano, al pasar por delante de una de las casas más postineras de El Vedado y ver a un niño de corta edad que jugaba al otro lado de la reja, Juan le había comentado que se trataba de su sobrino, y que, a no mucho andar, tenía pensado vivir allí con la dueña de la propiedad. «La mujer a la que amo. Desde hace años vivo solo para adorarla, para verla, aunque sea de lejos», especificaría Pérez sin que el Tano le creyera ni una palabra. «Porque entre rejas todos mentimos», había sido el comentario del soplón policial. «Mentir y soñar, ¿a qué otra cosa podemos dedicarnos los desgraciados que estamos a la sombra?», añadió antes de decir que Juan Pérez era maestro tanto en sueños como en embustes.

Gracias a las indicaciones de Gerundio el Tano, el inspector Gatto no tuvo mayor dificultad en descubrir de qué suntuosa casa de El Vedado se trataba, y allá que se fue a continuar con sus averiguaciones. Averiguaciones que comenzarían guipando la propiedad desde el mismo punto en el que el Tano y el futuro impostor del *Titanic* la vieran años atrás en su paseo como presidiarios. Después de observar durante largo rato sin detectar movimiento alguno ni en el jardín ni tampoco dentro de la casa, Gatto se decidió a llamar al timbre.

Al recordar ahora esta parte de sus pesquisas, el inspector sonrió al tiempo que daba una doble calada a su Partagás. Verdaderamente, qué perspicaz había resultado ser la negra entrada en años que le abrió la puerta. Tanto que, tras un rato de conversación, Gatto llegaría a proponerle a Elpiria Olguguru, nana de Eva López del Vallado y ahora guardiana y protectora de su hijo Armandico, la posibilidad de ficharla para su departamento.

—¡Quite allá! —había sido la airada respuesta de Elpiria—. ¿Me ha visto *usté* cara de lengüilarga? Soy más muda que una ostra cuando se trata de mi niña Eva, a la que Diosito y san Antonio tengan en su seno. Pruebe y verá.

Pero en esto de hacer hablar a las ostras, Edelmiro Gatto era de la misma escuela que Elías Corralero, de modo que pronto descubriría que la condición de molusco de Elpiria Olguguru dejaba de ser tal en cuanto se le mentaba al falso Armando. Ni siquiera necesitó dar excesivos detalles de cómo la policía allá en España había logrado descubrir que era un farsante. Tras secarse profusas lágrimas en su delantal de tira bordada, Elpiria comenzó a hablar y ya no hubo quién la parase.

—Lo supe en cuanto llegó la noticia de que mi niña había muerto allá, en Asturias. ¡Qué digo entonces! Lo supe desde el mismico día en que ella trajo a casa a aquel cachanchán. Se creería el muy necio que con su modo lagotero de tratarme, sus zalamerías y con sus «Por favor, Elpiria...», sus «Muchas gracias, Elpiria...», me iba a ganar, pero ¡quia!, pinchó en hueso. A mí nunca me la pegó, y bien que se lo dije a la niña Eva. Tanto rezongué y tanta monserga le di que me prohibió viajar con ellos a España. ¡Oh, si hubiese estado allí! A mi niña no la habrían asesinado...

No hubo forma de hacer entender a Elpiria que, según confirmaron las investigaciones policiales, la muerte de Eva López del Vallado fue un lamentable accidente propiciado por un ama de llaves llena de buenas intenciones.

—¡Ja! —retrucó la nana—. ¿Buenas intenciones dice *usté*? A esa Piedad la conozco yo, siempre tan correcta ella, tan en su sitio... Pero ya sabe *usté* cómo se las gasta Mandinga, se hace pasar por la persona dizque más normalica, ¡y esas son las peores!

No habían sido, sin embargo, las dotes adivinatorias ni tampoco la capacidad de anticipar el futuro de Elpiria lo que interesó a Edelmiro Gatto. Lo que le hizo pensar que podía ser un buen fichaje para su departamento de investigación fue su destreza a la hora de relacionar situaciones presentes con hechos en apariencia inconexos ocurridos años atrás.

—... Piense usted, amiga mía, haga memoria —había comenzado el inspector Gatto incitándola a mirar al pasado—. Ni siquiera se trata de que recuerde algo muy notable. Al contrario, como se dice siempre, el diablo está en los detalles, y cuanto más insignificantes, mejor. Recuerde usted y dígame: ¿hubo algo o alguien que llamara su atención en los años previos a la aparición del impostor en la vida de Eva López del Vallado? ¿Algún encuentro, alguna acechanza? Repare usted en que, si una persona desea usurpar el lugar de otra, en este caso el de don Armando, necesita información. Tendrá que aprenderlo todo, por ejemplo, sobre las costumbres de la casa, conocer mil particularidades y detalles nimios, tanto de la persona a la que quiere suplantar como del resto de la familia. Haga memoria y dígame, ¿hubo alguien meses o tal vez años atrás que entrara inopinadamente en la vida de su niña Eva, un festejante fugaz, un pariente latoso que viene a pasar una temporada, qué sé yo, algún merodeador curioso al que usted pillara en flagrante indiscreción?

Tras cavilar unos segundos, los ojos de Elpiria se iluminaron con un:

—¡Zambomba, con el botanista! Ya me parecía a mí que eso del dedo verde tenía que ser un cuento chino.

—¿Como dice usted?

Elpiria relató entonces que tiempo antes de la aparición del falso Armando, Eva había recibido una carta de una antigua compañera de colegio allá en Matanzas solicitándole un favor. Que permitiera que un primo suyo, que, según dijo, era un destacado experto en botánica, un «dedo verde», como según parece los llaman, realizara un experimento con la tierra de su jardín.

—No sé qué cuento *enredao* contaría la susodicha amiga en su carta, pero lo que sí le puedo decir es que al cabo de una semana apareció por casa un caballero con pinta de profesor, con el pelo *asín* de largo —puntualizó Elpiria, señalando dos dedos por debajo de su oreja— y una barba florida de sabio *despistao*.

—¿Y qué pasó entonces? —preguntó Edelmiro Gatto—. ¿Lo descubrió usted fisgando donde no debía?

—No, señor, bien discreto que era él, incluso más de una vez rechazó la invitación de niña Eva de almorzar con ella en la mesa. Se pasaba todo el rato en el jardín con barro hasta las orejas tomando muestras de tierra de distintas partes. Tampoco era muy hablador que se diga, solo un «buenos días» aquí, un «muchas gracias» allá... aunque, mire *usté*, eso sí, le gustaba mucho pegar la hebra con el niño.

—¿Qué edad tenía entonces el hijo de doña Eva?

—Siete u ocho años, aunque Armandico siempre ha sido un niño apocado, muy tímido. Salvo con este señor. Hicieron tan buenas migas que Eva estaba asombrada, incluso agradecida.

—Y con lo observadora que usted es —zalameó Gatto—, ¿ni por un momento sospechó que pudiera ser no un estudioso, sino un farsante? ¿Recuerda cómo hablaba? ¿Qué acento tenía?

—Ah, sí, señor, claro que lo recuerdo. Un acento *salpicao* de palabras cubanas, pero no de acá.

—¿Cómo puede usted estar tan segura?

—Pues porque es una parla muy oída. Con la de los españoles que hay en la isla que llegaron de muchachicos, calcule *usté*.

—Y volviendo al botanista, ¿qué fue de él?

De un día para otro se fue por donde vino. Aunque no sin antes hacerle un lindo regalo a niña Eva. ¿Ve *usté* aquel árbol de allá? —La nana señaló al fondo del jardín un árbol frondoso cuajado de flores rojas—. Más chiquito era cuando él lo plantó y mírenlo ahora lo *esponjao* que está. Aquel señor le dijo a mi niña que era para que se acordara de vez en cuando de él, y luego le habló del nombre con el que se conoce ese árbol, pero no me acuerdo porque era un latinajo largo y *enredao*.

—Pues en español de toda la vida se llama «el árbol del amor».

—¡Cónchales! ¿Está *usté* seguro?

—Y tanto, como que en casa de mis abuelos, que también eran españoles, había dos —presumió Gatto antes de añadir—: También hay quien lo llama «árbol de Judas», porque según la leyenda de uno como este se guindó el traidor. Pero —caviló a continuación el inspector— no sé por qué me da a mí que su botanista le regaló a doña Eva precisamente este árbol por el primero de sus nombres y no por segundo. ¿Usted qué cree? ¿Piensa que se interesaba románticamente por su señora?

—Todo el mundo se interesaba románticamente por mi niña —retrucó orgullosa Elpiria—. No vea la de moscones que nos tocó espantar desde el mismico día en que quedó viuda, no dábamos abasto.

—¿Y este señor era uno de ellos?

—Pues mire *usté* que no. La propia Eva me lo decía. «Me encanta pasar rato con él, es tan agradable, jamás me ha hecho la menor insinuación».

—Tipo listo —opinó Edelmiro Gatto—. Si su objetivo era conocer pormenores de la familia y de la casa con vistas a, pasado un tiempo prudencial, presentarse fingiendo ser su desaparecido esposo, no iba a estropearlo todo dejando traslucir que, en el ínterin, se había enamorado de ella. Y, sin embargo —añadió Gatto, señalando el estallido de color del árbol que había plantado Juan Pérez antes de comenzar su impostura—, bien a la vista están sus sentimientos. Ya sabe usted, doña, lo que se dice siempre: amor y dinero difíciles son de esconder.

*　*　*

El inspector Gatto no había conseguido convencer a Elpiria de que Juan Pérez, al enamorarse de Eva, en cierto modo se había convertido en víctima de su propia impostura. Obviamente, no al principio. Al principio, lo único que pensaría con seguridad era que, si el azar, el destino, o quienquiera que se ocupara de tales menesteres en el más allá, le había concedido el inesperado regalo de amar a la mujer que a partir de entonces iba a ser la suya, miel sobre hojuelas.

—¿No ve usted, mujer? —argumentó Edelmiro Gatto—. Puede que este individuo sea un mentiroso y un fraude, pero hasta los fraudes se enamoran. Y ahí es donde viene lo paradójico de este caso: después de haber conseguido todo lo que se proponía: nombre, fortuna, posición e incluso amor, cuando su existencia parecía una novela romántica, un perfecto cuento de hadas, ¿qué pasó? Que de pronto, como la vida es tan bromista y le gustan los sarcasmos, todo se tuerce y resulta que la mujer a la que ama amanece muerta a su lado.

Al oír esto, Elpiria, tras persignarse cristianamente con tres cruces y hacer gesto de espantar el mal fario, cambió de tono para decirle que era romanticón, un simple, y además muy mal sabueso.

—... Porque déjeme que le diga una cosica, Gatto, todo lo que pasó acá en Cuba y el modo en que este hombre consiguió información *pa* más adelante engañarnos a mí y a mi niña, me lo creo; al fin y al cabo, lo viví y encaja. ¿Pero cómo se las ingenió para darles gato por liebre a su hermana y demás familiares allá en Asturias? Para engañar a la gente no basta con saber cuál es el postre favorito de la persona por la que uno se quiere hacer pasar y cuatro simplezas más. *Pa* mí que *pa* entender bien como este individuo montó su gran embuste, aquí falta un duende.

—¿Duende dice usted?

—Sí, hombre, así es como llaman los raterillos de mi barrio al compinche que, desde dentro de una casa, ayuda al ladrón que está fuera. Total y para resumir, jefe, sin palanca no se salta la banca, o lo que es lo mismo, cuando detenga *usté* a ese tal Juan Pérez, aún le quedará por descubrir la mitad de la aventura del impostor del *Titanic*.

* * *

Edelmiro el Gatto vuelve a poner en órbita dos o tres aritos de humo. Pero ya no son tan lindos ni redondos como los anteriores. Es verdad que la misión que le encomendó Corralero puede darse por concluida: ha rastreado con éxito los antecedentes de Juan Pérez; sabe cómo llegó a la isla, sabe de su paso por la cárcel e incluso de su taimada forma de aprenderlo todo acá en Cuba sobre el difunto Armando Olmedo un par de años antes de usurpar su lugar. Por saber, Gatto sabe incluso que, cazador cazado, Juan Pérez acabó enamorándose de la mujer de Armando, algo que a él, a pesar de su retorcido colmillo de sabueso consumado, le produce una cierta ternura. Pero igualmente cierto es que, como dijo Elpiria, faltan piezas para entender su *modus operandi* y completar así todo el puzle. «Bah —trata de convencerse Gatto enhebrando un arito de humo nuevo y perfecto en otro viejo y deshilachado—, mi parte del trabajo está hecha; cuando el *Reina María Cristina* atraque, subiré a bordo, detendré al farsante, fin del asunto y aquí paz y después gloria».

Pero Edelmiro Gatto es un artista. Un maestro. Un virtuoso de la deducción al que le molesta dejar un caso a medias. «No es asunto tuyo —se contenta pensando—. Si quedan flecos y puntos sin aclarar, las averiguaciones tendrán que hacerse allá en España. Yo me limitaré a detener y meter entre rejas al impostor. El resto de las incógnitas serán cosa de Corralero y de sus *compays* al otro lado del charco».

44

FLECOS Y DEMÁS CABOS SUELTOS

¡NUEVAS E INAUDITAS REVELACIONES EN EL CASO DEL «RESUCITADO DEL *TITANIC*»!

Ni resurrección ni gaitas. Nuestro corresponsal en La Habana narra para nuestros fieles lectores cómo un individuo sin escrúpulos, un expresidiario sin oficio ni beneficio pergeñó su plan para suplantar al multimillonario Armando Olmedo desaparecido en 1912 en las heladas aguas del Atlántico norte.

Tras esta entradilla en negrita y a cuatro columnas, *Crónica del Crimen* publicaba una noticia firmada por su corresponsal en La Habana de la que no tardarían en hacerse eco periódicos del mundo entero. El texto que venía a continuación rezaba así:

... Al atracar el *Reina María Cristina* en puerto, el diligente inspector Edelmiro Gatto, alertado por sus contactos en Madrid de que Armando Olmedo era un vulgar impostor, procedió a su detención.

Aquí *Crónica del Crimen* llamaba la atención del lector hacia un recuadro lateral en el que bajo el título: «¡Los lunares lo cuentan todo! ¡Eran tatuajes! ¡En el cuello del farsante estaba la resolución del enigma!», se explicaba cómo y de qué fortuita manera se había acabado por descubrir su impostura. El corresponsal continuaba revelando:

... Una vez el interfecto entre rejas, se procedió a interrogar al tal individuo que, amén de decir que su nombre era Juan Pérez, no tuvo empacho en confesar su delito. Menos aún en relatar, impasible el ademán, cómo había trazado su diabólico plan explicitando de qué modo se las arregló para obtener información del hombre al que se disponía a suplantar introduciéndose el muy truhan unos años antes en la propia vivienda de su viuda, la riquísima Eva López del Vallado.

Una vez reconocido con desfachatada e injustificable arrogancia el modo en que había entrado en contacto con la linajuda familia Olmedo, el tal Pérez se negó en redondo a contestar a más preguntas del inspector Gatto. Una lástima, porque se trataba de incisivas interpelaciones dirigidas a esclarecer incógnitas aún sin resolver en tan enrevesado caso. Preguntas que hubiesen arrojado una muy necesaria luz.

Por ejemplo, puede que hubiese engañado a la viuda, pero ¿cómo logró confundir al mastín de los Olmedo de modo que le «reconociera»? Y en el asunto de los lunares, ¿por qué estaba al tanto de esta particularidad del difunto Armando Olmedo? ¿Cómo conoció al finado? Tuvo que haber tenido una relación estrecha con él. Nuestras fuentes nos han informado de que el detenido guardó un silencio impertérrito ante estas cuestiones que le planteó el inspector Gatto en su interrogatorio.

Según ha podido saber *Crónica del Crimen*, el interfecto solo perdió el temple cuando Gatto inquirió si había tenido que ver con la muerte de Eva López del Vallado (algo que él negó, conmoviéndose visiblemente). Perdió aún más cuajo cuando el inspector, abundando en lo ocurrido allá en Avilés, preguntó cómo conocía tantos pormenores, no solo de la infancia del finado, sino también de su familia al otro lado del Atlántico. «¿Puede usted explicarme este punto? ¿Qué tiene usted que decir al respecto? De no decir nada, no tendré más remedio que colegir que en este asunto hay duende». Duende. Esa fue la expresión que usó el inspector, y el detenido muy alterado negó que lo hubiera. «Juro por Dios —añadió, llevándose primero la mano al corazón y luego retomando su anterior actitud desafiante— que lo que usted insinúa es una calumnia. Aquí no hay ni cómplices ni duende, yo soy el único culpable».

Comoquiera que este plumilla jamás había oído la expresión «duende» e ignoraba qué quería decir, hizo averiguaciones y pudo enterarse de que parte de la información conducente a la detención de tan peligroso sujeto la obtuvo el inspector Gatto platicando con cierta negra conga empleada de la casa de la finada Eva López del Vallado, que, según fuentes próximas a la policía, resultó crucial en la investigación al arrojar luz sobre un par de puntos oscuros de tan intrincado asunto.

¿Esconderá eso del duende una faceta aún por desentrañar de tan endiablado caso?

¿Por qué el inspector Gatto otorgó relevancia a lo dicho por una negra analfabeta?

Ni corto ni perezoso, mañana, servidor de ustedes, agarrará su libretica de apuntes e irá personalmente a tirarle de la lengua a la conga en cuestión.

—No lea usted más —suplicó Ignacio Selva a su compañera de pesquisas ante unos churros recién traídos de la chocolatería de San Ginés y aún calentitos—. Verdaderamente no puedo seguir oyendo disparates. *Crónica del Crimen* trasplantada al Caribe adquiere tintes de esperpento o —para decirlo en expresión más propia de la otra orilla— de quilombo. ¿Qué saca usted en claro de tanto dislate?

—Desde luego, contigo interrumpiéndome en medio de la lectura de noticia tan interesante, nada, Selvita.

—¿Interesante dice? Pero si está clarísimo que el plumilla ese, al darse cuenta de que el inspector Gatto no conseguía sonsacarle más al detenido y al no vislumbrar nuevos chismes suculentos, para estirar al máximo su crónica sensacionalista, ha decidido ir a ver a la empleada de Eva, y engañarla de modo que cuente lo que a él le venga en gana.

—Pues, por lo que se trasluce de lo que acabo de leer y también del informe que nos mandó Gatto sobre sus pesquisas, me da a mí que «esa negra conga», como la llama el plumilla, nos da mil vueltas a todos. A Gatto y también a nosotros, porque, reconozcámoslo, sin el duende del que ella habla, la historia está coja.

—No entiendo qué quiere usted decir.

—Sí que lo entiendes, Selvita, y muy bien, además. Ya sé que estás deseando dar por cerrado el caso, viajar a Cuba y reunirte con Amalia, que se encuentra sola y estará sin duda agobiada en un país que no es el suyo, y encima tratando de consolar a un niño que ha perdido padre y madre. Pero esa no es manera de dar carpetazo a una pesquisa detectivesca. A ver, ¿qué crees tú que harían Sherlock Holmes, Rouletabille o Arsenio Lupin a estas alturas de la investigación?

—No se ofenda, pero empiezo a estar cansado de este juego. Ya sé que a usted le divierte mucho la idea de que personajes de su invención, como son los protagonistas de su novela *La gota de sangre*, hayan cobrado vida con Corralero haciendo de Watson o del inspector Lestrade; yo de un no muy verosímil Sherlock y usted de Mycroft, verdadero cerebro gris de los hermanos Holmes. Pero le recuerdo que esto no es una novela, sino la vida real. Y en la vida real rara vez —por no decir nunca— se acaban descubriendo todos los secretos. Tampoco se atan lindamente mil cabos sueltos hasta revelarse todos los intríngulis llegándose así a la verdad. Y mejor que así sea. Porque, como dijo usted no hace mucho y en esta misma aventura, la verdad es una virtud sobrevalorada. Las hay que hieren, las hay que duelen, y las hay que matan y...

—Y tú —le interrumpió la dama— lo que tienes es un miedo cerval a descubrir que Amalia pueda estar ocultándonos algo. Que sepa, por ejemplo, bastante más de este embrollo de lo que nos ha contado, ¿no es así?

—Qué tontería. Lo que acaba de decir es un disparate todavía más grande que los que publican *La Actualidad Trágica o Crónica del Crimen*. Amalia es una víctima de todo lo ocurrido. También lo fue Piedad, pobre mujer. Se da usted cuenta —añadió entonces Ignacio Selva—, de que siempre que se habla de Piedad, indefectiblemente alguien añade un «pobre mujer». Es una muletilla indisociable de su persona. Pero ¿y si estamos equivocados? ¿Y si lejos de inspirar pena debería inspirarnos admiración por ser el duende que buscamos, el eslabón que falta para comprender esta historia?

—¿Y qué te hace pensar que ella tenga que ver en esto? El propio Juan Pérez ha dicho que actuó solo.

—Sí. Pero lo que está claro es que no se puede creer en la palabra de un impostor. En realidad, cabe la posibilidad de que el cómplice del que habla Elpiria sea cualquiera de los habitantes de la Casa de los dos Torreones. El ama de llaves quizá, pero ¿y si fue Plácido quien, por dinero, se prestó a ayudar al tipo ese? ¿Y Laura? ¿El solo hecho de ser ciega y vivir tan aislada la descarta como cómplice? Y luego está Covadonga, no sabemos nada de ella. Nada, salvo que es paciente, lista y aspira a algo más en esta vida que pasar el plumero y vaciar orinales de los ricos.

—Bravo, Selvita. Como dice Corralero, hasta el rabo todo es toro, de modo que habrá que seguir adelante y averiguar este punto. ¿Qué noticias tienes de Amalia? Anoche intenté llamarla, pero había cinco horas de demora y ya sabes lo poco que me gustan los madrugonazos.

—A mí aún menos que a usted, pero necesitaba hablar con ella, saber cómo se sentía después de los últimos acontecimientos.

—¿Y qué te dijo? ¿Cómo se encuentra?

—Ya se puede imaginar, muy triste. Estaba convencida de que había recuperado a su hermano, y ahora renacen todos sus fantasmas, incluido el de la muerte de Eva. Y luego me ha dicho otra cosa que me ha dejado preocupado, está empeñada en visitar al impostor en la cárcel.

—¿Para qué?

—Sobre ese punto no me quiso dar explicaciones. Para colmo, la comunicación telefónica era malísima, con todos los chirridos e interferencias imaginables. Dijo no sé qué de una corazonada, y luego no sé qué de «su deber».

—¿Se referiría a su deber para con el hijo de su hermano ahora huérfano y solo en el mundo?

—Quizá, pero no estoy seguro. También dijo —y esa parte sí la entendí bien— que no podrá visitar a ese tal Juan Pérez hasta pasados unos días, porque, de momento, está incomunicado. Intentaré llamarla de nuevo esta noche a ver si tengo más suerte. De igual forma deberíamos hablar con el inspector Gatto allá en La Habana; es muy eficaz y posiblemente haya logrado averiguar algo nuevo sobre el impostor. Mientras tanto, a nosotros nos queda por aclarar el asunto del duende del que hablaba Elpiria.

—En efecto, Selvita, y para hallarlo tendremos que volver al lugar del crimen.

—Sí, pero no lo veo tan fácil. Ya vio el poco entusiasmo que puso Laura la última vez que hablamos con ella. Para mí que lo único que desea es pasar página, volver a su vida retraída y serena, olvidar este asunto. Dudo que nos convide a pasar unos días.

—¿Que no? Eso lo veremos. Tú vete sacando los billetes de tren, que de autoinvitarnos (y muy elegantemente además) a la Casa de los dos Torreones, ya me ocupo yo.

45

REGRESO A LA CASA DE LOS DOS TORREONES

—... Querida, ni te imaginas la *ilusión* que nos ha hecho tu convite. Hace unos días el hígado me dio un aviso y me dijo: «Tú eliges, o te vas una semanita a tomar las aguas o acabaré hecho *foie gras*». Ante semejante tesitura, comprenderás que no me quedó más remedio que adoptar medidas drásticas. Me acordé de que había un balneario estupendo cerca de Avilés, hipnoticé a Selvita hasta que aceptó acompañarme, nos subimos al Rápido, y total y para hacerte el cuento corto, llevábamos varios días —mintió descaradamente la dama— disfrutando de sus aguas sulfurosas, cuando decidí llamarte.

Se encontraban los tres ahora en el jardín de invierno. Sentada, como era su costumbre, de espaldas a la ventana y a contraluz, Laura Olmedo se parecía tanto a Amalia que Ignacio no podía dejar de mirarla.

—¿Y por qué no lo hiciste antes? —preguntó la muchacha.

—Selvita insistió en que te llamara nada más llegar —mintió nuevamente doña Emilia—. Es lo educado y lo que suele hacerse en estos casos. Pero yo le dije: «Ay, chico, no, menudo lío para la pobre Laura. Sobre todo ahora que Amalia está fuera y Pied...». Bueno, en fin, tú me entiendes, tener huéspedes en casa es una lata. Pero él venga insistir en que, si llegabas a enterarte de que estábamos en las inmediaciones, te llevarías un disgusto, que si eso no se hace, que si está muy feo... De modo que yo, toda obediente, me decidí a llamar, solo para saludarte, naturalmente. Pero mira —añadió, señalando con amplio gesto de la mano lo que la rodeaba—, ¡aquí estamos de nuevo, en nuestra querida Casa de los dos Torreones! Gracias por esta invitación, querida mía, y ahora, cuéntame: ¿cómo va todo? ¿Qué noticias tienes de Amalia allá en Cuba? Me imagino que después de lo ocurrido, estará deseando regresar.

Laura respondió que Amalia estaba preparando el papeleo para traerse a España a su sobrino y añadió también que su propósito era visitar al impostor en la cárcel.

—¡Visitar al impostor! —exclamó en ese momento Covadonga, que iba y venía por la habitación tan invisible y silenciosa como siempre, pero al punto añadió—: Por favor, perdóneme la señorita, no quería decir eso, desde luego no es asunto mío.

Laura afirmó que, en efecto, no lo era y que volviese a sus quehaceres, pero no lo hizo en tono de mando, tampoco de reproche.

*　*　*

Apenas un par de segundos más tarde, la puerta se abriría dibujando bajo el dintel la silueta de Plácido. Selva no era especialmente sensible a la belleza masculina, pero no pudo evitar fijarse en él. Vestido con camisa blanca ancha y abierta, pantalón negro y su largo pelo atado en la nuca con una cinta, el jardinero parecía el protagonista de una novela decimonónica. Traía una bandeja con el café, que procedió a dejar sobre una mesita auxiliar, y se retiraba ya cuando doña Emilia se acercó a estrecharle la mano.

—Cuánto me alegro de verte, muchacho, llevo días pensando en ti. Sí, como lo oyes, ¿te acuerdas de aquella hierba medicinal que Laura y tú me mandasteis a Madrid semanas atrás? Sí, hombre, ¿cómo se llamaba? Mi memoria es un desastre cuando se trata de nombres largos relacionados con la botánica. Pero tenía toda la razón Laura cuando dijo que era mano de santo para las digestiones. ¿Tú crees que puedo tomarme una infusión de aquello en vez del café?

Plácido masculló un «sí», y ya se disponía a ir a preparar la tisana cuando doña Emilia lo retuvo.

—Sin prisa, muchacho, si mal no recuerdo la dosis aconsejada es solo una taza al día, de modo que, pensándolo mejor, bien puedo esperar a la noche, así, además, me ayudará a conciliar el sueño. Mira, ya sé lo que podemos hacer, ¿qué tal si luego, en un ratito, me paso por tu casa y me enseñas tu herbario? Nada, nada, no me seas modesto, todos dicen que es espléndido. ¿Cultivas también algo que alivie migrañas? ¡Qué providencial visita es esta! ¡Mis achaques solucionados todos de un golpe! Justamente ayer mismo le decía yo a Selvita: mira, chico, convéncete, donde esté un buen druida que se quiten los médicos...

Aquí doña Emilia se embarcó en una prolija disertación sobre hierbas, meigas, ungüentos y remedios ancestrales, sin dejar meter baza a nadie, y menos a Plácido, que, mareado por tanta verborrea, acabó por claudicar y acceder a la visita, aunque con el secreto deseo de que, dada su edad, doña Emilia optara por echar una cabezadita. Así pareció en un primer momento, pues se retiró a sus habitaciones, pero, quia, apenas veinte minutos más tarde, ya estaba repiqueteando en la puerta del jardinero con un reticente Ignacio Selva a su lado.

—Venga, muchacho —comenzó la dama—, que te estoy viendo por la ventana, sé que estás ahí, no te hagas el longuis. No será más que un minuto, no tengo el menor interés en invadir tu guarida, solo me interesan tus hierbas.

Selva pensó que, dados los malos modos que habitualmente gastaba el jardinero, los iba a mandar a paseo, pero, para su sorpresa, no solo abrió sin dilación, sino que los recibió con lo más parecido a una sonrisa que sus bellos labios eran capaces de esbozar.

Una vez dentro de la casa, Selva comprobó que allí seguían los dos cuadros de buen tamaño que tanto le habían llamado la atención en su anterior visita a la cabaña. Si por un momento llegó a temer que Plácido no querría que extraños como él y doña Emilia los vieran, una vez más tuvo que constatar su error, porque lejos de ocultarlos, estaban expuestos en mitad de la estancia y en posición de revista. El autorretrato de Plácido en el que posaba como don Aparicio presentaba algunos trazos nuevos a cuando Selva lo vio semanas atrás. Si antes el fondo era neutro, ahora, a espaldas de la figura central, podía verse la Casa de los dos Torreones, su parque, sus pavos reales, incluso el discreto monumento mortuorio que señalaba el lugar en el que estaba enterrada Piedad. En cuanto a la copia del retrato prerrafaelista de Ofelia muerta en el lecho de un río que tanto había impresionado a Selva por el parecido que guardaba con Laura, ahora las similitudes con la pequeña de los Olmedo eran tan evidentes, que Selva sintió aquella culebrilla helada a la que solía referirse doña Emilia recorrerle la espalda. La dama, en cambio, ni se inmutó. Continuó perorando de botánica con Plácido como si no hubiese reparado en ninguno de los cuadros. Cuando, horas más tarde y ya a solas, los dos detectives comentaran esta peculiar visita, al preguntarle Selva el porqué de su actitud, la respuesta de la dama fue:

—Pues porque ahora toca repartirse el trabajo; uno nunca sabe qué puede llegar a averiguar simplemente hablando. Todo el mundo, hasta los más consumados mentirosos, bajan la guardia cuando menos te lo esperas, así que, mientras yo me dedico a tirarle de la lengua a Plácido, tú harás lo propio con Laura. Siempre ha habido buena sintonía entre vosotros, incluso habéis tocado el piano a cuatro manos, y eso une mucho —bromeó la dama antes de añadir—: ¿No se dice siempre que la música amansa a las fieras y cura las almas más torturadas?

—No me parece que ninguna de esas premisas se pueda aplicar a Laura. ¿Qué puede tener que ver la chica con todo este embrollo?

—Mira que eres cansino, Selvita; como tú mismo dijiste hace poco, en esta casa hasta las piedras son sospechosas, así que no hay que dejar ninguna por remover. Ah, y no te olvides: utiliza la verdad como estratagema, no hay mejor táctica con alguien tan inteligente y perspicaz como Laura.

46

EN BUSCA DE DUENDES

—Perdona, Laura, no quería molestarte, pero al ver la puerta entornada pensé que alguien la había dejado así por descuido y... ¿puedo pasar?

Quiso la suerte que pocos minutos después de su anterior conversación con doña Emilia, al dirigirse a su habitación y pasar por delante de la puerta de Laura Olmedo, esta estuviese entreabierta, lo que le permitió llamar, y luego, sin esperar respuesta, asomar la cabeza. Athos sesteaba al pie de la cama, y al otro lado de la alcoba, ante su aparato de radioaficionado, Laura daba por concluida una comunicación.

Aprovechando que el Pisuerga pasa por Valladolid, Selva se dispuso a relatar cómo, semanas atrás, también había encontrado abierta esa misma puerta, lo que le había permitido pedirle a Piedad, que en ese momento se encontraba dentro, hilo y aguja para coserse un botón.

—... Pero ella —continuó explicando Ignacio Selva—, tan generosa como siempre, me indicó que dejase mi chaqueta sobre aquella silla y que no me preocupara, que se encargaría de cosérmelo en cuanto tuviera un momento. Yo, como comprenderás, insistí en que no, que de ninguna manera, que solo quería que me facilitara un costurero. Y fue entonces cuando lo vi por primera vez —añadió, señalando ahora en dirección el aparato de radioaficionado—. Menudo adelanto. ¿Puedo verlo más de cerca? Bueno... eso si a Athos no le molesta —puntualizó cauteloso Selva, al ver que el mastín lo miraba con la misma desconfianza que otras veces y luego, ya para su coleto, añadió que quizá con la estrategia de la verdad lograse engañar a Laura, pero no estaba tan seguro de que el ardid sirviese para despistar mastines.

—Aquí, Athos, aquí —sonrió ella, que parecía de excelente humor—. ¿No ves que es solo nuestro viejo amigo Ignacio Selva? Y luego, dirigiéndose al recién llegado dijo—: No le hagas caso, un guardián como él tiene sus mañas. Ven, ¿quieres ver cómo funciona este cacharro? Acabo de tener una comunicación muy emocionante con París. Por lo visto, después de semanas de manifestaciones sufragistas por toda Francia, parece que el Gobierno se aviene a estudiar la posibilidad de dar el voto a la mujer. Por supuesto, es solo el proyecto de un proyecto, pero por ahí se empieza, ¿no crees?

Ignacio Selva dejó que la muchacha se explayara hablando de aquel tema que le era tan querido, pero al mismo tiempo se las arregló para ir llevando la conversación hacia terrenos que le interesaban más.

—No entiendo bien cómo funcionan estos artilugios —comenzó Selva adorando al santo por la peana—. ¿Es verdad que puedes hablar durante horas y casi sin costo con personas que están a miles de kilómetros? ¿Incluso al otro lado del océano? ¿Podrías hablar con Amalia, por ejemplo, si te lo propusieras?

Laura le respondió que sí, que justo antes de su conexión con París habían hablado. Que bastó con que Amalia se desplazara a casa de otro radioaficionado para mantener una conversación.

—¿Y te contó algo respecto al impostor o a la visita que planea hacerle?

Laura dijo que la comunicación era defectuosa, que se había cortado repetidas veces, «... así que no me enteré de mucho», añadió, y Selva tuvo la sensación de que, al decirlo, su voz se tornaba una miaja más aguda, más impostada, ¿cómo describirla? Como si intentase sonar deliberadamente banal. Pero no quiso sacar conclusiones. Después de todo, él no tenía el talento de Laura para «leer» voces ajenas.

«Piensa, piensa», se dijo a continuación. Lo importante ahora era encontrar un modo de llevar la conversación de la detención del impostor allá en Cuba a cómo aquel individuo se las había arreglado para engañar a todos en la Casa de los dos Torreones, pero estaba claro que Laura no se sentía cómoda hablando de algo que tanto dolor había traído a su familia. ¿Por dónde entonces encaminar la conversación para que fuera la propia Laura quien le diera una pista sobre lo que deseaba averiguar? Selva decidió optar por otra vía. Podía salir bien, o podía salir muy mal, pero, se dijo, quien no arriesga, no gana.

—Pues según *La Actualidad Trágica* en su número de hoy —mintió, sabedor de que Laura jamás podría leer ni esa ni ninguna otra publicación escrita—... según *La Actualidad Trágica* de hoy, el impostor, al ser interrogado por el inspector Gatto, que es quien lleva el caso allá en Cuba, acabó por confesar que nunca hubiese logrado hacer creíble su impostura sin la ayuda de un cómplice dentro de la casa.

Al decir esto Ignacio Selva observó la cara de la muchacha. Sus ojos ciegos continuaban inescrutables como siempre. Sus dedos, en cambio, comenzaron a juguetear con un anillo de perlas y turquesas que Selva no le había visto usar hasta ahora y que le quedaba grande. Pero fue solo un instante. Apenas lo que tardó su mano izquierda en controlar los movimientos de la derecha.

—Bah, tonterías —descartó, intentando sonar indiferente—, todo el mundo sabe que esos pasquines mienten más que hablan.

—Por supuesto que sí —abundó Selva—. Es terrible cómo plumillas desaprensivos son capaces de colarse por todas partes con tal de obtener información... o inventar puras mentiras. Una verdadera vergüenza.

—¿Y qué más dice ese periodicucho? —se interesó de pronto Laura—. ¿Da algún nombre? ¿Apunta sus sospechas hacia alguien? No, no me lo digas —atajó—. Prefiero no saberlo, son todo embustes, Plácido jamás... —comenzó, y luego volvió a rectificar—: quiero decir que Piedad jamás... ¡Dios mío!, pero si lo de Eva fue un lamentable accidente, solo una desgracia.

Laura estaba desencajada, el labio inferior le temblaba de tal modo que Selva, comprensivo, trató de confortarla.

—Claro que fue un accidente, así lo determinó la policía. No dejes que te afecte lo que diga esa clase de publicaciones.

Ella entonces, con los ojos arrasados en lágrimas, posó su mano sobre la de él.

—¿Qué más quieren de nosotros, Ignacio? ¿Nunca nos dejarán en paz?

47

MÁS PESQUISAS Y UN TELEGRAMA

—Espero —comenzó diciendo Selva a doña Emilia un par de horas más tarde sentados ambos en el café El Imperial ante un par de copas de jerez y lejos de oídos indiscretos—... Espero que a usted le haya ido mejor que a mí con sus averiguaciones: yo lo único que conseguí fue disgustar a la pobre Laura, pero ni una brizna de información con respecto al duende. ¿Y usted? ¿Ha vuelto a hablar con Plácido?

Doña Emilia estaba más seria que de costumbre aquella tarde. Ni siquiera se interesó por los mejillones en escabeche que, gentileza de la casa, el camarero de El Imperial acababa de dejar sobre la mesa.

—Todo a su tiempo y por sus pasos, Selvita, aún estoy dándole vueltas a lo que he visto.

—¿Y qué ha visto? ¿Le ha ido bien con el jardinero?

—Ni bien ni mal, porque cambié de rumbo a mitad de camino.

Doña Emilia relató entonces que, cuando se disponía a tirarle de la lengua a Plácido presentándose en su casita de la entrada de la propiedad, le sorprendió ver, en pleno día, una luz encendida en la torre norte.

—Me pareció extraño —explicó doña Emilia—, porque desde la muerte de Piedad, Plácido se ha ocupado de deshabilitar esa zona de la casa tan preñada de tristes acontecimientos. Pero, entonces, ¿quién estaba allá arriba? Decidí aguardar un momento propicio para averiguarlo, y este no tardó en llegar. Tú estabas de charla con Laura, Plácido atareado en el jardín y a Covadonga no se la veía por ninguna parte. Quizá hubiese salido a un recado, pero cabía también la posibilidad de que, a pesar de las órdenes de Plácido, estuviera allá arriba. Limpiando... o fisgando, como hacemos tú y yo. Al fin y al cabo, aparte de ser espabilada, está claro que tiene también esa faceta de metomentodo que tanto parecía disgustar al ama de llaves y que la llevó a tener más de un desencuentro con ella. Pero bueno, qué quieres que te diga, Selvita, los metomentodo son utilísimos. Acaban enterándose de cosas que los demás pasan por alto. «Tal vez sepa algo que nos sea útil», me dije, y allá que me fui a ver qué hacía en la torre norte.

—¿Y la encontró?

—No, pero encontré algo mucho más interesante. ¿Ves esto? —preguntó la dama, sacándose del moño una horquilla—. Houdini a mi lado, un aprendiz.

—¡No me diga que otra vez le ha dado por forzar cerraduras ajenas como un caco! —rio Selva—. Aunque no veo la necesidad. Según costumbre de la Casa de los dos Torreones, todas las habitaciones están abiertas, cualquiera puede entrar.

—En las habitaciones sí, pero luego, cuando se trata de acceder a lugares más privados, la cosa se complica. Déjame que te cuente lo que descubrí allá arriba: el cuarto de juegos está igual que siempre. O más fantasmagórico si cabe con sus muebles y juguetes infantiles cubiertos de fundas y sábanas blancas. En efecto, alguien se había dejado encendida una de las lámparas, que procedí a apagar. Mera economía doméstica, Selvita, soy muy mirada para estas cosas, menudo dispendio innecesario. Además, la electricidad, amén de carísima, para mí que no está muy perfeccionada aún, cualquier descuido puede acabar en incendio. No sería la primera vez. Apagué, como te digo, la luz del cuarto de juegos y entonces... llámalo curiosidad, llámalo morbo, ya que estaba en la torre norte, se me ocurrió echar un vistazo a la que fuera la habitación del ama de llaves. Abrí sin dificultad, y al entrar, lo primero que me intrigó fue que no estaba tan desnuda como tú la viste en tu última visita. Al contrario, parecía habitada.

—¿Habitada? No me diga que Covadonga ha decidido instalarse allí. Mucho lo dudo. Primero, porque está contratada como externa y, segundo, porque, sabiendo la poca simpatía que su madre sentía por ella, Plácido jamás permitiría que ocupara su alcoba.

—Yo también lo creo, pero en este caso se trata de otro tipo de «ocupación».

—¿A qué se refiere?

—No sé, produce una sensación extraña entrar allí. Lo primero que vi fue, en un discreto rincón tras la puerta, un par de zuecos de campesina como los que gasta Covadonga cuando le toca encargarse de las faenas gruesas de la casa. El resto, en cambio, ¿cómo explicarte? Era algo así como la recreación de la alcoba antes de que la desmantelasen tras el suicidio de Piedad. ¿Recuerdas que Plácido se ocupó de retirar todos los enseres de su madre? Bien, pues resulta que ahora vuelve a haber cortinas, y visillos en las ventanas, la cama está hecha con sábanas limpias y, sobre la mesilla de noche, esa foto de Piedad del brazo de don Aparicio de la que tanto hemos hablado. Para remate —continuó explicando doña Emilia—, junto a la foto y flanqueado por su vieja Biblia, alguien ha colocado un portaflor con dos rosas blancas recién cortadas.

—No entiendo nada...

—Ni yo, Selvita. Como comprenderás, después de pasar revista a aquello, comencé a rebuscar por aquí y por allá. Pero solo encontré, dentro de un armario, una solitaria percha de la que colgaba una bata de cachemira roja.

—¿Nada en sus estantes o en sus gavetas?

—Gavetas había cinco, todas vacías, salvo la última, cerrada con un pequeño candado.

—Y ahí, supongo, es donde entra en acción doña Emilia Houdini y su horquilla de moño.

—Naturalmente que sí, y no tuve la menor dificultad, al menos en lo que al candado se refiere. Lástima que no sirviese para abrir también una caja no muy grande de madera clara que encontré dentro. ¿Seguro, Selvita, que no viste nada similar en tu visita a la habitación de Piedad?

—Segurísimo. Pero se me ocurre que pueda contener tal vez enseres personales de Piedad recogidos tras su muerte, alguna alhajita sin valor, sus útiles de aseo, su costurero, cosas así...

—No suena como si contuviera objetos. Tampoco pesa demasiado y, en todo caso, ¿qué interés puede tener nadie en atesorar menudencias sin valor del ama de llaves? Aun así, la habitación parece una especie de santuario, de modo que ¿quién crees que pueda ser su sacristán? Descartada Laura por razones obvias, lo más lógico es que sea Plácido. Mira que es contradictorio ese hombre. Un día no respeta nada y parece peleado con el universo y al otro...

—¿Y si —atajó Selva— la sacristana es Covadonga?

—Qué cosas se te ocurren, *parruliño*. ¿Por qué iba a querer una muchacha a la que el ama de llaves desterraba a cada rato al cuarto de los ratones mantener viva su memoria? No tiene sentido. Y ahora vayamos a lo práctico: ¿se te ocurre algún artilugio que nos permita abrir esa caja sin que se note? Habrá que intentarlo en otra ocasión. ¿No crees?

* * *

A su regreso a la Casa de los dos Torreones, a doña Emilia y a Selva les esperaba un telegrama.

—Llegó hace escasos minutos —explicó Laura—. Incluso os debisteis de cruzar con el muchacho que lo traía. ¿Dónde lo has puesto, Cova? —preguntó a la muchacha que en ese momento se ocupaba de regar las plantas del vestíbulo—. Estaba hace un momento en la bandejita de plata en la que siempre dejamos la correspondencia en la mesa de entrada. ¿Lo has quitado tú de aquí?

La muchacha se desentendió de la regadera que llevaba en la mano y acudió azarada.

—Perdone la señora —dijo dirigiéndose a doña Emilia—. Aquí lo tengo, me lo guardé para dárselo ni bien usted llegara, parecía tan urgente... —Sacó un sobre del bolsillo de su delantal—. ¡Dios mío, qué torpe soy! Acabo de mojarlo sin querer. Debería haberme secado las manos antes de... también debería habérselo dado, no en mano, sino en una bandejita. —Y miró a Laura como si esperara una regañina.

No la hubo. Ni doña Emilia ni Laura ni menos aún Selva le dieron importancia al incidente. Camino ya de su habitación para quitarse el sombrero, doña Emilia abrió el húmedo telegrama.

Rezaba así:

Descifrado contenido de los documentos fotografiados por Selva en la habitación de Piedad. Stop. Solucionado enigma del duende. Stop. Llego Avilés en Rápido de mañana y explicaré todo. Stop. Mejor no hablen con nadie de la casa.

48

Y DOS DÍAS ANTES ALLÁ EN LA HABANA...

Edelmiro Gatto continuaba con su madrugadora costumbre de fumar un Partagás camino de su despacho. En un rato tenía una cita importante. Muy importante. Pero precisamente por eso necesitaba de este matutino ritual que le permitía, al compás de sus pasos y envuelto en volutas de humo, invocar recuerdos, convocar ideas y relacionar hechos inconexos.

El inspector está orgulloso de cómo ha manejado la situación hasta el momento. Y qué situación. Está claro que el caso brillará un día con luz propia en *Memorias de un Gatto asombrado*, el libro que tiene pensado escribir ni bien se jubile y en el que recopilará los mejores momentos de su carrera policial. Porque, vamos a ver, ¿es o no asombroso el nuevo giro que acaba de tomar la investigación? Y todo gracias a dos felices hallazgos. Por un lado, está lo descubierto por Corralero allá en Madrid tras descifrar el documento que Ignacio Selva vio y por fortuna fotografió en la habitación del ama de llaves pocos días antes de su suicidio. La segunda feliz circunstancia, estaba más relacionada con él y tenía como protagonista a Gerundio el Tano, soplón policial y compañero de celda del impostor del *Titanic* durante años. Pero sobre Gerundio y sus descubrimientos ya cavilará en unos minutos. Cada cosa a su tiempo, método y orden ante todo, se dice Gatto.

El inspector consulta su reloj. Las nueve y media. A la diez ha quedado en su despacho con la señorita Olmedo para informarla de sus nuevos hallazgos. ¿Y qué dirá Amalia cuando escuche lo que le tiene que contar? ¿Qué cara pondrá cuando le explique, por ejemplo, que la pieza que faltaba por encajar en el puzle, el «duende» que no solo ayudó al impostor a hacer creíble su farsa, sino también el cerebro gris, la persona que planeó y más tarde, con paciencia y asombrosa pericia, hizo posible todo este engaño no es otra que la mujer que ella siempre ha amado como a una madre?

Piedad, se dice ahora Edelmiro Gatto, qué nombre tan poco apropiado para alguien que jamás conoció el significado de tal palabra. Porque ¿acaso el ama de llaves se había apiadado de Amalia cuando comenzó a pergeñarlo todo? ¿Y de la joven Laura que nada tenía que ver con los rencores que acumuló contra la familia Olmedo? ¿Y de su hijo? ¿Se apiadó acaso alguna vez de él? Y no. Edelmiro Gatto no se refiere ahora a Plácido, sino al *otro* hijo del ama de llaves. Ese del que nadie (excepto los cotilleos y los secretos a media voz) hablaba, puesto que la propia Piedad se encargó en su momento de decir que había muerto.

La siguiente calada a su Partagás deja envuelto al inspector en una nube blanca y deshilachada que él despeja al tiempo que se recrimina: «No, Gatto, no. Esta no es forma de explicar lo sucedido. Cuando hables con la señorita Olmedo, tendrás que hacerlo de forma clara, sin marear la perdiz y comenzando por lo más relevante. Explicar a la dama, por ejemplo, que, desde España, Elías Corralero, ayudante de Selva y de doña Emilia, lo había llamado para darle una gran noticia». «¿Te acuerdas, Gatto —así comenzaría Corralero—, que no hace mucho te conté que había mandado descifrar las páginas manuscritas que Selva encontró en la habitación de Piedad y que parecían el comienzo de un diario íntimo? Bien, pues más que un diario son unas memorias en las que, bajo el título de *La madre*, esta mujer lo cuenta todo. Una pena que a Ignacio solo le diera tiempo a fotografiar un par de páginas, pero como, por fortuna, se trata del prólogo en el que sintetiza sus intenciones, es fácil adivinar por dónde irá el resto del contenido».

Corralero puntualizaría a continuación que, según especificaba el ama de llaves, se trataba del relato de un ajuste de cuentas... «Uno que comenzó a fraguarse el día en que él, tras culpar a nuestro hijo de aquel maldito incendio, lo expulsó de la Casa de los dos Torreones torciendo para siempre su destino».

«¿Necesitaré —se pregunta ahora Gatto avanzando por el Malecón— aclarar a la señorita Olmedo que ese "él" al que alude el ama de llaves en su escrito es don Aparicio, su padre y padre también de Juan Pérez, su compañero de juegos de infancia y al que ella quería como a un hermano? Seguramente no hará falta. En las familias de ringorrango nadie habla, pero todos *saben*. ¿Sabrá entonces también Amalia Olmedo que, una vez proscrito, el niño aquel fue enviado por don Aparicio a un internado del que lo sacó ni bien cumplió los catorce años para entregarlo —por supuesto sin conocimiento de Piedad, su madre—, a una de esas organizaciones dedicadas a transportar a Cuba a muchachos como mano de obra barata y semiesclava? No. Con toda seguridad esta parte de la historia la desconocerá la señorita Olmedo. Como ignorará también que, tras pasar mil penalidades, el camino de su medio hermano Juan y el de ella a punto estuvieron de converger aquí en Cuba y del modo más poco fraternal que imaginarse pueda...».

Gatto extrae del bolsillo superior de su chaqueta la libretita de tapas de hule en la que apuntó lo relatado por Corralero tras haber logrado descifrar parte de las memorias encontradas en la habitación del ama de llaves: «El tiempo, y por una vez la suerte, jugaron a mi favor. La venganza es un plato que se sirve frío». Así comenzaba el segundo de los párrafos escritos por Piedad. Unas palabras que encajaban a la perfección con algo —cavila ahora Gatto— que a su vez le había contado días atrás Gerundio el

Tano, y que hacía que todo el caso cobrara sentido. Porque vamos a ver: ¿era o no una jugada maestra por parte de una mujer, que sabía que por las venas de su hijo corría la misma sangre que la del resto de la familia Olmedo, lograr para él lo que siempre debió ser suyo? Según relato de Gerundio el Tano, compañero de presidio de Juan, incluso había habido otra tentativa cerca de veinte años atrás en la que Piedad (casi) había logrado que la sangre de los Olmedo y la de Juan se uniesen. Y si no lo consiguió entonces fue porque su hijo se había negado a secundar sus planes. El propio Juan se lo había contado a Gerundio cuando empezaron a llegar cada vez más frecuentes cartas del ama de llaves. En la cárcel no hay mayor tesoro que cariño en forma de letra escrita, de esperanza encarnada en papel y tinta, eso había argumentado Gerundio el Tano antes de aseverar que había visto llorar a Juan cada vez que recibía una de aquellas cartas. Primero eran lágrimas de rabia, pero más adelante se fueron enjugando hasta dar pie a esta confesión por parte de Juan: «A pesar de que me separaron de ella al poco de cumplir los ocho años, mi madre no me olvidó, me visitaba cada semana en el internado al que fui a parar, y luego, cuando me engañaron para venir acá, me enviaba regularmente dinero, mucho más del que se podía permitir. Pero todo se rompió un mal día». Eso le había dicho él al Tano y, cuando este preguntó por qué, su compañero de infortunio solo explicó que Piedad se las había arreglado para convencer a una mujer —a Amalia—, que pasaba por un mal momento personal, de poner tierra por medio, emprender un largo viaje, una de cuyas escalas sería venir a Cuba y parar en casa de su hermano, que estaba entonces soltero y encantado con la visita. «Pero las razones de mi madre eran otras —explicó entonces Juan—. Su intención era que hiciese con aquella mujer, que no sabía quién era yo, algo que... No soy creyente, nunca lo he sido, y la vida no me ha dado muchas razones para pensar que Dios existe, pero de eso a participar en un incesto...».

Cuando el Tano intentó indagar más, Juan se había sumido en un silencio doloroso, del que solo conseguiría arrancarle, curiosamente, una carta de su madre recibida un par de días más tarde. «No tengo ni idea de qué le diría —explicó el Tano al inspector Gatto—, cuando uno está entre rejas, hasta las ideas más locas parecen salvadoras. Lo que sí le puedo decir, jefe, es que a partir de ese momento —fue en el año 1912, lo recuerdo bien porque por aquellas fechas todos hablábamos de lo mismo, del hundimiento del *Titanic*, y uno siempre recuerda qué estaba haciendo cuando se enteró de un suceso fuera de lo común—... a partir de ese momento, digo, algo cambió en Juan. Las cartas que recibía de su madre se hicieron cada vez más frecuentes. Él no volvió a hablarme dolidamente de Piedad y tampoco de lo que causó aquella ruptura producida años atrás...».

Una vez relatado todo esto, Gerundio el Tano había hecho una pausa como para ver qué efecto tenían en el inspector sus palabras y luego añadió: «Incesto... fea palabra, ¿no cree, jefe? Espero que lo que le acabo de contar valga unos pesitos adicionales. Ando tan mal de plata... Es duro recomponer una vida cuando uno ha pasado tantos años a la sombra. Quién sabe, quizá por otra módica cantidad, recuerde algo más...».

Pero el inspector Gatto no necesitaba más información para sumar dos y dos. ¿Cuál era la eufemística expresión que Corralero había utilizado en alguna de sus anteriores comunicaciones telefónicas? Sí, esa en la que le contó el periplo llevado a cabo casi veinte años atrás por la señorita Olmedo en compañía de Piedad. Viaje de apareamiento. Esa era. Según las malas lenguas, que suelen saberlo todo de las miserias humanas, Amalia había desaparecido de Avilés durante un año, supuestamente para conocer mundo y visitar a su hermano aquí en La Habana. Pero había vuelto con una recién nacida en brazos. Una «hija del pecado», según la terminología habitual en estos casos. Sumando la información suministrada por Gerundio el Tano a lo dicho por Corralero sobre aquel viaje tan particular, ¿cabía la posibilidad de que Piedad hubiese intentado convencer a su hijo Juan de que fuese él el padre de la criatura? Amalia estaba en busca de un hombre ignoto, una relación puntual, que le regalara la posibilidad de ser madre. Nada más fácil para el ama de llaves que propiciar un encuentro entre ambos. Amalia jamás imaginaría con quién iba a aparearse y la sangre de Juan se entreveraría con la de los Olmedo una vez más.

«Incesto, fea palabra», repitió Gatto. No es de extrañar que Juan rompiera con su madre después de propuesta semejante. Pero la sombra de la venganza es alargada. Mengua, pero aguarda. Años más tarde, con la desaparición de Armando en alta mar, el ama de llaves vio una nueva y aún mejor oportunidad de conseguir para su hijo, y esta vez de pleno derecho, la vida regalada que debió ser suya, aquella que las leyes y sobre todo el viejo don Aparicio, le arrebataron. Las fechas encajaban a la perfección. Laura nació en 1904, justo cuando, según el relato de Gerundio el Tano, Juan rompió con su madre. Pero ocho años más tarde, y no casualmente *justo después* del hundimiento del *Titanic*, retomaron la relación y a partir de ese momento las cartas de Piedad a su hijo en prisión se hicieron incesantes.

¿Cómo lograría, se pregunta ahora Gatto dejándose envolver por una nueva nube de su Partagás, el ama de llaves embarcar a Juan en la incierta aventura de sustituir a su medio hermano ahogado en las heladas aguas del Atlántico? Gerundio el Tano había respondido a esa pregunta cuando afirmó que en la cárcel hasta las ideas más disparatadas se vuelven cuerdas. Los ingredientes para lograr la perfecta impostura ahí estaban: el cadáver del verdadero Armando que nunca llegó a encontrarse; los largos años de cautiverio de Juan que le permitieron prepararse para su nuevo papel, mientras que Piedad, allá en España, sembraba para cosechar luego. Por eso se vistió de luto e hizo creer a Amalia y a todos sus conocidos que su hijo había muerto allá en Cuba. Por eso, mientras fingía llorar y desesperarse, con sus cartas se ocupó también de sembrar en la cabeza de su hijo encarcelado, y por tanto vulnerable, la más fuerte de las simientes: la de la esperanza. O mejor aún, la de una certeza. La de que la vida le regalaba la oportunidad única de hacerse con aquello que le pertenecía por nacimiento: un nombre, una familia, una respetabilidad y también, de paso, con la fortuna de su hermano Armando. ¿Qué había de malo en sustituirle? ¿Para qué le servía el dinero al esqueleto de su medio hermano, ahora a miles de metros bajo el mar?

El resto del plan contaba con más augurios a su favor. Aparte del tan conveniente bigote de morsa que el verdadero Armando se había empeñado en cultivar, el parecido entre los dos hermanos era notable, tenían incluso la misma edad. Por otro lado, el futuro impostor conocía bien la Casa de los dos Torreones, no en vano había vivido en ella hasta su expulsión del paraíso. En cuanto a cualquier otro dato adicional, particularidades de la empresa familiar, nombre de gerentes y colaboradores, costumbres actuales, etc., seguro que Piedad se encargó de ponerle al tanto en las cartas que cada vez con más regularidad le enviaba a la cárcel. Con estos mimbres y con el tiempo y la paciencia por cómplices, ¿qué podía ir mal?

Faltaba, sin embargo, que Juan se familiarizara con la segunda parte de la vida de Armando, la que se desarrollaba aquí en Cuba, y para ser más precisos, en la casa de El Vedado en la que vivía Eva López del Vallado. Pero también esta parte del plan encajaba como un guante con lo que Gatto ha logrado averiguar. Primero, estaba el botanista mencionado por Elpiria, ese inofensivo caballero de poblada barba que pasó por la propiedad supuestamente estudiando la flora y el suelo del lugar, pero dedicado en realidad a estudiar la casa y sus moradores. Y luego estaba también aquella afirmación de Juan a su compañero de celda asegurando que un día no muy lejano viviría en aquella casa «porque era de él».

Lástima que un plan tan perfecto se torciera, cavila ahora Edelmiro Gatto mientras continúa con su matutino paseo, y todo por culpa de ese sentimiento que siempre le había sido esquivo a Piedad: el amor.

«Sí —añade filosófico el inspector—. El amor a veces lo complica todo. En este caso, los planes perfectos de alguien que llevaba años diseñándolos con paciencia y minuciosidad de orfebre. ¿En qué momento se daría cuenta Piedad de que el hijo de sus desvelos, aquel por el que había montado tan colosal farsa, el cómplice perfecto de su ambición de madre redentora, el mismo que hasta entonces había representado su papel sin saltarse ni una coma del guion pactado..., en qué momento, digo, se dio cuenta de que su hijo, su gran obra, se había enamorado de la esposa del hombre al que estaba suplantando? Pobre Piedad. Hasta el mejor escribano echa un borrón y al mejor orfebre le falla el buril justo cuando está a punto de culminar su gran creación».

El inspector Gatto acaba de tirar al mar lo poco que quedaba de su Partagás. El resto de sus cavilaciones son pura especulación. ¿Habría decidido el ama de llaves acabar con la vida de Eva López del Vallado al darse cuenta de que Juan estaba a punto de confesarle su impostura y echar por tierra así todo por lo que se había afanado durante años y con tanto ahínco? ¿O quizá siempre formó parte de los planes del ama de llaves acabar con Eva para que Juan pudiese sumar a su nada desdeñable patrimonio también la inmensa fortuna de su mujer? Quién sabe, tal vez si algún día llegara a encontrarse aquel cuaderno manuscrito del ama de llaves, entonces se conocería la verdad.

Gatto vuelve a consultar su reloj. Las diez menos diez. La señorita Olmedo no tardará en llegar a su despacho y a él le gusta ser extremadamente puntual. En la conversación telefónica que mantuvieron para concertar aquella cita, Amalia Olmedo le había reiterado su deseo de entrevistarse a solas con el detenido. ¿Qué cara pondría al enterarse de que el interfecto no era otro que el hijo de Piedad y, por tanto, también su medio hermano? Y luego había otra particularidad que intrigaba a Gatto: ¿por qué habría insistido tanto la señorita en que necesitaba entrevistarse con Juan Pérez aun antes de conocer este dato? Hay quien sostiene que sangre reconoce sangre. ¿Intuía de alguna manera la señorita que el detenido pudiera ser su viejo compañero de juegos?

«Vaya quilombo de familia —se dice ahora Gatto mientras jadea escaleras arriba camino de su despacho—. Esta noche llamaré a Corralero a ver si han surgido nuevas revelaciones. Este caso empieza a parecerse demasiado a esas galerías de espejos que hay en las barracas de feria. No tanto por sus espejos deformantes en los que las caras más bellas se vuelven monstruosas con solo desplazarse un par de centímetros. También, o mejor dicho sobre todo, se parece porque al reflejarse unas lunas en otras, las imágenes se multiplican y replican al infinito de modo que uno ya no sabe quién es ni dónde está».

—¡Ah, ahí está usted! —dice ahora Gatto al ver avanzar hacia él con una sonrisa a Amalia Olmedo tan bella, con su vestido de *broderie* blanco y su pelo rojo recogido suavemente en la nuca—. Encantado de verla, pase por favor. ¿Le puedo ofrecer algo de beber? Tome asiento, dejo mi sombrero y enseguida estoy con usted.

49

... Y DOS DÍAS MÁS TARDE ALLÁ EN AVILÉS

Casa de los dos Torreones, a 25 de abril de 1921

Mi Amalia tan querida:

Son las tres de la madrugada. Aquí me tienes insomne, y como siempre, pensando en ti, por lo que he decidido que bien podía aprovechar mis horas en blanco para escribir y así, mi amor, sentirte más cerca. Las conversaciones telefónicas tienen la ventaja de la inmediatez, pero nada sustituye a la escritura a la hora de dar cuenta de sensaciones, sentires, impresiones. Por eso, déjame que te detalle lo acontecido antes de la cena aquí, en la Casa de los dos Torreones. Da para mucha más explicación, pero intentaré sintetizar lo que tanto a mí como a doña Emilia nos ha dejado cavilantes. Resulta que Corralero, que había anunciado su regreso a Avilés vía telegrama, llegó puntual ayer por la mañana poniéndonos al día de lo descubierto tanto por él en Madrid como por el inspector Gatto allá en La Habana. Nos contó también que Gatto te había puesto al tanto de todo, incluida la participación de Piedad en este colosal engaño. Doña Emilia y yo nos asombramos y congratulamos a partes iguales al conocer la resolución final del enigma. Tanto ella como yo tuvimos siempre nuestros resquemores con respecto a Piedad. De hecho, esa es la razón por la que regresamos aquí, a la Casa de los dos Torreones. *Porque un caso no se resuelve del todo hasta encajar hasta la última pieza del puzle. Amor mío, imagino lo que habrá supuesto para ti, después de tantos años y tantísimas vivencias juntas, descubrir semejante traición. El solo hecho de cómo esta mujer —jugando con tus sentimientos y con tu soledad— intentó que su hijo fuese el padre de la criatura que tanto ansiabas concebir me pareció de una crueldad sin límites. Esto y mucho más comentamos con Corralero cuando lo fuimos a recoger a la estación. Doña Emilia estaba furiosa. «Hay que ver el grado de abyección al que puede llegar la naturaleza humana. Vaya final para nuestra historia. Ni en la resolución de* El misterio del cuarto amarillo *de Gaston Leroux, con su solterona aviesa y su hijo natural supuestamente muerto y emigrado a las Américas, se llegaba a semejante bajeza». Esas fueron sus palabras.*

Ignoro, amor mío, si eres tan aficionada a las novelas de detectives como doña Emilia, pero imagino que sabrás que es un clásico en este tipo de relatos que, llegadas las últimas páginas de la aventura, el investigador convoque a todos los personajes de la trama en la biblioteca de la mansión en la que han tenido lugar los acontecimientos, y luego, acodado en la chimenea, desvele a los presentes lo que ha averiguado y desenmascare al asesino. Bien, pues eso fue lo que doña Emilia estaba empeñada en que hiciéramos lo antes posible. Llamar a Laura, a Covadonga y, por supuesto, también a Plácido a capítulo, y desvelarles el cómo, el porqué y sobre todo el «quién» de este misterio. «Pero vamos a ver —intenté argumentar con ella—. En el caso que nos ocupa, el impostor ya ha dado con sus huesos en la cárcel, y su madre, cerebro gris y asesina de Eva López del Vallado, está muerta y enterrada (en el jardín por más señas). ¿Qué objeto tiene la escenita de la biblioteca?».

Pero ella, después de invocar uno de sus adagios favoritos, ese de que hasta el rabo todo es toro, porfió en que aún quedaba en este asunto un pequeño —o quizá no tan pequeño— misterio por desvelar. «La habitación del ama de llaves convertida ahora en una especie de santuario —explicitó—, y luego está esa caja cerrada con llave que vi hace un par de días en el armario que fuera de Piedad. ¿Quién te dice a ti, Selvita, que no está guardado allí ese desaparecido cuaderno en el que esta mujer relata toda su impostura? Date cuenta de que si aparece querrá decir que otra persona —alguien vivito y coleando— sabe bastante más que nosotros. ¿Y qué se propone hacer con esa información?».

Total y para no extenderme demasiado en mi relato, amor mío, el caso es que doña Emilia no paró hasta convencerme de que, antes de convocar a todos a la biblioteca para la consabida explicación a lo Sherlock Holmes o a lo Gaston Leroux, era fundamental subir a la torre norte, buscar aquella caja y descubrir qué contenía.

Llegado este punto en la redacción de su carta, Ignacio Selva se detiene. Acaba de oír un ruido en el jardín. Alza la cabeza. Espera. Intenta volver a la escritura, pero, al cabo de unos segundos, el sonido se repite y decide asomarse a la ventana. Es una noche sin luna, pero, a la escasa luz de las estrellas, cree entrever una mancha clara que se mueve entre los árboles en dirección a la casa. Aguarda a que sus ojos se acostumbren a la penumbra y vuelve a mirar. Nada. Apenas el ulular de un búho a lo lejos y el viento que mece las copas de los árboles, con algo más de fuerza que minutos antes. «La noche se vuelve desapacible —se dice—, mejor cerrar la ventana», pero, cuando se dispone a hacerlo y volver a su carta, ve que son ahora las ramas de los arbustos cercanos a la reja de la propiedad las que se agitan, como si alguien las moviera, solo que, en esta ocasión, en dirección contraria, hacia la salida de la propiedad. ¿Un ladrón? No lo parece. La sombra ni corre ni se apresura. Ignacio Selva solo alcanza a entrever de espaldas a alguien de buena envergadura que viste una nada disimulada camisa blanca. «Plácido, quién si no. Ventosa noche para dar un paseo —se dice Selva—, pero ya se sabe. El jardinero es así».

Selva retorna a su carta. Allá cada uno con sus cadaunadas. ¿Por dónde iba? Ah, sí, acababa de contarle a Amalia que doña Emilia y él, antes de la reunión con todos los habitantes de la casa, habían subido a la torre norte a ver si descubrían qué se escondía en la caja de madera clara que tanto había intrigado a su compañera de pesquisas. Prosiguió en ese punto:

Llevaba ella en previsión un abrecartas de plata, amén de una tijerita de uñas y, por supuesto, sus horquillas de moño. El abrecartas se mostró eficaz; logramos abrirla a la primera descubriendo un cuadernillo de poesía. Sí, cielo mío, ese era todo su contenido. Una colección de poemas bajo el título de Amor de madre, *que parecía augurar algo interesante, pero resultó un conjunto de ripios y rimas pésimas, manuscritas como al descuido que mucho desilusionaron a doña Emilia. «Para mí, Selvita, que alguien se divierte tomándonos el pelo», me comentó disgustada, pero no había tiempo para más búsquedas. La reunión a la que doña Emilia había convocado a los moradores de la Casa de los dos Torreones era a las seis, y Corralero, que había ido a su hotel a cambiarse, estaba a punto de llegar.*

Qué suerte, vida mía, que no tuvieras que presenciar la escena que ocurrió a continuación. Te habría entristecido ver la cara de Laura y más aún la de Plácido cuando Corralero detalló todo lo que tú ya sabes. A Laura se le saltaron las lá-

grimas al saber los años que llevaba el ama de llaves preparando su venganza. «¿Cómo pudo querernos tan mal?». Pero cuando realmente se vino abajo fue al saber que fue ella quien había acabado con la vida de Eva López del Vallado. «¿Qué culpa tenía esta pobre mujer? ¿Tanto entorpecía sus planes que su hijo se enamorara de ella? Amor, amor, cuántos crímenes se cometen en tu nombre», parafraseó antes de recordar la cita del Evangelio que el ama de llaves dejara subrayada antes de quitarse la vida con la intención de desviar así las sospechas que pudieran recaer sobre su hijo: «No hay amor más grande que el de aquel que da la vida por los suyos».

Ocurrió entonces, vida mía, que Plácido, que hasta el momento había presenciado la escena altivo, mudo y con los puños apretados, lanzó un grito. Ni siquiera sé cómo describírtelo. Fue algo así como un alarido animal, ronco, inacabable, que él intentó sofocar cubriéndose la cara con sus manos. Inclinándose hacia adelante, cayó de rodillas. Así, de pronto, enorme, desmadejado, parecía, no sé, un árbol quebrado que cae abatido por un vendaval. Ignoro cuánto pudo durar aquel lamento. Solo sé que Laura lo abrazaba llorando y al tiempo le decía cosas como: «No, mi cielo, no. Ella siempre te quiso, habría hecho lo mismo por ti»; «No hagas caso vida mía. Tú eres el que siempre estuvo con ella, su niño, su amor, su mayor dicha».

También Covadonga intentó consolarlo y le cogió la mano llenándosela de besos. Aquel fue el único momento en que el jardinero levantó la vista, pero solo para desasirse y restregar su mano con saña contra la pernera del pantalón, como si en vez de besos y babas estuviese manchada de sangre. «Vete —le dijo haciendo ímprobos esfuerzos por serenarse—. ¿Qué pintas aquí? Solo me has traído desgracia. Si sabes lo que te conviene, desaparece. No vuelvas por esta casa».

En fin, vida mía. No quiero apenarte más con mi relato.
Piensa que, por muy doloroso que todo esto haya sido, ya
está. Ya fue. Es agua pasada, hay que mirar hacia delante.
Y aquí viene la buena noticia. Por fin he convencido a doña
Emilia de viajar juntos a La Habana. Argumenté que así po-
dríamos acompañarte, ayudarte en todo y más tarde regre-
sar contigo y con tu sobrino de vuelta a España. Al principio,
no quería ni hablar del asunto. «¿Qué se me ha perdido a mí
en La Habana, Selvita? Ni yo ni mis achaques estamos para
estos trotes». Al final, logré persuadirla, pero tuve que recurrir a
una pequeña argucia. Recordarle la apuesta que hicimos en
el Hotel Palace una tarde al comienzo de este caso. (Ella sos-
tenía que la cara es el espejo del alma y Plácido no le gustaba
un pelo, y yo que las apariencias engañan y que el muchacho
era mucho mejor de lo que parecía). Total, y para hacerte el
cuento corto, amor mío, el tiempo ha venido a darme la ra-
zón y por fin, y a regañadientes, doña Emilia claudicó. Ya
ves, noblesse oblige, *y no hay nada tan eficaz como apelar a*
la palabra de aquellos que tienen a gala honrar la suya, de
modo que mañana mismo me ocuparé de comprar los pasa-
jes. Comprenderás que, el noblesse oblige *también me lo*
aplico yo y no permitiré que me pague el billete de barco.
Pero sí que me regale su compañía que, a pesar de todos los
berenjenales en los que me ha metido y todas sus extrava-
gancias, es más que grata para mí. Acabo ya, mi bien, dicien-
do que si no surge ningún imprevisto, partiremos en un par
de semanas, por lo que podríamos estar allí a fin de mes.
Hasta entonces, contaré cada minuto y cada segundo que fal-
tan para volver a verte.

Deseando abrazarte y llenarte de besos, se despide quien
más te quiere,

Ignacio

Ignacio Selva pone fin a su carta. La dobla, abandona la mesa que le había servido de escritorio y se acerca a su portafolio que está sobre una silla en busca de un sobre, cuando otro ruido llegado del jardín le obliga a volverse. Es diferente al que lo sobresaltó quince o veinte minutos antes. Se trata de algo así como un crepitar, pero al mismo tiempo se parece a una chicharra. ¿Cantan las chicharras cuando es noche? ¿No deberían de ser los grillos? A saber. Selva no es campestre y en la madrugada todos los sonidos son inquietantes. Se aproxima a la ventana y le sorprende ver reflejada e invertida en el estanque semicircular que hay junto a la puerta principal la Casa de los dos Torreones con un resplandor difuso en su base. ¿Luciérnagas quizá? No, una vez más, se dice, las luciérnagas son puntos de luz, debía de tratarse de otra clase de reflejo, quizá la luna. Pero esa noche apenas hay luna.

Selva abre de par en par los postigos. Solo entonces empieza a comprender lo que está pasando. Vuelve a observar la Casa de los dos Torreones reflejada en el estanque oscuro erizado por el viento que sopla ahora más fuerte, y durante unos segundos confusos, locos, paralizantes, se deja hipnotizar por lo que ve, una gran mansión cabeza abajo con ese extraño resplandor que parece emerger entre los dos leones que custodian la casa. «Dios mío, qué está pasando. No puede ser, no puede ser». O su vista mucho le engaña o pronto todo arderá como una tea.

No le da tiempo a coger nada, salvo, como un talismán, como una muda plegaria, la carta que le estaba escribiendo a Amalia, y con ella apretada contra su pecho, sale al pasillo.

—¡Fuego!

Una extraña calma reina en el pasillo oscuro. Selva acciona el interruptor más próximo. No hay luz. Avanza a tientas. La habitación más próxima a la suya es la de doña Emilia y ni se molesta en llamar a la puerta. Entra y la dama duerme ajena a todo, le cuesta despertarla. Por fin se ha puesto en pie. No hay tiempo que perder. Con un poco de suerte aún puedan atajar el fuego antes de que se haga incontrolable. Entran ambos en el dormitorio de Laura, pero esta ya ha sido alertada por Athos que ladra y salta a su alrededor. Cuando vuelven a salir al pasillo, sus esperanzas se desvanecen al ver cómo una fina columna de humo comienza a ascender por el hueco de la escalera principal.

—¡Por aquí no! —grita Selva—, bajemos por la zona de servicio, allí no parece haber llegado el fuego.

—¡Plácido!

Es la voz de doña Emilia, que acaba de ver por la ventana cómo el jardinero trata por todos los medios de entrar en la casa.

—¡No, vida mía, no! —se desespera entonces Laura, imaginando que el jardinero intentará subir a donde ella está abriéndose paso entre el humo que ciega y asfixia—. ¡Por amor del cielo, no! —le grita—. Quédate dónde estás, Athos me sacará de aquí. —Y luego, tras cogerse al collar, hace señas a Selva y a doña Emilia para que la sigan en dirección a la escalera posterior.

El aire es irrespirable y están a oscuras. El tiempo se hace viscoso, parece que pasa rápido y a la vez desesperadamente lento. Recorren una habitación y otra y otra más hasta que, guiados por Athos, consiguen llegar abajo. El calor es insoportable, el humo aún más. Por fin alcanzan la puerta y, al borde de sus fuerzas, logran abandonar la casa y eligen refugiarse detrás del estanque, al menos este hará las veces de cortafuegos.

Desde donde se encuentran ahora, el espectáculo es dantesco. Las llamas, que por las trazas parecen haberse originado cerca de la puerta principal, trepan como tentáculos por las enredaderas de la casa empujadas por el viento, que azuza, suma, multiplica. Donde más altas han llegado es a la torre norte y lamen ya la ventana del cuarto de juegos.

—¿Y Covadonga? —pregunta entonces doña Emilia—. ¿Dónde está esa muchacha? Siempre la primera en todas partes y ahora... ¿La ves tú, Selvita? No estará allá arriba en la torre, ¿verdad?

El viento ha convertido la casa en una bola de fuego. Algunas lenguas díscolas han saltado hasta las copas de las palmeras reales que se mecen como gorgonas de cabellera en llamas. Plácido entonces abraza a Laura, que tiembla mientras en sus ojos ciegos se refleja el fuego.

—No, mi vida, no —dice el jardinero—, refúgiate en mí, no llores. También esto pasará...

EPÍLOGO

Antes que nada me presentaré aunque ustedes ya me conocen. Mi nombre es Laura Olmedo, hasta ahora personaje secundario de este libro. Hoy es 10 de abril de 1962 y en este momento yo debería estar escribiendo para el *ABC* un reportaje en recuerdo de lo ocurrido medio siglo atrás cuando el *Titanic* naufragó cobrándose millar y medio de vidas. El siglo XX nos salió convulso y desde sus albores en Europa, entre otros avatares hemos tenido una Revolución, dos guerras mundiales y una cruel Guerra Civil que todos nos esforzamos por dejar atrás. Pero el siglo nos ha traído también avances sociales considerables y conquistas de derechos hasta ahora nunca vistos, así que intento ser positiva, no todo ha sido dolor y barbarie. En nuestra familia ha habido cambios considerables acordes con los tiempos, empezando por Plácido, mi marido o, más modestamente, por esta que ahora escribe. «Nuestra particular Helen Keller», así solía llamarme allá por los años treinta mi compañera en tantas lides, Clara Campoamor, artífice de que las mujeres obtuviéramos nuestro derecho al voto. Exageraba, naturalmente, ya me gustaría tener la mitad de méritos que esa tan mentada muchacha sordociega que, gracias a su tesón y perseverancia indesmayable, es ahora activista política, escritora y conferenciante de renombre universal... «Y tú —insistía Clara—, eres la primera periodista ciega de este país. ¿Te parece poco?».

Pero bueno, me estoy alejando del propósito de estas líneas. No es de Clara Campoamor ni tampoco de los avatares que trajo el siglo xx de lo que quiero escribir sino de lo ocurrido en mi familia una vez que el *Titanic*, símbolo de un viejo mundo que nunca volverá, se sumergió en las profundidades. Son tantos los recuerdos que ahora me piden paso que no sé por dónde empezar. «Es muy pertinente, señorita Olmedo —me dijo ayer mismo Luis Calvo, director del *ABC*—que escriba un artículo con motivo de esta efeméride. Pero ¿para cuándo un libro en que lo cuente todo? Es asombroso que no lo haya hecho ya. Nosotros, recuérdelo usted, nos debemos a la verdad».

Asentí retóricamente, pero podría haberle dicho que ese libro ya existe. Que lo escribió Ignacio Selva poco después de casarse con Amalia allá por 1922, si bien duerme desde entonces en una gaveta por deseo expreso de su autor. Cada vez que por aquel entonces Plácido y yo lo apremiábamos preguntando cuándo pensaba publicarlo, él decía que estaba incompleto, que le faltaba un epílogo. Diez o doce folios que, con la perspectiva que da el paso del tiempo, desvelaran qué había sido de cada uno de nosotros, los moradores de la Casa de los dos Torreones tras el incendio porque, según él, una historia como la nuestra solo llega a comprenderse en su totalidad años después.

Plácido y yo llegamos a pensar que la renuncia de Ignacio a publicarlo era, en realidad, un acto de amor hacia Amalia. No hace mucho, tras la muerte de ambos después de una larga y feliz vida juntos, descubriría que esto no es del todo cierto. Cierto es que Selva eligió guardar su novela en una gaveta porque, como le gustaba decir, hay verdades que es preferible que duerman un sueño lo más prolongado posible. Pero no es verdad que dejase su novela sin epílogo. De hecho, pocas semanas antes de morir (¿premonición? ¿casualidad?) dejó escritos media docena de folios en los que desvelaba facetas bastante curiosas del caso. Algunas de ellas ya las conocía. Sabía, por ejemplo, que tras el incendio de la Casa de los dos Torreones, y cuando faltaba poco más de una semana para que él, Selva, y su inseparable doña Emilia, viajaran rumbo a Cuba a reunirse con Amalia, ocurrió algo que nadie esperaba. La mal llamada Gripe Española, que millones de vidas segara en 1918, rebrotó tres años más tarde, y doña Emilia fue una de sus víctimas. Quién podría imaginarlo, tan activa y llena de vida siempre, enfermó un domingo y el miércoles estaba ya camino del camposanto. A Selva le afectó mucho; formaban un curioso tándem esos dos, había que verlos resolviendo enigmas y buscándoles soluciones «literarias» (así las llamaba doña Emilia porque para ella todo está en los libros). Lástima por tanto que no alcanzara a ver el novelista de éxito en el que Selva se convertiría años más tarde. A la par que su amigo Blasco Ibáñez llegó a ser el autor más leído del país. Hasta de Hollywood empezaron a reclamar sus novelas convertidas más tarde en filmes de éxito. Todas salvo *El misterioso caso del impostor del* Titanic. De esta nunca quiso desprenderse. Ni Ernst Lubitsch lograría arrancarla del cajón en el que duerme.

Debo confesar que hasta la muerte de Ignacio y Amalia no había hecho nada por leerla. A pesar de ser una de sus protagonistas, no deja de ser una historia dolorosa. Para mí, y más aún para mi marido. Por delante incluso de Amalia, Plácido fue quien más sufrió con lo ocurrido. Mi pobre sol. Amaba a su madre como solo es capaz de amar un preterido, un recogido, un paria. No son palabras mías sino suyas. En aquellas ahora tan lejanas tardes en las que me dibujaba como Ofelia en el lecho de un río rodeada de plantas acuáticas, no pocas veces le oí decir: «¿Sabes quién soy, Laura? Soy Nadie». Tal era entonces su fraseo y de poco servía que le recordase que todos en casa lo queríamos y nos preocupábamos por él: Amalia, yo y por supuesto Piedad, que lo recogió de rorro, salvándole de la vida de inclusero que el destino le tenía reservada. «Pero cielo —le tomaba yo el pelo a continuación, cosa que no le gustaba en absoluto—, si hasta Covadonga te adora».

Covadonga. Con la perspectiva que da el tiempo, lo sucedido con ella puede decirse que es el curioso colofón a nuestros avatares de entonces. Colofón y a la vez ritornelo porque ¿se han dado ustedes cuenta de cómo, al igual que ocurre con no pocas piezas musicales en las que una estrofa o melodía se repite y replica a lo largo de la partitura con mínimas y deliberadas variaciones, la vida a veces se ríe de nosotros haciendo el mismo juego? Piedad y Covadonga, Covadonga y Piedad. Tan distintas y a la vez como dos imágenes idénticas pero invertidas que se reflejan en un espejo. Piedad se revolvería en su tumba si llegara a saber lo mucho que aquella muchacha la admiraba y cómo se afanó en emularla.

He aquí la parte de esta historia de la que yo no tenía noticia y jamás habría conocido de no ser por los escasos folios que Ignacio Selva, a modo de epílogo, comenzó a redactar pocos días antes de que le sorprendiera la muerte. La novela *El misterioso caso del impostor del* Titanic, escrita por Selva acaba con el incendio de la Casa de los dos Torreones del que por fortuna logramos salvarnos todas las personas que en ese momento nos encontrábamos en ella. Pero ¿y Covadonga? ¿Y si esa noche se hubiese quedado a dormir, tal como había hecho otras veces en la antigua habitación del ama de llaves sin dar cuentas a nadie? Al extinguirse el fuego no se encontraron restos que hicieran temer tal eventualidad, pero la muchacha había desaparecido. La policía acudió a la pensión en la que se suponía que pernoctaba al igual que Leire, que trabajaba como eventual en la propiedad. La dueña del establecimiento afirmó que, aunque había ropa suya en el armario de su habitación, hacía semanas que no aparecía por allí. Tampoco su compañera de trabajo pudo facilitar información alguna. «Cova siempre fue muy suya; amable pero no se daba con nadie», fue la declaración de Leire, antes de añadir que, según sus noticias, carecía de familia; no había, pues, a quién preguntar. «Olvídala —me insistió entonces Plácido—. Está mejor fuera de nuestras vidas».

En efecto, la olvidamos. Tras el siniestro, había mil asuntos de los que ocuparse. Selva y doña Emilia regresaron a Madrid a preparar el equipaje para su inminente viaje a Cuba y Plácido y yo no volvimos a tener noticias de Covadonga, parecía haberse esfumado sin dejar rastro. Por eso, fue para mí una sorpresa descubrir no hace mucho y gracias a aquel epílogo escrito por Selva que, si bien desapareció de nuestras vidas, tardó algo más en hacerlo de la de Selva y doña Emilia. Ahora sé que tres o cuatro días antes de que esta última enfermara, la muchacha se presentó en su domicilio de la calle de San Bernardo para, sin demasiado preámbulo, explicar (con una sonrisa menos servicial de las que gastaba antaño, así la describe Selva) que lo que la traía por allí era «... una *transacción* económica que espero, sea de su interés».

* * *

Covadonga relató entonces a doña Emilia que, tras salvarse «providencialmente», esa fue su expresión, de las llamas decidió que no quería saber más de aquella familia que tantas desgracias propiciaba y su primer impulso fue poner tierra por medio. Pero que más adelante, pensándolo mejor, había hecho una reflexión: que si una quiere algo más en esta vida ha de propiciarlo. «Como hizo en su momento Piedad. Buscar la ocasión. En resumidas cuentas, doña, darle un empujoncito al destino».

Después de esta declaración de intenciones, Covadonga explicó que un día después del incendio de la Casa de los dos Torreones la había abordado cierto plumilla de *La Actualidad Trágica* que se interesó mucho por ella.

—... Total y para no cansarla, señora mía —añadió con un aire de sofisticación que le era nuevo—, el caso es que obra en mi poder cierto objeto que mi nuevo camarada y yo cavilamos puede ser de su interés.

Extrajo entonces de entre su ropa humilde, pero muy bien planchada, aquel cuaderno en cuya tapa podían leerse en grandes letras manuscritas dos palabras: «La madre». El mismo que Selva había visto en la habitación del ama de llaves antes de su suicidio. El mismo que buscaron sin éxito doña Emilia y él en dicha alcoba cuando Covadonga parecía haberse apropiado de ella.

—A ver cómo se lo explico, doña —continuó diciendo la muchacha—. Yo la admiraba, sabe usted. A Piedad, me refiero. Sobre todo cuando me enteré por lo que pude leer aquí —explicitó señalado el cuaderno que contenía las anotaciones del ama de llaves— el modo tan astuto en que logró engañar no solo a los Olmedo y a ustedes, sino al planeta entero. Hay que ser muy inteligente para montar semejante farsa a escala mundial ¿no cree? Porque dígame, señora: ¿es o no brillante cómo Piedad, a lo largo de años y con tanta minuciosidad, fue tejiendo su plan a la espera del momento adecuado y preciso de ponerlo en marcha?

—No entiendo a dónde quieres llegar —intercaló doña Emilia y Covadonga, enseñando sus manos encallecidas por años de trabajos ingratos, dijo a modo de respuesta:

—«Domésticas» así nos llaman a las que vivimos rodeadas de todos los lujos que da una vida regalada pero sin que nada sea nuestro. Nos desvivimos por un sueldo mísero, velamos enfermedades ajenas, lloramos con ellos sus tristezas, criamos a sus hijos. Incluso, como es el caso de Piedad y de tantas otras, no pocas veces acaban pariendo bastardos que llevan la misma sangre que los hijos de la familia, ellos, los afortunados, los nacidos con todas las bendiciones de la ley. Y mientras tanto aquella muchacha, no pocas veces una niña, que parió lo que todos consideran una vergüenza, se ve condenada a separarse de su hijo o hija mientras hace de tripas corazón y continúa sirviendo en la casa. Porque no tiene a dónde ir. Porque debe sacar adelante a aquella criatura que, a pesar de pertenecer por sangre al mundo de los ricos, no existe para ellos. De ahí que yo aprendiera mucho de Piedad, sabe usted. Aprendí que por muy amables que sean con nosotros las personas para las que trabajamos, nos separa un abismo y que, hagamos lo que hagamos, jamás nos considerarán uno de los suyos como en efecto somos. Faltaría más, hasta ahí podríamos llegar. Lo sé bien porque mi madre vivió la misma situación que Piedad y yo soy una de esas niñas que por sangre paterna debería tener una vida llena de privilegios, pero a la que su sangre materna condena a fregar escaleras y vaciar orinales. Mi madre se juró que me educaría como lo que soy, hija de uno de los hombres más prominentes de Asturias, a la par en fortuna con los Olmedo, si no más que ellos. Figúrese que incluso don Aparicio y don Rómulo Ramírez, que así se llamaba mi querido progenitor, eran primos, astillas del mismo palo. Por eso, para que llegara a ser lo que por nacimiento me correspondía, mamá siguió trabajando en casa de aquel tipo (a quien el diablo tenga en su seno). Se privó de todo para que pudiese estudiar. Para que me convirtiese en una señorita, aprendiera a moverme como ellas, hablar idiomas, tocar el piano, cultivarme en todos los sentidos. ¿Y de qué ha servido? Mi madre murió poco antes de que yo cumpliera los dieciséis condenándome a la misma vida que ella. En mi candidez se me ocurrió apelar a don Rómulo y se ve que le hizo mucha gracia porque se rio en mi cara. Pero ya está. Ya pasó. Sobre la tumba de mi madre juré que alcanzaría la vida que ella soñó para mí. Por las buenas, o si no, por las no tan buenas.

— «Querida», —le había interrumpido doña Emilia llegado este punto—, hay formas y formas de ajustar cuentas con el destino y las malas a la larga no dan rédito, sino todo lo contrario.

Pero Covadonga no pareció prestar oídos, inmersa como estaba en su razonamiento.

—... Dos años más tarde de la muerte de mi madre —continuó— logré que me contrataran como eventual en la Casa de los dos Torreones y allí estaba Piedad. De ella aprendí lo que hay que hacer y, sobre todo, lo que *no* hay que hacer para alcanzar lo que una se propone.

—Visto su final trágico, no parece el mejor ejemplo a seguir —comentó la dama y Covadonga se encogió de hombros.

—No hay mejor escuela que los errores ajenos. ¿No le parece? Por eso digo que fue una gran maestra.

—Ella, en cambio, no te tenía precisamente mucha simpatía —le recordó doña Emilia— y Plácido menos aún.

—A Plácido déjelo fuera de este asunto —retrucó la muchacha y un gesto de dolor endureció sus facciones hasta que logró convertirlo en sonrisa al añadir—: El fuego es muy purificador, ¿no le parece? Sí, no se haga la tonta. El incendio de la casa —que por supuesto ha sido noticia en medio mundo—, les ha servido a ustedes para desviar la atención.

—¿Desviar la atención de qué?

Covadonga explicó entonces que a ella no la engañaban. Que la Casa de los dos Torreones ardiera por los cuatro costados no le había venido del todo mal a la familia Olmedo.

—... Porque mientras la gente se fijaba en lo más visible, es decir en las llamas y en las enormes pérdidas materiales, lo descubierto poco antes con respecto al impostor pasó inadvertido... Dígame, doña, tal como está el mundo y con lo difícil que es guardar un secreto, ¿cómo se las arreglaron Ignacio Selva y usted para que la prensa no se enterara de que el impostor y la responsable de la muerte de Eva López del Vallado eran madre e hijo? Esta parte crucial de tan escandalosa historia no ha trascendido hasta el momento. ¿Me puede explicar el milagro?

—¿Pero de qué estás enterada tú? —se asombró doña Emilia reconociendo para sus adentros que tenía razón Covadonga. Que en efecto, el incendio había acaparado la atención de la prensa mientras que lo descubierto por Gatto allá en Cuba con respecto al ama de llaves, permaneció estrictamente en el ámbito de la familia. Qué tipo tan eficaz el inspector, un verdadero profesional de la discreción.

—¿Que cómo estoy enterada, dice usted? No sé ni cómo me hace esta pregunta. Las dos sabemos que la respuesta está aquí, en este cuaderno. ¿Hace falta que le recuerde que está escrito de puño y letra de Piedad y que en él cuenta cómo lo planeó y ejecutó todo? Curioso, ¿no le parece? Resulta que la gente más hábil e inteligente después de lograr algo extraordinario, aunque sea como en este caso un crimen, necesita dejarlo por escrito, hacer que la posteridad se entere de su gran hazaña ¿Imprudencia? ¿Vanidad? ¿Arrogancia? Aquí, doña, la que entiende de naturaleza humana es usted. Yo solo soy una aprendiza de astucias ajenas.

—Fuiste tú, ¿verdad?

—No sé de qué me habla.

—Hablo del incendio. No, no digas nada, deja que adivine cuál fue tu jugada. Con la información que me acabas de dar y con los datos que Selva y yo logramos juntar a lo largo de este caso, no resulta difícil conectar los puntos y dibujar así el diagrama completo. Una vez que tras la muerte de Piedad encontraste sus notas, intentaste la que creías una jugada perfecta. En el pasado hubo algo entre Plácido y tú. ¿Me equivoco? Inútil negarlo, tanto Selvita como yo vimos los dibujos que él te hizo en su cabaña y son más que elocuentes. Pero Plácido siempre estu-

413

vo enamorado de Laura, de modo que lo vuestro duró bien poco. Tú hiciste todo por retenerlo y no funcionó. Por aquel entonces Piedad acababa de morir y él estaba muy abatido. ¿Qué mejor camino hacia su corazón que confesarle que habías logrado evitar que cayera en manos de la policía una especie de diario o de memorias de su madre que era preferible que nadie conociera? Plácido posiblemente ni siquiera sabría de la existencia de ese cuaderno, no es curioso de lo ajeno como tú. Con la idea de dar más valor al regalo que pensabas hacerle, se te ocurrió contarle de viva voz los pasajes más relevantes y por tanto más escabrosos. ¿Y qué pasó entonces? No, no me lo digas, también es fácil de imaginar. Lejos de agradecerte el favor que pensabas hacerles afeó tu conducta, te conminó a que le entregaras aquel cuaderno de inmediato para que él pudiese destruirlo.

—Fue mucho peor —interrumpió Covadonga. Su voz sonaba ronca, sus labios temblaban—. Me dijo que jamás había significado nada para él y que Piedad le había prevenido contra mí. «¿... Crees que mi madre alguna vez valoró tus desvelos, tu buen trabajo?» —comenzó diciéndome—. «Te tenía muy calada, chica, y hoy por fin has demostrado quién eres. Seguro que a la policía le interesará saber que un objeto robado de una habitación precintada por orden judicial, obra en tu poder. Dime, ¿qué otras desventuras has propiciado? No han pasado más que desgracias de un tiempo a esta parte. ¿No tendrás algo que ver también con la muerte de Eva López del Vallado, ¿verdad?, capaz eres».

—¿Y por eso —atajó doña Emilia— prendiste fuego a la casa, para vengarte de Plácido? Y supongo que con la intención también de que, conocida su proverbial falta de empatía y sus malos modos, con un poco de suerte le echaran a él la culpa y acabase entre rejas. Y ahora dime, ¿qué papel juega en este embrollo tu amigo de *La Actualidad Trágica?* Apuesto que fue él quien te dijo que lo escrito por Piedad vale un buen dinero: dime cuánto.

* * *

En este punto se detiene el epílogo escrito por Ignacio Selva interrumpido por su reciente muerte. Tendré que ser yo, por tanto, quien lo complete y se me acaba de ocurrir una idea. Le propondré al *ABC* que publique como novela por entregas *El misterioso caso del impostor del* Titanic, tal como lo escribió Selva años atrás acabando con el incendio. El epílogo, es decir, la reelaboración de estas notas que ahora estoy tomando a vuelapluma, correrán de mi cuenta. ¿Contaré en él toda la verdad, y nada más que la verdad? Creo que sí. A fin y al cabo, como dijo ahora no recuerdo qué personaje de esta historia, el dolor y los escándalos de antaño se convierten en las anécdotas y las curiosidades de cuarenta o cincuenta años más tarde, así que allá va el resto de lo ocurrido.

Cuando le relaté a Plácido lo sucedido con Covadonga en casa de doña Emilia, él acabó por confesarme que, en efecto, tras el incendio, Covadonga se puso en contacto con él y tuvieron una penosa conversación. «... Amenazó con hablar contigo y yo le juré que si no te dejaba en paz hablaría con el comisario Londaiz, él sabría cómo tratar a una chantajista. Debería habértelo contado entonces, Laura. No sé por qué no lo hice. Cobardía supongo y bien que me arrepiento. Lo que sí te puedo asegurar es que no tenía la menor idea de las actividades de Covadonga con el individuo aquel de *La Actualidad Trágica*. A mí jamás me lo mencionó. Sea como fuere —continuó diciendo—, en los más de treinta años que han transcurrido desde entonces el contenido de aquel maldito cuaderno nunca ha salido a la luz. ¿Por qué? ¿Lograría doña Emilia convencer a Covadonga de que, puesto que tanto decía haber aprendido de Piedad sobre ajustes de cuentas con el destino, haría bien en aprender también que quien mal anda, mal acaba? Capaz era, desde luego, menuda era doña Emilia.

Con esta versión benigna de los hechos nos quedamos mi marido y yo hasta hace apenas un mes cuando en *El caso*, el semanario de sucesos, ilustre heredero de *La Actualidad Trágica* y de *Crónica del Crimen*, pudimos leer la siguiente noticia:

CONMOCIÓN EN LAS ALTAS ESFERAS

Han sido arrestados en su señorial casa del barrio de Salamanca Covadonga D'Avilés y su marido, Leocadio Dos Aguas. Por lo visto, tan distinguida pareja se dedicaba desde hace lustros a la extorsión. Leocadio Dos Aguas comenzó siendo plumilla de sucesos de La Actualidad Trágica, *pero no tardaría en percatarse de que existía un modo rápido y desde luego más lucrativo de rentabilizar las investigaciones que realizaba para su periódico. En vez de las chirolas que por lo general se ganan en este abnegado oficio nuestro, Dos Aguas empezó a acudir a las personas sobre las que se cernía un escándalo: un marido o esposa infiel, un empresario deshonesto o un estafador y proponerles lo que él llamaba una «transacción». Una tan simple como ventajosa para ambas partes: previo pago de una cantidad sustancial, Dos Aguas se comprometía a hacer dormir el sueño de los justos al material sensible que había logrado obtener por diversos medios (y desde luego ninguno muy legal). Dicho material podía ser de diversa índole. En ocasiones se trataba de cartas comprometedoras o bien un diario íntimo, en otras de documentos vergonzantes y, no pocas veces, de fotos realizadas con la ayuda de su compinche y socia. Por lo visto, este próspero negocio era un secreto a voces en los bajos fondos. De ahí que este plumilla, que no se conforma con la noticia a palo seco, sino que le gusta profundizar en sus orígenes más remotos, ha podido saber que Covadonga y Leocadio comenzaron sus andanzas*

416

allá por principios de los años veinte, cuando la ahora sofisticadí-
sima doña Covadonga D'Avilés se llamaba Covita Sánchez y se
ocupaba de tareas domésticas en cierta mansión que nuestros lec-
tores más veteranos recordarán porque mereció innumerables por-
tadas en aquel entonces. ¿Les suena la Casa de los dos Torreones?
¿Y el caso del impostor del Titanic? Bien, pues para la familia Ol-
medo tan mentada por aquellas fechas trabajaba la tal Covita.
Quienes recuerden el suceso sabrán que solo se resolvió a medias.
En efecto, y como en su momento informaron cabeceras del mundo
entero, el impostor fue desenmascarado (gracias a unos falsos lu-
nares, por cierto). Pero la policía pronto se percató de que el inter-
fecto tenía que contar necesariamente con un cómplice en la fami-
lia que le ayudase en su impostura, circunstancia que el detenido
siempre negó vehementemente. Por extraño que pueda parecer,
apenas un par de años más tarde fue puesto en libertad allá en
Cuba. Corta condena por un delito tan mentado, ¿no lo creen así
nuestros avispados lectores? En fin. Lo único que este plumilla ha
logrado averiguar hasta el momento es que doña Amalia Olmedo,
matriarca de la familia, le visitó en la cárcel en repetidas ocasio-
nes antes de regresar a España. ¿Por qué tantos miramientos con
un tipo que había usurpado la personalidad de su hermano?
¿Cómo se explica tibieza tal por parte de la dama? De momento
no hay respuesta a estas preguntas. Pero bueno, volviendo al asun-
to de Covadonga, que es el que nos interesa, también hay un par
de preguntas intrigantes que hacerse: ¿cabe la posibilidad de que
la interfecta comenzara sus andanzas en el mundo del crimen
vendiendo a la familia Olmedo, o a alguna persona próxima a
ella, información relacionada de algún modo con aquel tan sona-
do caso obtenida subrepticia y delincuencialmente en su calidad
de fámula doméstica? Este plumilla seguirá tirando del hilo a ver
qué averigua.

Tras leer lo que antecede, Plácido y yo nos miramos. Nosotros desde luego no necesitábamos que el plumilla de *El caso* investigara más. Otra pieza del puzle (o del calidoscopio de mil dibujos que conforma esta historia) acababa de colocarse en su sitio. Pobre doña Emilia. Estaba claro ahora que solo un par de días antes de que la muerte la llevara a reunirse con su muy querido Pérez Galdós, decidió hacerle un último favor a esta nuestra familia. ¿Le costaría muy caro sacar de la circulación las memorias de Piedad? En cualquier caso, se trató del mejor regalo de bodas posible para Amalia e Ignacio Selva. En cuanto a Ignacio, he aquí otra poderosa razón para que retrasara la escritura de su epílogo: el pago de sobornos por parte de una famosa escritora no es algo que se pueda contar en una novela. Por lo demás, estoy segura de que Amalia nunca supo de la *transacción*. ¿Para qué, se habrían dicho tanto Selva como doña Emilia, añadir más dolor a una mujer que aún luchaba por comprender las mil aristas y derivadas de esta nuestra historia?

Y aquí estamos ahora, Plácido y yo, tantos años después, las únicas personas vivas que podemos hablar de lo sucedido. Aunque a decir verdad no somos dos, sino tres los testigos de aquella aventura. Porque con diferencia quien más sabe de ella y quien podría añadir incluso un par de caras más al antes mencionado calidoscopio que es nuestra vida no es Plácido, tampoco yo, sino tío Juan. Tío Juan Olmedo, el impostor del *Titanic*, que a pesar de su avanzada edad tiene mejor memoria que cualquiera de nosotros. Aunque también tiene sus manías. Jamás habla de según qué. A Piedad o Eva, por ejemplo, nunca las menciona, si bien guarda sobre su mesilla portarretratos flanqueados por un par de rosas blancas. Recuerdo incluso que una noche le sorprendí dedicando a su madre un beso de buenas noches pero, su azaro y el mío, sustituyeron cualquier comentario. De otros sucedidos de entonces en cambio le encanta hablar y lo hace a menudo. Por ejemplo de su reencuentro con Amalia cuando esta lo visitó en la cárcel allá en Cuba.

—Yo no quería verla —me ha dicho en más de una ocasión—. Me pareció preferible que siguiese pensando que quien la engañó, a ella y al mundo entero, era solo un consumado e ignoto mentiroso que buscaba hacerse rico.

—¿Por qué aceptaste verla entonces? —pregunté.

—Porque la voluntad de un presidiario cuenta bien poco frente a los deseos de alguien tan tenaz como Amalia. Fue ella la que hizo lo imposible por verme y nada más traspasar el umbral me reconoció. «Juanín —dijo simplemente llamándome como cuando éramos niños—. Ahora entiendo tantas cosas que antes no entendía. Por qué, por ejemplo, desde que te vi el primer día allá en Avilés supe que no eras Armando pero, al mismo tiempo, te sentía próximo. Supongo que así es la sangre. Ella sabe lo que nosotros ignoramos, al fin y al cabo somos hermanos».

—Lo ocurrido en los días posteriores a aquel reencuentro en prisión mereció en su momento no pocos titulares chuscos en *La Actualidad Trágica* y un par de pasquines similares allá en Cuba.

¡Sorpresa! La multimillonaria Amalia Olmedo decide no presentar cargos contra el impostor. ¿Qué secreto enjuague se oculta tras actitud tan inusual? ¿Estarían estos dos en connivencia para a saber qué oscuros fines? Por suerte la justicia es implacable, el que la hace la paga y Juan López no esquivará la cárcel.

En efecto, no la esquivó, pero Amalia (poderoso caballero es don dinero) se las arregló para que su condena fuese la más leve posible. Pasados dos años y pico, tío Juan viajó a España y desde entonces se ha convertido en lo que siempre fue, parte de nuestra familia. Un hombre que cometió errores pero que también sufrió por ellos, como bien lo atestiguan las dos fotos que velan su sueño: la de la esposa que tanto amó y luego la de Piedad, su madre. Porque el tiempo todo lo atempera, incluso viejas traiciones y ahora puedo asegurar que transcurridos los años, todos en la familia, incluido tío Juan, recordamos a Piedad más por el bien que hizo que por sus faltas.

Por cierto, ahora que hablo de faltas, hay una sobre la que siempre me quedaré con las ganas de preguntarle a tío Juan. Durante aquel «viaje de apareamiento» en el que Amalia me concibió, según averiguaciones hechas por Gatto, Piedad hizo todo lo posible por facilitar que Juan fuese mi padre, de modo que su sangre se mezclara con la nuestra pero, siempre según las averiguaciones de Gatto, él se negó. ¿En efecto fue así, tío Juan? Lamentablemente esa pregunta nunca la haré. Porque, como decía nuestra querida doña Emilia, en la vida las preguntas más importantes, las que más intrigan y preocupan, jamás llegan a formularse. Por supuesto, no me agrada la idea de ser hija de un incesto. Pero por otro, una vez que tío Juan comenzó a ser parte de nuestras vidas, se convirtió en el padre que nunca tuve, por eso a veces pienso que...

Y ahora basta de recuerdos. Debo dejar estas notas tomadas a vuelapluma y sentarme a escribir un primer artículo en el que explique a los lectores de *ABC* en qué va a consistir mi particular colaboración en este quincuagésimo aniversario del hundimiento del *Titanic*.

*   *   *

—¿Qué haces, amor? Son las ocho y media y llegaremos tarde al estreno de *Atraco a las tres*.

Es mi marido que interrumpe mis cavilaciones. ¿He dicho ya que Plácido a partir de finales de los años veinte se convirtió en un retratista tan reputado que el rey Alfonso XIII pidió que lo pintara? «No sé cómo lo hace —comentaría por aquel entonces—. Este muchacho, que según dicen no tiene formación académica alguna, no pinta cuerpos sino almas».

—Voy, cielo mío —le digo ahora a mi marido—, déjame que termine lo que estoy escribiendo, me faltan apenas un par de párrafos y nos vamos.

Y cómo acabar sin dedicar unas líneas al buque que cambió nuestras vidas. Si mi tío Armando Olmedo no hubiera embarcado aquel día de primavera de 1912 en el *Titanic*, nada de lo que aquí se relata hubiese tenido lugar. Él no yacería junto a otros cadáveres a miles de metros de profundidad y las vivencias de todos los protagonistas de esta historia serían otras. Porque así son los sucesos que llegan a convertirse en leyenda. No solo modifican la historia sino que la reescriben. Por eso las últimas palabras de mi artículo estarán dedicadas a él, al *RMS Titanic*, un sueño que se convirtió en pesadilla pero que ahora navega para siempre con rumbo firme por el imaginario de millones y millones de almas.

FIN

AGRADECIMIENTOS

Desde niña el *Titanic* ha sido una de mis fascinaciones. Siempre quise escribir algo relacionado con él, pero ha hecho correr tales ríos de tinta que era difícil encontrar un enfoque novedoso. Hasta que un día, hace de esto más o menos un año, tuve la suerte de que en una cena me tocara de compañero de mesa Manuel Marchena que, además de ser uno de los jueces más reputados de este país y un eminente jurista, es un excelente narrador de historias. Fue él quien primero me habló de doña Purificación Castellana de Peñasco, madre de uno de los españoles que perdieron la vida en el naufragio. Me contó la anécdota del moscardón y también la de las tarjetas postales que el malogrado Víctor Peñasco encargó a su ayuda de cámara que hiciera llegar a su madre desde París, como si él y su mujer estuvieran en la Ciudad Luz y no a punto de chocar contra un iceberg.

Por eso mi primera y más encarecida gratitud es para su señoría. Poco después me hice con *Los españoles del Titanic*, espléndido ensayo de Javier Reyero, Cristina Mosquera y Nacho Montero, en el que se narran avatares de los diez españoles que en su día embarcaron en tan fatídica nave. De ellos, siete —cinco mujeres y dos hombres— sobrevivieron, mientras que tres perdieron la vida. Solo se recuperó el cadáver de uno, Juan Monrós, camarero que prestaba servicio en uno de los espléndidos comedores de la embarcación. Los cuerpos de los otros dos pasajeros, ambos de primera clase, no fueron encontrados y, tal como ocurrió en casos similares con viajeros también de primera clase, sus familias tomaron una penosa decisión: comprar un cadáver y hacerlo pasar por el desaparecido. Sobre este hecho está construida mi historia. He cambiado los nombres de algunos de los protagonistas de aquel oscuro suceso pero conservando los detalles que de él se conocen. También me he permitido alguna que otra licencia. Las comunicaciones telefónicas con países al otro lado del Atlántico, si bien existían en 1921, se perfeccionaron mucho más a partir del 1923. Aun así, las noticias corrían veloces en aquella época. Para que se hagan una idea, lo ocurrido con el *Titanic*, se supo en España al día siguiente de la tragedia. Y otro tanto ocurría con las transmisiones de radioaficionados de las que se servían también las autoridades policiales de los distintos países para intercambiar información.

En cuanto a los protagonistas de mi novela, tanto doña Emilia Pardo Bazán como Ignacio Selva son viejos amigos. A doña Emilia la conocí en el bachillerato, pero la reencontré en la pandemia, lo que me permitió releer *Los Pazos de Ulloa* e *Insolación* y a partir de allí devoré otras cuatro o cinco novelas suyas, verde de envidia, porque es justo el tipo de autora que a mí me gustaría ser. Una escritora de prosa brillante, perspicaz, profunda, llena de hallazgos y de matices, pero a la vez sencilla, con toques de humor y al alcance de cualquier lector.

Selva y yo, en cambio, somos amigos más recientes. Lo conocí a través de mi querido José María Paz Gago, catedrático de Literatura Comparada y estudioso de la obra de doña Emilia. Fue él quien me recomendó leer tanto *La gota de sangre* como *Los misterios de Selva*, las dos novelas en las que aparece como detective e investigador este personaje basado en alguien real, un joven gallego amigo de doña Emilia.

Esta novela debe también muchísimo a mi nieto Jaime Abarca Ruiz del Cueto, y por eso a él va dedicado el libro. Jaime supo rastrear, encontrar y contrastar mil anécdotas y curiosidades sobre el *Titanic*. Pasamos tardes inolvidables él y yo haciendo lo que más me gusta: buscar información para sobre ella construir una ficción que se acerque lo más posible a la realidad. En cuanto a otras averiguaciones y precisiones náuticas de toda índole, mi agradecimiento a Luis Mollá. Perdona la lata que te he dado durante estos meses, Luis, pero sabía que, cuando se trataba de algo relacionado con el mar e imposible de resolver, siempre podía contar contigo.

Gracias también a mi muy querido Ulises Bértolo. Nos conocimos cuando comenzaba a dar forma al primer capítulo y, hasta ayer, cuando conseguí escribir la palabra «Fin» me has ayudado muchísimo. Y en tantas cosas.

Por fin, y como ha ocurrido con casi todos mis libros, mi agradecimiento al espectacular equipo de Espasa, y muy especialmente a Miryam Galaz. Esta vez te he dado la lata más que nunca, me temo, y desde luego me has salvado de unos cuantos naufragios. A esquivarlos ha colaborado también, y con ideas buenísimas, Fátima Casaseca.

Gracias también a Mercedes Casanovas y María Lynch, a quienes tanto debo desde hace años. Y *last but not least*, que diría Sherlock Holmes (personaje a quien doña Emilia no tenía demasiada admiración, pero yo sí), gracias por fin a Mariángeles Fernández, mi siempre ángel corrector.

ÍNDICE